Michael Schönberg

Für die Liebe

ist man nie zu alt

Bibliografische Information der Nationalbibliotheken:
Die Deutsche Nationalbibliothek verzeichnet diese Publikation in der
Deutschen Nationalbibliografie; detaillierte bibliografische Daten sind im
Internet über http://dnb.dnb.de abrufbar.
Die österreichische Nationalbibliothek verzeichnet diese Publikation in der
österreichischen Nationalbibliothek.

Impressum:
2. Auflage Juli 2021

Cover-Gestaltung©: Thomas Dellenbusch/Wine van Velzen
Autoren: © Michael Schönberg
Lektorat: Angela Hochwimmer

ISBN: 978-3754-3145-79

Herstellung und Verlag: BoD – Books on Demand, Norderstedt

Für die Liebe ist man nie zu alt

Willi und Erna, ein Paar aus Düsseldorf- Unterrath, beide um die siebzig Jahre jung, gehen regelmäßig in die Haaner - Sauna. Durch ihre guten Renten können sie sich diesen Luxus leisten. Erna geht aus gesundheitlichen Gründen in die Sauna, da die Wärme gut ist für ihre verspannten Muskeln und Sehnen, wodurch sie immer wieder mal geplagt wird. Wärme, dazu hatte ihr der Orthopäde geraten, bei dem sie jede dritte Woche zu »Besuch« war. Die Homburgerstraße, wo der »Quacksalber« , wie ihn Willi immer bezeichnete, seine Praxis hatte, war nur 10 Minuten von ihrem Haus entfernt.

Für Willi ist die Sauna eine willkommene Abwechslung in seinem sonst ruhigen Rentnerleben, und mit einem Jahresabo ist es für die zwei am Ende billiger, als ins Kino zu gehen. Gesünder und aufregender als Kino ist es für die beiden auf jeden Fall.

Morgen ist es wieder so weit, denn morgen ist der zweite Sonntag im Monat. Diesen Tag hatten sie als »Erholungstag« festgelegt, und nichts konnte sie daran hindern, das auch so zu machen. Nur einmal ließ sich Willi von Erna überreden, an einem anderen Tag in die Sauna zu gehen.

An einem Samstag, es war der Tag vor dem Saunatag, sagte Erna zu Willi: »Willi, mir ist morgen gar nicht nach Sauna.«

»Erna, wieso weißt du schon heute, dass dir morgen nicht nach Sauna ist?«, fragte Willi etwas ungläubig.

»Na, weil doch morgen im Fernsehen die Übertragung von der Hochzeit kommt.«

»Welche Hochzeit?«

»Welche Hochzeit? Welche Hochzeit?« wiederholte Erna ihren Unglauben.

»Ach, Willi, kriegst du denn gar nichts mit? Da heiratet doch der Prinz Andrew seine Fergie. Die ganze Zeremonie wird dann im Fernsehen übertragen. Die senden das live. Also so richtig was zum Anschauen und nicht erst in den Nachrichten.«

»Und dann möchtest du den ganzen Tag fernsehen?«

»Ja, Willi, aber das verstehst du nicht, das ist nämlich Romantik pur.«

»Und wann gehen wir dann in die Sauna – abends?«, fragte Willi, der erkannt hatte, dass Erna nicht mehr davon abzubringen war, sich vor den Fernseher zu setzen.

Immer wenn Willi bemerkte, dass Erna sich etwas wünschte, dann steckte er seine Wünsche zurück und erfreute sich daran, dass er sie wieder etwas glücklicher gemacht hatte.

»Wir gehen dann am Montag in die Sauna. Du brauchst dich auch nicht vor den Fernseher zu setzen, sondern kannst deinem Hobby nachgehen, leere Bierflaschen sammeln. Ich weiß, dass du noch einige Volle hast. Die kannst du dann in aller Ruhe leeren und zu deiner Sammlung stellen.«

»Das kommt überhaupt nicht in Frage. Damit meine ich nicht das mit den Bierflaschen, da meine ich das mit dem Montag. Da habe ich doch meinen Skatfrühschoppen und den opfere ich nicht wegen eines Deppen aus England. Außerdem wären davon noch zwei andere betroffen. Nee, denk dir einen anderen Tag aus.«

»Dann gehen wir eben am Dienstag, da soll das Wetter auch besser werden und wir können die große Wiese nutzen. Ach, Willi, ist das schön, dass du mich das schauen lässt.«

Willi brummelte noch etwas in sich hinein und ging dann in den Keller, um den Bestand an neuen Bierflaschen zu überprüfen. Er hatte erst neulich wieder neue Sorten auf der Bierbörse in Düsseldorf-Benrath erstanden. Das Sammeln von Bierflaschen hatte er vor vielen Jahren angefangen, als er Biersorten entdeckte, die er bis dahin noch nicht kannte. Nach und nach interessierte er sich für die Biersorten aus der Region, dann aus dem Land und sammelte mittlerweile Flaschen aus aller Welt, allerdings alle in leerem Zustand. Schließlich wollte und musste er doch wissen, wie die neue Sorte schmeckt. Gefüllte Flaschen werden irgendwann schlecht, und das wäre doch eine Schande und mit einem Sammlerherzen nicht zu vereinbaren.

Schnell hatte Erna erkannt, dass sein Hobby auch etwas mit Genuss zu tun hatte, obwohl sie ihn auch schon mal fluchen hörte, wenn eine neue Biersorte nicht so schmeckte, wie er es sich vorgestellt hatte.

»Wer hat denn das gebraut, das glaub ich ja jetzt nicht. Pfui Teufel, das kann man doch nicht trinken. Da schreibe ich hin. Das hat doch

4

mit Braukunst nichts zu tun, probieren die ihr Gebräu nicht selbst?«, oder so ähnliche Sprüche hörte sie dann aus dem Keller. Sie erfreute sich an dem Glücklich-sein, wenn er eine neue Biersorte für gut befand, und empfand es belustigend, wenn er sich ärgerte. Erna gönnte ihm dieses Hobby.

Willi stellte im Keller fest, dass der Sonntag gerettet war, und so gönnte er Erna den Fernsehtag in doppelter Hinsicht.

Am nächsten Tag setzte sich Erna mit einer großen Kanne englischem Tee vor den Fernseher. Willi hatte ihr von der Bude an der Ecke vom Efeu-Weg noch ein paar Kekse besorgt. Leider waren es nicht die *Shrewsbury Biskuits*, die zum Tee gepasst hätten. Da mussten die einfachen *de Beukelaer* den Zweck erfüllen.

»Ach, Willi, du bist was Liebes«, sagte sie, als er die Kekse auf den Tisch stellte.

»Du sollst doch auch Kekse haben, wenn die später Tee trinken. Leider hatte die Bude nur noch diese Sorte.«

»Willi, mein Schatz, die sind genau richtig«, sagte Erna, stand auf und gab Willi einen Kuss. Dann setzte sie sich wieder hin. Nachdem Erna den Fernseher eingeschaltet hatte, sich die ersten Bilder der Übertragung ansah und Willi dazu aufforderte, sich das doch auch mal anzusehen, wie viele Menschen schon jetzt an den Straßen stehen, winkte Willi ab und ging in den Aktions-Keller.

»Trink deinen Tee und schau, was du willst, ich geh und trinke mein Bier«, sagte er auf dem Weg dorthin. Erna hatte das schon nicht mehr gehört. Sie hatte die Lautstärke erhöht, um den Kommentator besser verstehen zu können, da die Menschenmassen zwischendurch immer wieder jubelten, obwohl noch gar nichts zu sehen war.

Währenddessen probierte, sortierte und räumte er an seiner zum Teil gekauften und ersteigerten Sammlung herum. Während Erna die Hochzeit verfolgte, leerte Willi eine Flasche Bier nach der anderen, damit seine Sammlung vergrößert wurde. Heute freute er sich besonders auf ein Bier aus Australien. Er hatte das Bier auf der Benrather-Bierbörse gekauft und war nun gespannt auf den Geschmack. Diese Sorte war die offizielle Biersorte der Formel Eins in Adelaide und Melbourne. Willi war gespannt auf den Geschmack und auf die Wirkung, denn es hatte immerhin 5 % Alkohol. Er holte die Flasche aus seinem kleinen Kühlschrank. Dort konnte er bis zu zwanzig Flaschen kaltstellen. Die Flasche hatte ein blaues Etikett. Darauf einen breiten, kupfernen Ring. In der Mitte von diesem Ring strahlte ein kräftig erscheinendes rotes F. Das F stand für Foster´s Bier Companie. Der Hals der Flasche war umhüllt von einem blauen Etikett und auch mit der Aufschrift Foster´s, allerdings diesmal längs zur Flasche geschrieben, und es wiederholte sich mehrmals in dem Umfang der Flasche. Der Deckel hatte ebenfalls die Farbe blau. Das Bier hatte eine gelbe Farbe. Durch das Blau und das gelbe Bier in einer hellen Flasche hatte man sofort Urlaubsstimmung. Willi war schnell in dieser Launa und vergaß den Ärger wegen dem entgangenen Saunabesuch.

Mit dem silbernen Bieröffner, der das Logo von Ferrari trug und ein Geschenk von Erna war, öffnete er die Flasche. Zuerst roch er an der Öffnung.

»Etwas malzhaltig« war sein erster Eindruck. Dann goss er sich etwas in sein Probierglas. Dieses Glas hatte nur 0,1 L, also die Hälfte von einem normalen Bierglas. Willi nippte nun an dem unbekannten Bier.

»Das ist ein Bier für Schwangere«, war sein erstes Urteil.

»Bei uns stände Malzbier auf der Flasche. Viel zu süß; kein Wunder, dass es dort so viele Kängurus gibt, die saufen bestimmt auch das Bier.«

Nach und nach trank er dann doch die Flasche leer und stellte sie nach dem Ausspülen in die Regalreihe »andere Kontinente«. Nach diesem süßen Geschmack gönnte Willi sich ein heimisches Altbier und war froh, nicht in Australien zu leben.

Schon nach dem ersten Schluck, prostete er sich in einem Spiegel zu.

»Auf unsere Brauereien, sie seien gepriesen für ihre Kunst.«

Auf weitere Probierstudien verzichtete er dann auch. Es war ja genug deutsches Bier kaltgestellt.

So hatten dann beide einen schönen Tag.

Montagmorgen, Willi ging wie angekündigt zum Frühschoppen, und Erna machte ihren Haushalt. Den Skatbrüdern erzählte er von seiner

»australischen Biererfahrung« und trank danach schnell einen Schluck Altbier; zu sehr hatte er wieder den Geschmack von diesem abscheulichen Malzbier im Mund. Die Skatrunde dauerte heute etwas länger als sonst. Entsprechend schwer fiel der Gang zu seinem Haus mit dem schönen Blumennamen.

Von der Kneipe auf der Piwipp bis zu seinem Haus lief man zehn Minuten. Nach einer zünftigem Skatrunde dauerte das auch schon mal die doppelte Zeit.

Erna empfing ihn aber freundlich und dirigierte Willi auf die erholsame Couch. Erst gegen Abend weckte sie ihn fürs Abendessen.

Am Dienstag, Willi hatte einen leichten Kater, weil der Frühschoppen von gestern ja erst am Nachmittag geendet hatte, ging es in die Sauna.

»Da wirst du deinen Kater ausschwitzen können. Siehste, Willi, hat dann auch was Gutes, dass wir erst heute in die Sauna fahren.«

Nach einem guten Frühstück machte man sich fertig. Geduscht wurde nicht, da dies sowieso in der Sauna gemacht werden muss. Deshalb machte man sich nur etwas frisch. Das Putzen der Zähne gehörte selbstverständlich dazu.

Am Vortag wurden die Saunataschen gepackt. Jeder hatte eine Tasche für sich, da man ja nicht wusste, wo man seinen Spind zum Ablegen der Sachen hatte. In den Sporttaschen waren die Saunatücher, und die waren extra lang. Damit man in der Saunakabine den Rücken, den Po und auch die Füße auf das Tuch legen konnte. Sollte viel Platz in der Kabine sein, so konnte man sich darauf auch ausstrecken, ohne das Holz zu berühren. So verhinderte man, dass Schweißperlen auf das Holz träufelten und der nächste Besucher sich darauf setzen müsste. In der Tasche waren auch normale Handtücher für das Abtrocknen nach dem Duschen. Jeder hatte auch einen Bademantel dabei. Der wurde aber nicht für die Sauna benötigt, sondern für den Besuch des Restaurants, das es in dieser Anlage gab. Wer nackt oder nur mit einem Handtuch bedeckt in das Restaurant wollte, dem wurde der Zutritt verboten.

Hier gab es nicht nur erlesene Speisen zu vertretbaren Preisen, hier gab es auch kühle Getränke. Schon lange hatten Willi und Erna es sich angewöhnt, dort um die Mittagszeit eine kleine Mahlzeit einzunehmen. Besonders beliebt bei ihnen war die Suppe aus dem Eisenkessel, der über einer offenen Feuerstelle hing, und so vor sich hin köchelte. Gerade in den Wintermonaten war das eine Bereicherung für ihren Wellnesstag, der natürlich auch den Magen mit einbezog.

In den Taschen der beiden Saunagänger befanden sich auch dicke, lange Socken, Badelatschen und ein kleiner Kulturbeutel. Darin befand sich Shampoo, Haarbürste und bei Erna auch noch eine Feuchtigkeitscreme für die Behandlung der Haut nach dem Saunatag. Willi hatte sich am Anfang darüber gefreut, dass sie die benutzt und dabei gedacht, dass Erna schon an zuhause denkt. Sehr schnell hatte er dann gemerkt, dass das mit seiner gedachten Feuchtigkeit nichts zu tun hatte. Sie war für ihr Gesicht, da dies schnell austrocknete und Erna nach der Sauna dort Feuchtigkeit zuführen musste. Sollte die Creme auch für das »andere« nutzbar sein, so wäre es trotzdem sinnlos gewesen, diese aufzutragen, da Erna nach so einem Saunatag oft sehr müde war, Feuchtigkeit hin oder her. In der Tasche von Erna war auch ein Saunahandschuh für das Abreiben während eines Saunagangs, was bei den beiden zum Ritual geworden war. Jeder hatte sich dann noch etwas zum Lesen eingepackt, und so standen die Taschen am Dienstagmorgen fertig gepackt im Flur bereit.

Kurz nach neun ging es dann los. Zur Sauna fuhr Willi den Wagen. Ein kleiner Mittelklassewagen mit Automatik. Früher hatte Willi immer eine sportliche Fahrweise gehabt. Im Alter brauchte er das nicht mehr und hatte sich deshalb beim Kauf von diesem Auto gegen die Gangschaltung entschieden. Zurück fuhr in den meisten Fällen Erna, weil Willi sich am Ende des Tages im Restaurant noch das eine oder andere Bierchen gönnte.

Als sie in der Sauna ankamen, bemerkte Willi: »Erna, schau mal, der Parkplatz ist ziemlich leer, dann sind auch nicht so viele Leute da.« »Schön, dann haben wir sicherlich auch kein Problem, einen guten Platz zu bekommen und können uns die Liegen aussuchen.«

Wenn Willi und Erna am Sonntag in die Sauna gehen, dann sind sie schon sehr früh auf den Beinen, da die »besten Plätze« in der Sauna sehr schnell besetzt waren. Auch heute waren sie, trotz Katerstimmung bei Willi, wieder sehr früh auf den Beinen und mussten einige Minuten vor der Sauna warten, bis sie ihre Türen öffnete. Kaum zehn Leute waren vor ihnen, die ebenfalls etwas zu früh erschienen waren.

»Guten Morgen, Ihr zwei. Wieso seid Ihr heute da? Ihr kommt doch sonst immer am Sonntag?«, wurden sie von der Dame an der Kasse begrüßt.

Willi deutete mit dem Finger auf Erna und sagte: »Am Sonntag war Prinz angesagt, aber ich war damit nicht gemeint.«

»Da hat Willi recht: Ich wollte doch unbedingt die Hochzeit von der Fergie und dem Andrew sehen. Ach, das war so wunderschön, und das sieht man doch heutzutage nicht mehr so oft. Die Adeligen werden doch irgendwann mal aussterben, und dann sehen wir so was gar nicht mehr.«

»Die sterben nie aus, die haben mehr Nachwuchs als mancher normale Bürger.«

»Ich meine doch, dass sie keine Ämter mehr haben. König, Prinz und so. Der Andrew sieht schon toll aus, und am Sonntag in seiner Uniform, da könnte ich schwach werden.«

Als sie das Gesicht von Willi sah, sagte Erna schnell in Richtung der Kassenfrau: »Da habe ich an meinen Willi gedacht. Wir haben ein Bild von ihm an der Wand, das zeigt ihn als jungen Mann bei der Marine und natürlich in Uniform. Leider habe ich ihn da noch nicht gekannt. Jedes Mal, wenn ich mir das Bild ansehe, wünschte ich mir, ich hätte meinen Willi schon zu dieser Zeit gekannt und habe genau wie jetzt bei dem Andrew weiche Knie.«

»Gut, dass ich das jetzt weiß, das mit der Uniform. Wenn du mal keine Lust hast, stelle ich das Bild in das Schlafzimmer.«

»Dann musst du aber auch deine alte Bluse von der Marine anziehen, die du immer noch im Schrank hängen hast. Wenn die dir noch passt, verspreche ich dir, dann komme ich zu dir und lass den Fernseher aus.«

Willi zog unbewusst etwas den Bauch ein. Mit einem verschmitzten Lächeln der Kassiererin bekamen sie die Schlüssel und gingen zu den Umkleideräumen.

Die Umkleideräume hatten keine Kabinen. Eigentlich war es ein großer Raum, der nur durch das Aufstellen von Umkleidespinden geteilt wurde. Zwischen den Spinden waren Bänke, wo man sich zum An- oder Ausziehen hinsetzen konnte. Die »Platzbesitzer« rauschen fast durch und beziehen erst mal ihren Platz in der Sauna. Diejenigen, die keine bestimmten Plätze haben, ziehen sich hier langsam aus und sehen, wer sich sonst noch auszieht. Hier holt man sich auch gerne mal Anregungen für die neue Unterwäsche, die man sich kaufen möchte. Man kann auch selbst zeigen, was man für teure Wäsche trägt. Dafür bleibt man auch gerne mal etwas länger in diesem Raum, wenn gerade jemand anwesend ist. Später ist es ja nicht mehr erkennbar, wie viel Geld man für Unterwäsche ausgibt.

So ist diese Besuchergruppe von Anfang an schon in der Ent- oder Anspannung. Man kann beobachten, dass die Leute, die die besten Plätze eingenommen hatten, nach einiger Zeit dort wieder auftauchen. Nun sind sie ruhig, ohne Hektik in den einzelnen Umkleidegängen verteilt und holen sich nun etwas Wichtiges aus dem Spind. Dies ist ein Buch, was man vorher in der Eile vergessen hatte, oder man trinkt einen Schluck Wasser aus der mitgebrachten Flasche. Man überprüft seine Sachen, ist der Spind richtig verschlossen und weitere Dinge, die nun eine Anwesenheit in diesem Raum verlangt.

Dieses Verhalten zieht sich über den ganzen Tag hin. War es am Morgen das Betrachten einer Entkleidung, so ist es ab dem Mittag umgekehrt. Hier wird nun gewartet, was die Person anzieht, die man bis eben nur nackt gesehen hatte. Man will doch wissen, ob sie angezogen genauso gut aussieht wie ohne Kleidung. Hier ist die Modenschau angesagt. Man will ja auch noch lernen, wie man bestimmte Teile verpackt, und man bekommt Tricks gezeigt, wie man zu viel Körper unter der Kleidung versteckt, sodass man glaubt, jemand anders verlässt die Sauna.

Die Spiegel an den Wänden sind ebenfalls sehr hilfreich, um sich zu sehen oder um gesehen zu werden. Schnell wurde von den »Sehern« herausgefunden, dass diese nicht nur zur eigenen Ansicht genutzt werden können. Viele nutzen den Spiegel, um von der einen Reihe in die andere Reihe Einblick zu haben. Natürlich gibt es auch Besucher, die sich selbst betrachten. Ist der Körper durch die Sauna wirklich schmaler geworden? Wie ist die Haut? Dann wird, man ist ja jetzt alleine, der Körper von oben bis unten eingecremt. Schließlich hat er unter der Hitze gelitten und muss nun gepflegt werden.

Auf dem Weg zu dem Umkleideraum trafen sie den einen oder anderen Saunagast. Man grüßte und wurde gegrüßt. Das hatte sich hier so eingebürgert, weil man sich kannte und fast eine große Familie war. Als sie nach dem Umziehen, besser gesagt nach dem Ausziehen, in das Gelände kommen, staunen sie nicht schlecht.
»Ist ja doch etwas voll, Erna, da müssen wir mal sehen, wo wir unterkommen.«
»Willi, das hätte ich jetzt nicht gedacht, dass heute Morgen so viele Leute hier sind.«
»Viele und alte« ergänzte Willi. »Da brauchen wir gar keine Schauplätze. Was gibt es denn schon zu sehen? Falten, Hängebrüste, Hängebauch und Hängehintern.«
»Aber auch Hängesäcke, falls du Augen im Kopf hast.«
»Ach, du liebes Bisschen, nee, Erna, das will ich mir gar nicht ansehen. Komm, wir gehen mal rum. Leg die Sachen wie ich auf dem Stuhl da ab und wir gehen ne Runde.« Dabei zeigte Willi auf den Stuhl, wo er schon seine Sachen abgelegt hatte.
Dann ging man einmal durch das ganze Gelände und schaute sich um, wer denn alles so anwesend war. Willi und Erna konnten aber nur wenige bekannte Gesichter erkennen. Was auf der Hand lag, denn sie waren ja am falschen Tag in der Sauna. Ihre Saunabekanntschaften waren wie sie immer sonntags anwesend. Heute war Dienstag.
Nach einiger Zeit kamen sie an dem Ausgangspunkt wieder an.
»Nee, alles nur alde Lüt, Erna, das gefällt mir heute überhaupt nicht.«

»Willi, ich stimme dir ja zu, so schön finde ich die alten Säcke auch nicht, und was Junges habe ich auch nicht gesehen. Weißte was, Willi, wir gehen in die norwegische Sauna, gehen danach noch ins Restaurant, trinken da noch was, und dann fahren wir auch schon wieder nach Hause.«

»Da will ich für dich hoffen, dass der Jürgen den Aufguss macht, damit sich der Eintritt wenigstens für dich gelohnt hat.«

»Da habe ich jetzt gar nicht dran gedacht«, log sie schnell, aber ihr etwas gerötetes Gesicht verriet ihre wahren Gedanken.

Beide nahmen ihre Saunatücher und gingen wie besprochen in die Sauna. Als der zuständige Mitarbeiter für den Aufguss kam, war Erna sichtlich enttäuscht. Anstelle von Jürgen kam eine Frau, die sich als Britta vorstellte. Leider hatte auch Willi keine Freude an dem Anblick dieser Dame. Bei einer Größe von 1,60 m, wobei da nicht von einer Größe gesprochen werden kann, hatte sie wohl ein Wedelgewicht von über hundert Kilo. Der wesentliche Anteil steckte aber nicht im Busen, was Willi sicherlich erfreut hätte, nein, er war in den Oberschenkeln, Bauch und Hintern. Selbst bei den verwegensten Verrenkungen, die die Dame dann mit dem Handtuch anstellte, war nicht zu sehen, ob sie behaart oder rasiert war, sehr zum Leidwesen von Willi, der wenigstens das hätte sehen wollen. Ihr Bauch hing zu sehr über der Scham, und die Oberschenkel pressten die Beine so sehr zusammen, dass bis zu den Knien nicht erkennbar war, ob sie überhaupt zwei Beine hatte.

Nach diesem für beide doch recht enttäuschenden Saunagang duschte man sich ab, zog sich wieder an und ging in das Restaurant. Nachdem Willi für Erna eine Apfelschorle und für sich ein großes Alt bestellt hatte, fragte er Erna: »Wann heiratet der nächste Prinz?«

»Das weiß ich nicht. Aber sieh mal, Willi, wir sind doch auch nicht mehr jung.«

»Eben, was hier rumläuft, das kann ich auch zu Hause sehen.«

So ganz hatte Erna ihn nicht verstanden.

Nachdem die Getränke geleert waren, fuhr man nach Hause.

Erna nahm sich ihr Buch »Steffi und Yvonne- Zwei Gesichter einer Frau« aus der Saunatasche, das sie dort nicht gebraucht hatte, und setzte sich in den Schaukelstuhl im Wohnzimmer. Willi zog sich in den Keller zurück. Bierflaschen sammeln kann auch Frustbekämpfung sein. Alles eine Art der Auslegung. Willi hatte Erbsensuppe aus dem Gefrierschrank aufgetaut, schließlich hatte man im Restaurant dann doch keine »Kesselsuppe« zu sich genommen.

Man saß nun zum Abendessen zusammen und besprach den vergangenen Tag. Aufarbeitung, Problembewältigung nannten die beiden das. Immer, wenn etwas nicht so verlaufen war, wie sie es sich vorgestellt hatten, besprachen sie beim Abendessen den Tag oder die Situation und versuchten, es beim nächsten Mal besser zu machen.

»Erna, das nächste Mal gehen wir aber wieder sonntags. Heute haben wir für vier Stunden Sauna eine Tageskarte verbraucht und uns auch noch ein wenig geärgert.«

Erna bestätigte seine Ausführungen und versprach, den nächsten Saunatag auf jeden Fall wieder an einem Sonntag zu machen.

»Heiratet ja auch kein Prinz, also steht dem auch nichts im Wege«, dachte sie sich.

Da selbst für diese beiden Rentner die heutige Zeit eine schnelllebige Zeit ist, stand auch schon sehr bald der nächste Saunatag an. Tasche packen und am nächsten Morgen, natürlich an einem Sonntagmorgen, ging es los.

»Heute ist der Parkplatz noch leer, da sind wir früh dran und bekommen sicherlich gute Plätze«, sagte Willi und beeilte sich, einen Parkplatz in der Nähe vom Eingang zu finden.

Schnell stieg Erna aus, und Willi griff sich die Saunataschen. Als sie an dem Eingang ankamen, standen nur zehn oder elf Leute davor, die darauf warteten, dass die Sauna ihre Pforten öffnete.

Jeder kennt den Sommerschlussverkauf. In ähnlicher Form läuft es ab, wenn die Sauna, wo Willi und Erna hingehen, ihre Pforten öffnet. Meistens sind es die Herren, die schon sehr früh vor der Sauna stehen, um ganz vorne zu sein. Ihre Damen machen das natürlich mit. Es gibt aber auch Damen, die ihre Herren zur Eile auffordern. Die Männer tragen nur Shorts, fast aufgeknöpftes Hemd und Sandalen. Jedenfalls im Sommer, wenn es warm ist. Die Frauen tragen Rock und T-Shirt. Ob sie Unterwäsche tragen, ist nicht erkennbar. Jedenfalls stehen sie in der ersten Reihe und stürmen los, sobald die Sauna öffnet. Durch ihre Dauerkarten werden sie am Schalter schnell abgefertigt. Spindschlüssel, Verzehrchip, durch die Schranke und hin zum Spind. In Windeseile ausziehen, ein Handtuch nehmen und versuchen, den Lieblingsplatz zu bekommen, ist für sie ein Muss. Fast im Laufschritt wird »ihr« Platz belegt. Je später man kommt, umso weiter ist man dann von den begehrten Plätzen entfernt. Aus der Sicht dieser »Platzjäger« sind das folgende Orte in der Sauna:

Im großen Saal, wo die meisten Liegen stehen, ist die erste Reihe nach draußen gerichtet. Hier stehen zwanzig Liegen nebeneinander. Alle sind begehrt, um nach draußen schauen zu können. Am begehrtesten sind, von links nach rechts gesehen, die Plätze acht, neun, zehn und elf. Zwischen Platz acht und elf ist im Außenbereich eine Dusche platziert. Sie gehört zum Außenbecken und soll benutzt werden, bevor man in das Schwimmbecken, ein Kaltbecken, geht.
Die Platzinhaber der genannten Liegen haben somit den besten Blick, wenn sich Personen abduschen. Viele der Schwimmfreunde halten sich an diese Vorschrift. Diejenigen, die sich präsentieren wollen, Duschen sich natürlich sehr kräftig ab. Bei den Herren wird hier und da mal alles in die Hand genommen, damit auch diese Stelle gründlich gereinigt ist. Schließlich möchte man das Schwimmbecken nicht verunreinigen. Da wird lieber zweimal hingelangt, um alles abzuwaschen.
Die Dusche wird natürlich auch als Rundum-Dusche genutzt. Schließlich soll doch jeder sehen, dass hier gründlich geduscht wird. Die Damen versuchen dabei, bis an die Zehenspitzen zu kommen. Natürlich dreht man sich weg von der Scheibe, schließlich möchte man doch nicht beim Duschen gesehen werden.
Beliebt ist die Dusche auch bei Pärchen. Hier kann gezeigt werden, dass man sich gegenseitig hilft, um entsprechende Reinheit zu erlangen. Viele der Gereinigten fühlen sich nach dem Besuch des Schwimmbeckens wieder unrein und duschen zur Freude der

Platzbesitzer erneut. Die Plätze eins und zwei und die Plätze neunzehn und zwanzig sind nicht so begehrt, da sich dort die Türen befinden, die in das Freigelände führen. Im Winter ist es dort ungemütlich. Im Sommer ist es zwar besser, aber es zieht, wenn die Türen geöffnet werden. Erna und Willi kennen auch die besten Plätze und besetzen oft die Plätze an der Glaswand, um nach draußen schauen zu können.

Die Liegen der zweiten Reihe vor dieser Glaswand stehen in Richtung zum Raum hinein. Hier sind besonders die Plätze vier bis acht begehrt. Diese Liegen stehen genau gegenüber der Türe der 100-Grad-Sauna. Dort gibt es regelmäßig einen Aufguss.

Die Personen, die in diese Sauna gehen und dort auch den Aufguss mitmachen, werden nach der Saunazeit aus dieser Türe herausstürmen, weil sie nach Luft und Abkühlung ringen. Da bleibt keine Zeit für das Umbinden eines Handtuchs, wichtig ist jetzt nur, so schnell wie möglich an die frische Luft zu kommen.

Natürlich wurde vorher die Kehrseite betrachtet, wenn die Damen oder Herren in die Sauna hineingehen. Nun wartet man geduldig, um diese Person auch mal von vorne zu sehen. Hier hat man dann auch gleich ein Rätselspiel: Welcher Po gehört zu welchem Gesicht? Man wundert sich oft darüber, dass ein eher schmales Gesicht dann doch zu einem sehr breiten Gesäß gehört. Umgekehrt ist es seltener.

Als sie einen Mann sahen, der das Handtuch locker über der Schulter trug, erinnerte Erna sich an eine Geschichte über so einen Herrn, die sie früher einmal erlebt hatte. Diese Herren bezeichnet Erna als Gockel. Sie stolzieren aufrecht durch die Sauna und platzen eigentlich vor Kraft. »Seht her, was ich für ein Prachtexemplar von einem Mann bin!« Diese Herren haben nur ein Problem. Ihr bestes Stück ist zu klein.

Der Mann von damals hatte gut und gerne hundert Kilo, vielleicht sogar mehr. Dieser Mann stolzierte wie ein Hahn in seinem Gehege die Gänge entlang. Vorbei an den Fensterscheiben der Saunen, dem Whirlpool und dem Außenbecken. Leider konnten die Damen nur seine Statur und seinen Hintern betrachten. Der Mann trug ein Handtuch über der Schulter. Vorne reichte das Handtuch bis über sein bestes Stück. Somit war der Blick darauf verdeckt. Auf seiner Rückseite war das Handtuch entsprechend kürzer und man konnte sein Hinterteil betrachten. Beim Anblick dieser Sitzfläche würde man ihm gern ein längeres Handtuch wünschen.

Durch Zufall besuchte einer dieser Gockel zur gleichen Zeit wie Erna die Lichtersauna. Nun saß sie so einem gegenüber und konnte ihn genau betrachten. Durch die Lampen war es ja nicht so dunkel, und sie schaute nun genauer hin. Leider sah sie erst mal nichts. Jedenfalls, was sein Teil anging. Zu sehr hing der Bauch darüber. Erst als er hochkam, um sich eine Etage höher zu setzen, sah sie sein Zipfelchen.

»So ein großer, stabiler Mann und dann nur so ein Zipfelchen. Selbst der Sack dahinter ist kaum zu sehen. Kein Wunder, dass er das Handtuch darüber trägt. Obwohl, man hätte ja auch so nichts gesehen.«

Nun wandte sich Erna ab und schaute in die andere Richtung, denn dort saß ein junger Mann, der ebenfalls in der Sauna umhergegangen war. Anders als bei dem Gockel wanderte er aber ohne Bekleidung durch die Gänge und zu seiner Liege. Als Erna in seine Richtung schaute, drehte der junge Mann sich in ihre Richtung. Provokativ waren seine Beine etwas gespreizt. Dadurch, dass er auf der zweiten Etage saß, hatte Erna vollen Anblick. Nun ärgerte sie sich, dass sie etwas Zeit mit dem Anblick von dem Dicken vergeudet hatte. Umso intensiver sah sie nun auf, und es freute sie, was sie erblickte.

»Das nenne ich mal ein schönes Ding, und einen mächtigen Sack hat er auch. Die Eier sind sicher prallvoll und sollten mal geleert werden« dachte Erna, und es zuckte in ihrer unteren Gegend gewaltig. »Erna, du Luder, der ist doch viel zu jung für dich, der ist höchstens zwanzig Jahre alt, du könntest seine Mutter sein«, hörte sie ihre innere Stimme. »Könnte ich, bin ich aber nicht« und sah »ihn« weiter an.

Dem jungen Mann waren die Blicke aufgefallen, er zeigte aber keinerlei Reaktionen und blieb still sitzen. Er wird wohl gedacht haben: »OK, Alte, schau dir ruhig an, was du da siehst. Hast wahrscheinlich zu Hause eher was Kleines oder gar nichts; wie auch immer, ich habe keinen Bock auf dich.«

16

Ernas Sanduhr war abgelaufen, und sie löste sich vom schönen Anblick und ging aus der Sauna. Der junge Mann blieb sitzen und beachtete Erna mit keinem Blick. Als sie in das Freigelände ging, kam ihr wieder der »Gockel« entgegen. Nun betrachtete Erna ihn allerdings mit ganz anderen, sprich »Zipfelaugen«. Nach diesem Erlebnis betrachtete sie auch die anderen »Handtuchträger« immer mit einem »Oh, du Kleiner«- oder »So groß und doch so klein«-Blick.

Einmal, so hatte Erna Willi erzählt, provozierte sie einen Gockel. Sie saß an der Theke, und ein großer Herr setzte sich neben sie und sprach sie an. *Hallo, wie geht es, ganz alleine hier* und so weiter. Da Erna nun in die »Geheimnisse« dieser Spezies eingeweiht war, setzte sie sich etwas offener hin, mit der Hoffnung, dass auch er sich etwas zeigt. Doch er ging nicht darauf ein. Im Gegenteil, er drehte sich noch etwas ab, damit ja kein Einblick gewährt wurde.

»Eigentlich ist es ja schade, dass einige Leute in diesem schönen FKK-Bereich sich bedecken. Sie werden wohl etwas zu verbergen bzw. nichts zu zeigen haben und schämen sich, alles offenzulegen oder besser gesagt, offen zu zeigen. Wie Sie sehen können, habe ich damit überhaupt kein Problem. Wem ich nicht gefalle, der muss ja nicht hinsehen.«

Ihr Gegenüber räusperte sich und sagte dann: »Ich werde mal ins Außengelände gehen. Ich muss mich etwas bewegen, sonst habe ich Probleme mit der Hüfte. Vielleicht sieht man sich ja noch mal, ansonsten noch einen schönen Tag.«

Vorsichtig stand er auf, da er ahnte, dass sein Gegenüber unbedingt was sehen möchte. Hatte er ihre Geste zwar verstanden, so wollte er das aber nicht erwidern. Das Handtuch fest im Griff und mit einer seitlichen Drehung, natürlich weg von Erna, stand er auf. Jetzt drehte Erna den Kopf etwas weg. Den Hintern wollte sie nicht sehen, da dieser nicht ihren Vorstellungen von Ansehnlichkeit entsprach.

»Ich wusste, dass er sich dazu nicht äußern wird, da er bestimmt ein Zipfelmann ist« bestätigte Erna sich selbst und lachte in sich hinein.

»Der wird mich nicht mehr ansprechen, zu viel Angst, dass ich was sehen möchte, wovon er nicht genug hat.«

Sehr begehrt ist ein Platz auf der Bank direkt gegenüber den Duschen in der Halle. Diese wird immer ein wenig versetzt, um den besten Blick auf die Räume mit den kalten oder warmen Duschen zu haben. Hier verweilen die »Wanderer«. Das sind die Besucher, die die gesamte Sauna als Fernseher betrachten und sich verschiedene »Programme« ansehen. Sie verweilen auf dieser Bank nur kurz. Natürlich lange genug, um zu wissen, wer mutig ist und wer nicht.
Besonders die Damen betrachten mit entsprechender Neugier die Veränderungen beim Mann, wenn er sich unter eine dieser kalten Duschen gestellt hatte. Oft hatten die Damen dann Mitleid mit dem »Kleinen«. Die Herren betrachten in der Regel lieber die Damen beim warmen Abduschen. Wenn sie sich komplett unter die Dusche stellen, schließen sie die Augen, und so können die Herren der Schöpfung ungeniert die Frauen ansehen. Sie erfreuen sich an dem Blick auf ihr Hinterteil, wenn die Dame sich umdreht und in gebückter Haltung ihre Beine abseift. Die Damen erfreuen sich an dem Blick auf den »Kleinen«, der nun wieder etwas wächst. Einige Herren genießen diese Blicke und positionieren sich so, dass die Damen auch wirklich was zu sehen bekommen. Sie verschließen die Augen nicht wegen des Wassers. Sie verschließen sie, um den Damen einen freien Blick zu erlauben.

Nach zwanzig Minuten in der 100-Grad-Sauna, ist man froh, aus diesem Raum entweichen zu können, in das Freigelände zu gelangen und die wohltuende Luft einzuatmen. Danach ging man wieder in das Gebäude und duschte sich den Schweiß ab. Dafür stellte man sich zum Beispiel unter den Eimer der Eisdusche und zog dann an einer Kette, die von dem Eimer herunterhing. Die Konstruktion dieser Vorrichtung erinnert an die Toilettenspülung aus den sechziger Jahren.
Über der Toilettenschüssel war unter der Decke ein Wasserkasten angebracht. Dieser Wasserkasten wurde mit Wasser gefüllt und man zog dann an der herunterhängenden Kette. Ein Ventil öffnete sich

18

und das gesamte Wasser aus dem Kasten wurde über ein Abflussrohr in die Toilettenschüssel abgelassen und spülte das weg, was weg sollte. Leider klappte das nicht immer, und man musste warten, bis der Wasserkasten wieder gefüllt war, um dann einen neuen Versuch der Reinigung starten zu können.

Hier war es ein ähnlicher Ablauf. Nachdem an der Kette gezogen wurde, ergoss sich das gesamte Eiswasser über den Körper, denn der Erguss war nicht mehr aufzuhalten. Aushalten oder schnell zur Seite springen! Dann gab es noch die Tellerdusche. An der Decke war eine Dusche angebracht, die erinnerte an einen großen Teller. Allerdings mit einem Durchmesser von einem halben Meter ein sehr großer Teller. In diesen Teller waren kreisförmig Bohrlöcher eingebracht. Drehte man den Hahn auf, kam aus den Löchern das Eiswasser. Wer diese Dusche benutzte, war nicht nur mutig, sondern auch ausdauernd. Dann gab es noch den berühmten Wasserschlauch und ganz normale Kaltduschen.

Das Freigelände wird eigentlich nur im Sommer als Schauplatz genutzt. Dann sind die Liegen von Interesse. Man sitzt auf den Bänken, die am Rand des Geländes stehen und betrachtet das Hinlegen oder Aufstehen der Besucher. Es könnte ja sein, dass jemand Hilfe beim Aufstehen benötigt und man wäre sofort präsent. Hier wird also genau hingeschaut, wer nicht mehr hochkommt. Die unbeabsichtigten Enthüllungen derer, die sich mit einem Bademantel oder einem Handtuch bedeckt hatten und nun wieder aufstehen, werden wohlwollend entgegengenommen.
Rund um das Warmwasserbecken sind Tische und Stühle aufgestellt. Hier können die Raucher und Nichtraucher verweilen und sich an den Badegästen, die sich im Warmwasserbecken aufhalten, erfreuen. Die Schwimmkünste einiger Gäste lassen zwar zu wünschen übrig, doch die schönen Bewegungen der einzelnen Körperteile lassen dies schnell vergessen. Auch hier wird das Rückenschwimmen sehr gerne gesehen und mit freudigen Augen entsprechend belohnt. Im Freigelände gibt es auch noch eine große Liegewiese. Hier kann man auf einer Liege, auf einem Stuhl oder auch nur auf einem Handtuch

verweilen und die Sonne genießen. Am Ende der Wiese gibt es ein kleines Wäldchen. Viele Besucher beobachten nun dieses Wäldchen, um zu wissen, wie lange das eine oder andere Pärchen, die nicht unbedingt zusammen angekommen sind, in diesem Wäldchen verweilen. Auch ihre Einfälle, um es so unauffällig wie möglich zu gestalten, sind immer interessant. Es gibt auch die Personen, meistens männliche, die ohne Begleitung in das Wäldchen gehen. Ein kleiner Spaziergang tut immer gut, und wenn man dabei noch etwas sieht, ist der Spaziergang doppelt schön.

Die beiden waren, wie bereits erwähnt, schon sehr früh am Eingang. Weil sie mit den Ersten in der Sauna waren, hatten sie Glück und fanden zwei freie Liegen, die nach außen gerichtet waren. Direkt an der Glaswand, in unmittelbarer Nähe der Außendusche und des Außenbeckens. Schnell wurden die großen Saunatücher dort abgelegt. Dann ging Willi zurück und holte die anderen benötigten Sachen aus ihren Spinden. Eigentlich ist es nicht erlaubt, die Liegen auf Dauer zu belegen. Aber bis jetzt hat es dafür noch keinen wirklichen Ärger gegeben.
Nachdem Willi die restlichen Sachen geholt und auf den Liegen verteilt hatte, legte man sich hin. Ausruhen vom »Belegungsstress«.
Nach einer Weile sagte Erna: »Willi schau mal, da ist einer mutig und will in das Außenbecken gehen«, und stupste Willi etwas an.
»Mal sehen, Erna, ob das ein Ferkel ist oder einer, der sich an die Vorschriften hält«, sagte Willi und richtete seinen Blick auf die Dusche.
»Gut gebaut ist er jedenfalls und auch noch nicht so alt« bemerkte Erna, die sich nun etwas aufgerichtet hatte. »Gut gebaut war ich in dem Alter auch, allerdings waren wir schneller unter der Dusche und dann im Wasser, als die Damen schauen konnten«, sagte Willi und lachte über seinen eigenen Witz.
»Du hast den Damen damals das Gucken nicht gegönnt?«
»Nee, ich wollte denen nicht zeigen, wie ich gebaut bin.« »Ach, Willi, man muss doch auch »gönne könne«. Sieh doch, der ist jedenfalls ein Reinling und geht ganz unter die kalte Dusche. Mal sehen, wie klein er wieder rauskommt.«

»Da haste Spaß dran, was, Erna? Ist aber irgendwie ungerecht. Wir Männer sehen bei Euch höchstens ein paar Nippel wachsen und Ihr die ganze Pracht.«

»Ja, die schwindende Pracht, meinst du wohl.«

Während dessen ist der junge Mann in das Schwimmbecken eingetaucht und dreht dort seine Runden. Zur Freude einiger Zuschauerinnen beherrscht er auch das Rückenschwimmen. »Der junge Mann bleibt aber lange im Wasser«, bemerkte Erna mit Blick auf das Schwimmbecken.

»Sei nicht so ungeduldig, wirst »ihn« schon noch mal zu Gesicht bekommen.«

»Da, Willi, da kommt er raus!«, ereiferte sich Erna.

Willi gab ihr mit einer Handbewegung zu verstehen, dass sie etwas leiser sein sollte.

»Mein lieber Mann, dem ist gar nicht so kalt geworden. Er ist jedenfalls immer noch gut im Futter, wenn ich das mal so sagen darf.«

»Darfste, Erna, darfste. Ich jedenfalls schau mir lieber die da drüben an, die mit dem schmalen Handtuch um den Hintern. Die kommt gerade aus der Sauna und dampft wie ein Wasserkessel. Die Figur passt jedenfalls dazu. Ein wenig länger sollte sie ihr Handtuch schon wählen, siehste doch trotzdem fast alles. Ein reines Vergnügen ist das aber nicht. Der Bauch ist so hängig, dass man von dem »Gemüse« da unten kaum was sieht. Ach, schau an, die will auch unter die Dusche oder in das kalte Becken.«

Die etwas beleibte Frau ging zur Dusche und nahm ihr Handtuch ab.

»Habe ich doch gesagt: Wenn die ihr Handtuch wegnimmt, siehst du eine ordentliche Speckrolle.«

»Willi, die habe ich auch, aber da sagst du nichts.«

»Erna, erstens hast du nur ein kleines Röllchen, und zweitens schaue ich da doch nicht mehr so oft hin. Früher, ja früher habe ich da immer hingesehen, jedenfalls in die Richtung. Aber mit den Jahren ist das wie mit so einer Häuserwand. Am Anfang findest du die unheimlich interessant, da die Wand neu verklinkert wurde. Mit der

Zeit wird sie zur Gewohnheit. Irgendwann siehste die gar nicht mehr.«

»Eine Wand, Willi, ich bin doch keine Wand, vielleicht ein Mäuerchen, das gebe ich ja zu, aber eine Wand ist die da. Oh Gott, hat die einen Hintern! So groß ist mein Hintern aber bei Weitem nicht.«

»Nee, Erna, da hast du wohl recht, eine Wand bist du nicht. Wenn überhaupt, ein kleines Mäuerchen. Ein schönes Mäuerchen. Und dein Po strahlt, wenn du dich bückst, und verdunkelt nicht den Raum.«

»Das hast du aber lieb gesagt, Willi.«

»Erna, da geht der Koloss, der aus dem Wasser, und stolziert wie ein Hahn auf dem Bauernhof über die Terrasse. Soll ich rausgehen und ihm sagen, dass er eine Verehrerin hat?«

»Willi, ich meinte doch nur, dass seiner nicht viel kleiner war, als er aus dem kalten Wasser kam. Weißt du, warum das bei den Männern so unterschiedlich ist?«

»Unterschiedlich bei was?«

»Na, dass die einen ins Wasser gehen und fast als Frau wieder herauskommen und die anderen eben immer noch als Mann?«

»Erna, ich gehe mal davon aus, dass du die Penisgröße meinst.« Ohne eine Antwort von Erna abzuwarten, sagt Willi: »Nee, Erna, das weiß ich nicht. Vielleicht liegt es an der Grundkonstruktion.«

»An der Grundkonstruktion?«, fragte Erna etwas ungläubig.

»Ja, an der Grundkonstruktion. Bei manchen wächst er ja auch nicht besonders, wenn er erregt wird. Es kann sein, dass der dann auch nicht so schrumpft«, und versuchte, damit die Frage zu beantworten. Er reagierte etwas unwirsch, da er es nicht leiden konnte, wenn sein Teil kleiner wurde.

Seiner schrumpfte nämlich bei kaltem Wasser. Natürlich wuchs er bei warmem Wasser oder bei einer Reizung wieder. Besonders in der Sauna war es ihm immer unangenehm, mit so einem »Kleinen« herumzugehen. Es muss aber gesagt werden, dass sein vermeintlich kleiner Penis bei weitem größer war als der vieler anderer Besucher.

»Gut, dass das bei dir anders ist. Ich find das lustig, wenn du mit einer Zipfelmütze aus dem Wasser kommst.«

»Erna, angenehm ist das aber nicht, wenn der so zusammengekauert da unten rumhängt.«

Bei dem Gespräch hatten sie die korpulente Dame nicht aus den Augen gelassen.

»Da, jetzt stellt sie das Wasser an. Mein lieber Scholli, da haste aber mal eine Oberweite vor Augen. Da werde ich ja richtig neidisch drauf. Ich sehe doch, wie dir das Wasser im Munde zusammenläuft.«

»Ach, Erna, das ist nur der angeborene Saugeffekt, den haben wir nun mal alle mit in die Wiege gelegt bekommen. Ist also genetisch bedingt, dass ich darauf Hunger bekomme. Allerdings hat sie wirklich riesige Euter und Warzen so groß, wie andere Frauen Brüste haben.«

»Hast du gesehen, wie gebeugt die geht? Das Gewicht der Brüste zieht sie nach unten, und deshalb muss sie sich ständig dagegen stemmen. Ist wie bei einer Schwangeren, aber höher.«

»Lass es gut sein, mehr wie du schon hast, ist gar nicht nötig. Bin ja auch nicht mehr der Jüngste, um so viel zu heben.«

»Und ich dachte schon, du wirst unzufrieden, wenn du solche Massen siehst.«

»Ansehen heißt nicht immer auch haben wollen. Da würde ich mich ja ständig dran verschlucken, weil ich versuchen würde, ihre Warze in den Mund zu bekommen. Erna, deine Warzen sind groß genug. Mehr bekomme ich nicht in den Mund. Und Mundstarre ist bei einem Liebesspiel immer schlecht.«

Sie lächelte und streichelte wie durch Zufall ihre Warzen. Willi sah die Bewegung und wusste, dass er die richtigen Worte gefunden hatte, damit Erna nicht dachte, dass er sich nach solch einer Masse auch schon mal sehnte. Für ihn war es der Neandertaler, der uns geprägt hatte, sich auch mit gewaltigen Dingen auseinanderzusetzen. Dies wäre so eine Aufgabe, und vom Verschlucken ist noch keiner gestorben.

Im gleichen Moment, als sie ihre Brüste von ihm wegdreht, sagt Erna: »Sieh mal, Willi, das ist eine vornehme Dame, sie will nicht, dass man sieht, wie sie sich vorne wäscht. Die dreht sich erst um und bückt sich dann.«

»Warum wird das hier so dunkel – hat da einer die Jalousien runtergelassen?«

»Nee, Willi, ist nur ein bisschen Sonnenfinsternis. Wirst sehen, wenn sie sich wieder aufrichtet, wird es auch wieder hell. Nur gut, dass hier drinnen immer das Licht leuchtet, sonst würde man sich glatt verlaufen, wenn so ein Prachtweib sich bückt.«

Natürlich schaute Willi sich auch noch die anderen Attribute dieser Dame an, die sie »unbeabsichtigt« ins rechte Licht rückte, bevor sie im Wasser verschwand.

Nicht nur ihr Hintern war gewaltig. Dadurch, dass sie sich abwechselnd die Beine abgewaschen hatte und so das eine oder andere Bein nach vorne stellte, waren auch Einblicke möglich, die man vielleicht nicht wirklich hätte haben wollen.

»Klar, wer solche Warzen hat, der hat auch solche Löcher.«

Ihm war nicht klar, ob er die auch mal haben wollte. Sein unterer Freund dachte da schon eher an eine Zusammenkunft. Die ganze Duschaktion hatte etwas mehr als drei Minuten gedauert. Ihre Zeit im Becken höchstens sechs. Natürlich duschte sie sich danach auch wieder ab. Da sie diesmal auch den Bauch mit Wasser verwöhnte und dafür die Speckrolle etwas anhob, konnte Willi nun auch ihre Gemüsepracht bewundern.

»Das nenne ich mal einen Bären. Die hat sich im Leben noch nie rasiert. Die Haare gehen ihr fast bis zum Bauchnabel und runter an die Oberschenkel.«

»Willi, wenn du vorhin genau hingesehen hättest, als sie sich bückte, wüsstest du jetzt, dass sie die auch bis zum After hat.«

»Erna, wo schaust du denn hin?«

»Willi, nur damit ich dir berichten kann, wenn du mal was nicht gesehen hast, so wie jetzt.«

Er verschwieg ihr, dass er da ganz genau hingesehen hatte.

»Komm, Willi, lass uns einen Saunagang machen.«

»Das ist mal eine gute Idee von dir, Erna. Wer will schon solche Aussichten haben? In welche Sauna sollen wir denn gehen?«, fragte Willi und wusste eigentlich, was jetzt kommt.

»Bitte, gehen wir heute mal in die nordische Sauna?«

Nun war er erstaunt, denn Erna ging sonst immer sehr gerne in die finnische Sauna. Diese war nicht ganz so heiß wie die Nordische. Deshalb fragte Willi, »Meinst du denn, du schaffst das heute? Beim letzten Mal hast du es nicht geschafft. Da mussten wir mitten im Saunagang rausgehen, weil es dir nicht so gut war. Ich will damit aber nicht sagen, dass du dich nicht hättest melden sollen. Um Gottes willen, es war gut, dass wir dann raus sind. Wer weiß, was sonst noch mit dir gewesen wäre. Nach der frischen Luft ging es dir ja auch schnell wieder besser.«

»Ja, ich weiß, tut mir ja auch leid. Aber das war auch mit dem besonders heißen Aufguss. Heute können wir ja gehen, wenn kein Aufguss ist.«

»Nee, Erna, wenn wir in die Nordische gehen, dann will ich auch den Aufguss haben. Heute ist Sonntag und da macht den Aufguss das Fräulein Irene. Ich weiß, dass deshalb, weil ich mir den Plan für die Aufgüsse angesehen habe.«

»Ach, Nachtigall, ick hör dir trapsen. Irene, das Fräulein Irene also. Ist das nicht die mit dem kleinen Po und dem Tattoo vorne unter dem Nabel?«

»Ja, Erna, das ist die, und die macht den Aufguss gut.«

»Willi, du willst nur wieder die Tätowierung sehen. Die hat dir schon beim ersten Mal gefallen.«

»Na klar hat die mir gefallen, die ist mal originell.«

»Willi, was ist an einem Spruch: »Der Weg zum Glück« und ein Pfeil in die Richtung, wo es die Frau gerne hat, originell? Das ist einfach geschmacklos, und was ist, wenn Kinder ihre Eltern fragen, wie das wohl gemeint ist?«

»Ich finde, das ist einfach und gut. Es soll einige Männer geben, die sich nicht auskennen, und da ist doch so ein Tattoo ein sehr willkommener Hinweis.«

»Außerdem hat die einen viel zu großen Busen für diesen Job. Da wackelt nicht das Tuch zum Wedeln, da wackelt der Busen und der verwirbelt die Luft.«

»Moment, Erna, jeder sollte das Recht haben, den Beruf auszuüben, den er will, und körperliche Gebrechen sollten dabei keine Rolle spielen.«

»Willi, das sind keine körperlichen Gebrechen, das sind Melonen, und du liebst den Aufguss von ihr. Sobald sie das Handtuch ablegt, um damit zu wedeln, möchtest du diese Melonen am liebsten auffangen.«

»Ach, und was ist mit deinem Jürgen? Der, der Sonntagsmittags in der finnischen Sauna wedelt. Wenn der sein Handtuch abnimmt, um zu wedeln, merke ich, wie du nicht nur mit den Beinen zuckst.«

Erna schaute nach unten, so als ginge es sie nichts an.

»Und ich weiß auch, warum du immer fünf Minuten früher reingehst.«

»Willi, das stimmt doch gar nicht«, unterbrach sie ihn nun, ließ aber den Kopf unten.

»Und ob das stimmt. Denk mal ja nicht, ich wäre alt und bekomme das nicht mit. Ich weiß genau, dass du früher reingehst, um den Platz unten, in der Mitte der Bank, zu bekommen.«

»Da ist es nicht so heiß wie oben.«

»Muss es ja auch nicht. Du bist ja dann schon heiß genug, obwohl er noch gar nicht angefangen hat mit seinem Aufguss.«

»Willi, was erzählst du da?«

»Erna, wenn du beim letzten Mal mit dem Kopf noch ein Stück nach vorne gegangen wärst, dann hätte er dich beim Wedeln getroffen. Aber nicht mit dem Handtuch.«

»Oh, das ist mir gar nicht so bewusst gewesen. Der Junge erinnert mich doch nur an dich, und ich stell mir vor, wie toll es wohl ausgesehen hätte, wenn du in jungen Jahren das Handtuch geschwungen hättest. Du hättest sicherlich noch besser gewedelt als dieser Jürgen.«

»Ich kann mich nicht daran erinnern, je gewedelt zu haben. Jedenfalls nicht in einer Sauna und schon gar nicht vor einem Publikum. Erna, weißt du was, wir gehen jetzt in die nordische, beim nächsten Mal in die finnische Sauna, und wir lassen uns beide bewedeln.«

»Ja, Willi, das machen wir. Schön, dass wir uns mal wieder einig sind. Ich hoffe sehr, dass du mir zuhause zeigst, ob du wedeln kannst. Ein Handtuch brauchst du dann aber nicht.«

»Erna, kann es mal sein, dass du zu viel gesehen hast von den Dingern, die ein Mann so mit sich trägt?«

»Gesehen habe ich sicherlich genug, nun will ich aber bald auch was fühlen.«

»Komm, Erna, ab in die Sauna, da kommst du hoffentlich erst mal auf andere Gedanken.«

»Oder auch nicht«, dachte sie und folgte Willi.

Als sie auf die Uhr schauten, bemerkten sie, dass sie zu spät dran waren, um den gedachten Saunagang zu tätigen. Die Türe der Sauna war schon verschlossen und das Schild »Bitte nicht stören« hing an der Fensterscheibe.

»Schade, Willi, nun kannste keine Melonen wedeln sehen.«

»Aber du hast Glück, Erna, wir können gleich zu »deinem« Jürgen in die Sauna gehen und beim nächsten Mal zu »meiner« Irene. Dann tauschen wir das Programm eben.«

»Ach, Willi, was bist du nur für ein Goldstück.« Sie erzählte Willi nicht, dass sie die ganze Zeit die Uhr im Auge hatte, während sie sich unterhielten. So wusste sie schon im Vorfeld, dass heute auf jeden Fall jemand für sie wedeln würde. Pünktlich machte man sich auf zur nordischen Sauna. Schon auf dem Weg dorthin bemerkte Willi die Unruhe von Erna. Sie beschleunigte ihre Schritte. So wie er es schon des Öfteren bemerkt hatte. Schnell die Badelatschen abgelegt, und schon war Erna in der Sauna verschwunden. Willi kam ihr kaum nach.

Natürlich saß Erna auf ihrem Lieblingsplatz, wie Willi feststellen konnte, nachdem auch er in der Kabine war. Sie hatte sich etwas rechts vom Ofen, fast gegenüber der Eingangstüre hingesetzt. Willi setzte sich nach oben. Nur noch zwei weitere Personen befanden sich in dem Raum. An den umgedrehten Sanduhren war zu erkennen, dass die bald ihren Saunagang beendeten.

In der 80 Grad heißen finnischen Sauna gab es drei Etagen, wo man sich setzen oder auch hinlegen konnte. Wenn es einen Aufguss gab, war die Sauna meistens so voll, dass man nur noch sitzen konnte. Nach und nach füllte sich nun die Sauna.

Pünktlich zur vollen Stunde erschien ein Mann mit einem großen Handtuch. Er hatte einen Eimer in der Hand, und darin war eine Kelle und Wasser mit einem Zusatz. Nachdem er in den Raum getreten war, öffnete er die Türe. Seinen Bottich stellte er an die Türe, damit sie offenblieb. Er stellte sich davor, nahm sein Handtuch ab und bewegte es in der Luft auf eine Weise, dass sich das Tuch wie ein Segel aufblähte. So holte er noch mehr frische Luft von außen in die Sauna.

Erna war begeistert, wie schön er die Luft von außen nach innen transportierte. »Er benutzt seine ganzen Kräfte, um eine frische Brise nach innen zu befördern. Welche Kraft wendet er wohl an, um bei einer Frau eine »Brise« zu erzeugen.«

Von den Gedanken und den Blicken bekam Willi nichts mit. Er sah nur, dass Erna sich etwas unruhig auf ihrem Handtuch hin und her bewegte und ihr Kopf dem Ausgang zugewandt war. Kaum dass Erna ihre Gedanken an die Kräfte des Mannes zu Ende gedacht hatte, hörte der mit der Luftzufuhr auf und kam erneut in den Raum. Jetzt war Willi wieder klar, wonach Erna die ganze Zeit geschaut hatte.

Der Angestellte schloss die Türe und drehte das Schild an der Türe um. Von außen war jetzt zu lesen. »Bitte nicht eintreten, Aufguss.« So war sichergestellt, dass niemand die nachfolgende Zeremonie störte.

»Hallo, ich bin der Jürgen und habe für euch einen Lavendelduft mitgebracht.«

»Und einen schönen Körper«, dachte sich Erna. Gerne hätte sie dies auch gesagt, hielt sich aber zurück, obwohl sie sicher war, dass auch andere Frauen das bestätigt hätten.

Jürgen nahm nun eine volle Kelle mit Lavendelwasser aus dem Holzeimer und goss es auf die heißen Steine. Der entstandene Dampf stieg nach oben und verteilte sich unter der Decke. So bekamen nur die in den oberen Reihen diese aus Hitze und Dampf bestehende Wolke ab. Deshalb nahm Jürgen wieder sein übergroßes Handtuch und wedelte damit durch die Luft.

Der heiße Dampf wurde dadurch von der Decke nach unten in den Raum gedrückt. Nun bekamen alle Besucher einen heißen, feuchten Wind auf ihren Körper. Er wedelte so stark, dass sich sein ganzer Körper bewegte und auch sehr angestrengt war, da die Raumtemperatur mittlerweile schon 90 °C hatte.

Bei einem Aufguss steigt die Temperatur immer um 20 °C höher als im normalen Betrieb. Willi sah, warum Erna genau da sitzen wollte, wo sie jetzt saß. Jürgen war sehr gut gebaut, hatte eine athletische Figur, und auch sein Teil konnte sich sehen lassen. Nicht ganz so groß wie seins, aber doch recht beachtlich. Erna achtete nicht auf das Wedeln des Handtuches, sondern hatte den Blick auf das Wedeln von seinem besten Stück im Auge. Jürgen kam ihr manchmal bedenklich nahe. Immer, wenn er in ihre Richtung ging, beugte sie sich auch etwas vor. Fast hätte er sie hier und da mal berührt. Willi musste fast lachen.

»So ein Luder«, dachte er. »Sie will es aber ganz genau wissen.«

Kaum hatte er das gedacht, passierte es. Jürgen berührte sie an der Nase, die zufällig von ihr etwas zu sehr in den Raum gehalten wurde. Auch ihre Nachbarin, eine Frau um die achtzig Jahre, sie hatte sich bei Beginn des Saunagangs neben Erna gesetzt, bekam »Jürgen« zu spüren. Allerdings traf er ihre Ohren, da sie sich gerade in diesem Moment etwas zur Seite gedreht hatte. So was hatte Willi noch nicht gesehen. Erst jetzt fiel ihm auf, dass die gesamte untere Reihe ausschließlich von Frauen besetzt war. Jürgen wedelte weiter, als ob nichts gewesen wäre, trat aber ein Stück zurück. Auch Erna nahm es gelassen hin und tat so, als sei nichts geschehen.

An ihrem Gesichtsausdruck, sie hatte sich kurz zu Willi umgedreht, war klar zu erkennen, wie gut ihr das getan hatte. Jürgen hatte mittlerweile sein gesamtes Wasser verbraucht und war selbst auch ziemlich nass geworden. Sein ganzer Körper war mit Schweißperlen bedeckt, und er tropfte wie eine Tropfsteinhöhle. Besonders an den hervorstehenden Körperteilen sammelte sich der Schweiß und tropfte herunter. Noch einmal wedelte er mit dem Handtuch und mit ganzer Kraft die heiße Luft von der Decke herunter auf die erwartungsvollen Personen. Dabei wurde die Nässe von seinem Teil ebenfalls durch den Raum geschleudert. Erna war nicht die Einzige, die nach so einem Tropfen lechzte. Natürlich wusste Erna, dass gleich Schluss ist mit Wedeln, und so schaute sie noch einmal genauer hin. Auch ihre Nachbarin hatte sich wieder etwas vorgebeugt.

Durch die Anstrengung war »Jürgen« etwas kleiner geworden, doch immer noch groß genug, um die Aufmerksamkeit der Damenwelt zu genießen. Willi war sich sicher, auch Erna war nass und das nicht nur vom Schwitzen.

»Ich hoffe, es hat Ihnen gefallen und möchte Sie bitten, noch zwei Minuten in der Sauna zu verbringen, damit Ihr Körper noch die volle Hitze aufnimmt. Genießen Sie noch schöne Stunden in unserer Anlage.«

Mit Applaus wurde Jürgen in die Freiheit entlassen, während Willi und Erna noch zwei Minuten die Hitze genießen wollten. Einige verließen aber mit dem »Wedler« die Sauna.

Bei einem Aufguss ist so eine hohe Luftfeuchtigkeit, dass man nicht mehr unterscheiden kann, ist man nass vom Wasser oder vom Schwitzen. Willi und Erna hatten am Ende kaum noch Luft bekommen. Deshalb stürmten sie jetzt ins Freie. Vor der Sauna wurde erst mal tief Luft geholt. Die beiden hatten sich so beeilt, dass sie die Handtücher nur mitnahmen und sich nicht damit bedeckten. Luft, Luft, Luft war das, was sie brauchten, und so dachten auch viele andere, die aus der Sauna stürmten. Die Besucher auf den Liegen vor der Sauna hatten mal wieder ordentlich was zu schauen. Selbst Jürgen hatte sich nicht sofort bedeckt, als er aus der Sauna kam. So wie er achtete niemand darauf, etwas zu verbergen. Nein, hier durfte die volle Pracht eines jeden beobachtet werden. Wie die anderen gingen auch Willi und Erna erst mal an die frische Luft. Nach und nach wurde der Puls ruhiger und die Atemlosigkeit ließ nach.

Als die beiden einige Minuten draußen verbracht hatten, wollten sie sich auch mit Eis einzureiben. Im Freigelände gab es eine Stelle, an der man sich Eis aus einem Bottich nehmen konnte. Das Eis kam aus einer Eismaschine, und die führte immer neues Eis nach, sobald der Bottich sich etwas geleert hatte. Beide nahmen Eis in die Hand und rieben sich gegenseitig ab. Vor allem Bauch, Rücken und Beine wurden mit dem Eis abgerieben. Erna hatte einen Augenblick den Gedanken, Willis Teil mit Eis abzureiben. Sie verwarf diesen Gedanken jedoch, da zu viele Personen an der Eismaschine anwesend waren. Dies zu tun, hätte ihr aber sehr viel Spaß bereitet, dessen war sie sich sicher. Willi bemerkte, dass Erna lächelte.

»Was gibt es zu lachen?«, fragte er Erna.

»Ach, ich hatte noch etwas Eis in der Hand, und eigentlich hatte ich alle Stellen bei dir abgerieben, außer …«, und unterbrach sie sich selbst und lachte wieder.

»Wage es ja nicht«, ermahnte Willi sie und machte eine Handbewegung, die klar zu deuten war. Popo klopfen würde es geben, sollte sie es wagen, sein Teil zu unterkühlen! Sie gingen nun wieder ins Haus zu ihren Liegen, holten die Duschtücher und duschten sich ab. Wieder kalt, versteht sich. Langsam, aber sicher wurde Willi zur Frau, denn zu viel Kälte hinterließ ja bei ihm Spuren der »Entmannung«. Nach der kalten Dusche gönnte er sich deshalb eine lauwarme Einheit Wasser.

Nach der Sauna und der Abkühlung wurde sich etwas ausgeruht. Nach einer Weile hatte Willi Durst, und man ging in das zu der Anlage gehörende Restaurant, um sich auch innen abzukühlen. Erna bestellte sich ein alkoholfreies Weizenbier. Willi nahm ein schönes, großes, kaltes Glas Altbier. Sie setzen sich in eine kleine Nische, direkt am offenen Kamin. Das war ihr Lieblingsplatz. Hier hatten sie das erste Mal etwas zusammen gegessen. Immer wenn sie an diesem Platz saßen, sprachen sie über die alten Zeiten.

»Mein Gott, ist das schon lange her. Wir waren gerade mal 55 Jahre alt. Was heißt alt, wir waren jung.«

Zu dieser Zeit waren sie und er eher unregelmäßige Saunabesucher. Beruf und Familie ließen es nicht immer zu. Der Zufall wollte es aber, dass sie sich trotz unregelmäßigen Besuchs mehrmals begegneten. Sie war auf ihn aufmerksam geworden, weil er genau wie sie immer alleine kam. Da er ein äußerst attraktiver Mann war, konnte sie sich das nicht erklären. Immer wieder hatte sie versucht, seine rechte Hand mal etwas genauer zu sehen. Besonders der rechte

Ringfinger interessierte sie und damit die Frage, ist er verheiratet oder nicht? Auch ihm war diese Frau aufgefallen, und dass sie als sehr attraktive Frau die Sauna alleine besuchte. Man beäugte sich, ohne dass man sich in irgendeiner Form näher kam.

Der Zufall war es mal wieder, der eine Möglichkeit bot, dies zu ändern. Eines Morgens ergab es sich, dass sie zur gleichen Zeit an der Kasse standen. Er hatte höflich »Guten Morgen« zu der Kassiererin gesagt. Da hatte Erna die Gelegenheit beim Schopfe gepackt und gesagt: »Das wünsche ich Ihnen auch.«

Er drehte sich um und sah nun die Frau aus der Sauna, die ihm von Anfang an aufgefallen war.

»Schön, dass Sie heute auch da sind, treffen wir uns nachher mal auf einen Kaffee an der kleinen Theke?«, hörte er sie sagen und war erst mal baff, schaffte es aber zu antworten.

»Sehr gerne. Bis nachher also.«

Er wusste gar nicht, wie ihm geschah, zu sehr war er überrascht über diese Unkompliziertheit von einer Frau, deren Namen er noch nicht einmal kannte.

Er ging in Richtung Umkleideraum, während sie sich eine Karte kaufte. Im Umkleideraum sah man sich wieder. Er war schon fast nackt, als sie um die Ecke bog und nur zwei Spinde weiter von ihm ihren Spind hatte.

»Ob es wohl heute voll ist?«, fragte sie, während sie anfing, sich zu entkleiden.

»Das will ich doch hoffen. Fast alleine in so einer großen Anlage ist doch langweilig.«

Er zog sich nun die Unterhose herunter. Einen Augenblick lang hatte er daran gedacht, sich umzudrehen, aber das wäre ja völliger Unsinn. »Sie sieht mein Gemächt eh gleich in der Sauna«, dachte er und blieb so stehen, wie er stand. Aus den Augenwinkeln bemerkte er die Blicke der Frau. Er sah auch, dass sie lächelte, bewundernd lächelte.

Sie hatte sich an der Kasse beeilt, um ihn noch in der Umkleidekabine zu treffen. Sie wollte sehen, welche Wäsche er trug. Sie hatte nämlich mal gelesen, aus der Wäsche eines Mannes Rückschlüsse über sein Leben ziehen zu können. So in etwa: Bieder gekleidet, weiße und eher altbackene Unterwäsche bedeutet: Entweder ist er noch bei Muttern oder verheiratet. Auf jeden Fall sehr konservativ. Shorts oder Slip, die auch noch farbig sind, bedeuten nach dieser Studie: Ein Junggeselle auf der Suche, der weiß, dass er des Öfteren in Wäsche gesehen wird und ist deshalb auch dort gut angezogen. Deutet aber auch auf einen flotten Ehemann hin mit entsprechenden Aktivitäten. Dazu gehören auch die Saunabesuche.

Es gefiel ihr, was sie zu sehen bekam. Er trug einen engen Slip. Hoch ausgeschnitten und die Konturen waren gut zu erkennen. Ja, er wusste, um seine gut gefüllte Hose und diese in Pose zu setzen. Als er die dann auch auszog, staunte sie und fühlte bestätigte, was sie vorher nur vermutet hatte. *Gut gebauter Mann* stellte sie fest und lächelte bei diesem Gedanken.

Aus den Augenwinkeln hatte er gesehen, wie sie ihn betrachtet hatte. Im Zusammenhang mit dem Hochziehen ihrer Augenbrauen war es als Anerkennung und Staunen zu bewerten. In der Zwischenzeit hatte auch sie begonnen, ihre Oberbekleidung abzulegen.

»Sie hat mich gesehen; nun will ich sie auch sehen«, dachte er sich und durchsuchte seine Tasche nach »wichtigen« Sachen. Da es in der Sauna keinen Platz für Saunataschen gab, mussten die benötigten Sachen, wie Handtücher, Duschgel und Bademäntel ohne diese Taschen mitgenommen werden. Das war zwar etwas umständlich, doch die Gegebenheiten waren nun mal so. Er holte die benötigten Sachen in aller Ruhe aus der Tasche, die auf der Sitzbank stand. Dabei stellte er sich so hin, dass er die Frau im Blick hatte und beobachtete, wie sie sich auszog.

Sie hatte sehr schöne Unterwäsche an. Ein leichtes Beige. Sehr viel Spitze an beiden Teilen, und sie waren durchsichtig, sodass er schon jetzt sehen konnte, was er später hoffentlich des Öfteren betrachten konnte. Eigentlich kannte er das alles schon von den letzten Saunabesuchen, wo er sie bei der einen oder anderen Begegnung schon beobachtet hatte. Aber so leicht verdeckt gab es einen ganz anderen Reiz. Er sah ihre üppigen Brüste schön verpackt und ihre dunklen Knospen durch die Spitzen. Ihr Po war eher klein und stand eigentlich im Widerspruch zu den Brüsten. Da hat sie sich wohl zweimal angestellt, als es um die Verteilung von Brust ging. Die Frau zog nun ihren Büstenhalter aus, und er nahm zur Kenntnis, dass die Brüste nicht so tief nach unten gingen, wie er es sich gedacht hatte. War die Erdanziehung bei so einer Größe eigentlich immer der Sieger, so hatte sie hier nur wenig Erfolg. »Sie hat ein straffes Gewebe«, dachte er und suchte weiter in seiner Tasche.

Einige Teile hatte er schon neben der Tasche abgelegt. Doch es war noch nicht alles, was benötigt wird. Außerdem wollte er jetzt auch sehen, wie sie ihren Slip auszieht. Er hatte nämlich gelesen, je nachdem, wie die Frau ihren Slip auszieht, kann man sehen, wie es um ihr Liebesleben bestellt ist. Zieht sie einfach den Slip mit einer Hand herunter, so ist da nicht viel mit Spielen. Das Ausziehen dient nur dem Zweck, es loszuwerden. Entweder, um unter die Dusche zu gehen, diesen zu wechseln oder ins Bett zu hüpfen. Wenn sie den Slip aber mit beiden Händen an den Seiten anfasst und sich dann beim Herunterziehen leicht beugt, sich etwas in seine Richtung dreht, dann wusste er, dass sie dies schon des Öfteren gemacht hat, und sie kann und wird spielen wollen. Genauso zog sie ihren Slip aus, nur noch etwas langsamer, als er sich das gedacht hatte.

»Das war schon mal ein richtiger »Hingucker«, da hat sich die Suche in der Tasche gelohnt«, stellte er fest, schaute aber immer noch zu ihr hin. Als sie sich nun aufrichtete, stand sie, wie Gott sie geschaffen hatte, vor ihm. Er hatte in den vorherigen Begegnungen gesehen, dass sie dunkle Schamhaare hatte. Allerdings sah er jetzt, dass sie die Schamhaare in eine Form gebracht hatte. Ein fast gleichschenkliges Dreieck war zu sehen.

»Sie rasiert sich mit Bedacht und versteht etwas von Geometrie. Oder lässt sie sich rasieren?«

Es gab ja Haarstudios für die Intimrasur, und da sie auch am Kopf sehr gut frisiert war, könnte es durchaus sein, dass sie auch hier den Fachmann / die Fachfrau zurate zog.

Die Frau beeindruckte ihn. Sie war sehr schön und hatte auch einen tollen Körper. Er musste jetzt den Blick abwenden, sonst würde er sehr schnell ein Problem bekommen.

»Ich geh dann schon mal vor, wir sehen uns ja nachher an der kleinen Theke mit der versprochenen Tasse Kaffee.«

Gesagt, getan, und er ging in den Bereich der Saunen und Duschen. Sie hatte sofort gesehen, dass sich bei ihm etwas geregt hatte. Zu deutlich war sein schon großes Teil angeschwollen. Nicht dass es sich erhoben hatte. Es hatte sich nur im Durchmesser und in der Länge verändert, und zwar ins Plus. Sie hatte den Blick fast nicht abwenden können von ihm. Er ist zu gut gebaut, um ihn nicht betrachten zu wollen.

Jetzt wusste sie auch, dass sie Eindruck mit ihrer Figur gemacht hatte. Obwohl sie ihren Busen zu groß fand gegenüber den anderen Körperteilen. Sie duschte ihren Busen jeden Morgen mit kaltem Wasser ab. Da sich dadurch die Haut zusammenzieht, bildete der Warzenhof eine starke Brustwarze und dadurch wiederum wird die Haut vom Busen gestrafft. Und im Wechselspiel von warm und kalt kommt das einer Hautstraffung gleich. Ihren Po empfand sie als schön. Damit er so straff und fest bleibt, ging sie täglich auf ihren Stepper. Das konnte man auch an den Beinen sehen, straffe Waden und kein Gramm Fett. Die Beine hätte sie sich allerdings gerne etwas länger gewünscht. Mit 168 cm Gesamtlänge war sie ja eher klein. Sie hatte gesehen, dass ihr Gegenüber bestimmt 180 cm groß ist. Nun, sie hatte nichts dagegen, einen größeren Mann zu haben. Möchte doch jede Frau zu ihrem Mann aufschauen können. Ihr Gatte war leider nur 170 cm groß, und da war nicht viel mit Aufschauen.

Nun fiel ihr aber wieder dieser Mann ein, und deshalb beeilte sie sich, aus dem Umkleideraum in den Saunabereich zu gelangen. Sie band sich ein Handtuch um die Hüfte, nahm ein größeres in die Hand, dazu ein Duschgel und ging in Richtung Saunagelände. Vor dem Besuch stand aber noch das Duschen an. Dazu wählte sie die gemischte Dusche. Die reine Damendusche benutzte sie nur beim Verlassen der Anlage. Da musste man sich etwas gründlicher abwaschen, und da wollte sie nicht allzu sehr beobachtet werden. Nicht dass sie prüde war, aber etwas Intimsphäre ist da dann doch angebracht. Der Körper wurde nur leicht abgewaschen. Kam man doch von zuhause und hatte dort vor dem Verlassen des Hauses geduscht.

Es war noch recht früh, und so hielt sich der Besuch in dem Duschraum auch in Grenzen. Schnell war sie fertig und stellte ihr Duschgel in ein leeres Fach.

Im Duschraum waren viele kleine Fächer, wo man Duschgel und Seife abstellen konnte. So ersparte man sich den erneuten Gang zum Spind, um das Gel wieder einzuschließen. Nur sehr selten kam es vor, dass mal ein Gel verschwand. Dies war dann in den meisten Fällen ein Versehen, da in der Regel die Männer vergessen, welches Duschgel oder Shampoo sie überhaupt mitgebracht hatten. Hilfreich waren dann die besseren Hälften (wenn sie denn dabei waren), um ihren Männern wieder auf die Sprünge zu helfen. Alleine wurde dann schon mal das Falsche benutzt.

Als sie aus der Dusche kam, schaute sie sich um, wo noch ein freier Platz oder eine freie Liege wäre. Natürlich schaute sie sich auch um, ob sie diesen attraktiven Mann erblicken konnte. Leider war von ihm nichts zu sehen. Dafür aber einige andere Männer. Die Sauna war im Gegensatz zum Duschraum gut besucht, und so musste sie etwas suchen, bis sie einen Platz fand. An der Seite im großen Aufenthaltsraum war noch ein Liegestuhl frei. Der war allerdings in der Nähe von einem Ausgang ins Freigelände, den sie eigentlich nicht so gerne mochte, aber sonst hatte sie keinen freien Platz gesehen. Hier setzte sie sich erst mal hin und akklimatisierte sich.

»Da ist sie ja«, sagte er zu sich selbst und hatte die Frau aus der Dusche kommen sehen. Er hatte die ganze Zeit auf sie gewartet und wusste, dass sie irgendwann aus einer der beiden Türen kommen musste. Und so hatte er sich einen Platz gesucht, wo er diese Duschtüren im Auge hatte. Wenn sie aus der Türe der Gemeinschaftsdusche kommt, ist das ein Zeichen, dass sie nicht spröde ist. Kommt sie aus der Damendusche, ist das ein Zeichen von einer gewissen Schüchternheit. Er nahm an, dass sie aus der gemeinsamen Dusche kommen würde, da sie bei ihm einen selbstsicheren Eindruck hinterlassen hatte. Schließlich hatte sie ihn angesprochen.

Den suchenden Blick von ihr nahm er mit Freude zur Kenntnis. War es, weil sie ihn suchte oder wegen eines freien Platzes? Wahrscheinlich beides, und er freute sich darüber, wie gut er die

Frau schon einschätzen konnte, obwohl sie doch nur wenige Worte gewechselt hatten. Er sah, dass sie in der Nähe der Ausgangstüre fürs Freigelände einen Platz gefunden hatte. Nun stand er auf und ging in Richtung der Herrentoilette, denn dann musste er unweigerlich an diesem Platz vorbei. Obwohl er kein Bedürfnis hatte, machte er sich auf und ging zum WC. Schon auf dem Weg zum WC sprach sie ihn an.

»Hallo, da sind Sie ja. Ich habe leider nur diesen Platz bekommen. Wo liegen Sie denn?«

»Ich liege etwas weiter rechts. Neben mir ist noch eine Liege frei. Wenn sie möchten, legen Sie sich doch zu mir.«

Er wusste nicht, wo er diesen Mut hergenommen hatte, das so auszusprechen, aber er hatte es gesagt.

»Ja, gerne, hier ist es ja nicht so schön. Außerdem können wir uns dann auch vor dem Kaffee schon etwas unterhalten.«

»Darf ich Ihnen beim »Umzug« helfen?«

Ohne eine Antwort abzuwarten, ging er nun auf sie zu. Vergessen war die Absicht, zum WC zu laufen – war ja sowieso nur ein Vorwand.

»Vielen Dank, aber es ist ja nicht viel, was man so bei sich hat. Nun ist es aber von Vorteil. Umso schneller bin ich bei Ihnen. Bitte gehen Sie vor und führen mich zu Ihrer Liege.«

Natürlich ging er vor und bedachte dabei, dass sie immer hinter ihm war. Er wollte sie doch jetzt nicht verlieren. Fast kam er sich vor wie ein Räuber, der seine Beute schon hatte, aber noch sichern musste und Angst hatte, sie im letzten Moment dann doch noch zu verlieren.

»Hier ist es, bitte, legen Sie Ihre Sachen ab.«

»Wie Sie sicherlich schon bemerkt haben, habe ich doch gar nichts an.«

Erst jetzt fiel ihm auf, dass sie in der Eile des Aufbruchs kein Handtuch bzw. keinen Bademantel angezogen hatte. Etwas verlegen schaute er sie an und half ein wenig, ihre Handtücher auf der Liege zu verteilen.

»Möchten Sie einen kleinen Tisch?« Ohne ihre Antwort abzuwarten, eilte er ein Stück nach rechts und nahm einen kleinen, freien

Beistelltisch. Platzierte ihn links von ihrer Liege. Er schob seine Liege nun etwas nach links und zog ihre etwas zu ihm. Durch diese Maßnahme ergab es sich, dass ihre Liegen fast zusammen waren. Die kleine Lücke zwischen ihren Liegen erlaubte es, sich gegenüberzusitzen.

Nach dem Ablegen der minimalen Saunautensilien auf ihrer Liege fasste er allen Mut zusammen und stand auf. Fast etwas schwierig, angesichts der Platzverhältnisse. Als er sich aufgerichtet hatte, sagte er: »Hallo, ich bin der Willi!«, und reichte ihr die Hand. Er war erstaunt, wie klar er redete, obwohl ihm das Herz in die nicht vorhandene Hose gerutscht war.

Sie stand nun auch auf, nutzte die ihr gereichte Hand dabei zur Unterstützung und sagte ihrerseits: »Erna, kurz und knapp Erna. Freut mich, Sie kennenzulernen, Willi.«

Beide lachten, weil es einen so offiziellen Charakter hatte. Aber jeder wollte dem anderen nicht sofort auf die Füße treten, was angesichts der Platzverhältnisse nicht ganz einfach war.

So war der erste Kontakt zwischen den beiden eher höflich. Nach einer kurzen Weile, sie standen sich immer noch händehaltend gegenüber, sagte Erna: »Willi, sollten wir uns nicht wieder setzen. Kostet dasselbe Geld.«

Wieder mussten beide lachen.

»Erna, ich lade Sie auf ein Glas ein, damit wir das auch richtig begießen können.«

»Sehr gerne«, sagte da Erna.

Nachdem sie ihre Beine und Füße entwirrt hatten, gingen sie an die Theke. Obwohl es gerade erst mal 10.30 Uhr war, bestellte Willi zwei Gläser Sekt.

»Oh, das ist aber großzügig«, dachte sie.

»Wenn schon denn schon«, dachte Willi.

»Was gibt es denn zu feiern?«, fragte die Bedienung.

»Nur eine kleine private Geschichte«, klärte Willi die Sache, ohne etwas zu verraten.

Als beide die Gläser in der Hand hatten, drehten sie sich etwas von der Theke weg und stießen mit den Gläsern an.

»Prost«, sagte Erna, »auf Willi« und er antwortete »prost, auf Erna.«
Dann tranken sie einen kleinen Schluck. Erna stellte ihr Glas ab und
machte einen kleinen Schritt auf ihn zu. Auch er stellte sein Glas ab
und kam ihr entgegen. Da hauchte sie ihm ein Küsschen auf die
Wange, was er erwiderte.

»So ist es doch Brauch, oder nicht, Willi?«

»Da hast du vollkommen recht, Erna. Schön, dass du es auch so
kennst.«

»Klar, ich bin aus Düsseldorf-Unterrath, und hier wird gerne
gebützt.« »Na, dann haben wir schon mal denselben Wohnort. Ich
wohne in Gerresheim, in der Nähe der Glashütte.«

Sie setzten sich hin und erzählten einander, wo und wie sie lebten.
Natürlich kam man auch auf das Alter zu sprechen. Jeder schätzte
den anderen ein, dabei lagen beide falsch. Erna, die angefangen
hatte, das Alter von Willi zu schätzen, titulierte ihn auf Mitte vierzig.
Fünf Jahre jünger als er in Wirklichkeit war. Willi entledigte sich der
Aufgabe mit den Worten: »Einem Mann geziemt es nicht, nach dem
Alter einer Dame zu fragen. Schon gar nicht, wenn man diese Dame
erst vor Kurzem kennengelernt hat.«

»Nun, dann will ich diese Regeln mal akzeptieren. Willi, ich bin
genauso alt oder genauso jung wie du. Fünfzig Jahre.«

»Danke, dass du mich von dieser Aufgabe befreit hast. Ich hätte dich
auf 42 oder 43 geschätzt.«

»Du charmanter Lügner. Aber danke für das Kompliment.«

»Erna, das meine ich wirklich so; du siehst toll aus und hast noch so
eine jugendliche Figur.«

»Das kann ich nur erwidern. Prost, Willi, auf unsere Jugend und
unsere geschönten Blicke.«

Sie prosteten einander zu und lachten dabei.

Es wurde ein schöner Vormittag für beide. Dabei wurden viele
Gemeinsamkeiten festgestellt und es wurde viel gelacht. Man sah
sich hier und da auch schon mal etwas tiefer in die Augen. Darüber
vergaßen sie die Zeit und vor allem den Gang in eine Sauna. Erst
gegen Mittag besann man sich auf den eigentlichen Grund ihres
Hierseins. Die Sauna. Als Erstes einigten sie sich, in die
Lichtersauna, das Helarium, zu gehen.

Die ist nicht so heiß, und der Körper kann sich langsam an die Wärme gewöhnen. Willi war eigentlich kein Freund von einer »Weicheier-Sauna«.

Erna erklärte ihm aber: »Lieber Willi, ich habe mir schon gedacht, dass du da eigentlich gar nicht rein willst und nur mir zuliebe zugesagt hast. Aber diese Sauna ist keine Sauna für Weicheier, wie du sie bezeichnest, sondern sehr gesund und für den gesamten Organismus eines Menschen förderlich. Jede Farbe in der Lichtersauna hat nämlich eine andere Wirkung. Was zunächst etwas esoterisch aussieht, ist wissenschaftlich erwiesen: Grün- und Blautöne beispielsweise wirken nachweislich beruhigend und aktivieren die Selbstheilungskräfte des menschlichen Körpers. Wenn du also eine leichte Erkältung hättest, würde durch diese Farben der Körper Abwehrkräfte mobilisieren.«

Willi hörte ihr nicht wirklich zu. Für ihn war es eine Weicheiersauna und davon ließ er sich auch nicht abbringen. Erna bemerkte zwar sein Desinteresse an ihrer Erzählung, fuhr aber fort: »Orange- und Rottöne dagegen erwecken die Lebenskraft und helfen dabei, Energie für die nächsten Herausforderungen zu schöpfen. Willi, wer weiß, welche Herausforderungen noch auf dich zukommen« sagte Erna und setzte sich kokett ins Licht. »Übrigens empfehlen die Ärzte eine solche Lichteinwirkung gerade während der Wintermonate, in denen viele Menschen zu leichten Depressionen und Stimmungsschwankungen neigen.«

»Schön zu wissen; jetzt haben wir Frühling, fast schon Sommer, da hilft das wohl wenig.«

»Doch, denn diese Lichter und Farben fördern auch die Durchblutung und helfen bei rheumatischen Erkrankungen.«

»Dann muss ich da auch nicht rein, denn ich habe weder Durchblutungsstörungen noch rheumatische Probleme.«

»Ach, Willi, sieh das doch mal als vorbeugende Maßnahme an. Durch die niedrige Temperatur von nur 50 °C schwitzt man nur geringfügig, und die etwas geweiteten Hautporen nehmen diese Lichter auf. Das ist dann so eine Art von Außen-nach-Innen-

Heilung. Ich bin übrigens durch das im Hintergrund leise vom Band eingespielte Vogelgezwitscher auch schon mal eingeschlafen.«

»Erna, es ist gut, ich habe doch schon zugesagt. Nun lass es uns auch machen« sagte Willi, dem die Erklärung von Erna etwas zu lang war. Er stand auf, nahm sein Saunatuch in die Hand und reichte Erna die Hand, um ihr beim Aufstehen zu helfen. Auch sie nahm ihr Saunatuch und griff noch nach einem Handschuh.

An der Sauna angekommen stellten sie ihre Badeschuhe neben der Saunatüre ab, und Willi öffnete die Türe. Er ließ Erna den Vortritt. »Ein Kavalier ist er auch hier«, bemerkte Erna, sagte aber nichts. Ihr Lächeln verriet sie jedoch. Nach dem Eintreten setzte Erna sich auf die mittlere Stufe der drei vorhandenen Ebenen. Willi setzte sich wie selbstverständlich neben sie. Fast vertraut saßen sie nun nebeneinander, so wie ein Ehepaar sich zusammensetzt. Willi drehte nur eine Sanduhr herum. Die war für beide gedacht. Erna hatte die gleiche Idee und nahm ihre Hand von einer zweiten Sanduhr wieder weg. Wenn man nicht in der Sauna wäre, wo man bekanntlich still sein sollte, hätten sie beide losgelacht über diese gemeinsame Denkweise.

Fünfzehn Minuten dauert ein Durchlauf des roten Sandes. 15 Minuten, wo sie still nebeneinander saßen und immer wieder den Blickkontakt suchten. Erna gab Willi den Saunahandschuh und artikulierte mittels ihrer Hände, dass er sie am Rücken etwas abreiben solle. Willi kannte zwar den Handschuh, von Abreiben hatte er aber keine Ahnung. So wurde ein zartes Streicheln daraus, und Erna musste innerlich sehr lachen, vermied aber, ihn darauf hinzuweisen. Nein, sie genoss seine Zärtlichkeit, auch wenn Willi bis zum verlängerten Rücken vorgedrungen war und das Handtuch, auf dem sie saß, etwas mit abrieb. Sollte sie aufstehen und ihm den ganzen Hintern anbieten? Nein, das wäre wohl zu auffällig.

Ihr Mann hatte sie immer so hart abgerieben, dass sie danach die Haut auf dem Rücken schmerzte. Ja, früher sind sie immer gemeinsam in die Sauna gegangen, aber seit er es mit der Lunge hat, darf er das nicht mehr. Aufgehört zu rauchen hat er deshalb aber immer noch nicht. Jetzt war es ihr recht, dass er nicht da war. Nicht, weil sie ihm die Krankheit gönnte, nein, weil sie jetzt jemanden gefunden hatte, mit dem sie sich auch unterhalten konnte, ohne gleich zu hören: »Blöde Frage, weißt du das nicht?« Oder: »Jetzt nicht bitte, ich brauche meine Ruhe. Lass uns ein anderes Mal darüber reden.«

Natürlich gab es nie ein anderes Mal. Erna war sehr einsam in dieser Zweisamkeit. Auch im Ehebett war sie eigentlich alleine, wenn da nicht Schnarchen, Stöhnen und das Ringen nach Luft wären, die sie immer daran erinnerten, doch nicht alleine zu sein. Sie war oft traurig, wenn sie die Paare in der Sauna sah. Besonders die älteren Ehepaare hatten es ihr angetan. Wie oft hatte sie gerade sehr alte Leute noch Händchen haltend in der Sauna beobachtet. Sie wusste, das würde es bei ihrem Mann nie geben. Zärtlichkeit sah bei ihm heute anders aus. Wenn es keine Beschimpfungen gab, so war das wie ein Lob zu verstehen, und wenn er mal Lust hatte, verlief das ohne viele Emotionen. Es musste nur praktisch und schnell sein. Er wollte seine Befriedigung und fertig.

»Ja nicht lange rummachen« war einer seiner Lieblingssprüche vor dem Akt und »Das war gut, so wollte ich es haben, gute Nacht.«

Er drehte sich dann um und zwei Minuten später war er am Schnarchen.

»Sie ist so nachdenklich«, dachte Willi und legte den Saunahandschuh zurück in ihre Hände. Dabei berührten sie sich. Sofort hörte er ein Seufzen.

»Ist was?«, fragte Willi. Er hatte geredet, da sie jetzt alleine im Saunaraum waren.

»Nein, Willi, es ist alles in Ordnung«, antwortete Erna. »Es ist schön hier und ich bin in guter Gesellschaft. Danke für das Abreiben. Das nächste Mal bitte nur etwas fester. Sonst schnurre ich wie ein Kätzchen.«

»Erna, mit schnurrenden Frauen kann ich umgehen, mit einem Saunahandschuh nicht wirklich. Werde mich aber bemühen, es so hinzubekommen, dass wir beide etwas davon haben.«

Da noch etwas Zeit war, aber wieder jemand in die Sauna gekommen war, verloren sie sich wieder in Gedanken. Dann war die

Zeit um, und man ging aus dieser »Glückseligkeit« hinaus. Eigentlich könnte man hier auch viel länger verweilen. Die sanfte Musik, die schönen Aromen und das sanfte Licht vermittelten sehr viel Ruhe. Willi wollte jedoch noch richtig saunieren und brach nach Ablauf der regulären Verweilzeit, angezeigt durch den durchgelaufenen roten Sand der Sanduhr, den Besuch ab. Da Erna ein Stück vor ihm zur Türe ging, betrachtete Willi ihren Po nun etwas genauer. Er sah einen schönen runden Po. Gerne hätte er mal gefühlt, ob er so fest ist, wie er ausschaut. Aber das würde dann doch zu weit gehen. Jedenfalls nicht am ersten Tag und vor allem nicht in der Sauna. Der Gedanke war aber da. Nun, Gedanken kann man nicht hören, und das ist wohl auch gut so. Viel später sollte er erfahren, dass sie nichts dagegen gehabt hätte.

Nach diesem für Willi eher schwachen Saunagang wurde sich abgeduscht. Da die Sauna nicht allzu heiß war, wurde die kalte Dusche auch nur kurz gewählt und dann ging man in das Schwimmbecken. Dort drehten sie einige Runden und gingen danach in den Ruheraum. Willi hatte sich seine Zeitung, die er jeden Morgen geliefert bekam, mitgenommen und Erna ein Buch, was sie zurzeit las. So ruhten sie sich erst mal etwas aus. Nach einer Weile ließ Erna ihr Buch auf ihre Brust sinken und versank in Gedanken und schlief auch etwas ein.

Durch Anstupsen an ihrem Arm wurde sie geweckt. Willi hatte sie berührt und gab ihr mit Handzeichen zu verstehen, dass es Zeit wäre, den Raum zu verlassen, da doch Saunatag wäre und nicht Schlaftag. Erna fand es witzig, wie er dies mit den Händen vermittelte. Aufstehen war einfach. Er zeigte auf sie und die Hand ging nach oben. Dann faltete er die Hände wie zu einem Gebet. Legte sie an seine Wangen, schaute sie an und schüttelte den Kopf. Dann nahm er eine Hand und wischte über die Stirn, so als wollte er Schweiß abwischen, und nickte mit dem Kopf. Was so viel bedeutete, wie dass er noch mal in eine Sauna gehen möchte.

Als sie aus dem Ruheraum heraus waren, lachte Erna los.

»Hast du eine Ausbildung als Pantomime oder beherrschst du die Zeichensprache? Ich habe jedenfalls alles verstanden, was du mir mittels deiner Hände zu verstehen gegeben hast. In welche Sauna möchtest du denn?«

»In die Nordische, da ist gleich Aufguss. Es würde mich freuen, wenn Sie, wenn du dem zustimmen würdest.«

»Ach, Willi, natürlich stimme ich dem zu. Übrigens habe ich das *Sie* auch hier und da im Kopf. Keine Sorge, das wird schon. Wir müssen uns nur mehrmals treffen, dann haben wir das Siezen sehr schnell vergessen.«

Sie ging auf ihn zu und küsste seine Wange.

Willi machte große Augen und schaute sie entsprechend an.

»Na, das war noch mal auf das *Du*. Ich hoffe, jetzt sitzt es besser.«

Nun musste Willi lachen. »Du bist mir ja eine. Aber du bist richtig. Komm, wir holen unsere Tücher und schwitzen den Arbeitsstress aus.«

Gesagt, getan gingen sie in die norwegische Sauna. Fast hätten sie keinen Platz mehr bekommen. Nur noch wenige Plätze waren frei. Willi und Erna mussten deshalb getrennte Plätze nehmen. Willi setzte sich in die obere Reihe, während Erna sich unten hinsetzte.

Kurze Zeit später kam auch schon ein Angestellter der Sauna. Er öffnete die Türe und ließ nun frische Luft hinein. Da sich die Sauna im Außenbereich befindet, wurde es sehr schnell etwas kühl in der Sauna. Das sollte sich aber schnell ändern.

»Hallo, ich bin der Karl-Heinz. Ich habe euch heute Orangenduft mitgebracht« stellte er sich vor. Dann schloss er die Türe, nahm den Eimer mit dem Orangenduftwasser und goss davon mit einer Kelle dreimal auf die heißen Steine. Sehr schnell füllte der erzeugte Dampf den Raum aus und legte sich auf die nackten Körper. Nun nahm Karl-Heinz das Handtuch, was er um die Hüfte gebunden hatte, in seine Hände und bildete daraus eine Art Segel. Dann hob er die Hände und drehte sich dabei herum.

Durch das Handtuch wurde nun der heiße Dampf verstärkt durch den Raum gewirbelt. Alle Leute, die in der oberen Reihe saßen, bekamen nun einen richtigen heißen Luftschwall ab, der ihnen fast den Atem nahm. Willi hatte die Augen geschlossen und genoss diese Hitze. »Das ist Sauna und nicht diese Weicheiersauna mit dem

Licht«, dachte er so für sich. Schon kam der nächste Hitzeschwall. Karl-Heinz schwang das Handtuch nach und nach in alle Richtungen. Erna, die unten saß, bekam nur einen leichten Luftschwall mit. Ihre Augen hatte sie aber offen. Schließlich war Karl-Heinz gut gebaut, und Erna wollte sich das Schauspiel nicht entgehen lassen.

Jedes Mal, wenn er sein Handtuch hin und her bewegte, wedelte sein Teil ebenfalls hin und her. Ebenso sein Sack, der gut gefüllt aussah, wie Erna für sich bemerkte. Sie sah mit Interesse aber auch schon mal den ganzen Mann an. Kräftig, groß und wirklich gut gebaut.

Karl-Heinz nahm wieder den Bottich und schüttete erneut drei Kellen Wasser auf die Steine. Sofort war der Raum wieder voller Dampf. Er wischte sich mit dem Handtuch den Schweiß von der Stirn. Die Saunabesucher schwitzen durch den Dampf und die Hitze. Er schwitzte zusätzlich durch die Hitze und die Anstrengung. Bei dieser Hitze noch Leibesübungen auszuführen, ist nicht jedermanns Sache. Wieder wedelte er das Handtuch durch die Luft. Erna beachtete dabei wieder das Wedeln im unteren Bereich, was ihr hier und da ein Zucken entlockte. Im Schritt war sie mittlerweile nicht nur durch die Hitze feucht. »Das ist ja nicht auszuhalten«, dachte sie und meinte damit nicht die Hitze. Karl-Heinz goss dann den Rest vom Orangenwasser auf die Steine. Dann nahm er das Handtuch wieder in die Hände, hob sie an und zog sie schnell wieder nach unten. So holte er die heiße Luft von der Decke wieder nach unten.

Nun bekamen auch die Saunabesucher in der unteren Reihe die heiße Luft ab. Nach und nach drehte er sich dabei, um alle zu erreichen. Erna konnte ihn nun von allen Seiten betrachten. »Toller Arsch«, stellte sie fest und war enttäuscht, dass er diesen zu schnell wieder wegdrehte.

»Ich hoffe, es hat Euch gefallen.«

Ein Applaus der Gäste bezeugte dies.

»Vor der Türe habe ich Euch einige kalte Orangenstücke hingestellt. Bitte, bleibt noch zwei Minuten sitzen und lasst die Hitze auf Euch einwirken. Bis zum nächsten Mal. Tschüss.«

Während seiner Rede hatte er sein Handtuch wieder um die Lenden gebunden, dann öffnete er die Türe und ging hinaus. Einige Besuche folgten ihm, da sie die Hitze nicht länger ertragen konnten. Willi setzte sich nach unten, da neben Erna nun ein Platz frei war. Nach den genannten zwei Minuten hatten aber alle genug, und man stürmte aus der Sauna hinaus.

Jetzt erst mal nach draußen und frische Luft atmen. Keiner der beiden sagte etwas, zu sehr rang man nach Luft. Erst nach einer Weile sagte Erna »Komm, Willi, lass uns auch einige Orangenstücke essen«, und sie gingen wieder zurück.

An der Sauna standen andere, die ebenfalls die Orangenstücke verzehren wollten. Willi und Erna gingen danach zu ihren Liegen und holten ihre Duschtücher.

»Jetzt wird erst mal kalt geduscht, damit der Körper etwas Temperatur verliert.«

Erna stimmte dem zu und sie suchten die Kaltduschen auf. Willi stellte sich unter den großen Holzeimer, und zu Ernas Erstaunen fackelte er nicht lange und zog an der Kette. Danach öffnete sich die Schleuse und ein nicht endender Wasserfall kam herunter und kühlte Willi ab.

»Na, du traust dich was.«

»Wieso, ist doch am effektivsten. Geht rasch und wirkungsvoll.«

»Ja, da hast du zwar recht«, lachte sie, »aber ich bin da eher etwas zaghaft«, und hatte begonnen, sich mit dem Wasser aus einem Schlauch abzukühlen. »Jedenfalls, was das Kaltduschen anbetrifft«, erzählte sie weiter.

»Zu Hause brause ich immer abwechselnd warm und kalt. Da ist das Wasser aber nicht ganz so kalt wie hier. Das Wechselbad ist gut für die Haut. Diese bleibt dadurch straff. Das kannst du an meinem Busen und an meinem Po erkennen. Alles schön fest.«

Willi war schon wieder überrascht, wie offen sie mit ihm sprach und mit ihm umging. So als würden sie sich schon Jahre kennen. »Ich habe mir gedacht, dass du Sport oder sonst was machst. Mir ist schon aufgefallen, dass du einen, äh, guten Körper hast.« Hier hätte Willi bald *guten Busen* gesagt, aber das hatte er sich dann in letzter Minute doch noch verkniffen.

46

»Ruhig, Willi, ruhig, alles zu seiner Zeit«, ermahnte er sich selbst.

»Ah, der Herr hat gute Augen, wie mir scheint.«

»Nun, du bist nicht zu übersehen; deine vorhandenen Attribute sind einfach zu schön, als dass man sie nicht beachtet.«

»Willi, wenn du aufrecht gehst und geradeaus schaust, dann siehst du über mich hinweg.«

»Seit ich dich gesehen habe, habe ich den Kopf immer etwas gesenkt, Erna. Der Herr gab mir das Augenlicht, um die Schönheiten dieser Welt zu sehen. Dass man dafür den Kopf etwas senken sollte, steht zwar nicht in seiner Anleitung, aber dafür hat man ja sein Gehirn«, antwortete Willi. An ihrer Reaktion merkte er, dass die Worte ihre Seele streichelten.

Sie trockneten sich ab und gingen wieder zu ihren Plätzen. »Lass uns etwas an die frische Luft gehen. Es ist zwar etwas windig, aber in der Sonne ist es sicherlich angenehm« sagte Erna zu Willi und streichelte ihm dabei über die Schulter. Sie legten beide ein Handtuch an und gingen aus dem Haus.

Etwas abseits setzten sie sich und unterhielten sich.

»Was ich dich vorhin schon fragen wollte: Rauchst du eigentlich?«

Erna war etwas irritiert über diese Frage.

»Nein, wieso? Wie kommst du jetzt darauf?«, und dachte sofort, dass er vielleicht rauchen würde und es bis jetzt nicht getan hatte, weil er sie nicht verärgern wollte.

»*Nein* hat sie gesagt, das ist schön«, dachte er sofort und sagte dann: »Ach, an der Kasse hatte ich den Eindruck, Zigarettenrauch bei dir wahrzunehmen und muss gestehen, dass ich da etwas vorbelastet bin. Meine Frau raucht die kleinen Zigarillos, und ich schaffe es nicht immer, meine Sachen davon fernzuhalten. Aber wenn ich es vermeiden kann, möchte ich wenigstens außerhalb der gemeinsamen Wohnung nicht mit Rauchern zusammen sein.«

Sie sah ihn an und prustete los.

»Weißt du, Willi, dass ich mir an der Kasse dieselbe Frage gestellt habe, weil ich doch auch an dir den Rauch gerochen habe. Ich bin so froh, dass du nicht rauchst. Ich habe nämlich zu Hause auch so ein Problem.«

Nun erzählten sie von ihren Partnern und welchen Kummer sie mit ihnen hatten. Durch die intensiven Gespräche merkten sie wieder nicht, wie spät es schon geworden war. Es wurde Zeit, wieder nach Hause zu fahren, allerdings nicht ohne das gegenseitige Versprechen, am zweiten Sonntag des nächsten Monats wieder hier zu sein.

Sie nahmen ihre Sachen und gingen in Richtung der Duschen. Als sie an der Duschtüre der gemischten Dusche angekommen waren, sagte Erna: »Also, bis zum nächsten Besuch in »unserer« Sauna«, und drückte Willi noch mal kurz.

»Ja, ich freue mich jetzt schon auf deinen Rücken, den ich dann etwas stärker abreiben werde.«

»Du hast auch gute Ohren, Willi« und schaute noch mal nach unten.

»Wo, bitte schön, habe ich denn meine Ohren?«, fragte sich Willi nun.

Erna lachte, als sie das fragende Gesicht von Willi sah, und ging nun durch die nächste Türe in die Welt der Damenduschen.

Wie schon erwähnt, hatte es Erna dann doch nicht so gerne, dass sie beobachtet wird, wenn sie sich gründlich abwäscht. Durch den eigenen und durch den Schweiß der anderen Besucher war man vielen Bakterien und Gerüchen ausgesetzt, und diese mussten runter. Dafür hatte sie in ihrem Fach nicht nur ihr Duschgel, sondern auch ihr Haarshampoo abgestellt. Da sie mittellanges Haar hatte, war es zwar ein wenig zeitaufwendig, diese zu waschen und dann auch noch zu trocknen, aber ohne diese Prozedur fühlte sie sich nicht wohl. Ein Besuch in der Sauna sollte ja das Ziel haben, dass man sich danach besser fühlt. In der reinen Damensauna sind die Duschen nebeneinander durch Trennwände nicht einsehbar. Duschvorhänge gibt es aber nicht. Da sich sowieso alle schon irgendwann nackt gesehen haben, ist dies auch nicht notwendig.

Man muss sich schon vor einer Duschtasse hinstellen, um den richtigen Einblick zu haben, und so dreist ist dann doch kein Gast. Jedenfalls ist Erna das noch nicht passiert. Klar, die eine oder andere schaut mal in die Kabine, geht dann aber weiter. Das ist eine Angewohnheit, die man automatisch macht, weil man wissen will, wer ist noch im Raum. Und natürlich auch die Neugier, ob man die Person schon mal gesehen hat oder es sich sogar um eine Bekannte handelt. Alles völlig unauffällig und vor allem nicht lästig. Die Spiegel an den gegenüberliegenden Wänden waren nötig, da dort auch die Haartrockner angebracht sind und die Ablage für weitere kosmetische Bedürfnisse der Damenwelt.

Als Erna in die Dusche kam, hörte sie von mehreren Stellen Duschgeräusche. Da sie nicht so groß war, konnte sie nicht über die Trennwände schauen, um zu sehen, welche besetzt bzw. welche unbesetzt waren. Also ging sie an den Duschkabinen vorbei und blickte kurz in die Kabine hinein. Besetzt, besetzt, besetzt. »Ah, die ist frei«, hing ihr Handtuch gegenüber dieser Kabine auf und ging hinein. Wenn man sie nun gefragt hätte, wie die Personen ausgesehen haben, die in den ersten drei Kabinen duschten, sie hätte es nicht mehr gewusst. Eine freie Kabine zu finden, hatte in dem Falle höchste Priorität.

Sie stellte sich unter die Dusche, und da fiel ihr die Dame aus der Kabine zwei ein, weil diese Person kaum Platz hatte und es nicht schaffen würde, sich so wie sie hinzustellen. Die Kabinen waren nicht groß ausgelegt, sodass man schon mit der Größe 52 etwas Probleme hatte. Deshalb stand diese Dame wohl auch seitlich in der Kabine. Nach diesen Gedanken konzentrierte Erna sich auf ihr Haar und auf ihren Körper, der gereinigt werden wollte. Dabei stellte sie fest, dass sie ihr Duschzeug noch in der anderen Dusche hatte. Also stellte sie ihr Wasser wieder ab, ging rüber in die gemischte Dusche und holte, was ihr fehlte. Willi fehlte ihr irgendwie auch schon, aber in Anbetracht einer Damendusche wäre er hier fehl am Platze.

Die Dusche war nach ihrer Rückkehr immer noch frei, und so sie konnte endlich das tun, was sie vorhin schon machen wollte: Haare waschen und den Körper vom Schweiß reinigen. Es dauerte nur eine kurze Weile, als sie hörte, wie links und rechts das Duschgeräusch endete. Irgendwann war nur noch ihre Dusche aktiv. Sie suchte zwar die uneinsehbaren Duschbereiche auf, aber ganz alleine in einem Duschraum zu sein, fand sie auch nicht gut.

Sie wurde etwas unruhig. Sie sagte sich in solchen Situationen immer: »Völliger Unsinn, was du wieder hast. Wir sind in einer Sauna, öffentlich, Publikum, jeden Augenblick kommt einer und geht einer, also was soll dir hier passieren?« Aber das nutzte nur wenig. Instinktiv beeilte sie sich jetzt mit dem Waschen. Als sie fertig war, ging sie an den Rand der Kabine und sah in den Raum. Aber der war immer noch leer. Sie nahm ihr Handtuch und trocknete sich gründlich ab.

Da bemerkte sie den Blick einer Frau zwei Kabinen weiter. Diese hatte sie wohl die ganze Zeit beobachtet und tat nun so, als trockne sie sich auch ab. Genau das war es, was sie nicht mochte. Denn diese Frauen waren in einer reinen Damendusche und wenn sie schauten, konnten nur andere Frauen gemeint sein. Erna ließ sich nichts anmerken, nahm ihr Handtuch und ihre Duschsachen und ging zu einem Haartrockner. Das Handtuch hielt sie vor ihre Scham, als sie an der Frau vorbeiging. Diese wusste nun Bescheid, dass sie nichts mit einer Frau zu tun haben wollte.

Ja, sie hatte da schon ihre Beobachtungen gemacht. So wurden schon einige Freundschaften geschlossen. Man wartete einfach in der Kabine oder man saß auf einer der vorhandenen Bänke, bis man mit der einen oder anderen alleine war, und wenn dann die entsprechenden Signale kamen, wurde ein Treffen vereinbart, sogar direkt nach der Sauna. Wenn man später diese Frauen oben am Ausgang sah, taten sie so, als wären sie alte Bekannte und fuhren gemeinsam weg.

Ein eindeutiges Signal war zum Beispiel, und dies hatte Erna erst vor kurzem erlebt, dass sich eine Frau nach dem Duschen auf die Bank gesetzt hatte und sich in aller Ruhe abtrocknete und danach mit einer Hautcreme einrieb. Nach kurzer Zeit setzte sich eine andere fast direkt neben sie. Auch sie trocknete sich sehr langsam ab. Dann fing auch sie an, sich einzucremen. »Würden sie so nett sein und mir den Rücken eincremen, dann würde ich das danach auch bei Ihnen machen«, und schon war der Kontakt hergestellt.

Erna hatte dies vor einiger Zeit aus ihrer Kabine beobachten können, weil sie die Bank etwas im Blickfeld hatte. Gerade so viel, dass sie die beiden sehen konnte, sie selbst aber nicht gesehen wurde. Sie sah, dass die Frauen sich sehr feinfühlig eincremten und auch den Po mit einbezogen. Das war kein Eincremen, das war streicheln. Sie schauderte, als sie daran dachte.

50

Obwohl die Haare noch nicht ganz trocken waren, verließ sie den Duschraum. Schnell war sie an ihrem Spind und zog sich an. Diesmal war sie alleine im Gang und hatte keine Zuschauer. Sie sah die Tasche von Willi und wunderte sich, dass er noch nicht weg war. »Eigentlich sind die Männer immer eher fertig als die Frauen.« Sie beschloss, auf ihn zu warten und setzte sich in das Restaurant. Hier musste er vorbei, wenn er die Sauna verließ.

Willi war währenddessen in die gemeinsame Dusche gegangen. Die Herrensauna kam für ihn nicht mehr in Frage. Hier sind die Duschen mit Trennwänden aufgeteilt, da es ja auch Männer gibt, die sich genieren zu zeigen, was sie haben bzw. nicht haben. Sie laufen auch in der Sauna immer mit einem Handtuch herum. Willi nahm kein Handtuch, wenn er in der Sauna umherging. Schon gar nicht über der Schulter. Im Gegenteil: Er hatte durch die Sauna mehr Selbstbewusstsein bekommen.

Er sah die anderen Gestalten und wusste, dass er im guten Mittelfeld zu finden war, wenn es um das Aussehen geht. Aus seiner »Männlichkeit« brauchte er auch keinen Hehl zu machen. Ihn zu verstecken war nicht nötig, da es nur wenige gab, die »ihn« überboten. Selbst im ruhigen Zustand bekam »er« bewundernde Blicke von einigen Damen, die ihn anlächelten, so als wollten sie alles mal von Nahem betrachten.

In der Sauna setzte er sich sowieso etwas höher, sodass die Damen in der unteren Reihe gegenüber wirklich was zu schauen hatten. Willi setzte sich wie alle anderen Männer etwas breitbeinig hin und schaffte so Luft für sein Geschlechtsteil. Sehr viele Männer saßen aber so, um Platz für ihren Bauch zu schaffen. Am Ende des Saunagangs stand er in Ruhe auf, stellte sich hin, nahm sein Handtuch in die Hand und verließ den Saunaraum. So ließ er noch allen Schauenden genug Zeit, ihn zu betrachten.

Als Willi in der gemischten Dusche war, stellte er fest, dass die Frauen in der Mehrheit waren. Das gefiel Willi; so hatte er es gern. Nicht, weil er unbedingt noch mal was sehen wollte, nein, er fühlte sich beim Duschen unter Frauen einfach wohler. In die Männerdusche ging er nur, wenn in der gemischten Dusche kein

Platz mehr frei war. Ihm war nämlich aufgefallen, dass oft eine bestimmte Sorte Mann in die Herrendusche ging. Er hatte ein Auge für diese Art von Männern. Ihr Verhalten, ihre Art zu gehen, ihre Tasse zu halten und wie sie ihre Blicke auf andere Männer gerichtet hatten. So wurde man in dieser Dusche oft für den Falschen gehalten.

Es war noch gar nicht lange her, da hatte er gesehen, wie sich ein Mann, mit einem Bein auf einer Bank, abgetrocknet hat. An sich ist das ja ganz normal, doch der hatte sich so in Pose gestellt, dass nicht nur sein Hinterteil betrachtet werden konnte, sondern auch seine behaarte Rosette. Und da war Willi so schlecht geworden, dass er sich übergeben musste. Gut, dass er nur etwas getrunken hatte und nichts gegessen. Als der andere das mitbekam, setzte er sich sofort hin und tat so, als wäre nichts gewesen.

Nach diesem Erlebnis schwor er sich, nur noch im Notfall hier zu duschen. Deshalb fühlte er sich in der gemeinsamen Dusche wohler. Hier waren zwar auch Männer, mag der eine oder andere zu der Sorte Männer gehören, die Ihresgleichen suchen, so wurde dies aber nicht offenkundig und auch nicht so bewusst dargestellt. In dem Duschraum waren insgesamt acht Duschen. Je vier an einer Wand und diese standen gegenüber. Trennwände gab es keine. An den Seiten waren die Fächer für die Seife oder das Duschgel und auch Sitzbänke aufgestellt. Hier bestand auch die Möglichkeit, sein Handtuch aufzuhängen.

Willi hatte eine freie Dusche gesehen, hing sein Handtuch auf und holte sein Shampoo aus seinem Fach. In diesem Moment kam Erna in die Dusche.

»Möchtest du doch hier duschen?«, fragte Willi sie sofort.

»Nein, ich wollte mir nur mein Duschgel holen.«

»Schade, dann hätte ich dir nämlich den Rücken gewaschen.«

Erna sagte in Anbetracht dessen, dass sie nicht alleine waren: »Vielleicht beim nächsten Mal«, ging zur Türe und war wieder weg.

»Schade«, dachte Willi, der ihr gerne seine Dusche angeboten hätte. Als er das Shampoo in seiner Hand betrachtet, stellt er fest, dass er das Falsche hat. Die Flasche war rosa, mit der Aufschrift: *Für besonders zarte Haut. »*Nee, die habe ich nicht«. Da es nicht so viele

Fächer wie Besucher gab, wurden die Fächer mehrfach benutzt. Störte normalerweise nicht wirklich; was will man auch mit einer fremden Seife oder Gel.

Willi hatte durch Erna etwas die »Orientierung« verloren und mehr auf Erna geachtet als auf die Flasche, die er griff. Nun stellte er sie in das Fach zurück und nahm seine Flasche. Haarshampoo und Duschgel in einem. Haarshampoo gegen Schuppen und Duschgel für normale Haut. Dann ging er zu seiner Dusche. Die war mittlerweile aber besetzt. Auf der anderen Seite wurde eine Dusche frei, worüber sich Willi freute.

Für einen kurzen Moment hatte er an die Herrendusche gedacht, verwarf aber diesen Gedanken sofort, als er die freie Duschstelle gesehen hatte. Als er die Drucktaste für das Wasser anstellte, zuckte er zusammen. Kaltes Wasser kam aus dem Duschkopf. Sein Vorgänger hatte sich zuletzt kalt abgeduscht und den Drehknopf auf kalt gelassen. Schnell war Willi etwas zurückgegangen und hatte den Drehknopf wieder auf heiß gestellt, und nach einer endlos langen Minute war das Wasser endlich heiß.

Eigentlich machte ihm kaltes Wasser nichts aus, im Gegenteil, er stellte sich auch unter eiskaltes Wasser. Er hasst es aber, wenn er warmes Wasser erwartet und dann Kaltes bekommt. Er stellte sich unter den warmen Strahl und genoss die aufkommende Wärme in seinem Körper.

Links von ihm duschten zwei Frauen, und dabei unterhielten sie sich über die Frage, was denn gleich gekocht wird oder gekocht werden könnte. Willi sah aus dem Augenwinkel, dass die Frauen in seinem Alter sein müssten. In der Sauna hatte er diese beiden Damen auch zusammen gesehen. Eigentlich widersprach ihr Aussehen dem, dass sie sich so gut verstanden. Hatte er doch mitbekommen, dass sie viel gelacht und erzählt hatten. »Hier stimmt der Spruch: *Gegensätze ziehen sich an*« dachte sich Willi, obwohl die Damen nicht den Eindruck machten, als wären sie ein Paar.

Die eine Frau war sehr schlank und eher flachbrüstig, die andere ein Pummelchen mit entsprechender Auslage. Oben herum wäre sie auf jedem Oktoberfest eine gern gesehene Kellnerin. Schon deshalb, weil sie auch auf dem Po zwei, drei Maß Bier mitnehmen könnte, so weit ragte er heraus. Rechts war ein älterer Herr am Duschen. Ihm gegenüber waren zwei junge Männer und eine Frau, die Reinlichkeit suchte. Die beiden Männer waren nicht älter als zwanzig Jahre und unterhielten sich kaum. Man merkte, sie hatten es eilig und duschten nicht zum Vergnügen. Bei der Frau war das schon anders. Er sah, wie sie ihn des Öfteren betrachtete, wenn sie sich einseifte und dabei die eine oder andere kurze Drehung machte. Dabei wackelten ihre doch üppigen Brüste schon etwas hin und her. Auch ihr Hintern war entsprechend in Bewegung; Willi schaute nicht weg und bekam ihre rasierte Scham und ihre dicken Knospen zu Gesicht.

Da Willi auch noch sauber werden wollte, sauber im Sinne von Schweiß abwaschen, seifte er sich ein. Das tat er dann auch gründlich. Kopf, Brust, Arme, Rücken, soweit er da dran kam, den Po und natürlich auch sein bestes Stück. Da die jungen Männer nun schon weg waren, stand die Frau jetzt alleine auf der anderen Seite. Sie schaute zu ihm rüber.

Auch wenn sie es versuchte, so unauffällig wie möglich zu machen, fiel es Willi auf. Da es ihm nichts ausmachte, wenn Frauen ihn betrachteten, wusch er seinen Unterleib besonders gut. Weil sich natürlich auch unter der vorstehenden Haut von seinem Teil Schweiß gebildet hatte, wurde sie zurückgezogen und die Stelle ordentlich abgewaschen. Sein Gegenüber schloss fest die Beine, und Willi wusste dies entsprechend zu deuten. Er hörte deshalb damit auf und wusch nun seinen Kopf, den auf seinem Hals.

Dabei schloss er die Augen und gab damit Gelegenheit für sein Gegenüber, alles in Ruhe und etwas länger zu betrachten. Als er sein Gesicht wusch, schaute er durch die etwas gespreizten Finger und hatte recht. Die Frau schaute ihn an und wusch ihre Brüste, dann ihre Scham und das alles sehr langsam und gründlich. Als Willi die Hände aus dem Gesicht nahm, drehte sie sich etwas hastig um, hörte aber nicht auf, sich weiter zu waschen. Willi betrachtete nun seinerseits in aller Ruhe ihren Rücken und ihr Hinterteil. Dieses war nicht klein, aber auch nicht zu groß. Gerade richtig für die kleinen Spielchen, die man damit machen konnte.

Er merkte, dass der Junge da unten etwas mitbekommen hatte von den Gedanken, die er gerade da oben hatte. Sofort wandte er sich anderen Gedanken zu. »Wer spielt heute eigentlich gegen wen? Bundesliga ist ja angesagt. München ist zu Gast bei…?« Er hatte keine Ahnung von Fußball und die Begegnungen schon gar nicht im Kopf. Doch es fiel ihm im Moment nichts Besseres ein, um sich abzulenken.

Die Frau gegenüber hatte sich wieder zurückgedreht, und Willi sah ihr lächelndes Gesicht. Dann ging sie von der Dusche weg. Nicht, ohne noch mal einen Blick auf sein Teil zu richten. Dabei sah sie seine veränderte Größe, und ihre Augen weiteten sich vor Anerkennung.

»Habe ich da ein leichtes Nicken gesehen?«, fragte sich Willi, während die Frau zu einer Bank ging und auf dem Weg dorthin ihr Handtuch vom Haken nahm. Sie trocknete sich rasch ab; scheinbar hatte sie es jetzt eilig. Willi schaute ihr dabei zu und sah auf ihr gerundetes Hinterteil, da sie sich etwas gebückt hatte. Obwohl es ihm gefiel, wandte er sich ab. »Nun aber schnell nach Hause, der Junge da unten dreht sonst durch. Hier muss dringlichst eine Entspannung her.«

Im selben Moment fiel ihm ein, dass seine Frau mit einer Freundin beim Shopping in Gelsenkirchen war, in einem riesigen Billigladen, und da würde sie erst spät zurück sein. Da sie selbst kein Auto mehr fährt, ist sie bei solchen Unternehmungen auf fremde Hilfe angewiesen. Tanja, ihre Freundin, ist eher jemand, der noch mal eine Stunde dranhängt, bevor es wieder in Richtung Heimat geht, und dann heißt es für alle, sich zu gedulden.

Willi stellte sein Duschgel wieder in ein Fach, ging ebenfalls zu einer Bank und nahm auf dem Weg sein Handtuch mit. Er und sie waren mittlerweile die Einzigen im Raum.

»Hat Ihnen gefallen, was Sie gesehen haben?«, fragte die Frau und schaute ihn dabei an.

Willi sah auf und lächelte die Frau an.

»Ja, das hat es; sie haben eine gute Figur, und ich wäre kein Mann, würde ich da nicht hinsehen wollen.«

Willi wußte nicht, wo er den Mut hergenommen hatte, sie so anzureden.

»Danke, das kann ich nur erwidern. Dass Sie ein Mann sind, kann man sehr gut erkennen.«

Dabei lächelte sie zurück und betrachtete noch einmal Willis Unterleib, wo klar zu erkennen war, dass er die Frau attraktiv fand.

Im Hals von Willi bildete sich ein Kloß, den er versuchte, durch ein Räuspern wieder loszuwerden. Was ihm aber nicht gelang.

»Haben Sie noch etwas Zeit?«, fragte ihn die Frau.

»Leider nein, ich werde erwartet.«

»Das ist schade, da wir beide bemerkt haben, dass unsere Unterteile sich wohl verstehen würden.«

»Da bin ich mir auch ganz sicher«, sagte Willi mit zwischenzeitlichem Husten.

Beim Verlassen der Bank streifte sie nun absichtlich seinen Po.

»Auf Wiedersehen. Ich wünsche Ihnen noch einen schönen Tag«, sagte Willi höflich.

»Das Schöne habe ich eben schon gesehen, vielen Dank.«

Beide wussten, worauf sie anspielte. Leider war Willi in diesem Fall benachteiligt. Da war wieder diese Ungerechtigkeit. Bei Frauen kann man eine Erregtheit vielleicht an ihren Brustwarzen oder ihrem schnelleren Atmen erkennen. Aber das war es dann auch schon. Weitere Erkennungspunkte fielen ihm nicht ein. Niemand käme auf die Idee, mal zu fühlen, ob sie feucht im Schritt ist. Höchstens zuhause bei der Partnerin, aber nicht bei dieser fremden Saunabesucherin.

Bei Männern ist die Erregtheit sofort sichtbar und in der Sauna unerwünscht. Also heißt es immer Disziplin halten. Bevor die schöne Unbekannte die Türe zu dem Umkleideraum öffnete, sagte sie noch: »Vielleicht haben Sie ja das nächste Mal mehr Zeit und wir holen nach, was wir heute leider versäumen müssen.«

»Sehr gerne, ich werde dann auf jeden Fall etwas mehr Zeit mitbringen«, log Willi, da er nicht wirklich mit ihr etwas anfangen wollte. Außerdem hatte er doch heute schon ein schönes »Sauna-Rendezvous«. »Obwohl ...«

Willi trocknete sich nun fertig ab. Für seine Verhältnisse hatte er ziemlich lange gebraucht, bis er fertig war. Nun ging er zum

Umkleideraum. »Ob er Erna wohl noch trifft? Und was ist, wenn auch die andere Frau noch da ist und ihn auf das nächste Treffen noch mal anspricht?« Sofort ging Willi etwas langsamer und schaute vorsichtig in die Gänge der Umkleidespinde. Fast erleichtert stellte er fest, dass er alleine war. »Völlig verkehrte Welt. Wieso freue ich mich, wenn keine Frau in der Umkleide ist?« Willi merkte, dass er sich in etwas hineinmanövrierte, was ihm zum einen Unbehagen bereitete, zum anderen er es aber auch spannend empfand, wie sich das eine oder andere entwickelte. Dann ging er zu seinem Spind.

Obwohl er immer ein treuer Ehemann war, wurde durch den angestiegenen Druck in seinem unteren Bereich die Bereitschaft, sich mit anderen Frauen einzulassen, immer größer. Seine Frau hatte in letzter Zeit nicht mehr so das Bedürfnis nach einer Kuscheleinheit. Auf der einen Seite konnte er das verstehen, dass sie sich nicht mit ihm vereinigen wollte, wenn sie diese Rheumaschmerzen hatte. Sie hatte starkes Rheuma in den Armen, Händen und Beinen. Deshalb konnte sie ihre Gelenke nicht so bewegen, wie es nötig wäre, um sich zu vereinigen. So müssen sie oft die begonnenen Liebesspiele abbrechen, da die Schmerzen bei ihr einfach zu groß wurden. Sie erlaubte ihm dann die Selbstbefriedigung oder, wenn sie es noch schaffte, ihn oral zu befriedigen. Doch das war eher selten.
Immer häufiger ertappte er sich dabei, dass er Frauen gegenüber offener geworden war. Mit seinen gerade mal fünfzig Jahren war er einfach zu jung, um den Geschlechtsverkehr einzustellen. Nein, das wollte er auch nicht abstellen. Er hatte schon mal daran gedacht, ob er sich nicht mit seiner Frau dahingehend verständigen könnte, dass er sich dafür jemanden sucht. Dann bräuchte sie kein schlechtes Gewissen mehr zu haben, denn das hatte sie sehr oft, wenn es wieder nicht funktionierte und sie den Verkehr wieder unterbrechen mussten. An eine Professionelle hatte er dabei aber nicht gedacht. Bezahlen für etwas, was man mit etwas Geduld und Mühe umsonst haben kann, kommt für ihn nicht in Frage. Auch die Gefahren von Krankheiten oder Sonstigem, wenn man sich in diesem Milieu die Befriedigung holt, waren ihm viel zu gefährlich.

Er wollte Angelika auch nicht wehtun; er wusste, wie sehr sie selbst unter dieser Situation litt. Sie sollte sich auch weiterhin als vollwertige Frau fühlen. Er versuchte immer, so feinfühlig wie möglich die Situation zu meistern. Leider gelang ihm das nicht immer. »Zu viel Druck macht einen Mann unsensibel«, versuchte er zu erklären, wenn er mal nicht so reagiert hatte. Willi wusste, dass sie sehr darunter leidet, nicht mehr seine frühere liebestolle Frau zu sein.

Viele Besuche bei verschiedenen Ärzten und Heilpraktikern hatte sie schon hinter sich. Das Einzige, was ihr wirklich half, war Kortison. Dieses Medikament steht zwar in Verdacht, Krebs zu erzeugen, doch die Dosis musste nach und nach immer wieder erhöht werden, damit sie ihre Schmerzen halbwegs ertragen konnte.

Den Orthopäde Dr. Neusen besuchte sie so oft, weil er das nicht so eng sah, mit diesem Medikament. Und ja, er verschrieb ihr noch weitere, stärkere Medikamente. Immer auf Privatrezept versteht sich.

Schmerzfrei ging es schon lange nicht mehr. Innerhalb von vier Jahren war sie fast zu einem Wrack geworden. Ihren Beruf, Sekretärin im gleichen Unternehmen wie Willi, konnte sie nicht mehr ausüben und bekam deshalb schon lange nur noch Krankengeld. Ihr Antrag auf Erwerbsunfähigkeit wurde schon zweimal abgelehnt. Angelika war zwar zwei Jahre jünger als Willi, durch ihre Krankheit war sie aber schon gezeichnet und sah bedeutend älter aus.

Die Liebe zu seiner Frau trieb Willi an, alles zu übernehmen, was ihr schwerfiel. Mittlerweile konnte er auch bügeln. Als Einzelkind war er verwöhnt worden, und anstelle bügeln zu lernen, standen Schule oder spielen auf der Tagesordnung. Kartoffeln schälen oder sonstige Hausarbeiten verrichteten die Angestellten. Erst als er schon zuhause ausgezogen war, ging das Vermögen seiner Eltern durch eine Insolvenz der Firma seines Vaters verloren, und die Hausarbeit musste nun selbst erledigt werden. Er hatte es geschafft, sich umzustellen und konnte nun einen Haushalt führen und machte das Kochen zu seinem Hobby. Nach der Schließung des kleinen Betriebes seines Vaters suchte Willi, der bis dahin in diesem Betrieb mitgearbeitet hatte, eine neue Arbeit. Diese fand er als Buchhalter in einem größeren Unternehmen der Autoindustrie, der ganz in seiner Nähe seinen Standort hatte.

Seine Frau Angelika hatte einen Kurantrag gestellt, besser gesagt, ihr Hausarzt hatte ihr dringend dazu geraten, und vor Kurzem hatte sie einen positiven Bescheid für ein Kurhaus in Bad Oeynhausen erhalten. Sie hatte schon von Anfang an vier Wochen Therapie verschrieben bekommen. Der Gutachter von der deutschen Rentenanstalt hatte ihr gesagt, sie solle Kleidung für sechs Wochen mitnehmen. Sie sei zu jung, um aus dem Arbeitsleben auszuscheiden. Deshalb wäre man sehr daran interessiert, sie wieder in das Berufsleben zurückzuführen.

Eine Kur und dann mal an einem Stück therapiert zu werden, hielt er für eine gute Möglichkeit, dass es Angelika danach wirklich besser ging. Vielleicht findet man dort doch noch eine Behandlungsmethode, ihr dauerhaft die Schmerzen zu nehmen und das Rheuma insgesamt zu besiegen. Sie legte sehr viel Hoffnung in diesen Kuraufenthalt.

Willi wusste aber von anderen Fällen, dass diese Krankheit nicht wirklich geheilt werden kann. Er gab sein Wissen aber nicht an Angelika weiter und ließ sie in dem Glauben, dass danach alles besser wird. Andererseits, was macht er sechs Wochen ohne Frau zu Hause. Klar, sie hatten eine Menge Freunde und Bekannte, und er konnte etwas mehr Zeit in sein Hobby, lange Spaziergänge, investieren. Nicht nur einmal ums Haus gehen und dann wieder nach Hause. Nein, er ging gerne mal eine Zehnkilometerstrecke ab, und dabei besann er sich auf die Dinge des Lebens. Da er alleine wanderte, hatte er immer Zeit, über sich, Gott und die Welt nachzudenken. Angelika hatte ihn früher des Öfteren begleitet. Da war sie noch fit und sie machten gemeinsam kleine Touren. Fünf bis sechs Kilometer waren damals für Angelika kein Problem.

Heute ist sie schon froh, wenn sie das Zehn-Minuten-Programm auf dem Laufband bewältigen kann. Natürlich gibt es auch Tage, da könnte sie Bäume ausreißen und ihre Hausarbeit erledigen ohne viel Mühe. Um dann am nächsten Tag wieder in ein tiefes, tiefes Loch zu fallen. Sie tat ihm unendlich leid. Wie lange dieses »Leidtun« seine Treue zu ihr aufrecht hält, das wusste er nicht.

Fremde Frauen anzusprechen, das hätte er sich früher nicht erlaubt. Nein, er liebte seine Angelika, und Treue war nicht nur ein Wort für ihn. Er bemerkte jedoch an sich, wie aufgeschlossen er anderen Frauen gegenüber wurde. Vor einiger Zeit hätte er die Aussage: »Was Angelika nicht weiß, macht sie nicht heiß«, verabscheut. Jetzt überlegte er, wie es weitergehen könnte. Ohne Sex wollte und konnte er nicht weiterleben. Dafür war er einfach zu aktiv und noch zu jung, um dem zu entsagen. Bei diesen Gedanken, die er schon oft hatte, wenn er an Sex dachte, sagte er sich auch immer, dass er ja evangelisch sei und nicht katholisch. Sich selbst wollte er kein Zölibat auferlegen. Er hoffte, dass die Kur etwas bringt und sie danach wenigstens einigermaßen gesund nach Hause kommt.

Im Herbst, Anfang Oktober, ist es so weit, dass sie zu Kur fahren kann. Angelika hatte erwähnt, dass er da mitfahren und sich dort ein Hotel nehmen könnte. Willi hatte darauf kein *Ja* und kein *Nein* geantwortet.

»Lass uns das entscheiden, kurz bevor du fährst. Wer weiß, was in der Zwischenzeit noch alles passiert.«

Nachdem Willi sich umgezogen und seine Tasche gepackt hatte, ging er in das Restaurant der Sauna. Ein schönes kaltes Bier und eine Kleinigkeit zum Essen wollte er sich noch gönnen. Zu seiner Überraschung wartete Erna auf ihn.

»Hallo Willi. Ich habe dir ein schönes kaltes Bier bestellt. In dem Umkleideraum habe ich deine Tasche gesehen und mir gedacht, dann ist er ja doch noch nicht weg und wir setzen uns noch ein Viertelstündchen zusammen, wenn es dir recht ist.«

»Ja, sehr gerne. Ich liebe Frauen, die an das Wohl eines Mannes denken,« sagte Willi und setzte sich.

»Auf die schönen Stunden, die wir schon hatten, und auf die schönen Stunden, die noch kommen«, dabei erhob er sein Glas. Auch Erna hielt ihr Glas hoch und stieß es gegen das Glas von Willi.

»Ich freue mich schon jetzt auf jede Minute, die ich mit dir verbringen darf.«

60

Sie tranken danach in Ruhe ihr Glas leer und verließen die Sauna. Jeder stieg in sein Auto und fuhr nach Hause. Erna in Richtung Gerresheim und Willi nach Unterrath.

Zuhause schloss er die Haustüre auf und bemerkte, dass sie nur zugezogen war und nicht verschlossen.
»Hatte Angelika vergessen, abzuschließen?«
Als er in den Vorraum eintrat, sah er zu seiner Überraschung Angelikas Tasche und ihre Jacke.
»Hallo Liebes, du bist schon wieder zuhause?«
»Ja«, hörte er sie aus dem Wohnzimmer antworten. Willi stellte nur seine Tasche ab und ging zu ihr.
»Mir war nicht so gut. Da habe ich Tanja gebeten, mich nach Hause zu fahren.«
»Was ist denn los mit dir? Kann ich dir irgendwie helfen?« Er ahnte schon, was los war.
»Nein, es geht schon wieder. War nur so ein Anfall in den Armen und eine leichte Migräne. Ich habe eine Rheuma- und eine Schlaftablette genommen. Sei mir nicht böse, wenn ich mich schon jetzt etwas hinlege. Wenn du noch was essen willst, dann musst du dir noch was machen, oder hast du in der Sauna etwas gegessen?«
»Nein, ich werde mir was machen und stelle dir was weg, falls du auch noch was essen möchtest.«
Weil es ihr seit zwei drei Tagen besser ging, hatte Angelika sich mit zwei Freundinnen aufgemacht zu einem Einkaufsbummel in den Bilker-Arkaden. Lange war sie nicht mehr »Schoppen« und nun das.
»Tanja und ich haben eine Kleinigkeit in dem Einkaufszentrum gegessen. Du brauchst nichts für mich machen. Ich geh dann jetzt nach oben und lege mich hin. Bitte sei mir nicht böse, aber ich merke, wie die Schlaftablette schon zu wirken beginnt.«
»Um Gottes willen, ich bin dir doch nicht böse, ich freue mich doch immer, wenn es dir dadurch danach besser geht. Geh und lege dich hin. Ich komme dann nach.«
Angelika verabschiedete sich mit einem Kuss und ging nach oben.
Er wusste, wenn sie eine Schlaftablette genommen hatte, würde sie bis zum Morgen durchschlafen, und nichts in der Welt könnte sie

wach bekommen. Willi ging in die Küche, holte sich aus dem Gefrierschrank eine Suppe und taute diese in der Mikrowelle auf. Dazu trank er ein kaltes Bier.

Eigentlich hatte er keine Lust, den Abend alleine zu verbringen, aber was sollte er anstellen? Eine Runde um das Haus drehen, dafür war er zu müde, obwohl er nur wenige Saunagänge hinter sich hatte. Aus dem Haus gehen, wenn Angelika Tabletten genommen hatte, gefiel ihm auch nicht; es könnte ja doch mal was mit Angelika sein. Den Fernseher einschalten wollte er auch nicht.

»Ich trinke mir jetzt noch gemütlich ein oder zwei Bierchen und geh dann auch ins Bett« entschied er für sich.

So gegen neun war er dann auch müde und ging nach oben, um ins Bett zu gehen. Als er die Schlafzimmertüre öffnete, sah er Licht und wunderte sich.

»Hallo Liebes, kannst du nicht schlafen«, sagte er und sah danach sofort, dass sie seine Nachttischlampe eingeschaltet hatte. Von Angelika waren keine Antwort und keine Regung gekommen. »Sie schläft tief und fest«, hörte Willi sich sagen und schloss die Türe hinter sich. Er zog sich aus und sah dabei auf Angelika. Sie trug nur ein Oberhemd und lag auf der Seite. Die Bettdecke war nur zur Hälfte auf dem Po abgelegt und das obere Bein war etwas angezogen.

»Das ist wie eine Einladung«, dachte er und zog sich weiter aus. Dabei betrachtete er Angelikas Po, und durch die Ereignisse in der Sauna brauchte sein bestes Stück nicht lange, um sich aufzurichten. Willi legte sich nun neben Angelika und stupste sie an. Es gab keine Reaktion. Nun rüttelte er sie etwas stärker und sprach sie dabei an. Wenn er nicht ihr leichtes Schnarchen gehört hätte, so hätte man meinen können, sie wäre tot.

»Ist sie aber nicht«, murmelte er und hatte eine Hand an ihrer Brust, die er leicht massierte. Dann zog er etwas an einer der Brustwarzen. Danach noch etwas fester. Was er auch anstellte, seitens Angelika kam keine Reaktion. »Sie würde noch nicht mal merken, wenn ich mich an ihr vergehen würde. Vergehen ist ja nicht der richtige Ausdruck; es wäre die eheliche Pflichterfüllung im Schlaf.« Seine Hand war von der Brust an ihren Po gewandert.

»Soll ich es wirklich mit ihr machen? Denn eigentlich ist das nicht ok. Und wenn ich es mit ihr mache, erzähle ich es ihr nachher oder eher nicht?« Während er so nachdachte, hatte er seinen Körper schon in die Position gebracht, um sie von hinten nehmen zu können. »Wahrscheinlich werde ich es ihr nicht erzählen. Was sie nicht weiß, macht sie nicht heiß. Leider.« Die weiteren Überlegungen von Willi waren, wenn Angelika nicht weiß, dass sie mit ihm Geschlechtsverkehr gehabt hat, dann bemüht sie sich mehr. Schon wegen des schlechten Gewissens. Weiß sie aber, dass er schon mit ihr hat, wird sie sich zurücklehnen und Ruhe haben wollen.

Nun führte Willi seine Hand zu ihrer Vagina und suchte dort den Eingang. Doch Angelika war zu trocken, als dass er bei ihr mit dem Finger hätte eindringen können. Also feuchtete er mit seiner Spucke den Finger an und versuchte es erneut. Jetzt gelang es ihm. »Wenn erst mal der Finger hineingeht, dann wird auch das andere passen«, dachte sich Willi und führte sein Glied an ihre Scheide und führte es ein. Als er in sie eindrang, dort war es eigentlich immer noch zu trocken, regte sich Angelika. Fast hätte sie sich andersherum gedreht. Da er schon tief in ihr war, hielt er sie damit fast fest. Willi wartete einen kleinen Moment, bis sie wieder ruhig atmete, um sich dann zu bewegen. Erst ganz langsam: Er wollte sehen, wie sie reagiert. Da keine weiteren Aktionen von ihr kamen, bewegte er sich etwas schneller, jedoch immer noch vorsichtig.

Beim Akt hatte er die Bilder der beiden Frauen im Kopf. Von Erna und von der Frau in der Dusche, deren Namen er noch nicht mal kannte. Er brauchte nicht lange, um sich zu ergießen. Zu sehr war er erregt worden in der Sauna. Er war erleichtert, und Angelika hatte wohl nichts bemerkt. Eigentlich fühlte er sich schlecht, andererseits war er treu geblieben und hatte keine andere Frau für seine Bedürfnisse gebraucht.

Willi zog sich aus ihr zurück und bedeckte Angelika wieder mit der Bettdecke. Dann ging er unter die Dusche und noch mal nach unten, um noch etwas zu trinken und etwas fernzusehen. Nach einer kurzen Weile ging er wieder nach oben und legte sich wieder zu ihr. Sie schlief immer noch wie eine Tote. Auch Willi schlief dann sehr schnell ein. »Befriedigte Männer schlafen besser als unbefriedigte«, war sowieso Willis Lieblingsspruch.

In der Nacht wurde er wach. Er hatte schlecht geträumt. Konnte sich aber nur wenig an den Inhalt des Traumes erinnern. Irgendetwas mit der Verwandtschaft oder so. Er war darüber wach geworden. Angelika schlief immer noch tief und fest. Ein sanftes Anstupsen bemerkte sie nicht. Sie hatte sich mittlerweile auf den Rücken gedreht. Er machte das Licht an und schlug seine Bettdecke zurück.

Durch die Flüssigkeit, die er vor dem Schlafen getrunken hatte, war seine Blase gefüllt und hatte dadurch den »Biber« erzeugt. Er schaute auf die Uhr. 02.00 Uhr zeigte diese an. »Was mache ich jetzt damit?«, fragte er sich. »Gehe ich zur Toilette, oder…?« und seine Hand ging zur Bettdecke von Angelika. Er zog die Decke etwas herunter und schaute seine Frau an. Die Brüste zeichneten sich unter ihrem Oberteil ab, was nur zum Teil ihre Scham bedeckte. Willi schob ihr das Oberteil nun etwas nach oben. Jetzt hatte er die ganze Scham vor Augen, und es gelüstete ihn, sie zu berühren. Er griff mit der ganzen Hand zwischen ihre Beine. Fast schon ein wenig brutal, wie er zugriff. Sofort war auch eine kleine Reaktion von Angelika da. Er lockerte den festen Griff und rieb sie an der Scheide. Nun fühlte er an ihr, ob sie noch feucht war von seinem Erguss vom Abend.

Bei Angelika war es wie bei allen Frauen. Nach einer gewissen Zeit lief sie aus. Dass es etwas dauerte, bis sie auslief, war bisher egal. Nun erfreute es Willi, als er den Finger in ihr hatte und feststellte, dass noch eine gute Geschmeidigkeit vorhanden war. Er richtete sich auf, stieg aus dem Bett, ging dann an das Fußende vom Bett und nahm Angelikas Füße in die Hand. Die zog er nun etwas auseinander. Er vernahm nun ein leichtes Raunzen von Angelika. Nachdem er in dieser Position verblieb, war auch sofort wieder Stille.

Dann spreizte er die Beine weiter auseinander. So weit, dass er für sich Platz dazwischen hatte. Er stieg auf das Bett und fühlte wieder bei ihr nach. Ja, da war noch genug Feuchtigkeit in ihr, stellte er fest. Nun nahm er ihre Beine und hob diese etwas an. Durch ihre Spreizung und die angezogenen Beine war sie nun sehr offen.

Langsam beugte er sich über sie und drang in sie ein. Er bemerkte, wie sich ihre Vagina zusammenzog.

»Ob sie doch was merkt«, dachte er. Nach kurzer Zeit ließ die Spannung wieder nach. Dann drang er weiter in sie hinein. Wieder spannte sich ihre Vagina. Lösen, spannen. Ein schönes Gefühl für ihn, da er immer bei der Anspannung in sie eindrang. Fester und fester stieß er in sie hinein.

So befriedigte er sich an ihr, und diesmal hatte er auch kein schlechtes Gewissen. Er hatte gemerkt, dass Angelika trotz Tiefschlaf einen Orgasmus bekommen hatte. Es wurde sehr warm in ihrem Inneren. Das kannte er und wusste dadurch, dass auch sie ihren Spaß hatte. Eigenartigerweise hatte sie, während er in ihr war, selbst auch noch die Beine etwas angezogen. Für einen Moment hatte Willi gedacht, dass sie erwacht wäre, doch das war wohl nur eine natürliche Reaktion auf sein Eindringen.

Was macht er, wenn sie ihn anspricht, falls sie ja doch was mitbekommen hat – ob er ihr die Sache beichtet? »Wieso beichten«, dachte er nun nach, »sie hatte doch auch ihren Spaß.« Also keine Beichte. Er würde ihr erzählen, dass sie ihn angefasst hätte, nachdem er ins Bett gekommen wäre. Dann hätte sie sich auf die Seite gelegt und sie hätten Verkehr gehabt. Dabei hätten sie beide den Höhepunkt erreicht, weil es warm in ihr geworden wäre, und wenn sie sich das Bettlaken betrachten würde, könnte sie es auch sehen. Angelika hatte ja wirklich Flüssigkeit verloren und das Laken befeuchtet. Dann würde er sie noch fragen, warum sie das denn nicht mehr wüsste. Ja, so wollte er vorgehen. Mit dieser Erklärung würde er sich zwar um etwas bringen, aber Angelika glücklich machen. Wüsste sie doch, da sie es endlich mal wieder gemacht hatten, wozu sie schon längere Zeit nicht in der Lage war.

Willi ging zur Toilette, entleerte seine Blase und legte sich dann auch wieder hin. »Eigentlich ist ja so eine Schlaftablette ganz praktisch. Sie ist bereit für mich, ich habe alles zuhause, was ich brauche und kann sie benutzen, wann immer ich es benötige, und vor allem kann ich mir die Stellung aussuchen, die ich möchte.« Er deckte Angelika wieder zu und schlief kurze Zeit später befriedigt wieder ein.

Als sein Wecker klingelte, war Angelika schon aufgestanden. Er stand auch auf und schaute, wo sie denn war. Er fand sie in der Küche.

»Guten Morgen, mein Schatz, wie geht es dir denn heute?«

Sie antwortete nicht, ging zu ihm und zeigte ihm ihre Hände. Diese waren wieder stark angeschwollen.

»Ich habe schon ein Mittel genommen. Wann bist du denn ins Bett gekommen? Ich habe nichts mitbekommen und geschlafen wie eine Tote. Ich weiß ja, dass es nicht gesund ist, Schlaftabletten zu nehmen, aber so habe ich wenigstens hier und da mal schmerzfreie Stunden.«

»Ich bin eine Stunde nach dir ins Bett gekommen.«

Noch überlegte er, ob er ihr etwas sagen sollte, als sie bereits sagte: »Übrigens hatte ich in der Nacht einen sehr schönen Traum. Ich habe geträumt, du hättest mich geliebt, so wie früher, und ich habe wohl auch einen Orgasmus gehabt. Jedenfalls war ich heute Morgen noch feucht. Wenn das von der Schlaftablette kommt, ist das mal eine gute Nebenwirkung. Dabei habe ich nur eine halbe Tablette genommen. Nicht auszudenken, was ich träume, wenn ich eine ganze nehme« und lachte dabei.

»Schön, dass sie mal lacht. In letzter Zeit war sie nicht so gut drauf«, und Willi freute sich mit ihr. Er entschloss sich, nichts zu sagen und ließ sie in dem Glauben, es war die Tablette.

Jetzt war er sich sicher. Er würde sie dazu überreden, auch mal eine ganze Tablette zu nehmen. Natürlich nur, damit es ihr gut geht und natürlich nur an einem Wochenende. Viel Zeit für viel Spaß. Sie hatte es ja mitbekommen, freute er sich, und alles schmerzfrei.

»Wenn die Tablette voll wirkt, scheint sie nichts zu merken, doch wenn sie etwas nachlässt, spürt sie mich. Gut zu wissen, da kann ich mich und später auch sie befriedigen« dachte Willi.

Sie setzten sich und frühstückten.

»Wieso hast du dir eigentlich den Wecker gestellt? Du hast doch gesagt, dass du heute frei hast?«

»Ich habe gestern Abend nicht daran gedacht und ihn einfach angestellt, da ich ihn immer sonntags anstelle. Umso schöner ist es, jetzt zu wissen, dass ich nicht los muss. Übrigens, heute werde ich bügeln« sagte Willi.

»Leg du dich gleich noch mal hin. Ich komme dann nachher zu dir; vielleicht können wir uns ja dann gemeinsam etwas »entspannen«, wenn du verstehst, was ich meine?«

»Ja, das wäre schön, wenn ich etwas von dem Traum auch in echt erleben dürfte. Erwarte bitte nicht zu viel. Ich hoffe, dass mein Rheumaanfall nicht stärker wird.«

Mit dem »Entspannen« ist es dann doch nichts geworden. Nachdem Willi fast zwei Stunden gebügelt hatte, ging er nach oben und sah, dass es Angelika gar nicht so gut ging. Ihr Rheuma war stärker geworden, und sie hatte erneut ein Mittel gegen die Schmerzen genommen. Das ist so stark, dass sie eigentlich nicht wirklich alles mitbekommt, was um sie herum geschieht. Da ist an Liebe und Zärtlichkeit nicht zu denken. Einen einseitigen Verkehr wollte er jetzt nicht mit ihr. Er ging zu ihr und streichelte sie und sagte: »Dann verschieben wir das eben auf morgen Abend. Ich gehe noch spazieren, bis gleich.« Sie antwortete, wovon Willi jedoch nur die Worte *Entschuldigung*, *tut mir leid* und *schade* verstand. Dann ging Willi vor die Türe und machte einen Spaziergang.

Erst am Mittag kam er nach Hause und ging zu seiner Frau nach oben.

»Hallo, mein Liebes. Wie geht es dir?«

»Hallo, Willi, es geht wieder. Ich wollte gerade aufstehen. Sei mir nicht böse, dass es mit dem Kuscheln nicht geklappt hat. Du kannst doch jetzt ins Bett kommen und wir holen das nach!«

Willi nickte und zog sich aus. Wie immer war Angelika schnell sehr stark erregt und Willi entsprechend schnell in ihr. Ebenso schnell kam Angelika. Willi konnte noch nicht wirklich, und so spielte er etwas seinen Orgasmus vor.

»Mein starker Mann, das war gut, und ich danke dir, dass du mich so spontan geliebt hast. Heute habe ich das mal gebraucht.«

Dann ruhte man sich etwas aus.

»Ich werde jetzt aufstehen und mich um das Essen kümmern.«

»Nein, erhol dich noch etwas. Ich geh jetzt nach unten und koche uns was. Ich war einkaufen und bereite uns eine schöne

Gemüsepfanne. Der Bäcker nebenan hatte gerade frisches Brot gebacken, das habe ich auch mitgebracht.«

»Schön, dass du mich verwöhnst; ich weiß gar nicht, was ich ohne dich machen sollte.«

Nach dem Abendessen schaute man etwas fern und ging dann wieder nach oben. Willi durfte Angelika erneut »besuchen«. Natürlich wollte er jetzt auch seinen Orgasmus erleben. Leider hielt sich die Leidenschaft von Angelika in Grenzen. Wahrscheinlich noch die Nachwirkungen von den Medikamenten oder ihren Schmerzen, da die Mittel nun ihre Wirksamkeit verloren. So hielt sich auch das Liebesspiel in Grenzen. Am Ende befriedigte Angelika ihren Willi mit der Hand. Willi nahm es gelassen, hatte er doch jetzt einen Weg gefunden, wo er seine Fantasien ausleben durfte.

Beide schliefen danach ein, und so endete ein arbeitsfreier Tag für Willi genauso wie ein normaler Arbeitstag. Auch morgen würde Angelika nicht o.k. sein, da dieses Rheuma und die Migräneanfälle in der Regel über drei Tage dauerten. Das wusste er und sie tat ihm wirklich leid. Als er am Dienstag zu seiner Arbeit fuhr, dachte er an Erna. Sie hatte es mit ihrem Mann ja auch nicht leicht, und vielleicht war es Bestimmung, dass sie sich getroffen hatten. Auf die Dauer konnte ja keiner auf Zärtlichkeit verzichten. Er jedenfalls nicht. Vielleicht hatte er die Lösung des Problems kennengelernt. Und dachte dabei nicht an die Fremde, auch nicht an die Schlaftablette, er dachte an Erna.

Erna fuhr nach der Sauna zügig nach Hause. Die A46, sonst immer eine Stau-Autobahn, war ausnahmsweise mal frei. Auch die A3 war relativ leer. Sie bog bei der Ausfahrt Mettmann ab. Von da aus war es nicht mehr weit bis zu der Schwarzbachstraße in Gerresheim, wo sie und ihr Mann ein Haus hatten.

Zu viel Zeit hatte sie heute in der Sauna verbracht. Obwohl sie keine Minute des heutigen Tages missen wollte, war sie jetzt in Sorge. Ihr Mann hatte ein Sauerstoffgerät für die Beatmung. Er musste immer wieder an dieses Gerät, um sich zusätzlich beatmen zu lassen, da seine Lunge schon sehr in Mitleidenschaft gezogen war. Ohne dieses Gerät wär er schon so gut wie tot. Leider waren die Akkus bzw. das

Ladegerät nicht mehr ganz in Ordnung. Deshalb machte sie sich immer Sorgen, wenn sie nicht zuhause war. Nicht auszudenken, wenn gerade dann, wenn sie nicht da war, der Akku versagte.

Sie hatten immer Reserve-Akkus, aber aus irgendeinem Grund hatte das Ladegerät seinen Geist aufgegeben. Um ein Haar hätte sie heute Morgen leere Akkus in das Gerät getan. Gott sei Dank hatte sie es noch mal überprüft und bemerkt, dass diese gar nicht aufgeladen waren. Das Gerät konnte auch mit normalen Batterien betrieben werden. Das war allerdings eine teure Angelegenheit. Sechs Monozellen anstelle des Akkublocks mussten eingesetzt werden, und diese kosteten 12 Euro. Für das Wochenende benötigte sie zwei Ladungen. Genau für zwei Tage hatte sie immer die normalen Batterien im Haus, somit musste sie morgen los und ein neues Ladegerät besorgen.

Dafür aber vorher bei seiner Krankenkasse vorbei, einen Berechtigungsschein abholen, dann zu einem Sanitätshaus fahren, die dann das alte Gerät überprüften, und erst dann konnte sie das Gerät umtauschen. Die Akkus waren anders als die herkömmlichen. Sie hatten einen Restspeicher. Wenn das Gerät leere Akkus anzeigte, verfügten sie noch über Reserven. Quasi der Reservetank von dem Atemgerät, sonst kann es für den Patienten gefährlich werden. Schon aus diesem Grund ist so ein Akku besser als eine herkömmliche Batterie. Zum Glück war das Sana Krankenhaus nicht weit von ihnen entfernt, wo sie auf jedenfall Hilfe bekommen würde.

Als sie nach Hause kam, saß ihr Mann auf der Veranda. Hier saß er am liebsten, weil er hier auch am besten Luft bekam. Da heute Sonntag war, durfte er heute eine Zigarette rauchen. Allerdings eine light und mit Filter. Sie konnte nicht verstehen, warum er sich das antat. Spätestens morgen hatte er wieder sehr starke Probleme mit der Lunge. Sie hatte schweren Herzens dem Kompromiss zugestimmt, dass er zwei Zigaretten in der Woche rauchen durfte.

Hier hatte auch sein Arzt eine Rolle gespielt, der ihr klar gemacht hatte, dass eine Sucht nicht unterschätzt werden darf und der Körper eine kleine Menge Nikotin benötigte. Vergleichbar mit dem

Insulin bei zuckerkranken Menschen. So ganz glaubte sie das nicht, und, wie sich später herausstellen sollte, gab es dafür Ersatzstoffe. Sie waren nur noch nicht so bekannt.

»Hallo Karl, wie geht es dir?« Karl sah sie an und lächelte ein wenig. »Es ist alles gut.« Dabei zeigte er mit dem Finger auf den Aschenbecher und auf den übrig gebliebenen Filter. Er hatte seine Zigarette geraucht und sie genossen. Das alles sagte seine Geste aus. Manchmal fühlte sie sich glücklich, wenn er so strahlte nach der Zigarette. Oft fühlte sie einen Schmerz in ihrem Herzen, weil es ihn ein Stück näher an sein Ende brachte. Nachdem sie nach ihm gesehen hatte, ging sie in die Küche und bereitete das Abendessen zu. Dieser Vorgang war auch nicht leicht für sie. Eigentlich bekam er nur noch Astronautenkost. Sie konnte jedoch verstehen, wenn er mal wieder etwas essen wollte, wo man auch schmeckte, was man zu sich nahm. Heute hatte sie eine Hühnerbrühe zubereitet. Sie hatte im Gefrierschrank kleine, leichte Mahlzeiten für ihn eingefroren. Immer, wenn es möglich war, bekam er davon.

Die Astronautenkost war zudem auch nicht billig. Die Sorte, die er am liebsten aß, gab es nur in der Apotheke. Weitere Sorten auch in den Drogeriemärkten, doch die schmeckten ihm nicht so gut.

Sie hatte zwar einen gut bezahlten Job, aber dadurch, dass ihr Mann Frührentner war, hielten sich ihre Einkünfte in Grenzen. Karl bekam nur eine eher bescheidene Rente. Eigentlich hatte diese Zahlung das Wort Rente nicht verdient. So musste sie haushalten mit dem Geld. Die Sauna war das einzige Vergnügen, das sie sich leistete.

Ihr Job als Sachbearbeiterin, in einem großen Handwerker-Markt, war nicht leicht. Anstelle von drei Angestellten mussten seit einiger Zeit die Arbeiten durch zwei erledigt werden. Eine Kollegin war ausgeschieden, weil sie Nachwuchs bekommen hatte, aber die Stelle wurde nicht wieder neu besetzt. Obwohl es der Firma gut ging, wurde hier Personal eingespart mit der Begründung: »Sie kommt ja wieder, wir halten ihr natürlich den Arbeitsplatz so lange frei.« Also blieb man etwas länger oder kam auch schon mal an einem Wochenende. Hier und da wurde etwas Arbeit mit nach Hause genommen. Für die Mehrarbeit gab es zwar mehr Geld und das war ihr ganz recht, aber am Ende einer Woche benötigte sie dringend Erholung. Die Firma Säe mit einem Fahrrad gut zu erreichen, doch wegen der Zeit fuhr sie immer mit dem Auto. Leider kostete das dann auch wieder Geld. Die Zeit. Immer musste ihr der Vorrang gegeben werden.

Je nachdem, wie Karl sich fühlte, kam es vor, dass sie am Ende ihrer Kräfte war und nicht wusste, wie es weitergehen sollte. Oft hatte sie über einen Pflegedienst nachgedacht, die Kosten dafür schreckten sie aber jedes Mal wieder ab. So machte sie den »Doppeldienst« weiter und hoffte auf Besserung.

Von der Veranda, auf der Karl es sich gemütlich gemacht hatte, blickte man in den von Erna selbst angelegten Garten. Wenn es das Wetter zuließ, war hier Erholung pur möglich. Das Haus liegt etwas abseits von der City in einer reinen Wohngegend, mit angrenzendem Wald.

Ihr Vater hatte damals eine neue Filiale in Spanien übernehmen müssen oder auch wollen und dabei sehr günstig eine Finca erworben. Da die Filiale fast an der Südspitze von Spanien war, zögerten die Eltern nicht lange und siedelten um. Da die Unterhaltskosten dort geringer waren, konnten sie sich ein sehr schönes Leben leisten.

Ernas Mutter hatte eigentlich noch nie gearbeitet. In jungen Jahren hatte sie Ernas Vater kennengelernt, der schon damals eine gute Anstellung bei der Bank auf der Benderstraße hatte. Ernas Mutter stammte aus einer großen Familie und war nach der Hauptschule in einem Supermarkt, ebenfalls auf der Benderstraße, an der Kasse beschäftigt gewesen. Dort hatte sie auch ihren späteren Mann, Ernas Vater, kennengelernt.

Er kaufte dort ein und sie kassierte ihn ab. Am Anfang kam er nur einmal in der Woche. Kurze Gespräche an der Kasse, ein gegenseitiges Lächeln, der Wunsch an den anderen, dass dieser ein schönes Wochenende haben solle, führten dazu, dass jeder sich freute, den anderen zu sehen. Natürlich wurden die Einkäufe von ihm immer regelmäßiger. Drei bis vier Mal kam er in der Woche in den Laden, und an einem Samstagmittag, an der Kasse war kein anderer Kunde, fragte er sie, ob sie nicht mal mit ihm ausgehen wollte? Ernas Mutter hatte sofort zugesagt. Raus aus dem Alltag, raus aus der Familie und ein Abendessen mit einem attraktiven Mann. Sie trafen sich natürlich bei einem Italiener. Nicht weit von ihren Arbeitsstätten gab es das Restaurant: Da Giovanni.

Bei einem Glas Rotwein und einer Pasta kam man sich näher. Sie erzählte ihm, dass sie schon länger gemerkt hätte, dass er extra wegen ihr in den Laden käme. Etwas verlegen stimmte er dieser Vermutung zu. Ja, er habe sie gesehen und sich sofort in sie verliebt, gestand er dann nach dem dritten Glas Wein. Auch sie gestand ihm, dass sie schon mal geschaut hatte, ob er nicht in den Laden kommt und wenn ja, ob er sich dann auch an ihrer Kasse anstellt.

Einmal hatte eine Kollegin ihn aufgefordert, dass er an ihre Kasse kommen solle, da diese doch frei wäre; das hatte er aber abgelehnt mit den Worten: »Nein, danke, ich habe doch schon ein paar Sachen auf das Band gelegt, und es geht doch alles ziemlich schnell. Gönnen Sie sich doch eine kleine Pause. Außerdem habe ich es nicht eilig.« Während er sprach, hatte er schnell das eine oder andere Teil auf das sonst gut gefüllte Warenband gestellt. Natürlich hatte sie das alles mitbekommen, und sie mussten nun darüber lachen. Überhaupt lachten sie viel zusammen. Beide fühlten sich wohl, und es war von Anfang an eine gewisse Vertrautheit da.

Diesem ersten Abend folgten viele andere, und irgendwann gründete man eine Familie. Dabei war die Aufgabenstellung vollkommen geklärt. Für die Zeugung der Kinder waren beide verantwortlich. Gebären konnte nur sie und auch die Erziehung sollte überwiegend sie übernehmen. Den Lebensunterhalt sichern, dafür war er zuständig. Ernas Mutter fühlte sich in dieser Hausfrauenrolle sehr wohl. So wollte Erna auf keinen Fall leben. Zu sehr waren die Gene ihres Vaters in ihr, als dass sie sich so unterordnen könnte. Sie lernte den Beruf als Kauffrau, während Karl in einem großen Glasindustrieunternehmen den Beruf eines Farbspezialisten erlernte.

Nach ihrer Lehre fing auch Erna in diesem Unternehmen an und hat dort ihren Karl kennen und lieben gelernt. Ihr gefiel Karl, der fast fünf Jahre älter als Erna war, von Anfang an. Er hatte ein wenig Ähnlichkeit mit ihrem Vater, was ihr erst gar nicht aufgefallen war. Schnell hatte man sich eine kleine Dachwohnung angemietet und zog zusammen. Nach nur einem gemeinsamen Jahr heirateten sie auch schon. Auf einem Hochzeitsbild sah Erna zum ersten Mal die Ähnlichkeit von Karl und ihrem Vater.

Auf ihrer Hochzeit überreichten Ernas Eltern ihnen das Grundbuch von ihrem Haus mit den Worten: »Im Buch ist die Adresse von einem Notar. Ihr müsst nur noch unterschreiben. Wenn wir ausgezogen sind, wir werden nur noch in Spanien wohnen, könnt Ihr hier einziehen. Es gehört Euch.«

Ihre Eltern hatten ihnen einfach so das Haus auf der Schwarzbachstraße geschenkt. So konnten sie sich von Anfang an und in Ruhe um die Familienplanung kümmern. Das hat dann zum Teil auch hingehauen. Sie hatten eine Tochter bekommen. Dabei musste Erna allerdings an der Gebärmutter operiert werden und konnte danach keine Kinder mehr bekommen. Sie ging dann auch sehr schnell wieder arbeiten. Ihre Tochter Sophia besuchte die hauseigene Tagesstätte der Firma, wo Erna wieder als Buchhalterin angestellt war.

Karl arbeitete mittlerweile im Labor und war zuständig für die Entwicklung von neuen Glasrezepten, die für die Herstellung von Buntglas benötigt wurden. Dabei kam er sehr oft mit gefährlichen Chemikalien in Kontakt. Trotz Schutzkleidung erlitt er hier wohl seinen Lungenschaden. Leider konnte er nie beweisen, dass seine Lungenkrankheit durch die ätzenden Chemikalien und nicht durch seinen hohen Konsum an Zigaretten entstanden war. Das letzte entscheidende Gutachten schloss dies aus, und seine Krankheit wurde auf das Rauchen zurückgeführt. Dadurch war er nicht berufsbedingt erwerbsunfähig und bezog somit nur eine kleine Rente. Mit dem Geld von Erna kamen sie jedoch über die Runden. Der Urlaub wurde jedoch immer zuhause verbracht oder in Spanien bei ihren Eltern. In letzter Zeit sogar nur noch im Garten, da Karl nirgends mehr hinfahren konnte. Ihr Garten war zu ihrem Urlaubsdomizil geworden. Das war aber gar nicht so schlimm. Sie hatten es hergerichtet wie auf einer kleinen Hazienda. Viele kleine Dinge erinnerten an ihren letzten Spanienurlaub, der allerdings schon lange her war. Im Winter hatten sie die Möglichkeit, die Terrasse zu schließen und einen Wintergarten daraus zu machen.

Ihre Tochter Sophia hatte ein Stipendium für Sprachen erhalten, war zu ihren Großeltern nach Spanien gezogen und studierte dort für ein Lehramt Spanisch. Sie kam nur noch selten zu Besuch, da sie das Studium sehr in Anspruch nahm. Auch die Eltern von Erna kamen nur noch selten nach Deutschland. Zu beschwerlich war ihnen mittlerweile diese Reise geworden. Nach dem Studium blieb Sophia in Spanien. Sie hatte einen netten Mann kennengelernt, und obwohl sie eigentlich als Lehrerin arbeiten wollte, arbeitete sie nun in der gleichen Bank, wo auch ihr Großvater mal gearbeitet hatte. Ihre deutschen/spanischen und englischen Sprachkenntnisse konnte sie dort gut einsetzen. Da ihre Großeltern mittlerweile verstorben waren, lebten sie nun allein auf dieser Finca. Beide liebten ihren Beruf, deshalb war der Nachwuchs vorerst nicht geplant. Was nicht nur die Eltern von Diego, Sophias Mann, nicht so toll fanden.

Erna freute sich auf morgen. Morgen war der zweite Sonntag im Monat und damit Saunatag. Das Wetter war unbeständig und somit genau der richtige Tag, um sich die Wärme künstlich zu holen. Sie hatte für Karl eine Aufsichtsperson angeheuert. So fühlte sie sich sicherer, hatte sie doch Willi im Kopf und wollte unbedingt etwas mehr Zeit mit ihm verbringen. Das Geld von der Pflege reichte zwar nicht, um die Hilfskraft vollends zu bezahlen, doch das wir ihr die wiedergewonnene Freiheit wert.

Vor allem wollte sie mal Ruhe haben und ausspannen können, ohne immer an ihren Karl denken zu müssen. Sie liebte ihren Mann, aber sie musste auch an sich denken. Diese Stunden der Ruhe waren für sie so wichtig, damit sie die vielen Stunden der Mühe schaffen konnte.

Die Hilfskraft hatte sie über eine private Organisation kennengelernt. Wie es im Leben nun mal so ist, kam sie in der Mittagspause auf der Arbeit mit einer Kollegin ins Gespräch, die in der Abteilung arbeitete, wo auch ihr Mann gearbeitet hatte.

Natürlich fragte sie nach, was denn ihr kranker Mann so machen würde. Nachdem Erna ihr einen kurzen Bericht über den Zustand von Karl gegeben hatte, erwähnte die Kollegin, dass sie so einen ähnlichen Fall in ihrer Familie hätte. Ihre Schwester hatte einen kranken Mann. Schlaganfall und nun ziemlich unselbstständig. Da sie aber das Geld verdienen musste, hatte sie sich eine Hilfe ins Haus geholt. Direkt aus Polen und überhaupt nicht teuer.

Erna hatte sich dann nach der Adresse erkundigt, und so war es dann zu einem Treffen in ihrem Hause gekommen. Schnell war man sich einig, dass die Hilfe immer dann Aufsicht machen sollte, wenn Erna für einen ganzen Tag nicht anwesend sein würde. Natürlich hatte sie dabei auch die Abendstunden im Kopf, sollte sie mal ausgehen wollen. Dies erwähnte sie aber nicht. Karl war über diese Lösung zwar nicht glücklich, sah aber ein, dass er nicht zu lange allein gelassen werden konnte.

Therese, die neue Hilfe, erschien am Sonntagmorgen um kurz nach neun.

»Gott sei Dank, Messe pünktlich zu Ende, sonst ich etwas später komme.«

Sie wohnte in Bilk, kam mit der Straßenbahn bis zur Haltstelle »Rathaus« Zum polnischen Gottesdienst ging sie in die St. Suibertus-Kirche, am Suibertusplatz. Fast eine Stunde benötigte sie für die Fahrt, von der Kirche bis zum Haus von Erna und Karl.

»Kein Problem, ich habe noch etwas Zeit. Ich habe für meinen Mann das Mittagessen vorbereitet. Nachdem er gegessen hat, darf er seine Zigarette rauchen. Aber nur eine. Das Geld habe ich Ihnen in der Küche auf die Anrichte gelegt.«

Danach erzählte sie Therese noch ein paar Besonderheiten im Umgang mit ihrem Mann und machte sich dann auf zur Sauna. Therese hatte angeboten, dass sie während der Aufsicht gerne waschen und bügeln würde. Erna nahm dieses Angebot an und erhöhte den Stundenlohn. Damit hatte sie nicht nur eine Aufsicht, sondern auch eine Haushaltshilfe. Wenn mal nichts zum Waschen oder Bügeln anstehen würde, könnte sie ja auch mal das Bad gründlich reinigen oder andere Arbeiten ausführen. Erna war sehr froh, Therese gefunden zu haben.

Auch Willi freute sich auf den zweiten Sonntag im Monat.
»Ob sie wirklich kommt?«, fragte er sich und meinte damit Erna. An die schöne Unbekannte hatte er die ganze Zeit keinen Gedanken verschwendet. Es fiel ihm ein, dass er mit Erna gar keine Uhrzeit ausgemacht hatte, wann sie sich treffen wollten.
»Egal, ich bin doch immer schon sehr früh da und kann sehen, wenn sie kommt. Ja, wenn sie kommt …« Eigentlich war er sich sicher, dass auch sie sich freuen würde, ihn wiederzusehen, aber glauben ist nicht wissen.

An diesem Morgen verabschiedete er sich entsprechend früh von seiner Frau.
»Ich werde mir heute Zeit lassen, so hast du deine Ruhe. Du wolltest dir ja heute Grießbrei machen. Dann esse ich in der Sauna etwas, und du brauchst mit dem Essen nicht auf mich zu warten. Wie du siehst, nehme ich mein neues Buch mit, zur Abwechslung mal eine Krimiserie von einem Autor aus unserer Gegend. Stephan Peters Krimi »Die Hexe von Gerresheim« und du weißt, wie sehr ich in ein neues Buch versinken kann.«
»Ja, mach das mal, Willi. Stress dich meinetwegen nicht. Du hast in der Woche schon genug Ärger mit mir gehabt.«
»Sag doch so was nicht, du würdest dasselbe für mich tun. Ruh dich aus. Wenn es dir etwas besser geht, dann gehen wir morgen spazieren.« Er drückte sie und gab ihr einen zärtlichen Kuss. Dann nahm er seine Sporttasche und fuhr mit dem Auto zur Sauna.
Dort angekommen war der Parkplatz noch fast leer. Was wiederum bedeutete, es waren noch nicht viele Gäste da. Allerdings gab es auch eine Busverbindung, fast bis vor die Türe. Diese wurde besonders von alten Menschen sehr genutzt. Im Vorraum der Sauna war es aber leer. Mit seiner Zehnerkarte war er schnell durch die Schleuse und im Umkleideraum. Hier war noch eine ältere Dame zugange, sich zu entkleiden. Willi drehte sich dezent um. Alles wollte er nun auch nicht sehen. Er zog sich schnell aus, schnappte sich die

benötigten Sachen aus der Tasche und schloss den Rest in seinen Spind ein. Dann ging er unter die Dusche. In der gemeinsamen Dusche war er ebenfalls alleine.

»Ob überhaupt heute Leute in der Sauna sind?«, fragte er sich langsam. Aber egal, ihm war nur wichtig, dass sie kam, Erna.

»Wie hieß sie eigentlich weiter?« Er überlegte kurz. Vergessen, oder sie hatten gar nicht darüber geredet? Er wird sie gleich danach fragen. Oder eher doch noch nicht? »Ich werde es dem Verlauf des Tages überlassen. Mal sehen, was sich so ergibt.« Klar, dass er auch noch an was anderes dachte. Nach dieser mageren Woche wollte er schon wissen, ob er eventuell den Kontakt verbessern könnte.

Das Abduschen erledigte er in etwas Eile. Er hoffte, sie wäre schon da und wollte sie auf keinen Fall zu lange warten lassen. Seine Augen hatten, als er aus der Dusche kam, die Halle ausgespäht. Von Erna allerdings keine Spur. Maximal zehn Leute hatte er gezählt. Allerdings fehlte ihm bei dieser Zählung die Anzahl der Gäste, die gerade einen Saunagang absolvierten. Viele werden das aber auch nicht sein, da die Sauna eben erst geöffnet hat. Willi suchte sich einen Platz an der Glaswand. So konnte er hinaussehen und wurde gleichzeitig geschützt. Er richtete sich seinen Platz ein und belegte eine andere Liege mit einem Handtuch, was er extra für diesen Zweck eingesteckt hatte. So wollte er sicher sein, dass sie neben ihm liegen konnte. Er nahm die Zeitung, die er unterwegs gekauft hatte, und setzte sich auf eine Bank.

Von dieser Stelle aus konnte er die Ausgänge der Duschen beobachten. Immer, wenn eine der Türen aufging, schaute er besonders genau hin, aber von Erna keine Spur. Er schaute auf die Uhr, die an einer Wand angebracht war. Er selbst hatte seine Uhr im Spind gelassen. Fünf Minuten vor halb elf zeigte die Uhr an.

»Ob sie doch nicht kommt?«

Als er sich wieder in die Zeitung vertieft hatte, hörte er hinter sich eine Frauenstimme.

»Hallo, schöner Mann. Das ist ja schön, sich wieder hier zu treffen.«

Sofort erkannte er die Sprachmelodie der unbekannten Frau aus der Dusche vom letzten Saunabesuch. So sinnlich sprechen nicht viele Frauen.

»Hallo, auch wieder Lust auf Wärme?«, fragte Willi.

»Ja, Wärme ist bei diesem Wetter sicherlich nötig. Ist bei Ihnen noch ein Platz frei?«, fragte die unbekannte Schönheit und machte schon Anstalten, sich auf der Bank niederzulassen.

»Was mache ich denn jetzt«, dachte Willi sofort. »Wenn ich jetzt ja sage, dann sitzt sie gleich neben mir und ich hätte die Möglichkeit, mit ihr auch etwas anderes als nur Sauna zu machen.« Davon war er überzeugt. »Allerdings, wenn Erna kommt und sie mich mit dieser Frau zusammen sieht, ist diese Affäre wahrscheinlich zu Ende, bevor sie überhaupt begonnen hat. Kommt Erna nicht und ich habe sie verprellt, sitze ich ohne was da.«

Willi entschied sich, etwas diplomatisch zu antworten, um sich damit beide »Türen« offen zu halten.

»Nein, leider nicht, ich bin heute mit einer guten Freundin verabredet. Ich wollte nicht wieder den ganzen Tag alleine sein. Ich wusste ja nicht, dass ich Sie heute treffen würde. Man hat ja Bedürfnisse, und da kann eine gute Freundin eine große Hilfe sein.«

»Ja, das kann ich gut verstehen, es geht mir oft genauso«, antwortete die schöne Unbekannte, »wir sollten uns mal zu einem Termin verabreden, wo sonst niemand kommt außer uns beiden, wenn Sie verstehen, was ich meine? Glauben Sie mir, ich wäre Ihnen eine gute Hilfe.« Dabei schaute sie ihn an und leckte sich über ihre Lippen.

»Das glaube ich Ihnen gern, und es wird sicherlich eine hilfreiche Zeit für beide. Schließlich ist man doch sozial eingestellt, und da steht Nächstenhilfe an oberster Stelle«, sagte Willi, der sein Handtuch etwas zur Seite geschoben hatte.

Sie sah seine Geste und schaute in diese Richtung.

»Ich sehe, wir verstehen uns«, sagte sie in einem rauchigen Tonfall und ging dann weiter.

»Puh, das war knapp.«

Nun hatte er schon mal ein Eisen im Feuer, wo er sicherlich Hand anlegen dürfte, falls Erna nicht käme. Er schaute ihr nach und seine Augen hingen an ihrem Po. Obwohl sie sich ein Handtuch umgehangen hatte, waren ihre Rundungen gut auszumachen. »Der kann sich sehen lassen«, hörte sich Willi selbst reden. Zum Glück war niemand in der Nähe. Wie auf Kommando ließ sie ihr Handtuch herunter, hängte es an eine Säule für Handtücher und ging in den Whirlpool. Hatte sie geahnt, dass er ihr nachsah, oder warum machte sie jetzt so langsame Bewegungen beim Einsteigen in den Pool? Dadurch hatte er genug Zeit, dieses Prachtstück von Hintern noch mal genauer anzusehen. Schon kamen die Erinnerungen an die letzte Begegnung und er spürte, dass noch jemand, etwas tiefer, sich daran erinnerte. Obwohl er wusste, dass der Junge da unten seine Gedanken hören konnte, war er immer wieder überrascht, wie schnell »er« darauf reagierte.

Willi legte sein Handtuch zurecht und nahm die Zeitung. Er schlug den Sport auf. Sein Lieblingsthema, wenn es eng, falsch, zu dick wurde. Doch er kam gar nicht dazu, die Seiten aufzuschlagen, denn in diesem Moment sah er Erna aus der gemeinsamen Dusche kommen. Sofort stand er auf und machte sich bemerkbar. Dabei fiel sein Handtuch herunter, und beim Begrüßungswinken grüßte und winkte nun jemand mit. Willi ließ es jetzt, wie es war und ging auf Erna zu. Sein Glied war zwar etwas stärker durchblutet als in Ruhestellung, aber es war nicht so angeschwollen, dass es Aufregungen geben könnte. Erna hatte Willi auch sofort gesehen und kam ihm entgegen.

»Na, das ist doch mal ein Empfang. So wurde ich ja noch nie begrüßt, eine schöne Geste, vielen Dank. Ich hoffe, dass ich des Öfteren in diesen Genuss komme.«

Nun war es Willi fast peinlich, dass sie ihn so sah, und hatte mittlerweile das Handtuch wieder umgelegt. An Ernas Gesichtsausdruck war zu erkennen, dass sie ihn lieber ohne diesen »Umhang« weiter angesehen hätte. Sie legte ihre Sachen auf eine Bank und umarmte Willi.

»Schön, dich zu fühlen«, sagte sie und küsste ihn auf die Wange. Auch Willi legte seine Arme um sie und küsste nun seinerseits eine Wange von ihr.

So verhielten sie einen Moment. Beide fühlten den anderen, den neuen und doch den vertrauten. Willi löste sich etwas von ihr und sah ihr in die Augen. Sah er da etwas Glanz, sollte sie vor Glück gerührt sein?

Willi drückte sie wieder an sich und sagte: »Ja, ich bin auch froh, dass du gekommen bist. Ich hatte schon Sorge, du kommst nicht. Wir hatten auch keine Zeit ausgemacht. Beim letzten Mal warst du schon um 10.00 Uhr hier.«

Als er sprach, drückte er sie stärker an sich, um ihr auch auf diese Weise zu sagen: *Ja, ich freue mich.*

Erna drückte sich ihm entgegen. Natürlich spürte sie Willi. Sie spürte, wie stark er war, in den Armen und in der Lendengegend.

»Lass uns zur Liege gehen, ich habe uns zwei Liegen reserviert.«

»Ja, das machen wir. Übrigens bin ich etwas später, weil ich im Stau gestanden habe. Zwei Autos wollten sich genauso nah kommen wie wir und sperrten damit die ganze Autobahn.«

»Schön, dass du überhaupt da bist. Ich hatte heute Morgen leichte Zweifel. Manchmal trifft man Verabredungen, die einem einen Tag später unangenehm, lästig oder peinlich sind. Wie hast du dich am nächsten Tag gefühlt, Erna?«

»Ich habe mich gut gefühlt. Du bist ein attraktiver Mann und hattest mich gefragt, ob wir uns wiedersehen könnten. Nun, ich habe da nicht lange gefackelt und ja gesagt. Und das meine ich dann auch so. Da gab es gar keinen Zweifel, ob ich komme oder nicht. Und wie du siehst, bin ich da.«

»Ja, du bist da, und ich bin froh, dass du da bist.«

»Und wie hast Du dich gefühlt, Willi?«

»Da ich der Initiator dieses Treffens war, war es für mich auch kein Thema zu erscheinen. Im Gegenteil, ich habe, wenn ich ehrlich sein soll, diesem Treffen schon ein bisschen entgegengefiebert.«

»Ja, warum das denn?«, fragte Erna sichtlich neugierig.

»Nun, so schön bin ich ja nun auch nicht, dass ich nur zu sagen brauche, kommt und alle kommen.«

»Nein, Willi, das siehst du falsch. Nicht alle sollten kommen, ich sollte kommen, und ich bin da. Allerdings möchte ich auch kommen, obwohl ich schon da bin.«

»Du sollst so oft kommen, wie es nur irgendwie möglich ist. Ich jedenfalls werde mich anstrengen, dass du des Öfteren kommen kannst, auch wenn du, wie du schon erwähnt hast, schon da bist«, antwortete Willi, und ihnen war klar, worüber man gerade redete.

»Wir verstehen uns, mein lieber Willi.«

Beide spürten dieses Kribbeln, das leichte Kribbeln im Bauch, wenn man als »Backfisch« eine Beziehung beginnt. Oder sind es doch schon die Schmetterlinge? Was es auch war, sie genossen dieses Gefühl, welches sie schon lange nicht mehr gespürt hatten. Willi führte Erna an die beiden Liegen, und sie legte ihre Sachen dort ab.

»Willi, da hast du zwei sehr schöne Plätze reserviert, vielen Dank. Hier haben wir was zu fühlen«, dabei schaute sie bewusst auf den Unterleib von Willi, »und etwas zu sehen gibt es auch«, dabei meinte sie die Sicht in die Außenanlage.

Bevor Erna es sich bequem machen konnte, stellte Willi sich vor sie hin und sagte mit Nachdruck: »Komm, lass uns den Tag begrüßen«, und zeigte auf die kleine Theke. Erna nickte bereitwillig und beide setzten sich wieder an die Theke ihrer ersten Stunden. Willi bestellte die Getränke, und diese wurden sofort auf seinem Chip gespeichert. Durch diesen Chip, der gleichzeitig die Eintrittskarte war, benötigte man kein Bargeld in der Anlage, was angesichts nackter Tatsachen auch schwierig zu händeln gewesen wäre. Der Chip war an dem Band befestigt, wo auch der Spindschlüssel dran hing. Dieses Band trugen die meisten am Handgelenk. Der ein oder andere auch schon mal am Fuß.

Sie tranken ein Glas Sekt mit Orangensaft; diesmal saßen sie nicht mehr so weit auseinander, wie es beim ersten Treffen der Fall war. Er berührte mit seinem Bein ihr Bein und das nicht aus Zufall. Beide hatten sich etwas näher zusammen gesetzt, um diese Berührung zu haben. Diesmal erzählten sie sich, wie man den anderen beobachtet hatte und wie der andere bemerkt hatte, dass er beobachtet wurde.

»Am Anfang«, fing Erna an, »habe ich dich gesehen und gedacht, was für ein schöner großer Mann und mich ein wenig in Position gestellt.« Als sie das sagte, richtete sie sich etwas auf und streckte ihren Busen vor. »Leider hat das nichts genutzt. Ich glaube, du hast mich nicht wirklich beachtet, da ich ja doch ein wenig zu kurz geraten bin.«

»Das stimmt so nicht. Natürlich habe ich dich gesehen. Es ist jetzt so ungefähr ein halbes Jahr her, als du zum ersten Mal neben mir geduscht hast. Deine schönen Brüste, wenn ich das mal so sagen darf, sind schon eine Augenweide, und nur wer wirklich blind ist oder dem gleichen Geschlecht zugetan ist, kann die übersehen. Und dein Po kann sich wirklich sehen lassen. Jeder gesunde Mann würde den mal streicheln wollen, und auch ich hatte und habe immer noch, bitte verzeihe mir meine Direktheit, dieses Bedürfnis.«

»Ja, irgendwann habe auch ich gemerkt, dass du mich im Visier hattest. Alleine, wenn du reinkamst, dich umgesehen hast, und wenn du mich entdeckt hattest, hast du noch zweimal eine Runde im Saal gedreht, um dich letztendlich doch in meiner Nähe zu platzieren. Was habe ich es genossen, dich dann ansehen zu können.«

»Ich dachte, ich hätte mich geschickter angestellt und du hättest es nicht bemerkt. Ich bin eben ein schlechter Schauspieler.«

»Dafür aber ein sehr gut gebauter Mann. Du bist schlank, hast einen schönen Rücken, und auch sonst kommst du sportlich rüber. Groß, gut gebaut und gesund, da ich schon bemerkt habe, dass du damals in der Dusche Reaktionen zeigtest. Zu sehr war dir die Größenveränderung anzusehen.«

Als sie das sagte, drückte sie ihr Bein etwas stärker an seins. So, als wollte sie ihn jetzt besonders spüren. Willi spürte das und hielt entsprechend dagegen.

Er versuchte nun, so ruhig wie möglich zu antworten, obwohl seine untere Gegend schon wieder aktiv wurde, was Erna sofort zur Kenntnis nahm, da sein Handtuch sich etwas anhob.

»Die sportliche Figur habe ich schon seit meiner Jugend, da ich damals sehr viel Sport getrieben habe. Heute arbeite ich im Büro und gehe deshalb viel spazieren, und durch meine Nebenjobs, die ich hier und da ausübe, wenn mal wieder jemand meine Hilfe benötigt, wird der Körper natürlich auch noch angestrengt.«

»Aha, was machst du denn so alles?«, fragte Erna nun neugierig und legte wie zufällig ihre Hand auf seinen Oberschenkel.

»Fußball, Willi, denk an Fußball, sonst gibt es hier gleich einen Platzverweis«, versuchte er sich abzulenken. In seinen Gedanken war aber der Wunsch, dass sie ihre Hand noch ein wenig höher schob.

Dann löste er sich von dem Wunsch und antwortete so sachlich wie irgendwie möglich. »Alles, was man sich so denken kann.

Renovieren, Küchen zusammenbauen, Laminat verlegen, kleine Reparaturen, kleine Elektroarbeiten. Eben alles, was in einem Haushalt so anfällt.«

»Gut zu wissen. Darf ich dich ansprechen, falls ich mal was zu machen hätte?«

»Natürlich, aber du bist doch verheiratet. Kann das dein Mann nicht?«

»Nee, der kann sich mittlerweile noch nicht mal mehr sein Bier aus dem Keller holen.«

»Um Gottes willen, so eine schöne Frau und dann so einen Mann?«

»Ach, eine schlechte Geschichte, und er kann noch nicht mal etwas dafür. Das erzähle ich dir aber ein anderes Mal.«

Nach einer kleinen Sprechpause sagte sie: »Nun zurück, bitte verzeih mir diesen Ausdruck, zu deinen »Spanneraugen«. Diese hatten mich nämlich immer im Visier. Ich habe, als ich unter der Außendusche war, durch die Scheiben gesehen, dass du mich sehr genau beobachtet hast. Nicht umsonst habe ich mich deshalb hier und da in »Stellung« gebracht. Du solltest schon alles sehen. Dabei nahm ich übrigens in Kauf, dass viele andere auch gesehen haben, was eigentlich nur dir gewidmet war. Mir war in diesem Fall nur wichtig, dass du mich siehst, und vielleicht ergibt es sich ja doch noch mal, dass du mich ansprichst. Dass du nicht nur wegen der Gesundheit, sondern auch wegen des Sehens und Gesehen-Werdens hier warst, habe ich an deiner manchmal veränderten Manneskraft gesehen.«

»So genau hast du hingesehen? Erna, ich bin erschüttert.«

»Ach was, er ist viel zu groß, als dass man den übersehen könnte oder sollte, auch wenn er sich nicht gerührt hätte. Was glaubst du wohl, wie viele Damen dich ansehen?« Willi antwortete nicht, schaute Erna aber fragend an.

»Ich meine nicht den Mann als Ganzes, sondern auch schon mal ganz gezielt auf dein Teil.«

»Wirklich, wer schaut denn so?«, fragte nun Willi neugierig nach.

»Das kann ich dir sagen, Willi. Erst neulich saß ich hier neben zwei Frauen, beide etwas älter.

Da sagte eine der beiden: »Der wäre jetzt genau der Richtige für mich. Schau dir mal den Burschen da vorne an.«

Dabei zeigte sie auf dich, und als die andere dich gesehen hatte, sagte die: »Ja, der wäre für uns beide gut, und so wie er gebaut ist, schafft der uns beide auch. Geh doch mal hin und lade ihn auf ein Bierchen ein.«

»Wieso ich, geh du doch. Schließlich bist du geil auf ihn.«

»Ja, du etwa nicht?«

»Sieh mal, er schaut rüber.«

»Natürlich schaut er rüber, ich habe ja auch die Beine etwas breiter gestellt, und wenn er ein Mann ist, und danach sieht er aus, dann wird er das bemerken und hinsehen.«

»Ilse, schau doch, wie recht ich habe. Sein bestes Stück ist schon etwas gewachsen. Gesund ist er jedenfalls.«

»Berta, nun ist aber genug. Wir wollen doch nicht, dass er rausfliegt.«

»Was soll das heißen?«

»Das soll heißen, dass du schnellstens die Beine wieder zusammen machst, sonst regt sich noch mehr bei ihm, und das darf man hier nicht. Dann fliegt er wegen öffentlichen Ärgernisses raus.«

»Sag mal, Berta, wer hat denn so einen frauenfeindlichen Paragrafen geschaffen? Jede Frau in diesem Haus wäre doch froh, wenn jemand auf gezeigte Reize reagiert, oder sehe ich das falsch?«

»Ja, das siehst du falsch, Ilse, es gibt auch Frauen, die wollen das nicht sehen, und deshalb ist es Männern untersagt, mit einem erigierten Glied herumzugehen.«

»Er soll ja nicht herumgehen, er soll sich zu uns setzen.«

»Ilse, zum letzten Mal, schließe die Beine, der gute Mann hat sonst ein Problem.«

»Ach was, er hat sich doch schon selbst um die schöne Aussicht gebracht. Sieh doch, er geht in das Schwimmbecken.«

Mehr habe ich mir dann nicht mehr angehört. Ich bin aufgestanden und habe mir die Damen mal von Weitem angesehen. Ungefähr aus der Entfernung, wo du gestanden hast. Tatsächlich konnte man bei der einen fast die Mandeln sehen, so weit war ihr »Eingang«. Willi, da hast du zwei richtige Verehrerinnen mit viel Platz für Spielchen.«

»Ach, die beiden älteren Damen meinst du. Ja, die setzen sich immer in Pose, wenn ich vorbeikomme, und natürlich schau ich es mir an. Die Rothaarige von den beiden ist für ihr Alter noch sehr gut gebaut. Vor allem ihr Busen und Po ist noch richtig fest. Die andere ist da schon wesentlich verwelkter, dafür aber rasiert, wie du wohl auch bemerkt hast. Dass ich aber von dem Anblick so erregt werde, dass ich hier ein Problem bekomme, da geht die Phantasie der beiden Damen aber etwas zu weit. Da benötige ich doch schon etwas mehr Nähe.«

Willi sah, wie Erna ihr Handtuch zur Seite zog und ihre Beine etwas auseinander machte.

»Und wie gefällt dir das?«

»Oh, das ist sehr schön und vor allem näher. Da kann ich alles viel genauer sehen.«

»Willi, ich will auch hoffen, dass dir das gefällt, was du da siehst.«

»Das sieht sehr »lecker« aus, wenn ich es mal aus der Sicht eines hungrigen Gastes sagen darf.«

»Danke«, sagte Erna und legte ihr Handtuch wieder über ihre Scham.

»Bis du daran naschen kannst, vertreiben wir uns die Zeit mit etwas anderem, aber auch sehr leckerem«, sie hob ihr Glas und hielt es Willi entgegen. Willi erhob nun seinerseits auch sein Glas und stieß mit Erna an.

»Auf unsere leckere Zeit«, sagte Willi, und Erna antwortete ihm: »Wird so kommen, Willi, sie wird kommen.«

Dann schauten sie sich tief in die Augen und Erna legte ihre Hand wieder auf seinen Oberschenkel. Dann sagte sie: »Weiß du, Willi, wir Frauen haben es einfacher zu erkennen, ob was geht oder nicht geht, während Ihr Männer nur erahnen könnt, wie es um uns bestellt ist. Der Penis ist zwar ein Schwellkörper, aber eine gewisse Grundgröße sollte vorhanden sein. So können wir Frauen von Anfang an sehen, was uns erwartet, und ob wir den Mann in Stimmung bringen können oder nicht.«

Mit einem Lächeln erzählte sie weiter: »Den Erfolg oder Misserfolg haben wir sofort vor Augen, und bei dir, Willi, habe ich nicht nur »seine« Grundgröße von Anfang an bewundert, sondern auch seine schnelle Reaktion«, dabei schaute sie bewusst auf seinen Unterleib.

»Erna, ich weiß schon, dass du mich beobachtet hast. Immer, wenn ich mich aufmachte, einen Saunagang zu machen, kamst du mir hinterher und gingst in die gleiche Sauna. Je nachdem, wo ich Platz genommen hatte, hast du einen Platz gegenüber eingenommen, damit du mich betrachten konntest. Ist dir aufgefallen, dass ich immer die Beine so breit,hatte, dass mein Glied klar zu sehen war, jedenfalls, wenn du mir gegenübergesessen hast?«

»Am Anfang habe ich gedacht, es wäre Zufall, bis ich gesehen habe, dass du das nur gemacht hast, wenn ich »ihn« sehen konnte. Diesen Anblick habe ich genossen. Manchmal war ich fast eifersüchtig, wenn eine Saunanachbarin, die zufällig neben mir Platz genommen hatte, ebenfalls diesen schönen Anblick genießen durfte; schließlich war es doch meine Aussicht, und die wollte ich eigentlich alleine genießen.«

»Ach, Erna, man muss auch jönne könne. Vom Ansehen wird er nicht kleiner, so ist immer genug für dich da gewesen. Wenn es nicht so heiß in der Sauna gewesen wäre, dann hätte es sein können, dass er sich sogar etwas vergrößert hätte, da mich deine Blicke auf mein Teil auch erregt haben. Wahrscheinlich bin ich ein kleiner Exhibitionist. Denn ich finde es auch heute schön und erregend, wenn du mich betrachtest« sagte Willi und bemerkte, dass Erna ihm nicht wirklich zugehört hatte.

Sie schwelgte weiter in Gedanken und stellte sich wieder diesen Anblick vor. Dann sah sie Willi wieder an und sagte mit etwas leiser Stimme, da die Bedienung nicht weit weg von ihren Sitzplätzen war und Erna vermeiden wollte, dass sie etwas mitbekommt: »Gut, dass man in der Sauna schwitzt, so konnte keiner merken, dass ich sehr nass durch diesen Anblick wurde. Wo ich sehr nass wurde, kannst du dir denken. So habe ich viele kleine Orgasmen bekommen. Ich presste oft die Beine fest zusammen, um nicht auszulaufen. Genutzt hat es in den meisten Fällen allerdings nichts. Mein Saunatuch war jedenfalls sehr feucht unter meiner Scham.«

Er hatte ihr sehr aufmerksam zugehört und setzte sich nun etwas anders auf dem Hocker hin. Durch das Gespräch war er schon etwas mehr als nur leicht erregt.

»Bitte, lass uns ins Wasser gehen«, bat er Erna und zeigte auf sein Teil.

»Nicht, bevor ich ihn mal kurz zu sehen bekomme«, lachte sie, und Willi wusste nicht, wie er es deuten sollte. Meinte sie es ernst oder war es nur ein Scherz?

Bevor er sich selbst eine Antwort geben konnte, sah er, wie Erna sich kurz umschaute, sein Handtuch etwas lupfte und ein erstauntes »Oh« über ihre Lippen kam. »Das sieht aber auch lecker aus.«

»Erna, ab mit dir ins Wasser; ich denke, du brauchst genau wie ich dringend eine Abkühlung.« Ohne eine Antwort von Erna abzuwarten, trank Willi sein Glas aus und stand auf. Nicht, ohne sein Handtuch festzuhalten, was er dann etwas fester um seine Lenden band. Dadurch wurde sein Teil zwischen die Beine geschoben und man sah seine leichte Erregung nicht sofort. Erna folgte ihm mit dem Handtuch in der Hand. Sie hatte ja nichts zu verbergen. Dass auch sie erregt war, konnte niemand sehen.

Willi ging zu der Türe, die in das Außengelände führte, und öffnete sie. Erna war ihm gefolgt und ging lächelnd an ihm vorbei ins Freie. Willi ging direkt zum kalten Außenbecken, streifte sein Handtuch ab und stellte sich unter die Eisdusche. Dabei drehte er sich bewusst mit dem Hintern in Richtung Glasscheibe. Den wartenden Augen hinter dieser Glasscheibe wollte er heute seine Erregung nicht zeigen. So duschte er nur kurz und sprang in das kalte Wasser. »Hatte er da ein Zischen gehört, als sein Teil ins Wasser eintauchte?« Fragte sich Willi und blieb einige Zeit unter Wasser.

Erna duschte sich leicht ab und ging dann langsam in das Wasser. Immerhin war es ein Kaltbecken, und man benötigte schon eine gewisse Zeit, um sich darin wohlzufühlen. So mutig wie Willi war sie nicht. Einfach hineinspringen, das konnte sie nicht.

Das kühle Wasser genoss Willi und schwamm nur wenig, eher etwas treibend. Vor allem aber mit dem Bauch, den er nicht hatte, nach unten, sodass sein Teil nicht zu sehen war. »Spielverderber«, hörte er Erna sagen.

»Man muss auch jönne könne, hast du mir vorhin noch erzählt.«
»Wem?«

»Na, denen da drinnen, den sitzenden und wartenden Saunamenschen. Die wollen genau so was wie dich und ihn sehen. Dafür kommen die doch hier hin, und zwar schon früh morgens, damit sie genau diese Plätze bekommen und du springst einfach rein. Ich hoffe, du hast ihnen wenigstens einen kleinen Blick gegönnt, als du das Handtuch abgelegt und es am Haken aufgehängt hast?«

»Sie mussten sich mit einem Blick auf meinen Hintern begnügen.«

»Nun, der ist auch nicht schlecht. Da haben sie wenigstens etwas Freude gehabt. Als Hintern würde ich diesen Po aber nicht bezeichnen. Knackarsch ist der bessere Ausdruck.«

»Erna, kann es sein, dass du etwas ordinär bist?«

»Nein, mein Lieber, ich hoffe, ich darf dich so nennen; ich sage nur, was ich denke. Und wenn ich sage Knackarsch, dann meine ich auch Knackarsch.«

Als sie das sagte, schwamm sie auf ihn zu. Da Willi immer noch auf dem Bauch liegend im Wasser war und langsame Brustschwimmübungen verrichtete, ragte sein Po aus dem Wasser heraus, und Erna konnte nicht widerstehen, mit einer Hand auf diesen aus ihrer Sicht sehenswerten Po draufzuhauen. Nicht allzu feste, aber fest genug, dass Willi zusammenzuckte. Der hörte sofort auf zu schwimmen und stellte sich hin.

»Das war jetzt aber sehr sexistisch, und was sollen die »Zuschauer« davon halten?«

»Die Frauen werden mich loben und beneiden zugleich. Sie würden deinen Po sicherlich auch gerne mal etwas abklatschen oder noch etwas mehr mit ihm anstellen wollen.«

Willi schaute sie an und fragte sich ernsthaft, was sie wohl damit meinte.

»Die Männer werden sich wünschen, dass sie im Becken wären und es ihr Hintern wäre, der von mir geschlagen wurde. Viele Männer lieben es nämlich, wenn man sich um ihren Allerwertesten kümmert.« »Erna, meine Liebe, ich hoffe, ich darf dich auch so nennen; jetzt glaube ich nicht nur, dass du versaut bist, jetzt weiß ich das auch.«

»Willi, wir sind in einem Alter, da darf man nicht mehr allzu lange fackeln. Sanftes Annähern war vor langer Zeit. Heute wird gehandelt.«

Wieder war Willi, wie schon in anderen Situationen, überrascht von ihrer Direktheit. Er war sich sicher, dass es genau das war, was ihn an ihr faszinierte. Sie drehten noch einige Runden im Wasser, ohne dass es weitere sexuelle Angriffe von Erna gab. Vorsichtshalber hielt sich Willi immer hinter Erna auf und bot somit keine Angriffsfläche. Erna, die ihm vorausschwamm, zeigte nun ihre Brustschwimmkünste. Dabei bewegten sich ihre Beine im Froschstil. Spreizen, Anziehen und wieder zurück. Willi sah dabei nicht nur ihren Hintern, der hier und da etwas mehr aus dem Wasser ragte. Gut für ihn, dass das Wasser sehr kalt war und die Aussicht somit keinen Einfluss auf seinen unteren Partner hatte.

»Lass uns wieder hinausgehen, langsam wird es mir doch zu kalt«, sagte Erna und schwamm in Richtung der kleinen Treppe, die man benutzen konnte, um aus dem Wasser zu gelangen. Die war natürlich direkt neben der Dusche.

Geübte schwangen sich auch schon mal nur mit der Kraft der Arme aus dem Becken. Natürlich unter Beobachtung der wartenden Zuschauer. Besonders die Männer machten hier einige Verrenkungen, die fast schon einen Beifall verdient hätten. Leider gab es auch Männer, die besser über die Treppe das Wasser hätten verlassen sollen.

Beide nahmen heute die Treppe. Natürlich hätte Willi sich mit den Armen am Beckenrand herausziehen können, aber das wollte er nicht.

»Sollen sich doch die anderen zum Affen machen«, war seine Einstellung.

»Jetzt aber ordentlich abduschen«, forderte Erna ihren Willi auf.

»Denk doch mal sozial und an die vielen Augen, die jetzt die ganze Zeit gewartet haben, dass du wieder herauskommst. Da wird die eine oder andere sich selbst den Toilettengang verkniffen haben, um ja nicht den Moment zu verpassen, wenn du aus dem Wasser kommst«, dabei zeigte sie mit den Fingern »seine« ungefähre Größe.

»Etwas größer ist er schon«, antwortete Willi und weiter, »also gut, aber nur, weil du mich so lieb bittest.«

Weil sie vor ihm die Treppe hochging, hatte er beste Aussichten.

Sie stellte sich unter die Dusche und putzte das »Schmutzwasser« ab. Dabei stellte sie sich so in Pose, dass jeder Mann, der sie sah, in der unteren Region seines Körpers eine Reaktion verspürte. Wenn nicht, war er entweder impotent oder dem eigenen Geschlecht zugetan. Dann stieg Willi langsam die Treppe hoch, ging zu der Dusche.

»Komm, Erna, lass es jetzt gut sein. Sonst hast du nachher keine Haut mehr am Körper oder die Brustwarzen fallen dir ab« lachte er.

Erna drehte das Wasser ab, legte ihr Handtuch um und rieb sich dann erst ab.

»Was soll denn das Publikum denken, meine Liebe«, sagte Willi, als er sah, dass Erna sich verhüllt hatte.

»Ach, mir ist es jetzt doch ein wenig zu kalt geworden. Da ist mir ein warmer Hintern lieber als ein zufriedener Zuschauer.«

Dann ging sie zur Seite und machte Willi Platz.

Der drehte genüsslich das Wasser auf und stellte sich unter den kalten Strahl. Dabei drehte er sich mal nach links und nach rechts. So wollte er das gesamte »Glaspublikum« erreichen und gleichzeitig Ernas Bitte nachkommen. Allerdings verkürzte er seine »Schau«, da er Erna nicht länger draußen stehenlassen wollte. Noch einmal stellte er sich kurz, aber mit vollem Körpereinsatz, unter den kalten Strahl und drehte danach den Wasserhahn ab. Mit leichten Drehungen seines Körpers schüttelte er das Wasser ab. Natürlich wackelte da auch noch was anderes mit. Erna sah ihm dabei zu und sah, dass sie »ihn« tatsächlich zu klein eingeschätzt hatte. Derweil nahm Willi sein Handtuch und trocknete seinen Kopf und Bauch ab, dabei drehte er sich allerdings weg vom Fenster und vermied es, sich unten abzutrocknen.

»Den ganzen Affen muss ich ja dann doch nicht machen«, dachte Willi. Er umschloss seine nasse Hüfte mit dem Handtuch und dann erst rieb er an den noch nassen Stellen. Nun gingen beide wieder ins Haus und erfreuten sich an der Wärme. Als sie wieder auf der Liege waren, schlug Erna vor, in die finnische Sauna zu gehen, denn diese wäre auch gleich mit Aufguss.

»Das würde ich gerne machen wollen. Dann ist man nach dem kalten Wasser wieder aufgeheizt.«

»Dafür brauche ich eigentlich gar keine Sauna mehr«, gestand er ihr mit einer leichten Berührung ihrer Hand. Erna genoss es und ließ ihn gewähren und war in diesem Moment sogar ein wenig glücklich.

»Dann komm, lass uns reingehen.«

»Aber es fängt doch erst in 5 Minuten an.«

»Ja, ich weiß«, sagte Erna und wirkte etwas unruhig, »aber ich habe da immer einen bestimmten Platz, wo ich sitzen möchte.«

Erna richtet sich recht schnell auf, nahm ihr Saunatuch und ging los. Willi musste sich beeilen, um gleichzeitig mit ihr an der Türe der Sauna zu sein.

Erna setzte sich auf ihren vermeintlichen festen Platz, während Willi einfach nur einen freien Platz in der zweiten Reihe besetzte. Willi sah Erna, wie gespannt sie die Bewegungen des Mannes verfolgte, der für den Aufguss zuständig war. »Deshalb also war sie in Eile«, dachte Willi und widmete sich nun dem Genuss der ihm entgegenströmenden Wärme. Nachdem der letzte Tropfen des Aufgusswassers auf den heißen Steinen verdampft war und der »Aufgießer« sich verabschiedet hatte, durfte man ins Freie.

Willi und Erna stürmten nach draußen und holten tief Luft. Nach kurzer Zeit gingen sie wieder ins Haus und duschten sich erst kalt und dann warm ab. Nun wollten sich beide ausruhen und gingen zur Liege, allerdings waren durch neue Gäste auch neue Geräusche entstanden. Die Nachbarn unterhielten sich so laut, dass an Ausruhen oder an Schlaf nicht zu denken war.

»Komm, wir gehen in den Ruheraum.«

Erna stimmte dem zu, da auch sie das Gespräch der Nachbarn nicht unbedingt hören wollte. Ging es doch hier um Krankheiten, Fachärzte und sonstiges Wissen rund um die nicht vorhandene Gesundheit. Willi und Erna nahmen ihre Handtücher und gingen in Richtung Ruheraum. Dieser Raum war in der anderen Ecke des Gebäudes. In einem Ruheraum ist absolutes Redeverbot. Leider können Schnarchgeräusche nicht untersagt werden, denn als sie da hineinkamen, war es sprachlich sehr still, aber ein starker Schnarcher hatte es sich in einer Ecke bequem gemacht und füllte den gesamten Raum mit seinem »Gesang«.

Es war nicht das einzige Unangenehme, was Willi und Erna wahrnahmen. Es hatte sich wohl jemand nach dem Saunagang nicht abgeduscht, und entsprechend stand ein penetranter Schweißgeruch im Raum.

Schnarcher und Stinker, das war zu viel. Willi nahm Erna an die Hand und führte sie wieder heraus. Nach dem Schließen der Türe führte Willi Erna sofort in die Außenanlage. Hier machte Willi Anstalten, sich übergeben zu müssen. Durch die frische Luft, die er tief durch die Nase einatmete, konnte er aber vermeiden zu zeigen, was er denn heute so zu sich genommen hatte.

»Oh Gott, wie halten die Leute diesen Gestank nur aus? Da wird einem ja richtig übel. Hier ist es zwar nicht ganz leise, aber wir bekommen Sauerstoff.«

»Willi, da drinnen war es nicht nur stickig, durch den Schnarcher hätte ich da sowieso keine Ruhe gefunden. Wie ist das eigentlich mit dir? Bist du ein Schnarcher?«

»Ich glaube nicht, ich habe mich jedenfalls bis jetzt noch nicht gehört«, antwortete er mit einem verschmitzten Lächeln. Erna wusste sofort, dass er sie auf den Arm nehmen wollte.

»Witzig, ach Willi, du tust mir so gut«, dachte sie und lächelte Willi an.

»Komm, wir legen uns da drüben auf die Wiese, oder soll ich uns zwei Liegen da hinstellen?«, fragte Willi und zeigte auf die Stelle, wo er die Handtücher hinlegen wollte.

»Nein, ist so o. k., lass uns auf unsere Tücher legen. Dann sind wir nicht so weit auseinander«, antwortete Erna.

»Ja, da hast du recht.« Und schon wieder hatte sie die Initiative ergriffen, dass man sich näherkam.

Etwas abseits vom sonstigen Geschehen wurden die Tücher ausgelegt, und die beiden legten sich auf den Boden. Erna stand aber wieder auf, ihr Untergrund war einfach zu holprig, als das man da hätte lange liegen können. Sie legte ihr Handtuch einfach auf die andere Seite von Willi und legte sich wieder hin.

Beide drehten sich auf die Seite, sodass sie sich ansehen konnten.

»Ja, hier ist es angenehmer als in dem Raum, und das Einzige, was hier riecht, ist Mutter Natur.«

»Da hast du mal wieder recht«, antwortete Erna. Sie drehten sich noch etwas zueinander und lagen nun fast auf dem Bauch. Willi legte seine Hand auf ihren Rücken, und wieder ließ sie es geschehen. Auch sie legte ihren Arm an seine Seite. Leichter, sanfter Körperkontakt.

Als Willi den Arm spürte, zuckte sein Körper leicht, und er wurde nun auch etwas mutiger und seine Hand rutschte etwas tiefer. Gerade so zwischen Rücken und Po machte er halt. Er hatte die Erhöhung vom Po gespürt und genau da wollte er seine Hand positionieren. Es war die Stelle zwischen normaler Berührung und Erotik. Für Willi war klar, er wollte nicht weiter gehen, da sie ja in einer öffentlichen Anlage waren, und das traute er sich dann doch nicht. Da sie ja beide nackt waren und ihre Handtücher unter ihnen lagen, hätte jeder sehen können, wo er seine Hand dann hingeführt hätte.

»Nicht jetzt, alles zu seiner Zeit, nur nichts überstürzen«, dachte er sich. So blieb man einige Zeit liegen. Willi bewegte manchmal ganz sanft seine Hand etwas nach oben und dann auch wieder etwas nach unten. Sein Zeigefinger berührte dann genau den Anfang ihrer Poritze.

Erna war die Erste, die sich wieder etwas auf die Seite legte. Als Willi das bemerkte, richtete auch er sich etwas seitlich auf.

»Willi«, sagte Erna mit leiser Stimme, »mein Ansatz vom Po scheint dir wohl zu gefallen?«

Erst jetzt bemerkte Willi, dass er schon wieder etwas erregt war. Natürlich hatte Erna das auch bemerkt und schaute auf sein Teil.

»Verdammt, der Kerl da bekommt aber auch alles mit.«

»Ach, Willi, hadere nicht mit ihm, warte mal ab, wie er reagiert, wenn er wirklich mal ran muss. Dann werden wir sehen, ob er nur so tut oder wirklich seinen Mann steht.«

»Auf den ist Verlass, manchmal eben zu viel Verlass, sorry.«

»Um Gottes willen, Willi, ich bin doch so froh, dass er sich bewegt, und das nur, weil ich in der Nähe bin. Zu Hause bei meinem Mann ist eher weniger los. Ich hatte dir ja schon erzählt, dass er Probleme mit der Lunge hat. Dann kannst du dir ja auch denken, dass er sich nicht anstrengen darf. So bekommt er von mir seine Befriedigung, da ich ja eine gute Ehefrau sein möchte, aber er kann es mir nicht mehr machen. So einfach ist das. Ich bin der Koch, der selbst nicht satt wird.«

»Das geht anderen auch so. Mir zum Beispiel. Ich habe dir erzählt, dass meine Frau ihre Rheumaanfälle bekommt, aber sie hat auch noch sehr viel Migräne und ist dann kaum ansprechbar. Geschweige denn für den Spaß der Liebe zu begeistern. Im Gegenteil, sie nimmt dann oft eine Schlaftablette oder auch schon mal stärkeres, um diesen Migräneanfall besser zu überstehen. Damit ich mich nicht immer selbst befriedigen muss, nutze ich das aus und befriedige mich in ihr. Du kannst dir vorstellen, dass es nicht wirklich Spaß macht, eine Frau zu lieben, die nichts mitbekommt und sich deshalb ja auch nicht bewegt. Wie schon gesagt, normaler Geschlechtsverkehr fühlt sich anders an.«

»Willi, ich höre schon, wir sind beide gestraft mit unseren Partnern.«

»Gestraft eher nicht, aber sehr belastet,«, sagte Willi.

»Was hältst du von einer Zweckgemeinschaft?«, fragte Erna.

»Wie soll die sein?«

»Nun, ich sorge dafür, dass dein Hoden leer wird, allerdings anders als bei mir zu Hause. Denn du sollst dich in mir entleeren, und zwar erst dann, wenn ich gekommen bin.«

»Erna, ist das dein Ernst?«

An Willis Gesichtsausdruck konnte Erna sehen, dass er nicht glaubte, was er hörte. Sie versuchte nun, ihm das besser zu erklären.

»Ja, betrachte es doch mal von der positiven Seite. Wir sind ausgeglichener, und das kommt doch wieder unserem Partner zugute. Wie oft warst du mürrisch, wenn es nicht ging, wenn du es wolltest. Es sich immer selbst zu machen ist wirklich nicht toll. Du hast das Glück, dass sie schläft, wenn du es dir machst. Mein Mann hat es mit der Lunge, aber nicht mit den Ohren. Im Bett kann ich es mir deshalb nicht richtig machen, ohne dass er es mitbekommt. Ich weiß, dass es ihn belastet, dass er mich nicht mehr befriedigen kann. Deshalb vermeide ich, es in seinem Beisein zu machen. Mittlerweile glaubt er wahrscheinlich, dass ich das nicht mehr brauche. Ich lass ihn in diesem Glauben und mache ich es mir deshalb unter der Dusche oder in der Badewanne. Da benötige ich dann nicht so viel Spucke und kann mir einreden, wie nass ich bin. Ich möchte das ändern und benötige deshalb deine Hilfe, Hilfe zur Selbsthilfe. Was sagst du zu meinem Vorschlag?«

Willi sah an ihrem Lächeln und den leichten Schwingungen ihrer Hüfte, dass sie es damit ernst meinte. Er benötigte einige Sekunden, bevor er antworten konnte.

»Ich bin platt, also sprachlos. Wann willst du diese Zweckgemeinschaft gründen?«

»Jetzt«, sagte Erna und fasste ihn am Glied an.

»Hör bitte auf, wir sind in der Sauna und hier sind Leute. Außerdem weißt du, wie schnell der Kerl da unten reagiert. Ist schon schwer genug, ihn im Zaum zu halten. Nur deine Anwesenheit lässt ihn schon munter werden. Also lass ihn wieder los.«

Willi wollte die Hand von Erna greifen, um seinen Worten auch Nachdruck zu verleihen. Erna erkannte seine Absicht und fasste etwas kräftiger zu, worauf Willi nicht anders konnte und zusammenzuckte.

»Schluss!«

»Hier ist doch keiner; die Leute sind alle im Gebäude oder amüsieren sich ebenfalls, oder bist du der Meinung, die vier da hinten spielen Mensch ärgere dich nicht?«

Willi drehte sich um und sah in die Richtung, die Erna angedeutet hatte. Da lagen zwei Pärchen, dicht an dicht, und genau wie Willi und Erna auf der Seite, damit es keine Einsicht gab, wo denn ihre Hände waren.

Bei der Drehung hatte Willi die Hand von Erna von seinem Glied entfernt.

»Was hältst du davon, wenn wir den Saunatag beenden und wir fahren ein wenig in den Wald? Oben am Düsseldorfer Segelflughafen kenne ich eine schöne, einsame Stelle, da werde ich deine Hand sicherlich nicht von ihm entfernen wollen.«

Nachdem er das gesagt hatte, war er überrascht, diese Worte so gesagt zu haben. Erna hatte schon Einfluss auf ihn genommen, und es gefiel ihm, offen über Sex zu sprechen.

»Ja, das hört sich gut an«.

Erna nahm ihr Handtuch und stand auf.

Auch Willi richtete sich auf und band sich sein Handtuch etwas fester um die Hüfte. Sein Glied drückte das Handtuch aber immer noch deutlich ab. »Fußball, wer spielt heute?«

Hand in Hand gingen sie zurück zur Halle, nahmen ihre anderen Sachen noch von den Liegen und gingen unter die Dusche. Erna ging mit ihm in die gemischte Dusche, denn diesmal wurde im Eiltempo geduscht. Erna verzichtete auf das Waschen der Haare, das würde ihr jetzt zu lange dauern. Das geht auch mal so, entschied sie für sich.

Sie bemerkte den Blick eines Mannes, der genau gegenüber duschte. Seine eindeutigen Gesten, die er machte, als er sich seine Genitalien wusch, bestätigten Erna nur in der Absicht, sonst immer die Damendusche zu nehmen.

»Willi, schau mal, er denkt, ich bin alleine und will wohl etwas mit mir anfangen. Da hast du sicherlich nichts dagegen, oder?«

Willi drehte sich nun in Richtung Erna und dann in die Richtung von dem Mann. Willi streckte sich, ballte seine Hände und wollte zu ihm gehen.

Der vermeintliche Kontaktsuchende winkte ab und deutete an, dass alles nur ein Missverständnis gewesen wäre, entschuldigte sich und verschwand in Richtung Sauna. Willi ging ihm nicht hinterher, zu sehr wollte er Erna und nicht die Zeit mit irgendeinem Möchte-gern-Liebhaber vertrödeln. Natürlich hätte er ihm auf seine Weise gezeigt, wie es sein kann, wenn man die falsche Frau anmacht.

Schnell war man geduscht und ging in den Umkleideraum. Willi schaute sich um, ob er, vielleicht doch noch den Mann aus der Dusche einmal kurz »sprechen« könnte. Von ihm war aber nichts zu sehen. Das Umziehen wurde von beiden im Eiltempo erledigt. Erna zog erst gar keinen Slip an, da dieser sicher gleich wieder runter müsste. Schnell hatte man die Rechnung bezahlt, verließ die Sauna und ging auf den Parkplatz.

»Bitte, fahre voraus, Willi, du kennst ja den Weg. Ich folge dir, egal, wo du hinfährst; diese Chance lass ich mir nicht entgehen.«

Sprachlos schaute er sie an. So was hatte er noch nie erlebt. Klar, sie hatten ja jetzt schon mehrmals miteinander gesprochen und leichten Körperkontakt. Aber das Tempo von Erna war schon heftig.

»Sie muss wirklich Notstand haben oder ist einfach nur nymphoman«, dachte Willi und wusste nicht so recht, was ihm lieber wäre.

Dann stiegen sie in ihre Autos und fuhren zur »Zweckmäßigkeitsstelle«, die Willi sich ausgedacht hatte. A 46, A 3 und bei Mettmann runter von der Autobahn über die Bergische Landstraße zum Segelflughafen.

Sie benötigten fast eine halbe Stunde, um den Segelflughafen zu erreichen. Natürlich auch deshalb, weil Willi darauf achtete, Erna nicht zu verlieren. Er hatte ihr zwar die Strecke noch kurz erklärt, war sich aber sicher, dass sie alleine dort nie ankommen würde. Zumal die Einfahrt in die Straße nur schwer zu sehen war. Man konnte, wenn die Schranke oben war, bis an die Wiese fahren, von wo die Segler starteten.

Willi suchte am Rande der Straße einen Parkplatz und Erna parkte ihren Wagen hinter seinem.

»Darf man hier parken, ich sehe keine Schilder?«

»Keine Schilder, kein Verbot«, antwortete Willi kurz und knapp.

»Nein, wenn die Schranke oben ist, dann finden keine Flüge statt und man darf auf das Gelände.«

Nach dieser Erklärung war Erna sichtlich beruhigter.

»Dort ist der Segelflughafen, das kannst du an dem Wagen erkennen, der die Segelflugzeuge hochzieht. Wir haben hier in Düsseldorf keine Erlaubnis, die Segler mit einem Propellerflugzeug hochzuziehen. Die Startbahn ist dafür auch nicht ausgelegt. So wird an dem Segelflugzeug, das normalerweise dort hinten auf dem Rasen steht«, und Willi zeigte in die entsprechende Richtung, »ein Seil

97

befestigt und diese Seilzugmaschine zieht das Flugzeug in seine Richtung. Der Pilot stellt die Flügelklappen nach oben, das Flugzeug bekommt Auftrieb und steigt auf. In einer bestimmten Höhe wird das Zugseil ausgeklinkt und landet mit einem kleinen Fallschirm wieder auf dem Rasen.«

»Sehr interessant, aber wo ist unsere »Startstelle«?«

»Auf der anderen Seite der Straße und über die Wiese etwa 5 Minuten zu laufen. Siehst du den Wald da oben? Da müssen wir hin.«

Erna ging zu ihrem Auto, räumte an ihrer Saunatasche etwas herum und nahm dann ihre Handtücher heraus. Da Willi sie etwas fragend anschaute, sagte sie: »Willst du auf der Erde liegen? Von mir aus, ich sitze gerne oben. Wenn ich unten liegen soll, dann bitte auf einem Handtuch«, ohne eine weitere Antwort von Willi abzuwarten, verschloss sie den Wagen und signalisierte, dass sie nun gehen könnten.

»Was für ein Weib«, dachte Willi mal wieder.

Das Wetter war herrlich, und auch ohne das, was sie vorhatten, wäre dieser Ausflug lohnenswert.

»Woher kennst du diese Stelle, Willi?«, fragte Erna. Eigentlich konnte sie es sich schon denken. Aber sie war eben etwas neugierig und wollte es genau wissen.

»Wir haben hier als Kinder oft gespielt«, antwortete Willi sehr nüchtern.

»Kinder und spielen. Ja, wer es glaubt.«

Willi schwieg und ging voraus. *Sie muss nicht alles wissen.*

Als jugendlicher haben sie hier ihre Modellflugzeuge fliegen lassen. Dabei entdeckte die Clique diese verborgene Stelle und machten sie zu ihrem Treffpunkt.

»Willi, geh bitte nicht so schnell. Ich weiß, dass ich dich eben gedrängt habe, mir den Ort der Lust zu zeigen. Wenn wir aber so schnell weitergehen, benötige ich erst mal eine lange Verschnaufpause.«

Willi ging auf der Stelle etwas langsamer, nahm Erna an die Hand und zog sie damit etwas auf die Anhöhe.

»Ich kann dich auch schieben, wenn du möchtest.«

98

»Ich weiß, das würde dir gefallen« und streckte ihm ihren Po entgegen, drehte sich dann aber wieder weg. Nicht schnell genug, denn Willi hatte ihn kurz angefasst und etwas gedrückt.

»Wusste ich es doch«, sagte Erna und war erfreut über Willis Reaktion.

Oben angekommen ging Willi, immer noch Erna an der Hand, auf ein kleines Wäldchen zu. Erst sah es so aus, als könnte man dieses dicht bewaldete, mit Brombeersträuchern und Brennnesseln besiedelte Waldstück nicht betreten. Doch Willi führte Erna an eine Stelle, wo ein schmaler Pfad es zuließ, in den Wald einzudringen. Nach kurzer Zeit auf dem Pfad erreichten sie eine kleine Lichtung mit einer kleinen Wiese. Von außen war dieses »Eiland« nicht einzusehen. Wer den Eingang nicht kannte, würde nie zu ihnen finden. So konnten sie sicher sein, hier alleine zu bleiben.

»Na, das ist ja toll. Willi, du hast recht, hier können wir uns besser austoben.«

Schon legte sie die Handtücher auf die Wiese und zog sich aus.

»Willi, guck nicht so, das kennst du doch schon alles, na, fast alles. Den Rest darfst du hier erkunden« sagte sie und bückte sich, sodass Willi erste Einsichten bekam.

»Du Luder«, dachte Willi, als er ihren Hintern betrachtete.

Wie durch Zufall kratzte sich Erna genau in diesem Augenblick an einer Pobacke und zog sie dadurch etwas zur Seite. Willi sah ihre etwas dunklere Rosette und wollte schon Hand anlegen, als Erna sich dann sehr schnell auf das Handtuch legte und Willi aufforderte, sich doch auch zu entkleiden und zu ihr zu kommen. Erna lag nun auf dem Rücken und hatte die Beine etwas angezogen.

»Welch ein schöner Anblick, Erna.«

»Dann komm und nimm, was du siehst.«

Nun zog sich Willi rasch aus und legte sich seitlich zu ihr. Auch Erna drehte sich etwas auf die Seite. Allerdings mit dem Gesicht von ihm weg. So vereinigten sie sich und ließen ihren Gefühlen freien Lauf. Beide versanken in einem regelrechten Liebesrausch. Sie vergaßen die Welt um sich herum und waren nur noch für sich da. Kein Karl und keine Angelika störten ihre Innigkeit.

Nachdem sie ermattet auf dem Handtuch lagen, war ihnen nicht wirklich klar, was sie erlebt hatten. Beide wussten nur, dass es etwas Besonderes gewesen war. Sie spürten ihren Körper in einer Gegend, die sehr oft nichts zu fühlen hatte. Es war ein schönes Gefühl und beide genossen ihre Zweckgemeinschaft. Sie ruhten sich etwas aus, um nach kurzer Zeit erneut das Liebesspiel zu beginnen. Diesmal aber sanft und genussvoll. So als wollten sie jede innere Berührung auskosten. Sie kamen gemeinsam zum erneuten Orgasmus.

Danach war Willis Teil in absoluter Ruhestellung, wobei von Stellung nicht mehr wirklich was zu sehen war.

»Willi, wie spät ist es eigentlich?«

Willi sah auf sein einziges Utensil an seinem Körper.

»Fast 18.00 Uhr«, sagte er dann in einem erschöpften Ton.

»Kann das denn sein? Wir waren doch um kurz nach 15.00 Uhr schon hier.«

»Das wird schon so sein. Wenn ich mich so umsehe, wird es auch langsam dunkel.«

Beide sahen sich an und mussten lachen.

»Wie alt sind wir?«, fragte Erna.

»Höchstens zwanzig«, antwortete Willi.

»Bei deiner Kondition glaube ich das sogar.«

»Nun, viel älter hast du dich auch nicht benommen.«

»Komm, wir ruhen uns noch etwas aus und fahren dann nach Hause«, sagte Erna, und sie legten sich wieder hin.

Willi streichelte Erna sanft durch ihre Haare. Wenn sie so dalag, konnte er wieder ihre stehenden Brüste bewundern. Schon in der Sauna hatte er sie bewundernd betrachtet. Er fasste sie an, und fühlte, wie fest sie waren. Im Liebesrausch hatte er das gar nicht so bemerkt.

»Sie werden doch hoffentlich nicht künstlich sein?«, fragte Willi sich und knetete sie etwas fester.

»Aua, Willi, bitte nicht so feste! Meine Brüste sind zwar fest, aber nicht ohne Gefühl.« Damit war seine Frage auch schon beantwortet und er massierte sie sanfter.

Auch Erna wurde wieder tätig und streichelte Willi.

»Haben wir noch etwas Zeit?«

»Ein wenig sicherlich noch. Meiner Hilfskraft hatte ich gesagt, dass ich sie wohl bis 20.00 Uhr benötige. Von hier bis zu Hause sind es nur ca. 30 Minuten, somit haben wir noch keine Eile.«

So hatten sie wirklich noch etwas Zeit, und das Liebesspiel wurde wieder intensiver, bis Erna die Zeit erneut ins Spiel brachte, indem sie ausnahmsweise an der Uhr von Willi zog anstelle seines lädierten Teils.

Er verstand den Hinweis, denn auch Willi musste ja irgendwann zu Hause erscheinen. Einen langen Kuss gaben sie sich noch, dann zogen sie sich an, falteten die Handtücher und gingen zu ihren Autos zurück. Den Berg runter ging es zwar flotter als nach oben, doch beide bemerkten nun jeden einzelnen Muskel. Zu sehr hatten sie sich angestrengt und ihre Körper gedehnt. Am Auto angekommen, öffnete sie ihren Kofferraum, und Willi legte die Sachen von Erna, die er ihr beim Gang nach unten abgenommen hatte, in ihren Wagen. Dann drückten sie sich noch mal und gaben sich einen kleinen Kuss.

Erna legte ihre Hand an seine Wange und sagte: »Wir sehen uns beim nächsten Saunagang. Bis dahin sollte jeder überlegen, wie er mit der Zweckgemeinschaft zurechtkommt.«

Willi nahm die Hand von Erna und küsste jede Fingerkuppe sanft.

»Ja, ich denke darüber nach. Der Einstieg hat mir jedenfalls sehr gefallen«, dann legte er die Hand an ihre Wange.

»Mir auch, Willi. Bis in vier Wochen.«

»Ob ich es so lange aushalte, weiß ich aber noch nicht.«

»Lass uns diese Zeit zum Nachdenken. Wir sind beide verheiratet und sollten uns darüber klar sein, dass es ein erfülltes Leben für uns beide nicht geben wird. Wir können uns immer nur heimlich treffen.«

Erna zog bei diesen Worten ihre Hand zurück, und Willi sah, dass diese etwas zittrig war. Er schaute sie mit ernstem Blick an.

»Das weiß ich, Erna. Ich kann meine Frau nicht verlassen, und dein Mann benötigt deine Hilfe. Wir sind gefangen und dürfen eben nur kurz vor die Türe.«

»Ja, da hast du recht, Willi. Deshalb möchte ich ja diese Denkpause. Wie ich schon sagte, wir sehen uns wieder, wenn wir beide es wollen. Sollte einer von uns beiden nicht zum nächsten Saunatag erscheinen, so weiß der andere, dass es zu Ende ist, bevor es richtig begonnen hat. Jeder wird die Meinung des anderen akzeptieren, an diese schönen Stunden denken, jedoch nicht nach dem anderen suchen.«

Sie gab ihm noch einen kleinen Kuss und verschwand in ihr Auto. Auch Willi stieg ein und fuhr los. Erna folgte ihm, bis sie auf der Hauptstraße waren. Er bog nach rechts und sie nach links ab.

Sie hupte kurz, dann war sie weg.

Erna sang auf der Strecke nach Hause ein Lied aus ihrer Jugendzeit. Sie fühlte sich auch wieder jung. Ja, das hatte ihr gutgetan. Ohne Rücksicht auf ein Gebrechen konnte sie lieben und wurde geliebt. Das war Sex. Das war purer Sex, sang sie sich vor.

»Davon will ich mehr, mehr von Willi.« Erna war eigentlich schon in diesem Moment klar, dass sie ihn wiedersehen möchte. Sie wollte des Öfteren wieder ganz »Frau« sein.

Willi war auf dem Weg nach Hause sehr still. Ihn beschäftigten die Worte von Erna.

»Warum hat sie die Problematik einer solchen Beziehung noch mal so klar dargestellt? Was wollte sie ihm damit sagen? Kennt sie diese Probleme schon aus eigener Erfahrung und wurde dabei enttäuscht? Oder ging diese Geschichte kaputt, da der andere es irgendwann nicht mehr aushielt und mehr wollte als nur den schnellen Sex?« Da er diese Fragen nicht beantworten konnte, brachte er sich auf andere Gedanken und dachte wieder an zu Hause.

Er schaute in den Klappspiegel seiner Sonnenblende. Nun fand er es gut, dass der Autohersteller auch die Fahrerseite mit einem Spiegel versehen hatte. Die Autos, die er bisher gefahren hatte, hatten nur auf der Beifahrerseite einen Spiegel in der Sonnenblende gehabt.

»Da hat sich die Autoindustrie wohl umgestellt, da immer mehr Frauen am Steuer sitzen«, dachte Willi und betrachtete dabei sein Aussehen in dem Spiegel. Seine Haare waren etwas zerzaust, doch das kam öfters vor. Er hatte selten eine Bürste oder einen Kamm dabei, wenn er unterwegs war. Somit hatte er ein normales Aussehen.

Lippenstift würde er vergebens suchen, da Erna ungeschminkt aus der Sauna gekommen war. Parfüm konnte er auch nicht riechen. Nicht sein eigenes und auch nicht das von Erna. Willi musste lachen. »Dafür hatten wir keine Zeit, wir wollten *uns* riechen und schmecken und nicht die Industrie«, rief er aus sich heraus und war schon wieder mit den Gedanken bei Erna. Er erinnerte sich an den Geschmack und den Geruch ihrer Liebesgrotte. Instinktiv leckte er mit der Zunge über seine Lippen, schmeckte aber nichts mehr.

Nun konzentrierte er sich auf seine Nase, oder besser gesagt auf den Geruch, was dieser Körperteil noch wahrnahm. Doch auch hier war nichts Außergewöhnliches zu riechen. Nun fiel ihm sein Unterleib ein. Da hatte er sicherlich noch Spuren von der körperlichen Liebe. Er überlegte, wie er es anstellt, dass Angelika nicht mitbekommt, dass er unten herum sehr stark nach Körperkontakt roch. Natürlich haben auch die Handtücher diesen Liebestrank aufgesaugt und dadurch den Geruch, den die Götter so liebten, angenommen. Dadurch, dass zu wenig Gras auf der kleinen »Liebesoase« war, hatte Erna ja die Handtücher untergelegt. Ohne sie wäre es sicherlich eine holprige Angelegenheit geworden. Nun war er froh, dass es die Handtücher von Erna waren, die getränkt wurden.

Im Ehebett von Willi war es etwas anderes. Dort wurde extra ein Handtuch bereitgelegt, wenn sie wussten, man vereinigt sich. Um zu wissen, dass es dann geschehen könnte, bedarf es aber einiger Voraussetzungen bei Angelika: keine Migräne. Kein Rheuma! Und dann auch noch abends. Wenn das alles gegeben war, hörte er: »Willi, lass uns ins Bett gehen und uns vereinigen.«

Für Willi war es zwar eine Freude, dass er mal wieder durfte, aber er hätte es lieber spontan, gerade dann, wenn die Lust am größten ist, gemacht.

Ihm war es eigentlich egal, ob es morgens, abends oder zu sonstiger Stunde war, Hauptsache, es wurde sich geliebt. Doch dies war aus den genannten Gründen bei Angelika nicht drin. *Liebe nach Plan* nannte Willi deshalb den Verkehr mit seiner Frau. Er hatte nicht wirklich ein Problem damit. Seine Potenz schrie immer nach mehr, und somit war Willi eigentlich immer bereit, den »Vorgang« zu starten. Seine Frau hatte nur einen leichten Erguss, wenn sie zum Orgasmus kam. Trotzdem bestand sie auf ein Handtuch, und nach dem Akt stand sie auf und ging sich reinigen.

Das Handtuch wurde mitgenommen. Oft hatte er gesehen, dass Angelika daran roch, bevor sie es in den Wäschekorb gab. Warum sie dies tat, wusste Willi nicht. Entweder, um zu prüfen, kann es in die Wäsche, ohne dass die andere Wäsche den Geruch annahm und dann das ganze Zimmer danach roch. Oder hatte sie einfach nur noch mal Lust, ihren oder seinen Orgasmus zu riechen? Er wusste es nicht und er würde sie auch nicht danach fragen.

Wenn man es nicht anders kennen würde, könnte man das, wie der Sex mit Angelika abläuft, als einen nach Vorschrift ablaufenden Prozess bezeichnen. Willi hatte sich daran schon gewöhnt. Wenn sie sich waschen ging, drehte er sich um und schlief ein. Er war ja befriedigt. Zumindest hatte er sich entleeren dürfen, und das nutzte er natürlich aus.

Die Dauer des Verkehrs wurde deshalb eigentlich von Willi bestimmt. Bei Angelika bedurfte es nur ein wenig Reizung und schon kam sie zu ihrem Höhepunkt. Beim Vorspiel musste Willi immer beachten, dass er sie nicht zu sehr erregte. Kam sie, bevor er in ihr war, konnte es ihm passieren, dass sie ihn bat aufzuhören. In der Zeit bis zu ihrem Höhepunkt war sie aktiv und bewegte sich unter ihm im gleichen Rhythmus. Nach ihrem Orgasmus, der allerdings auch schon mal mehrere Minuten dauern konnte, lag sie wie ein Brett und ließ Willi noch einige Zeit gewähren. Sie kam mit dieser »Gewährungszeit« ihren ehelichen Pflichten nach, obwohl es ihr dann keinen Spaß mehr machte. Angelika wurde dann innen schnell trocknen und das Eindringen bereitete ihr Schmerzen. Das hatte sie Willi erklärt, als er sie mal gefragt hatte, warum sie nach ihrem Höhepunkt nicht weiter machen würde mit dem Liebesspiel und ihren Bewegungen, wenigstens so lange, bis er selbst den Orgasmus hatte. So achtete Willi schon während des Liebesspiels auf seinen Höhepunkt. Es war für ihn immer eine Gratwanderung.

Als Willi nach Hause kam, war Angelika im Wohnzimmer. Sie stand auf, als er kam, und fragte ihn: »Na, wie war es? Du bist spät dran, aber das hatten wir ja so ausgemacht«, berichtigte sie ihre Frage nach der Uhrzeit. Sie wollte ihm nicht das Gefühl vermitteln, dass sie ihm den Saunabesuch nicht gönnte. Wusste sie doch um seine Fürsorge um sie, wenn er bei ihr war und viel Zeit opferte, damit es ihr gut ging.

»Es war gut, aber am Ende war die Sauna doch sehr voll. Die Verlängerung des Aufenthalts in der Anlage als üblich, hat nicht wirklich Spaß gemacht. Es war so voll, dass ich mich nicht mehr richtig abgeduscht habe. Warteschlange an der Dusche. Du weißt, wie sehr ich Warteschlangen liebe.«

Willi gab Angelika ein kleines Küsschen zur Begrüßung und war dann nach oben verschwunden.

»Was ist mit Essen?«, rief sie ihm nach. »Vielleicht noch eine Kleinigkeit.«

Oben angekommen packte er seine Handtücher aus und roch daran.

»Völliger Unsinn, es waren doch ihre Handtücher, die wir mitgenommen hatten zum Liebesspiel«, fiel ihm ein, und er bezeichnete sich selbst als Dummkopf. Er warf die Tücher in den Wäschekorb und ging unter die Dusche.

»Das hat ja gut geklappt«, dachte er so und reinigte sich gründlich. Dabei dachte er an Erna. »Die süße, kleine, geile Erna. Mein Gott, was war sie süchtig nach körperlicher Zärtlichkeit. Klar, sie hat einen kranken Mann zu Hause, soweit konnte er sie ja verstehen. Aber das war schon etwas nymphoman. Ihm sollte es recht sein«, und ein Lächeln war in seinem Gesichtsausdruck, als er sich abtrocknete.

»Was lächelst du so?«, hörte er eine Stimme, die ihn aus seinen Gedanken riss.

»Ach, ich dachte gerade an einige Personen, die ich in der Sauna gesehen habe. Und als ich mich eben im Spiegel betrachtet habe, da habe ich für mich entschieden, ja, Willi, dein Körper ist okay.« Hinsichtlich der Aussage, dass er an Personen von der Sauna gedacht hatte, hatte er noch nicht einmal gelogen.

»Ja, das stimmt, du bist ein gut aussehender Mann. Manchmal habe ich schon Angst, wenn du alleine weggehst.«

»Ach, Angelika, keine Sorge, in der Sauna sind sicherlich viele Personen, auch viele weibliche aber ich liebe doch nur dich.«

Willi nahm Angelika in den Arm, küsste sie auf die Stirn und drückte sie an sich.

»90 Prozent der anwesenden Weiblichkeit kämen auch dann nicht in Betracht, wenn ich alleine wäre. Und die restlichen zehn Prozent, also die passablen Gebilde der holden Weiblichkeit, sind nicht alleine.«

»Ja, aber du bist alleine, und da kann ich mir schon vorstellen, dass die, wie du so schön gesagt hast, holde Weiblichkeit ein Auge auf dich hat.«

»Sollen sie doch. Sehen dürfen sie mich, anknabbern müssen sie aber jemand anderen.«

Er nahm seinen Bademantel und machte Anstalten, aus dem Bad zu gehen, als Angelika auf ihn zu kam.

»Willi, sollen wir uns nicht ins Bettchen verkriechen und uns etwas vereinigen?«

»Wolltest du mir nicht noch eine Kleinigkeit zu essen machen?«

»Das kann ich dir auch danach noch machen, oder bist du so hungrig, dass dies warten muss?«

Ohne die Frage direkt zu beantworten, sagte er: »Als ich in der Sauna, was essen wollte, war das kleine Restaurant total überfüllt. Seit die das Lokal auch für Nichtsaunagänger geöffnet haben, ist es dort voll und laut. Somit habe ich eigentlich den ganzen Tag noch nichts gegessen. Ich sollte mich also erst mal etwas stärken. Danach werde ich sicherlich der starke Liebhaber sein, den du dir heute wünschst.«

Willi wollte heute die Vereinigung vermeiden, aber wenn Angelika auch nachher noch darauf besteht, würde er auch das noch hinbekommen.

»Es geht dir heute Abend besser als heute Morgen.«

»Ja, ich habe heute Morgen eine halbe Schlaftablette genommen, mich hingelegt, und als ich heute Nachmittag aufwachte, war meine Migräne weg. Dann komm« seufzte Angelika »«ich mache dir noch einen *Strammen Max*. Magst du?«

»Ja, gerne.«

»Kann ja nur helfen«, dachte Willi und folgte ihr mit einem Lächeln auf den Lippen.

»Erna hätte mit dem Satz: »Komm, ich mache dir einen *strammen Max*« sicherlich etwas anderes gemeint.«

Schnell hatte Angelika ihm das Essen zubereitet und Willi aß genüsslich alles auf. Sie hatte ihm beim Essen zugesehen und freute sich über seinen guten Appetit. Nachdem er seinen Teller geleert hatte, ging sie zu ihm und streichelte über sein Haar.

»Na, wie ist es jetzt mit uns? Komm und lass uns die Gunst der Stunde nutzen, wenn ich schon mal einigermaßen gesund bin. Du musst ja sonst immer darben.«

»Da hast du zwar recht, meine liebe Frau, aber du weißt auch, dass ich für dich und für deine Krankheit Verständnis habe und geduldig warte, bis du wieder o. k. bist.«

»Ja, ich weiß, mein lieber Gatte, umso wichtiger ist es, dass wir es jetzt tun.«

Angelika vermied bewusst die Worte, die man benutzt, um dem anderen mitzuteilen, dass man sich vereinigen möchte. Die Worte: Geschlechtsverkehr, bumsen, vögeln usw., waren für sie tabu. Vereinigung kam gerade noch so über ihre Lippen. Willi vermied es deshalb seinerseits, diese Worte zu benutzen, obwohl er damit kein Problem hatte. Wieder musste er an Erna denken. Sie sagte es gerade heraus und benutzte die »bösen« Worte als normalen Sprachgebrauch.

»Angelika, hast du wieder schön geträumt, ich meine durch die Tablette?«

»Nein, leider nicht. Aber das brauchte ich ja auch heute nicht. Live ist mir das ja auch lieber.«

Sie gingen nach oben, Willi zog seinen Bademantel aus und legte sich ins Bett. Angelika verschwand noch kurz im Bad, ging an den Schrank, holte das besagte Handtuch heraus, klappte ihre Bettdecke zurück und legte es auf ihre Seite. Dann zog sie sich rasch aus und streifte ihr weites Nachthemd über und verkroch sich unter die Decke.

»Natürlich, erst wird wieder alles versteckt, könnte ja jemand ihren Körper betrachten wollen. Es sind ja so viele andere hier«, dachte Willi, sprach es aber nicht aus. Er rutschte zu ihr und seine Hand glitt unter ihr Nachthemd. Angelika hatte sich auf den Rücken gelegt, sodass Willi schnell an ihre Scham und an ihren Kitzler kommen konnte. Als er fühlte, dass sie schon sehr feucht war, schob er ihr Nachthemd hoch. Dazu hob sie etwas den Po, half ihm aber sonst nicht weiter.

Willi hatte deshalb etwas Mühe, ihr Hemd so hochzuschieben, dass ihr Unterleib frei wurde und sie nur noch das Handtuch unter sich hatte. Angelika spreizte nun die Beine und erwartete ihren Willi. Der hatte aber heute etwas Probleme, um den »strammen Willi« hinzubekommen. Erst nach einer Weile war er bereit für den Verkehr.

»Kommst du zu mir, Willi«, fragte Angelika und Willi wusste, dass sie bald kommen würde.

»Ja, mein Liebes, gleich komme ich in dich hinein.«

Das waren die Worte, die Angelika nun bewegten, ihre Beine noch weiter zu spreizen und sie etwas anzuziehen. Sie lag nun in der Geburtsstellung. Offen für alles lag sie nun da und wartete auf Willi. Der tat ihr und sich den Gefallen und liebte sie eindringlich.

»Ja« und noch mal »ja« hörte er sie nach einer Weile fast lautlos sagen. Willi spürte ihren warmen Saft, den sie ausstieß, als er diese Worte hörte. Dann noch ein letztes Aufbäumen und sie sank in sich zusammen. Flach und breitbeinig lag sie nun unter Willi, der immer noch bemüht war, selbst auch zu kommen. Viel Zeit hatte er nun nicht mehr und konzentrierte sich nun auf das Wichtigste, seinen Orgasmus. Er bewegte sich nun, so schnell er konnte, besser gesagt noch konnte. Denn der Tag hatte ihn doch schon sehr viel Kraft gekostet.

Endlich war auch er am Ziel. Er legte sich danach an die Seite von Angelika. Die klappte nun die Bettdecke zurück und stand auf. Zog ihr Nachthemd wieder nach unten, nahm das Handtuch vom Bett und verschwand im Bad. Nach einer Weile erschien sie wieder, nahm ihren Slip, drehte sich von Willi weg und zog den Slip etwas umständlich unter ihrem Nachthemd wieder an. Dann legte sie sich wieder ins Bett und rutschte zu Willi.

»Mein Liebster, das war so, wie ich es im Traum erlebt habe, genauso. Das hat mir gutgetan. Du hast mir gutgetan.«

Willi hatte sich in der Zwischenzeit wieder etwas erholt und sagte: »Es war auch für mich schön. Es ist ja auch schon ein paar Tage her, dass wir …« er stockte, » … äh, es gemacht haben.«
Eigentlich wollte er einen anderen Ausdruck benutzen. Für einen kurzen Augenblick hatte er fast vergessen, dass sie das Wort Verkehr für ordinär und schmutzig hielt. Diese Worte würde er aber bei Erna benutzen wollen. Willi nahm Angelika nun in den Arm und hielt durch das Nachthemd eine Brust fest. Während des gesamten Verkehrs konnte er sie durch die vorhandene Bettdecke nicht berühren. Nun wollte er sie wenigstens zum Einschlafen spüren. Sauna, Erna und nun auch noch Angelika führten dazu, dass Willi keine drei Minuten benötigte, um einzuschlafen.

Willi und Erna trafen sich nun regelmäßig, immer am zweiten Sonntag im Monat. Die Frage: *Kommt er oder kommt sie zu dem Treffen*, stellten sie sich nach einiger Zeit nicht mehr. Viel zu sehr merkten sie, wie wichtig ihnen diese Stunden waren. Nicht nur wegen Sex, sondern auch, weil sie spürten, dass sie einander brauchten, um den Alltag besser ertragen zu können.
Sie hatten vereinbart, keine Telefonnummern auszutauschen. Keine private und auch keine berufliche Nummer. Sie beschränkten ihre Kommunikation nur auf die Zeit in oder nach der Sauna. Die genaue Adresse wurde ebenfalls nicht genannt. Man wusste nur, Willi wohnte in Unterrath und Erna in Gerresheim. So bauten sie sich selbst eine Mauer, um nicht doch mehr vom anderen zu wollen als Sauna und Sex.
Eine Zweckgemeinschaft und nichts weiter, da jeder eine andere Verantwortung hatte, die er nicht aufgegeben konnte und auch nicht aufgeben wollte. Wenn sie sich trafen, dann waren sie allerdings schon so vertraut miteinander, dass man sie für ein Ehepaar halten konnte. Mittlerweile hatten sie sich gleiche Saunatücher zugelegt. Natürlich hatte Erna das angeregt. Sie wollte die kleine Welt, in der sie lebten, entsprechend ausstaffieren. Und da Willi schon länger von Erna gedrängt wurde, sich neue Tücher zu kaufen, ließ er es zu.
Erna hatte neue Saunatücher besorgt. Sie hatte die Tücher gewaschen und mit der anderen Wäsche im Keller getrocknet.

Danach wurden sie sofort in die Sporttasche gepackt. Ihr Mann würde zwar gar nicht merken, dass sie zwei neue Tücher hätten, aber man weiß es ja nie. In der Sauna übergab sie Willi sein Tuch und sagte: »Jetzt haben wir das erste Mal etwas Gemeinsames, und ich freue mich darauf, die auch einzuweihen. Ich hoffe doch sehr, dass du heute wieder Zeit hast für unser kleines Wäldchen.«

»Natürlich habe ich das. Ich wusste doch, dass du die Tücher heute mitbringst, und habe mir schon gedacht, dass du sie nicht nur für die Sauna nutzen wolltest.«

»Bei dem bunten Logo sieht man vor allem keine Flecken.«

Nach dem Saunagang kam nun immer häufiger der Liebesgang. Dafür fuhren sie zu der kleinen Lichtung am Segelflughafen. Mittlerweile schaffte auch Erna den kleinen Berg, ohne zu rasten und Willi ihn, ohne aus der Puste zu sein.

In der kleinen Liebesoase angekommen, zogen sie sich sofort aus. Obwohl sie den Körper des anderen schon oft gesehen und auch gefühlt hatten, so schauten sie immer noch interessiert hin, wenn der andere sich auszog. Willi vermied es, sein Handtuch unter Erna zu legen. Das brauchte er auch nicht. Erna hatte ihr neues »Liebestuch« bereits auf den Boden gebreitet und sich darauf positioniert. Willi sah ihren Körper. Erna verstand es, ihn so zu zeigen, dass Willi nicht wusste, wo er zuerst hinsehen oder greifen sollte. Trotz der Wiederholungen dieser Zweckgemeinschaft liebten sie sich voller Leidenschaft, so als wäre es für beide das letzte Mal. Und beide wussten, dass dies ja auch mal der Fall sein könnte. Beide erreichten das Ziel der Glückseligkeit und Willi legte sich neben Erna.

Auch Erna streckte sich nun lang und lag nun mit dem Bauch auf dem gut getränkten Handtuch. Willi legte seine Hand auf ihren Po. Konnte es sich aber nicht verkneifen, seinen Mittelfinger genau an den Poansatz zu legen.

»Willi, Pause, es ist Pause.«

»Ich mach doch gar nichts«, entschuldigte sich Willi und zog seinen Finger sofort etwas zurück.

Erna hatte ihrerseits eine Hand auf seinen Bauch gelegt und ruhte sich aus. So blieben sie eine Weile liegen. Wieder war es Erna, die das schöne Verweilen nach der Liebe beendete.

»Willi, wir müssen aufstehen, es wird Zeit, unser Zuhause erwartet uns« und stand auch gleich auf.

Dann bewegte auch Willi sich langsam und drehte sich auf die Seite, um so besser aufstehen zu können. Erna hatte schon ihre Unterwäsche an und zog behände ihre restliche Kleidung an. Willi beeilte sich nun, auch seine Kleidung überzustreifen. Dabei trat er etwas von dem Handtuch zurück, da Erna im Begriff war, dies aufzuheben. Nach dem Anziehen und Packen der Sachen stellten sie sich zueinander und küssten sich noch einmal innig. Dann liefen sie zum Auto und fuhren nach Hause. Wie immer, jeder für sich.

Auf der Heimfahrt hatte Willi das Radio eingeschaltet und pfiff die Melodie nach, die er im Radio hörte. Es ging ihm gut. Der Sex hatte ihm sehr gutgetan.

»Was für ein Weib«, und dachte dabei wie immer, wenn er an Sex dachte, nicht an Angelika. Zu Hause hatte es schon länger keinen Sex mehr im normalen Zustand gegeben, da Angelika des Öfteren mit Rheuma und Migräne zu schaffen hatte. Seine Methode mit der Schlaftablette hatte er zwar mittlerweile etwas verbessert, indem er sich mit ihr gemeinsam hinlegte und sie schon im Halbschlaf etwas stimulierte, doch so richtigen Spaß machte es ihm nicht.

»Ist wie eine Gummipuppe benutzen, nur etwas besser«, hatte er Erna mal erklärt, als sie darüber sprachen, wie sie sich sonst Befriedigung holten, wenn sie nicht zusammen waren. Erna hatte zwar gelacht, hielt es aber nicht für gut, wenn Willi Angelika so benutzte.

»Eigentlich ist das ja eine Art Vergewaltigung der Ehefrau.«, doch er verteidigte sich mit den Worten: »Wieso, sie hat jedes Mal ihren Spaß dabei und freut sich über jeden »Traum«, den sie erleben durfte, wie sie mir mehrfach versicherte. Sie glaubt fest an diese Tablettenwirkung. Wenn ich sie jetzt nicht mehr im Schlaf befriedige, dann wird ihr sicherlich was fehlen.«

»Jaja, du machst es, weil ihr sonst etwas fehlt, du schöner Samariter.« Mehr sagte Erna aber nicht dazu.

Mehr wollte Willi dazu auch gar nicht hören. Er hatte die Gummipuppe »Angelika« und konnte damit machen, was er wollte.

Welcher Mann kann das schon, sich an seiner Frau austoben und dabei noch Gutes tun.

Schon fast zu Hause verdrängte er nun die Gedanken. Er nahm seine Sporttasche und ging ins Haus. Nach der Begrüßung und dem Auspacken der Tasche rief er Angelika zu sich.

»Schau mal, Angelika, was ich gekauft habe.«

Willi hielt sein neues Saunatuch hoch und zeigte es Angelika und ergänzte die Demonstration mit den Worten: »Endlich mal ein Tuch, was auch den Namen Saunatuch verdient. Das hat nämlich Überlänge. So hat man die Füße, den Po und den Rücken komplett auf der Decke. Und das alte Tuch war ja nun wirklich nicht mehr schön.«

»Zeige es mal«, sagte Angelika und nahm das Tuch in ihre Hände. Dann roch sie daran. Willi sah es und wurde etwas unruhig. Angelika schien aber nichts Besonderes zu riechen, da sie das Tuch nun wieder zurückgab.

»Gut, dass Erna ihr Tuch unter sich hatte«, dachte Willi erleichtert.

»Ich wusste gar nicht, dass du so was kannst. Bisher hast du das immer vermieden, solche Sachen zu kaufen.«

»Nun, seit ich auch die normalen Einkäufe erledige, traue ich mir eben mehr zu. Im Vorraum der Sauna war ein Verkaufsstand. Da wurden Saunasachen zum Verkauf ausgestellt. Das Tuch war im Angebot, da musste ich zuschlagen. Ich gehe davon aus, du gibst mir recht, dass die alten in die Tonne gehören?«

»Ja, hatte ich dir auch schon mal gesagt, aber da hast du gesagt, dass sie noch in Ordnung wären.«

»Ja, ich weiß. Aber neulich bin ich mit dem Zeh in einem Loch am Ende des Tuches hängen geblieben und wäre fast gestolpert. Aber, du siehst, ich bin lernfähig.«

»Ich weiß, dass du viel erledigen musst. Tut mir ja auch leid. Ach, könnte ich mich doch wie früher bewegen und hätte nicht auch noch ewig diese Migräne. Dann hättest du auch wieder mehr Zeit für dein Hobby.«

»Lass mal gut sein, mein Liebes. Du machst das doch nicht extra mit deiner Krankheit. Ich wünschte mir, dass du wieder gesund würdest, damit es dir besser ginge und nicht, damit ich wieder mehr wandern

könnte. Außerdem ist der Einkauf doch auch eine Art Wanderung. Nur eben durch den Supermarkt.«
Beide lachten und Willi nahm Angelika in den Arm und drückte sie.
»Heute geht es mir leider nicht so gut, dass wir an einen Beischlaf denken können, aber es gibt ja auch ein Morgen.« Sie küsste ihn und ging ins Wohnzimmer. Willi nahm seine Sachen und füllte damit die Wäschetonne.

Zuhause bei Erna spitzte sich die Situation zu. Nachdem sie zu Hause angekommen war, stand ihre Hilfe schon an der Türe. Sie hatte den Wagen kommen gehört und war ihr entgegengegangen.
»Ihrem Mann, nicht gut, bitte kommen. Vielleicht Krankenhaus«, sagte ihre Hilfskraft und ging wieder nach oben. Erna folgte ihr, so schnell sie konnte, und sah sofort, dass es Karl gar nicht gut ging.
Erna roch den Zigarettenrauch und wusste, dass er seine Zigarette geraucht hatte, obwohl es ihm schon heute Morgen nicht so gut ging. Das Wetter war drückend und feucht. Solches Wetter machte ihm immer sehr zu schaffen. Durch seine Sonntagszigarette hatte sich sein Zustand deutlich verschlechtert. In letzter Zeit war er schon zweimal stationär aufgenommen worden, weil das kleine Sauerstoffgerät bei solchen Fällen nicht mehr ausreichte. Nach der letzten Attacke sollte er endgültig dem Nikotin den Rücken zuwenden.
Die Ärzte hatten ihm unmissverständlich klargemacht, eine dritte Attacke würde er wahrscheinlich nicht überleben. Da jedoch seine Sucht nach Nikotin sehr groß war, benötigte sein Körper immer noch eine kleine Menge davon. Eben die Sonntagszigarette. Ein Teufelskreis, in dem er sich befand und wohl nicht wirklich wieder herauskam, das war Erna vollkommen klar.
Sie hatte schon überlegt, ob sie ihren Job aufgeben und ihn selbst komplett pflegen sollte. Aber das Pflegegeld, was sie dann bekämen, würde bei weitem nicht Reichen, um die Kosten zu decken, die sie hatten. Medikamente, Schonkost und die zusätzlichen Transporte mit dem Krankenwagen, wenn er zur Untersuchung musste. Auch wenn sie nur wenige Meter Luftlinie vom Gerresheimer

Krankenhaus entfernt wohnten, so war unmöglich die Strecke selbstständig zu bewältigen.

Nicht alles trug die Krankenkasse und bei jedem Aufenthalt waren Gebühren fällig.

Deshalb hatte sie sich entschlossen, eine Hilfe zu holen. In der Woche war Therese morgens da, so lange wie Erna arbeitete und am Wochenende nach Bedarf. Wann immer Erna längere Zeit weg sein musste, war sie anwesend. Die Zeiten der Anwesenheit während Erna arbeitete, bezahlte die Kasse. Die zusätzlichen Stunden in der Woche oder am Wochenende musste Erna bei der Kasse beantragen. Oft wurden diese abgelehnt und sie musste die Kosten privat zahlen. Das war zwar schmerzhaft, aber sie war froh, wenn sie mal die Last hinter sich lassen konnte. Sie liebte ihren Karl und tat alles, was ihm etwas das Leben erleichterte, und doch war es ihr manchmal zu viel.

Auf ihre Hilfskraft, eine gestandene Frau aus Polen, konnte sie sich hundertprozentig verlassen. Therese war kräftig und hatte in Polen diesen Beruf gelernt. Ihr Deutsch war nicht so gut. Aber sie sah, was getan werden musste und dies bedurfte nur weniger Worte. Schon zweimal hatte sie das Leben von Karl durch ihre schnelle Hilfe und Reaktion gerettet. Zumindest wäre es sehr kritisch für ihn geworden. Nun nahmen die beiden ihren Mann und brachten ihn ins Bett. Setzten ihn aber auf und versorgten ihn weiter mit Sauerstoff. Erna bedeckte seinen Oberkörper mit einer zusätzlichen Decke und öffnete das große Fenster. Nun wurde Karl mit genug frischer Luft versorgt, und es ging ihm relativ schnell wieder besser. Eine Einweisung in ein Krankenhaus war wohl nicht mehr nötig. Besorgt setzte Erna sich an das Bett von Karl. Nahm seine Hand und hielt sie fest. Er erwiderte den Druck, hatte aber nur noch wenig Kraft.

Was war nur aus dem kräftigen Mann geworden, den sie mal geheiratet hatte? Kraftlos und mager saß ihr Mann da und schaute fast ausdruckslos zum Fenster. Erna war sich sicher, jedes Mal wird er diese schwierigen Situationen nicht überstehen.

Nach einer Weile legte er sich hin. Zu sehr hatte ihn diese Attacke mitgenommen, sodass er erschöpft einschlief. Erna legte ihm das

Kissen hinter dem Kopf noch zurecht und ging dann aus dem Zimmer. Auch ihre Hilfe ging mit.

»Therese, ich danke dir für deine Hilfe. Vielen Dank«, sagte Erna, umarmte sie und drückte sie feste.

»Schon gut, Frau Erna. Ich machen gerne für kranken Mann. Jetzt ich muss gehen zu Hause. Morgen ich wieder da.«

»Moment noch bitte«, sagte Erna und holte aus ihrer Geldbörse den Lohn für heute. Sie gab ihr heute etwas mehr und bedankte sich noch einmal bei ihr.

»Bitte, Frau Erna, ich mache gern, muss nicht extra geben Geld.«

»Doch, bitte nimm das Geld. Bitte«, und drückte es in ihre Hand.

Therese nahm nun das Geld, zog ihre Jacke an und verschwand mit den Worten: »Bis morgen, ich komme etwas früher und gucke zu Mann, ob alles o. k.«

»Ja, bis morgen.«

Erna setzte sich nun ins Wohnzimmer und lauschte. Aus dem Geräuschmelder vom Schlafzimmer, den sie vor einiger Zeit angebracht hatte, hörte sie leichtes Schnarchen.

»Ob wenigstens Willi es etwas ruhiger hatte, als er nach Hause kam?«, fragte sie sich und war glücklich, ihn kennengelernt zu haben. Sie hatte in Willi nicht nur den Mann für Sauna und Sex gefunden, sondern auch einen Freund. Er konnte zuhören und sie trösten, wenn sie down war. Down, denn immer dann, wenn es Karl schlechter ging, machte sie sich Vorwürfe, ihn nicht besser versorgt zu haben. Willi hatte dann den starken Arm, den sie zu Hause nicht mehr hatte.

Karl war zwar nie groß gewesen, jedoch gemessen an seiner jetzigen Statur wirkte er klein und in sich zusammengefallen. Seine ehemalige Stärke war kaum noch vorhanden. Als er noch berufstätig war, ging er aufrecht und hatte viel Kraft. Nun hatte er nur noch die Hälfte seines Gewichtes und seine Kräfte reichten gerade Mal, seinen eigenen Körper zu bewegen. Aber auch das schaffte er nicht immer. So blieb alles an ihr hängen. Willi hatte ihr versprochen, ihr zu helfen, sollte mal was anstehen, was sie körperlich nicht konnte. Und sie würde schon bald diese Hilfe benötigen, dessen war sie sich sicher.

Ein richtiges Krankenbett wollte sie aufstellen, damit Karl sich aufrichten konnte, falls er einen Anfall bekam. An diesen Betten können Bügel angebracht werden, an denen sich Karl dann hochziehen könnte. Im Schlafzimmer war dafür jedoch kein Platz. Auf ihr Ehebett wollte Erna nicht verzichten. Aber sie hatte sich mit Karl geeinigt, das Gästezimmer umzugestalten in ein Krankenzimmer. Ob er je darin übernachten würde, ließ er aber offen. Willi hatte versprochen, ihr bei der Einrichtung und dem Umbau zu helfen. Sie wollten den Umbau machen, wenn Willis Frau in der Kur ist, damit er Zeit hatte. Und wenn Karl, wie jeden Monat, drei Tage in die Klinik musste.

Hier wurde er drei Tage unter das Sauerstoffzelt gelegt und bekam so eine Art Lungendusche. In dieser Zeit hatte er kaum Beschwerden, und da im Krankenhaus nicht geraucht werden durfte, hatte er auch keine Attacken.

Bei der Krankenkasse hatte sie einen Zuschuss beantragt. Nach Stand der Dinge übernimmt die Kasse zwei Drittel der Kosten. Sie erhofften sich dadurch, dass Karl dann seltener in die teure Klinik eingewiesen werden musste. Das Bett hatte sie in einem Sanitätshaus ausgesucht und bestellt. Im Gästezimmer standen einige Möbel, die sie dann entsorgen würde. Weil diese alt waren und nirgends im Haus untergebracht werden konnten, sollte Willi sie in die Garage räumen und an einem Sperrmülltag endgültig entsorgen. Eigentlich freute sie sich darauf, da sie Karl dann besser unterbringen konnte. Dann war sie zwar alleine im großen Ehebett, aber das war sie jetzt auch, obwohl er neben ihr lag. Sie würde auf jeden Fall ruhigere Nächte verbringen.

Die Ärzte aus dem Krankenhaus hatten ihr sogar geraten, eine Art Sauerstoffzelt dort aufzubauen. Die Krankenkasse war zurzeit mit dem Gutachten der Ärzte beschäftigt. Sie hoffte, dass auch das genehmigt wird. Dann würde Karl eine echte Erleichterung haben.

Wenn die Kasse nur einen Teil übernahm, würde sie ihr Gespartes dafür opfern wollen und den Rest in Raten abzahlen.

Anfang August bekam Angelika den Termin für den Beginn der Kur. Am 02. September sollte sie sich bis spätestens 12.00 Uhr in der Klinik Bad Oeynhausen einfinden. Da es ein Montag war, schlug Willi ihr vor, sie schon am Sonntag mit dem Auto dorthin zu bringen. An dem Montag würde er wegen einer Umbaumaßnahme im Betrieb keinen Urlaub bekommen.

»Wo soll ich denn dann schlafen? Ich soll doch erst am Montag da sein?«, fragte Angelika, und man merkte ihr ihre Verunsicherung an. Willi wollte mit dem Empfang der Klinik telefonieren. Er glaubte nämlich, dass es einige so machen, die am Montag anreisen mussten. Der Ort war zwar mit dem Auto gut zu erreichen, doch Angelika fuhr schon lange kein Auto mehr. Mit der Bahn ist es wegen des Gepäcks fast unmöglich, alleine zu reisen. Zumal man einmal umsteigen muss. Angelika stimmte dem Vorschlag natürlich zu. Sie konnte sich nicht vorstellen, das alleine zu schaffen. Wenn sie dann auch noch eine Migräne oder einen Rheumaschub an diesem Tag hätte, wäre es ganz aus. Sie war Willi dankbar, dass er sich darum kümmerte und dass er sie dort hinbringen wollte.
Direkt am nächsten Tag rief er in der Klinik an und hatte eine sehr freundliche Dame vom Empfang am Telefon. Sie musste zwar die Übernachtungsmöglichkeit in der Klinik verneinen, aber sie gab Willi eine Telefonnummer von dem Landgasthaus Enger. Dieses Haus lag direkt neben der Klinik. Nur fünf Minuten Fußweg von der Klinik entfernt. Das Gepäck könnte er jedoch schon am Sonntag in der Klinik abgeben. Sie hätten für solche Fälle einen Gepäckraum. Dieser wird immer verschlossen. Die Koffer und der Besitzer bekommen je eine Marke, und damit kann das Gepäck wieder entnommen werden.
Mit einem Dankeschön und guten Wünschen beendete er das Gespräch. Danach rief er im Landgasthaus Enger an. Auch hier meldete sich eine Dame. Nachdem Willi ihr die Sachlage erklärt hatte, bestätigte sie, dass sie an dem Sonntag noch Zimmer frei

hätten. Willi bedankte sich für diese positive Nachricht. Danach gab sie ihm verschiedene Möglichkeiten der Unterbringung durch. Anreise bis mittags oder Anreise bis abends. Je nach Anreise konnte man dann Mittagessen, Abendessen und Frühstück gleich mit buchen. Willi sagte der Dame am Telefon, dass er das mit seiner Frau besprechen möchte. Das Zimmer sollte sie aber schon mal für den Sonntag buchen. Den Termin der Anreise und was seine Frau dann nutzen möchte, würde er ihr später durchgeben. Dann bedankte er sich und verabschiedete sich. Die Dame am anderen Ende der Leitung bedankte sich ebenfalls.

Nachdem Willi aufgelegt hatte, ging er zu Angelika und berichtete ihr entsprechend.

»Das ist ja toll. Ach, Willi, wenn ich dich nicht hätte, wäre ich verloren. Danke für das, was du alles für mich tust.«

»Ach, ich bitte dich, ich habe dir schon so oft gesagt, wenn ich schlecht dran wäre, würdest du auch alles versuchen, damit es mir wieder besser geht. Was möchtest du denn jetzt haben, bzw. was soll ich für dich buchen?« »Am liebsten wäre mir, wenn du nur das Frühstück für mich buchst. Ich weiß doch nicht, wie es mir an diesem Tag geht. Dann haben wir Kosten und ich kann nicht essen.«

»Da hast du recht, mein Liebes. Dann bestätige ich da nur das Frühstück für den Montag. Wenn es dir gut geht, dann kannst du dir da immer noch was bestellen. Wir sollten jedenfalls in den Morgenstunden von hier wegfahren, man weiß ja nie, wie viel Verkehr es gibt. Übrigens frage ich auch mal nach, ob die Möglichkeit besteht, dass dich das Klinikpersonal an dem Morgen abholt, falls es dir nicht gut geht, was ich aber nicht hoffe.«

»Ja, bitte, mach das.«

Gesagt, getan und Willi hatte wieder die Frau vom Hotel an der Strippe.

»Ja, wir haben direkten Kontakt zur Klinik und werden entsprechend reagieren. Sie werden unser Haus, wenn auch nur kurz, kennenlernen und sich dann ein Bild machen können. Wir hoffen, Sie als Gast begrüßen zu dürfen, wenn Sie Ihre Frau dann wieder abholen. Viele buchen nämlich dann für eine Nacht, um ihre Frau oder ihren Mann am nächsten Morgen abzuholen. Da Sie noch nicht wissen, wann Ihre Frau die Klinik wieder verlässt, buchen Sie das einfach später.«

»Wie geht es jetzt weiter?«, wollte Willi wissen und hatte die Frau unterbrochen.

»Wir senden Ihnen schnellstmöglich die Bestätigung für die Buchung vom 1. September per Post zu. Bitte überweisen Sie dann umgehend den ausgewiesenen Betrag. Sobald sie den Betrag überwiesen haben und die Zahlung bei uns eingegangen ist, benachrichtigen wir Sie darüber. Stornieren können Sie diese Buchung bis drei Tage vor dem Buchungstermin. Danach kann das Zimmer leider nicht mehr storniert werden. Wir hoffen aber für Ihre Frau, dass sie den Aufenthalt zum angegebenen Termin wahrnehmen kann. In der Bestätigung finden Sie bzw. Ihre Frau einige Informationen über unser Haus. Wir haben nicht nur eine Drei-Sterne-Küche, wir haben auch einen kleinen Wellnessbereich. So kann Ihre Frau schon kurz nach der Anreise an sich denken.«

»Vielen Dank für die freundliche Auskunft.« »Aber das machen wir doch gerne.« Willi legte auf und freute sich darüber, dass er die Anreise so gut organisiert hatte. Nun konnte er seine Frau am frühen Sonntagmorgen zur Kur fahren und am frühen Nachmittag wieder nach Hause fahren. Beim Abholen würde er es genau umgekehrt machen. Früher Nachmittag hin. Dort nächtigen und am Morgen nach dem Frühstück seine Angelika von der Klinik abholen und nach Hause fahren.

Als Willi im August in die Sauna ging, hatte er viel Gesprächsstoff für Erna und war gespannt, ob Erna den »Umzug« von Karl schon vorbereitet hatte. Willi war wieder als Erster in der Sauna. Jedenfalls sah er sie nicht.

Als sie hereinkam, sah Willi sofort, dass bei ihr etwas nicht in Ordnung war.

»Hallo Liebes, du siehst aber gar nicht gut aus, was ist denn los?«, fragte Willi in Sorge.

»Ach Willi, Karl macht mir Kummer. Nun will er doch nicht in das Gästezimmer. Er spricht von Abschieben, kann ich doch direkt ins

Krankenhaus gehen oder ins Grab. Dann hätte ich meine Ruhe usw.«

Sie fing an zu weinen. Willi nahm sie in den Arm.

»Komm, setz dich erst mal zu mir hin.«

Er nahm ihr Handtuch, breitete es auf der freien Liege neben seiner Liege aus, und dann platzierte er sie sanft dorthin. Dann legte er zärtlich seinen Arm um sie.

»Meine Kleine, das sind Gedanken, die aus der Sicht von Karl ja gar nicht so unberechtigt sind. Er kann nicht mehr einschätzen, welche Belastung er für dich ist. Sein Körper ist jetzt programmiert auf überleben. Da kann er gar nichts dafür. Sein Gehirn verlangt nun eine ständige Kontrolle über alles. Wenn er im Nebenzimmer liegt, kann es sein, dass du zu spät mitbekommst, dass es ein Problem gibt. Und dann ist die Gefahr eines Exitus sehr hoch. Ich will dir damit nur sagen, nimm seine Meinung auf aber verzweifle nicht daran. Bau doch das Gästezimmer um und lass ihn so lange im Schlafzimmer weiter nächtigen. Erst wenn die ganze Sache mal wieder sehr ernst ist, bettest du ihn um. Dann wird er sehr schnell merken, dass du nur Gutes willst.«

»Ja, Willi, da hast du vielleicht recht. Ach, es tut mir so gut, mit dir zu reden. Danach fühle ich mich immer viel besser. Du hast eine andere Sichtweise, eben ein Außenstehender, verstehe mich aber bitte jetzt nicht falsch, du stehst mir sehr nah. Aber«, weiter kam sie nicht, denn Willi fiel ihr ins Wort.

»Ich weiß, was du meinst, mein Liebes. Du hast durch die ewige Doppelbelastung den Kopf nicht frei. So wie Karl alles programmiert hat auf überleben, so ist dein Körper auf rationell eingestellt. Sonst kannst du das Programm nicht schaffen. Selbst wenn du nahe an einem Nervenzusammenbruch stehen würdest, würde dein Körper nicht *stopp* sagen, sondern *jetzt erst recht*, wegen der Verantwortung dem anderen gegenüber.«

Er nahm sie nun etwas fester in den Arm.

»Viele Menschen, die sich aufgeopfert haben, sind kurz, nachdem der kranke Partner verstorben ist, zusammengebrochen.«

Willi hörte, wie Erna seufzte, und sprach in ruhigem Ton weiter.

»Die Verantwortung und dieses Denken, ich muss das machen, ich muss das schaffen und er hat doch nur mich, hielt sie oben. Als die Last weg war, kam der tiefe Fall. Jetzt konnte das Gehirn nicht mehr bestimmen, was, in welcher Reihenfolge gemacht werden soll. Der Körper verlangte sein Recht. Und dadurch fielen die Menschen einfach um. Einige mussten anschließend selbst sehr stark therapiert werden.«

»So schnell falle ich nicht um«, sagte Erna, drückte sich aber fester an Willi ran.

»Liebste Erna, achte auf dich. Sich nur um Karl zu kümmern, kann nicht dein Leben sein. Sobald du kannst, ruhe dich was aus. Wenn wir das nächste Mal in die Sauna gehen, dann werden wir wieder etwas früher hier wegfahren und etwas spazieren gehen.«

»Willi, in das Wäldchen?«

»Nein, Erna, einfach sich etwas bewegen in der Natur. Nicht viel reden. Einfach nur atmen und laufen.« »

Und ich dachte schon, du denkst nur an das Eine.«

»Nicht immer, oft ja, aber eben nicht immer. Das machen wir, wenn du dich wieder etwas besser fühlst. Übrigens habe ich bessere Neuigkeiten.«

Erneutes Seufzen. Dann richtete sie sich etwas auf und fragte: »Was gibt es zu berichten?«

»Angelika hat einen Termin für ihre Kur bekommen. Sie wird ab dem 2. September in Bad Oeynhausen sein. Ich bringe sie am Sonntag dorthin. Sie übernachtet in einem Hotel und kann dann am Montag ausgeruht ihre Kur beginnen. Das Hotel ist direkt neben dem Kurhaus.«

»Na, das ist ja toll. Ich freue mich für sie.«

»Ja, ich auch, und ich freue mich für uns. Denn dann habe ich doch mehr Zeit für dich. Vielleicht können wir uns dann mal ohne Sauna treffen?«

»Ja, das wäre schön. Einfach einen Kaffee trinken, irgendwo sitzen und sich unterhalten. Nicht über Karl, nicht über deine Frau und nicht über die Problematik mit unseren Partnern überhaupt.«

»Komm, Erna, lass uns in die Sauna gehen. Wir gehen heute in eine normale Sauna. Ohne Aufguss, ohne irgendwelche Lichter. Einfach nur heiß und Ruhe.«

»Ja, Willi, komm, du hast recht. Dann schwitze ich vielleicht die trüben Gedanken aus. Nimmst du den Handschuh mit und reibst mir ein wenig meinen Rücken ab?«

»Sieh mal, was ich schon längst in der Hand habe. Das Vergnügen lasse ich mir doch nicht entgehen.«

Da schmunzelte sie schon wieder.

Es wurde für Erna dann doch noch ein entspannter Tag. Willi bemühte sich sehr, sie auf andere Gedanken zu bringen. Er konnte sie auch überreden, sich an die Theke zu setzen, um ein kleines Stück Kuchen zu essen. Das wäre keine Kaloriensünde, das wäre Seelennahrung, hatte Willi ihr eingeredet. Es wurde heute nicht so spät, da Erna wieder nach Hause wollte. So verabschiedete man sich und versprach einander, sich im September zu treffen.

»Ja, im September sehen wir uns wieder. Dann nicht nur zur Sauna, sondern um spazieren zu gehen und Kaffee zu trinken.« Wo er mit ihr den Kaffee trinken wollte, hatte Willi ihr aber nicht verraten. Außerdem stand der Umbau des Arbeitszimmers an.

»Bitte ruf mich am ersten September abends an. Hier ist meine Nummer. Dann können wir den Termin für den Umbau festlegen.« Willi hatte einen Zettel vorbereitet, wo er seine Telefonnummer aufgeschrieben hatte.

»Ist gut, ich ruf dich an. Wir wollten ja eigentlich nie die Nummern austauschen, aber ich glaube, wir können damit umgehen«, Erna steckte den Zettel in ihre Handtasche.

»Ich gebe dir die Nummer, damit wir die nächsten Termine besprechen können, nicht weil ich möchte, dass wir die Beziehung vertiefen. Ich hoffe, du weißt, was ich meine?«

»Ja, Willi, das weiß ich. Du bist mein Freund. Ein Guter dazu.«

Sie ging noch mal auf ihn zu und küsste ihn sanft.

Dann stiegen sie wie immer in ihre Autos und fuhren nach Hause.

Angelika hatte, mit der Hilfe von Willi, alles zusammengepackt. Die Koffer waren bis oben gefüllt. Da Willi sie mit dem Wagen zur Kur fuhr, hatte sie etwas mehr eingepackt, als sie vielleicht brauchen würde. Auch ihr Kopfkissen nahm sie mit. Willi war es recht; sie sollte sich dort wohlfühlen und erholen. Wenn das Kissen dabei hilft, umso besser.

Von Düsseldorf bis Oeynhausen waren es knapp 3 Stunden Autofahrt. Sie wollten so gegen Mittag da sein. Die Fahrt ging über die A 3, A 46 und die A 1. Alle drei Strecken sind bekannt durch ihre ewigen Baustellen und durch ihre ewigen Staus. Willi plante deshalb vier Stunden für die Fahrt ein. Sie fuhren deshalb schon um 8.00 Uhr los und würden wohl um ca. 12.00 Uhr dort sein. Durch die frühe Anreise blieb genug Zeit, sich im Kurhaus zu melden, die Koffer unterzustellen und sich im Hotel einzuquartieren.

Die Fahrt Richtung Paderborn erwies sich als unkompliziert. Sie waren dadurch schon um 11.00 Uhr am Ziel. Da es schönes Wetter war, entschieden sie, etwas durch den Kurpark zu laufen. Am Eingang des Klinikums konnte man sich an einer Umgebungstafel orientieren. Hier sahen Willi und Angelika, wie groß das Gelände war, in dem sie sich bewegen konnten.

»Ein sehr schöner Park, da kannst du dich bei schönem Wetter auf eine Bank setzen und dich erholen, mein Liebes.«

Die Karte zeigte den Park, einen kleinen See und einen etwas größerer See mit einem Zu- und Ablaufbach. Ganz in der Nähe gab es auch ein kleines Café im Park. Willi schloss den Wagen ab, den er im Bereich für Besucher abgestellt hatte, und sie gingen zu dem Café.

»Bei dem schönen Wetter werden sie sicherlich geöffnet haben und wir können etwas draußen sitzen. Damit beginnt deine Kur schon heute.«

Willi lächelte Angelika an und war froh, auch bei ihr ein Lächeln zu sehen. Leider war das Geschäft um diese Zeit noch geschlossen.

»Sie machen erst um 14.00 Uhr auf«, sagte Willi, als er ein Schild über die Öffnungszeiten im Fenster sah.

»Das macht nichts, Willi, ich bekomme leichte Kopfschmerzen und würde gerne gleich ins Hotel gehen.«

»Dann lass uns das machen«, sagte Willi, nahm Angelika an die Hand und liefen nun wieder Richtung Kurhaus.

Dort angekommen gingen sie erst mal in die Klinik, um nach der Aufbewahrungsmöglichkeit für die Sachen zu fragen, bevor man die Koffer schon hineinträgt. Angelika hatte die Unterlagen in ihrer großen Handtasche, und so konnten sie direkt in den Empfangsraum gehen.

Es war ein großer, geräumiger Raum. Direkt neben dem Eingang war auch die Rezeption. Dort saß ein junger Mann, der sie begrüßte und fragte, was er denn für sie tun könnte? Nach Vorbringen des Anliegens verlangte er die Einweisungspapiere und zeigte ihnen, wo sie die Sachen unterbringen könnten. Willi bat Angelika, sich auf die in der Nähe stehende Bank zu setzen. Er würde das schon alleine regeln können.

Nach und nach holte er alle Sachen aus dem Auto und stellte sie in eine freie Ecke des Gepäckraums. Der Mitarbeiter des Klinikums stand auf und holte aus einer Schublade Aufkleber und Plaketten. Die Koffer und Beutel wurden mit Aufklebern versehen. Klinikum Oeynhausen, Nummer 15. Angelika bekam einen Zettel mit der gleichen Nummer. Danach verschloss er den Raum wieder.

»Bitte morgen frühzeitig hier sein. In der Anmeldung Ihrer Unterlagen steht zwar, dass Sie erst gegen 12.00 Uhr hier sein sollen, aber es geht auch schon früher. Dann sind nicht alle »Neulinge«, bitte verzeihen Sie diesen Ausdruck, also dann sind nicht alle neuen Kurgäste auf einmal in der Aufnahme. Wenn Sie möchten, können Sie hier auch schon frühstücken. Dann brauchen Sie das nicht im Hotel. Ich nehme an, Sie übernachten drüben im Haus Enger?«

»Ja, das tue ich, und ich habe dort auch schon Frühstück bestellt.«

»Entscheiden Sie das, wie Sie es möchten. Hier ist eine Karte. Damit sind Sie jedenfalls berechtigt, auch wenn Sie noch nicht aufgenommen sind, am Frühstück teilzunehmen. Morgens haben wir keine festen Sitzplätze, da es ein Frühstücksbuffet gibt. Sie können sich also hinsetzen, wo Sie möchten. Mittags und abends ist es dann anders. Aber da wird man Sie morgen entsprechend einweisen. Ich wünsche Ihnen einen guten Aufenthalt.«

»Vielen Dank«, sagte Willi und auch Angelika bedankte sich.

Angelika hatte jetzt nur noch eine kleine Tasche mit Utensilien für die Übernachtung im Hotel und etwas frische Wäsche für den nächsten Morgen. Als sie wieder am Auto waren, konnten sie von dort das Hotel sehen. Es war wirklich sehr nah. Fast hätte man denken können, es gehört zur Anlage. Ein schönes altes Haus. Es strahlte Ruhe aus und war damit die richtige Unterkunft, die Angelika jetzt brauchte. Willi fuhr trotz der Nähe mit dem Wagen zum Hotel. Zu lange wollte er den Besucherplatz nicht belegen. Dafür waren es zu wenige Stellplätze.

Direkt vor dem Hotel war ein Parkplatz frei. Sie gingen ins Haus, und schon am Eingang wurden sie freundlich empfangen.

»Familie Bernstein nehme ich an«, sagte eine freundliche Stimme, die zu einer etwas älteren Dame gehörte.

»Ja, das sind wir, wir hatten ein Zimmer für meine Frau reserviert.«

»Ja, ich weiß, schön dass Sie da sind. Hatten Sie eine angenehme Anreise?«

»Ja, wir hatten Glück, es war nur wenig Verkehr auf den Autobahnen.«

»Haben Sie Sachen, die Sie hier unterbringen möchten?«

»Nein danke«, sagte Willi, »die haben wir schon in der Klinik deponiert.«

»Umso besser, dann haben Sie es jetzt etwas ruhiger. Kommen Sie bitte, ich zeige Ihnen das Zimmer.«

Sie gingen hinterher und mit ihr eine Treppe hinauf. Angelika hatte Mühe, ihr so schnell zu folgen.

»Die ist aber noch fit«, dachte Willi, als er sie so hochsteigen sah. Dann gingen sie etwas gemächlicher einen Gang entlang. Das Zimmer lag nach hinten hinaus, mit Aussicht auf den gegenüberliegenden Wald. Hier war absolute Ruhe.

»Möchten Sie zu mittagessen?«

Angelika verneinte dies sofort. Die Dame sah, dass es Angelika nicht sonderlich gut ging, da sich ihre Kopfschmerzen verstärkt hatten.

»Sie können sich ja, wenn es Ihnen etwas besser geht und Sie ein wenig Hunger verspüren, bei mir melden. Ich bin mir sicher, dann finden wir auch was für Sie. Herr Bernstein, wenn Sie nachher wieder herunterkommen, bitte füllen Sie mir noch das Anmeldeformular aus. Dann braucht Ihre Frau erst mal nicht mehr runter.«

»Sehr freundlich, vielen Dank.«

Die alte Dame verließ das Zimmer und ging wieder nach unten.

»Da hast du es aber gut getroffen, mein Liebes.«

»Ach, Willi, eigentlich hatte ich gedacht, wir verleben noch einen schönen Nachmittag und machen es uns noch etwas im Bett gemütlich. Aber da wird es wegen mir mal wieder nichts draus.«

»Ich bitte dich, Angelika, du bist ja nicht hier, weil es dir immer gut geht. Du darfst dir wegen mir nicht so viele Gedanken machen. Werde gesund oder zumindest so erholt, dass du etwas bessere Lebensqualität bekommst und dass du nicht mehr so viele Medikamente nehmen musst.«

»Nur ab und zu eine Schlaftablette, die gönnen wir uns«, dachte er, sagte das natürlich nicht.

Er setzte sich zu ihr auf das Bett. Ja, er hatte auch gedacht, dass sie sich noch mal »vereinen« würden. Schließlich ist es schon eine lange Zeit, wo sie sich nicht sehen und auch nicht fühlen werden. Angelika hatte darauf bestanden, dass er sie nicht besuchen sollte. Er sollte sie wieder abholen und dann den Erfolg oder Misserfolg betrachten. Auch hier stimmte er zu, obwohl er eigentlich auch hier daran gedacht hatte, Verlorenes nachzuholen.

Angelika streichelte über sein Haar und küsste ihn sanft.

»Mein liebster Willi, was würde ich nur ohne dich machen. Du bist so geduldig und hilfreich. Ich danke dir sehr und freue mich jeden Tag, dass du an meiner Seite bist.« Auch er drückte und küsste sie sanft.

»Werde gesund, mein Schatz, wir sind doch noch jung. Versäumtes holen wir dann alles nach.«

Dann stand Willi auf.

»Leg dich hin, mein Liebes. Es war eine anstrengende Anreise für dich. Du solltest jetzt etwas schlafen. Bitte melde dich dann nachher mal bei der netten alten Dame und lass dir was zu essen auf das Zimmer bringen, falls du heute Abend nicht in den Speiseraum gehen möchtest. Bitte rufe mich morgen Abend an, dann kannst du mir berichten, wie du untergebracht bist und deinen ersten Eindruck von der Klinik. Empfangen wurden wir jedenfalls schon mal sehr höflich.«

»Willi, bitte fahre vorsichtig nach Hause. Jetzt wartet ja keiner mehr auf dich«, und Angelika lachte ein wenig über ihren eigenen Humor und wurde sofort wieder traurig, als ihr bewusst wurde, dass sie es ja war, die ihn nicht mehr erwarten wird. Willi ging aus dem Zimmer, zog die Türe hinter sich zu und ging hinunter.

Die freundliche Dame war hinter der Theke an der kleinen Rezeption und legte ihm einen Kugelschreiber zurecht. Willi füllte das Anmeldeformular aus und bedankte sich für die freundliche Aufnahme seiner Frau.

»Wir haben es ja oft mit Menschen zu tun, die hierher kommen, um wieder gesund zu werden oder wenigstens ihre Lebensqualität verbessern wollen. Und wir wissen, wie diese Menschen leiden. Da ist es doch wichtig, dass wir ihnen den Aufenthalt schon von Anfang an angenehm gestalten.«

»Das ist eine schöne Einstellung. Vielen Dank. Die Endabrechnung machen wir, wenn ich meine Frau wieder abhole?«, fragte Willi noch mal nach.

»Ja, hat mein Sohn hier so vermerkt.«

»Nochmals vielen Dank und auf Wiedersehen.«

»Auf Wiedersehen«, sagte auch die ältere Dame, und Willi ging zu seinem Auto zurück.

Als er in sein Auto einstieg, bemerkte er einen gewissen Drang. Zurück ins Hotel wollte er aber nicht.

»In der Klinik sind doch öffentliche Toiletten«, dachte er und fuhr zur Klinik zurück. So musste er unterwegs nicht noch mal anhalten. Nach dem Gang zur Toilette bemerkte er einen kleinen Hunger. Am Mittagessen von der Klinik durfte er ja nicht teilnehmen, aber es gab dort ein kleines Geschäft, so eine Art besseres Büdchen, wo man auch einen kleinen Imbiss kaufen konnte. Willi ging hin und kaufte sich zwei Frikadellen mit Brötchen. Dazu noch ein Glas Cola. Er setzte sich an einen freien Tisch in der Nähe dieser Bude und aß in Ruhe sein verspätetes Frühstück.

Kurz nachdem er sich hingesetzt hatte, gesellte sich eine etwas ältere Frau zu ihm.

»Ist hier noch Platz?«

»Sicherlich, Sie sehen ja, ich bin allein.«

Während sie ihren Kaffee auf den Tisch stellte, sagte sie: »Ach, das ist ja lustig, ich nämlich auch.«

Die Frau setzte sich und schaute Willi begeistert an und sagte zu ihm: »Ab morgen beginnt meine Kur. Rheuma, wenn Sie wissen, was ich meine?« »Und ob. Meine Frau beginnt ebenfalls morgen mit ihrem Aufenthalt. Rheuma und Migräne. Ich habe sie nur hergebracht.«

»Ach, dann sind Sie hier gar kein Kunde?«, sah ihn die Frau fragend an und lachte über sich selbst.

»Nein, Gott sei Dank, bin ich kerngesund.«

»Ach, das ist aber schade«, sagte die Dame.

»Wie bitte«, entrüstete sich Willi.

»Ach, doch nicht, weil Sie gesund sind. Ich finde es schade, dass Sie nicht hierbleiben. Sie machen einen netten Eindruck, und ich könnte mir vorstellen, wenn Sie hier auch neu wären, dass man sich zusammentut, und schon ist man nicht mehr alleine. Katja Igel, wie der Igel, nur ohne Stacheln«, sagte die Dame und reichte Willi die Hand.

Willi stand etwas auf und sagte: »Willi Bernstein, wie der Stein, nur ohne Wert«, und schüttelte leicht ihre Hand.

Die Frau, die eigentlich auf ihre Aussage hin einen Lacher erwartet hatte, lachte nun über den Witz von Willi.

»Na, das ist ja drollig, da haben wir ja beide Namen aus der Natur.«

»In welchem Hotel sind Sie denn untergebracht?«, fragte Willi, ohne auf ihren Kommentar einzugehen.

»Ich bin in keinem Hotel untergebracht, ich wohne hier in der Klinik.«

»Aber das ist doch nicht möglich. Jedenfalls hat man mir das bei meiner Anfrage so mitgeteilt. Deshalb übernachtet meine Frau dort drüben in dem Hotel«, und Willi zeigte in die Richtung, wo das Hotel lag.

»Ja, normalerweise ist das ja auch so. Aber durch meine Privatversicherung konnte das dann doch geregelt werden. Mein verstorbener Mann kannte zudem den Leiter dieser Klinik. Außerdem bin ich schon das vierte Jahr in Folge hier. Somit gehöre ich schon fast zum Inventar«, lachte Frau Igel mal wieder über sich selbst. »Ist ja auch praktischer. So hat man Zeit und kann sich schon etwas einleben.«

Erst jetzt sah er, dass sie teuren Schmuck trug. Angelika hatte außer einer Uhr keinen Schmuck mitgenommen. In dem Brief der Klinik wurde extra darauf hingewiesen, dass die Klinik für Diebstähle nicht haftet. Als er nun auch die Frau genauer betrachtete, schätzte er sie so um die fünfundfünfzig Jahre alt. Sehr gepflegte Erscheinung in sicherlich teuren Sachen.

»Wann müssen Sie denn wieder weg, Willi? Ich hoffe, ich darf Willi zu Ihnen sagen?«

»Bitte, ich habe nichts dagegen. Nun, zu Hause wartet ja jetzt niemand mehr auf mich. Meine Frau ist ja, wie schon erwähnt, drüben im Hotel. Warum fragen Sie das, Katja?« Bewusst hatte Willi sie jetzt auch mit dem Vornamen angesprochen.

»Ach, ich hätte da nämlich eine Bitte.«

Willi sah, wie die Frau nun etwas unsicher wurde, und war gespannt auf ihr Anliegen.

»In dem Zimmer, wo ich untergebracht bin, steht das Bett mit dem Kopfende nach Norden. So kann ich nicht schlafen. Leider hat die Klinik das vergessen. Eigentlich wird darauf immer geachtet. Aber diesmal wurde daran nicht gedacht. Auf dem Flur oder in den Räumen der Aufsicht ist wohl heute niemand, und der junge Mann an der Rezeption kann mir nicht helfen, da er von dort nicht wegkann.«

Katja schaute Willi mit den Augen einer hilflosen Frau an.

»Was kann ich also für Sie tun?«, fragte Willi und wusste es eigentlich schon, stellte sich aber etwas dumm.

»Sie sehen kräftig aus, und da wollte ich Sie bitten, dass Sie mir helfen, das Bett herumzudrehen. Es ist nur ein Einzelbett. Ich kann sonst wirklich nicht schlafen. Ich habe nicht nur Rheuma, in meinem

Kopf ist auch etwas nicht in Ordnung«, sie fasste sich dabei an den Kopf und lachte mal wieder.

»Soll ich mir das wirklich antun? Willi, sag Nein, steh auf und geh. Du siehst diese Frau wahrscheinlich nie wieder. Also warum sollst du ihr helfen? Wenn sie mal eine Nacht nicht schlafen kann, dann ist zwar nicht gut, bringt sie aber auch nicht um«, dachte Willi bei sich. Außerdem war er sich sicher, sie findet bestimmt jemanden, der ihr hilft.

Sagte aber: »Wer könnte Ihnen etwas abschlagen. Natürlich helfe ich Ihnen. Mit dem Essen bin ich ja auch fertig. Wo ist denn Ihr Zimmer?«

»In der sechsten Etage, Gott sei Dank gibt es Aufzüge«, lachte sie. Beide standen nun auf. Willi nahm auch die leere Tasse von Katja, stellte das Tablett mit dem Geschirr in den dafür bereitgestellten Wagen und ging dann der Dame hinterher, die in Richtung Aufzug marschierte. Er war gerade noch rechtzeitig an der Türe, die in die Eingangshalle führte, um ihr diese aufzuhalten. Auch in den Lift ließ er erst die Frau einsteigen.

Das tat er unbewusst. Willi war einfach so. Die Dame bemerkte sehr wohl seine guten Manieren und es gefiel ihr. Er gefiel ihr.

In der Etage angekommen, ließ Willi natürlich auch der Dame wieder den Vortritt. Diesmal aber, weil er nicht wusste, in welche Richtung ihr Zimmer lag. »606«, sagte sie, lachte mal wieder und ging recht flott voran. Nicht weit vom Aufzug entfernt schloss sie ihr Domizil auf und trat ein.

»Bitte, kommen Sie herein.«

Als Willi in den Raum eintrat, nahm er sofort einen anspruchsvollen Parfümgeruch wahr. Jedenfalls dachte er, dass es etwas Teures sein muss, was hier so riecht.

Das Zimmer war geräumig, hatte ein eigenes Bad, einen kleinen Balkon und eine herrliche Aussicht über den Klinikpark. Nun sah er auch ihr Bett.

»Woher wissen Sie, wo Norden oder Süden ist?«, fragte Willi, dem es immer noch nicht klar war, warum ein Bett in irgendeiner Richtung stehen musste. Er hatte schon in einigen fremden Betten geschlafen, sich aber noch nie Gedanken gemacht, in welcher Richtung es stand.

Bisher war ihm nur wichtig, wer drin lag. In welcher Richtung die Dame lag, war unwichtig, da sich das hie und da schon mal im Eifer des »Geschäfts« ändert.

»Durch die Sonne. Ich muss die Sonne mittags von vorne haben, wenn ich im Bett liege. Dann ist Norden hinter mir. Und nun schauen Sie mal, wo die Sonne jetzt steht. Sie ist genau auf der anderen Seite von der Klinik. Sie scheint mir also in den Rücken. Wissen Sie, Willi, ich spüre die Sonne, auch wenn ich sie nicht sehe. Das ist immer schon so in meinem Leben gewesen. Ach bitte, Willi, helfen Sie mir, das Bett umzudrehen.«

»Ich sagte doch schon, kein Problem.«

Ein Stuhl, ein kleiner Tisch und dann noch zwei große Koffer, die glücklicherweise leer waren, waren schnell zur Seite geräumt. Er packte das Bett an und zog es etwas zu sich, sodass er hinter das Bett gelangen konnte. Als sie helfen wollte, sagte er leise, aber bestimmt: »Lassen Sie das mal, das schaffe ich alleine. Solche Arbeiten sind doch nichts für Frauen.«

Nach ein paar Hin- und Her-Bewegungen stand das Bett nun anders herum. Der Raum wirkte nun ungemütlicher, doch das war Willi eigentlich egal. Er musste ja hier nicht wohnen, und Katja schien es nichts auszumachen, wenn sie mit dem Kopfende nun mitten im Raum lag.

»Ach, Willi, Sie sind so stark. Setzen Sie sich doch noch etwas zu mir und ruhen sich etwas aus, bevor Sie wieder gehen,« sagte Katja und setzte sich aufs Bett.

»Wissen Sie was Willi, jetzt kann ich es gleich mal ausprobieren, ob es so richtig ist.« Sie zog ihre Schuhe aus und legte sich auf das Bett. Willi stand etwas abseits und schaute ihr zu. Sein Kopfschütteln über diese Geschichte bekam sie nicht mit, da sie mit geschlossenen Augen auf dem Bett lag.

»Jetzt hat sie ihr Ohm«, dachte Willi noch, als er hörte: »Ja, so liege ich richtig. Ich spüre die Sonne an meinen Füßen. Kommen Sie und fühlen Sie, was ich meine.«

Willi, der dachte, dass Katja nicht nur ein kleines Problem in ihrem Kopf hat, zog einfach seine Jacke und seine Schuhe aus und legte sich zu ihr ins Bett. Sie rutschte etwas zur Seite, um Willi genügend

Platz zu lassen, sodass auch er sich hinlegen konnte. Schließlich war es ja nur ein Einzelbett. Als auch er in dem Bett lag, sagte sie leise: »Spüren Sie die Sonne, Willi?«
Willi spürte natürlich nichts und entsprechend negativ fiel seine Antwort aus.
»Nein, leider nein. Auch wenn ich mich noch so viel auf diese Wand konzentriere, wo jetzt wohl die Sonne drauf scheint, ich merke leider nichts.«
Willi streckte seinen Arm aus und zeigte auf die vermeintliche Wand mit der Sonneneinstrahlung.
»Das tut mir jetzt aber sehr leid für Sie. Sie müssen nämlich wissen, dass diese Sonnenwärme von den Füßen nach oben wandert und wandert und wandert.« Dabei hatte sie eine Hand auf seinem Bein in Höhe des Knies, und diese wanderte nun auch deutlich nach oben. Willi ließ es geschehen.
»Mal sehen, wie weit sie gehen wird«, dachte er, als die Frau sich nun etwas zu ihm drehte. Ihre Hand hatte den Oberschenkel erreicht.
»Sie haben doch hoffentlich noch etwas Zeit? Es ist nämlich so einsam hier«, und ihre Hand wanderte vom Oberschenkel nun auf seine Brust.
»Schade«, dachte Willi, der schon auf ein Streicheln in seiner Genitalgegend gehofft hatte. Keine zwei Sekunden später fing Katja an, ihm das Hemd aufzuknöpfen. Willi ließ auch das geschehen, ohne dass er sich rührte. »Sie will etwas von mir, nun, dann soll sie mal machen.« Und während sie einen Knopf nach dem anderen aufknöpfte, entspannte sich Willi.
»Ich wollte doch sowieso noch mal, bevor ich etwas längere Zeit alleine bin«, stellte er für sich fest. Jetzt war allerdings die falsche Frau an seiner Seite. Als Katja sein Hemd aus der Hose zog, um auch an die anderen Knöpfe zu kommen, hielt es Willi kaum noch aus. Er hatte auch Angst, sie würde aufhören, wenn er weiter so passiv daliegen würde.
Seine Hand ging nun auf Tuchfühlung und berührte ihre Bluse. Schnell war seine Hand an der Stelle, wo es deutliche Ausbuchtungen gab.
»Oh, die hat ja richtig was in der Bluse.«

Vorher hatte er gar nicht darauf geachtet, wie groß sie waren. Nun fühlte er schon einiges. Er drehte sich auch etwas zur Seite. Jedenfalls wollte er das tun. Katja drückte ihn aber wieder zurück und küsste seine nackte Brust. Sie richtete sich etwas auf und schwenkte ihr Bein über seinen liegenden Körper. So hockte sie über ihm und küsste erst die eine, dann die andere Brustwarze.

Er hatte nun beide Hände an ihren Brüsten und versuchte, ihre Bluse ebenfalls aufzuknöpfen. Leider mit mäßigem Erfolg. Katja richtete sich etwas auf. Schnell hatte sie ihre Bluse aufgeknöpft und ausgezogen. Sie trug einen weißen BH, der nicht nur mit sehr viel Spitze bestückt war, sondern auch mit sehr viel Brust. Nun beugte sie sich wieder herunter und setzte ihre Wanderung in Richtung Unterleib küssend fort. Willi hatte seine Hände wieder an ihren Brüsten, die ihm aber, je tiefer Katja nach unten wanderte, so langsam aus den Händen glitten. Noch mal richtete sie sich auf, öffnete ihren BH, zog ihn aus und legte ihn Willi aufs Gesicht. Dann machte sie sich an Willis Hose zu schaffen. Gürtel, Knopf und Reißverschluss waren von ihr schnell geöffnet. Willi, der immer noch den BH über seinen Augen hatte, sah nichts, spürte aber alles. Katja war mit ihrem Körper weit nach unten gerutscht und zog nun an seinen Hosenbeinen. Willi half ihr ein wenig und hob etwas seinen Po an. Schon rutschte seine Hose von seinem Gesäß und von seinen Beinen. Völlig entblößt lag er jetzt auf dem Bett.

Durch die Tuchfühlung und die Erwartung auf die Dinge, die da kommen, war sein Glied natürlich schon etwas angeschwollen. Katja verwöhnte nun ihren starken Helfer. Nicht ganz uneigennützig, wie sich sehr schnell rausstellen sollte. Katja genoss die Stärke von Willi, der nicht alles teilnahmslos hinnahm. Nach dem Liebesakt stand er auf und ging ins Bad, um sich zu reinigen. Katja stand ebenfalls auf und ging nach ihm ins Bad, um sich ebenfalls etwas zu säubern.

Willi, der sich nur kurz geregelt hatte, zog sich wieder an. Als er auf die Uhr schaute (das Einzige, was er nicht ausgezogen hatte), sah er, dass es schon 16.00 Uhr war. Katja kam nach einer Weile aus dem Bad und hatte ihren Rock wieder angezogen. Oben hatte sie noch nichts an, was Willi erfreute, und entsprechend lächelte er sie an. Auch Katja lächelte.

»Leider muss ich jetzt los.«

»Ach, das ist schade. Ich bin Ihnen so dankbar für das Umstellen und vor allem, dass Sie sich ein wenig Zeit genommen haben. Ich habe schon lange nicht mehr so Schönes erlebt.«

»Auch ich habe Schönes erlebt und bedanke mich ebenfalls für die schöne erlebnisreiche Zeit.«

»Besuchen Sie Ihre Frau nächstes Wochenende?«, fragte sie und Willi wusste, warum sie diese Frage gestellt hatte.

»Nein, ich bin beruflich leider sehr eingespannt und werde erst wieder da sein, um sie abzuholen. Wir wissen aber noch nicht wie lange sie bleiben soll.«

»Hier ist meine Karte, vielleicht kommen Sie mich ja mal besuchen.«

»Nun, wer weiß. Vielleicht melde ich mich ja wirklich mal. Wie lange bleiben Sie denn hier?«

»Vier Wochen, danach können Sie mich jederzeit unter der Telefonnummer erreichen.« Sie gab ihm die Karte in die Hand und Willi bemerkte, dass etwas unter der Karte war. Er wollte nachsehen.

»Nicht ansehen, bitte! Stecken Sie die Karte einfach so ein. Vielen, vielen Dank für Ihre Hilfe.«

Willi tat, wie ihm geheißen. Sie kam zu ihm, gab ihm einen Kuss auf die Wange und flüsterte ihm ins Ohr, dass sie schon lange nicht mehr so glücklich gewesen war.

»Bitte melden Sie sich bei mir.«

Willi zog seine Jacke an und sagte ein leises »*Auf Wiedersehen*«.

Er machte die Türe auf und ging aus dem Zimmer. Mit dem Aufzug fuhr er nach unten. Als die Fahrstuhltüre aufging, sah er Angelika, die gerade in das kleine Café ging. Er drehte sich schnell um und war sich sicher, dass sie ihn nicht gesehen hatte. Die Fahrstuhltüre schloss sich wieder und die Fahrt ging wieder nach oben. Willi drückte den Knopf für die erste Etage und ging über die Treppe wieder herunter. Doch nicht zum Ausgang, denn dort wäre er vielleicht wieder Angelika begegnet, sondern durch die Türe, die zum Park führte. So konnte er zum Parkplatz gelangen, ohne dass sie ihn sehen konnte. Willi beeilte sich und rannte fast zum

Parkplatz. Er fuhr um die ganze Klinik herum, sonst wäre er wieder dem Café sehr nahe gewesen, und Angelika hätte sicherlich ihr Auto erkannt. Als Willi auf der Landstraße Richtung Autobahn war, atmete er tief durch.

»Das war knapp, verdammt knapp.«

Seine Rückfahrt gestaltete sich langwierig. Nun war er genau in den Berufsverkehr der Heimpendler geraten. Er nahm es gelassen. Während der Fahrt kramte er in seiner Hemdtasche. Dort hatte er die Karte und dieses »Etwas« hineingesteckt. Als er es aus dem Hemd zog, hatte er einen 500 D-Mark - Schein in der Hand. Fast hätte er das Lenkrad verrissen, so überrascht war er.

Dass es sich um einen Geldschein handeln würde, das hatte er sich gedacht. Aber so viel, nur weil er das Bett umgestellt hatte? Nein, er wusste, sie hatte ihn auch dafür bezahlt, dass er geblieben war. Willi wusste nicht so recht, was er davon halten sollte.

»Sie wird genug davon haben, schließlich ist sie ja Privatpatientin, und der Schmuck von ihr hat sicherlich auch mehr nur drei Mark gekostet«, redete er sich die Sache schön. Doch die Geschichte hatte auch weiterhin einen faden Beigeschmack. »Ich habe mein erstes Geld für eine »Dienstleistung an einer Frau« erhalten. Ich bin eine Prostituierte. Nee, ich bin ein Prostituierter, oder wie heißen die männlichen Nutten?«, fragte er sich. Dann fiel ihm die Karte ein. Er steckte den Geldschein, den er immer noch in der Hand hielt und irgendwie bewunderte, wieder in die Hemdtasche. Dort fühlte er die Visitenkarte von Katja.

»Ach ja, die Karte« murmelte er und beschloss, die Karte zu Hause nicht zu entsorgen, was er zuerst damit vorhatte.

»Nein, man weiß ja nie, wofür ein solcher Kontakt gut sein kann.« Er ließ die Karte in der Tasche und konzentrierte sich auf die Rückfahrt. Doch schon nach kurzer Zeit war er gedanklich wieder bei Katja. »Gut, sie hat auch Rheuma, aber irgendwie kam sie mir gar nicht krank vor. Jedenfalls nicht so wie Angelika.«

Doch er wusste auch, dass es gute und schlechte Zeiten gab und er wohl eine gute Zeit bei ihr erwischt hatte.

»Vier Wochen wollte sie bleiben. Vielleicht ist Angelika dann noch nicht zu Hause und er könnte sie wirklich mal besuchen. Vier

Stunden und 500 Mark. Was zahlt sie, wenn ich dann über Nacht bleiben würde?«, fragte er sich und wollte gerade anfangen zu rechnen, als er von einem LKW angeblinkt wurde und bemerkte, dass er nur noch knapp 80 Stundenkilometer fuhr. Er gab Gas und konzentrierte sich nun wirklich auf den Verkehr. Den Verkehr mit den Autos und den LKWs.

Nach einer Weile hatte er Katja aus dem Kopf und er dachte an sich und wie er den Abend verbringen wollte. Ab jetzt war er ja alleine und konnte den Abend gestalten, wie er es wollte.

»Erna.« Erna fiel ihm ein. Nicht, weil er den Abend mir ihr verbringen wollte, sondern weil er ihr versprochen hatte, sich zu melden, wenn er die Klinik wieder verlassen hatte. Er sollte es nur zweimal klingeln lassen. Dann würde sie ihn später zu Hause anrufen, da sie dadurch wüsste, dass er alleine wäre. Willi hielt an der nächsten Raststätte an und ließ es bei Erna zweimal klingeln. Dann setzte er sich wieder in den Wagen und fuhr weiter in Richtung Düsseldorf.

Gegen 20.00 Uhr war er zuhause. Kaum dass er da war, klingelte sein Telefon.

»Das wird Erna sein« beeilte er sich, zum Telefon zu gelangen.

»Hallo« und wollte gerade den Namen Erna aussprechen, als er hörte: »Willi, wo warst du? Ich habe mir Sorgen gemacht. Ich dachte schon, dir wäre etwas zugestoßen. Ich habe schon mehrmals versucht, dich zu erreichen.«

»Angelika, es ist alles in Ordnung. Mein Liebes, wir hatten nicht ausgemacht, dass du mich anrufst. Und weil wir doch im Hotel nichts gegessen hatten, bin ich hier etwas essen gegangen.«

Erst Stille und nach einer Weile: »Ich wollte doch nur mal hören, ob alles o. k. ist und du gut nach Hause gekommen bist, mehr wollte ich nicht.«

»Ist doch in Ordnung. Wir hätten das ausmachen sollen. Die A 1 war ziemlich voll. Dort hatte es einen Unfall gegeben und ich habe lange im Stau gestanden. War mir aber egal, da ja jetzt keiner auf mich wartet. Jedenfalls nicht zu Hause; dass du auf mich wartest, konnte ich ja nicht wissen. Wie geht es dir? Du hörst dich jedenfalls gut an.«

»Ja, der Schlaf heute Mittag hat mir gutgetan. Die ältere Dame hat mir dann auch noch etwas zu trinken gebracht. Einen Mix aus Tee und Kräutern. Etwas bitter, aber nach kurzer Zeit ging es mir wirklich besser. Ich war sogar in dem kleinen Geschäft, direkt am Eingang zur Klinik.«

Fast hätte Willi gesagt: »Ja, ich weiß.«, hatte aber im rechten Moment noch die Worte parat: »Ich freue mich, dass es dir besser geht.«

»Ich habe vorhin etwas in dem Hotel gegessen. Die Tochter der alten Dame hat mir einen leckeren Salat gemacht. Überhaupt ist das ein sehr gutes Haus. Wenn du willst, dann kannst du einen Tag eher anreisen, wenn du mich abholen kommst. Dann kannst du auch die angenehme Atmosphäre erleben.«

»Mal sehen, wie es dann ist. Nun liegen ja erst mal mindestens vier Wochen zwischen deiner Anreise und deiner Abreise. Und da kann noch viel geschehen oder da läuft noch viel Wasser den Rhein runter, wie der Düsseldorfer so sagt«.

Wie Recht er haben wird.

»Wo bist du jetzt?«

»Ich bin in meinem Zimmer. Hier ist ja ein Telefon und das kostet nicht viel mehr als an der Telefonzelle. Und ich brauch nicht runter und auch nicht raus. Jetzt, wo ich mich besser fühle, hätten wir einen besseren Abschied feiern können als den von heute Mittag.«

»Holen wir alles nach, meine Kleine. Ich sagte dir ja schon heute Mittag, mach dir keinen Kopf um mich, denke jetzt mal nur an dich.«

»Außerdem hatte ich meinen Abschied, liebste Angelika, auch ohne dich«, dachte Willi und lächelte in sich hinein.

»Jetzt leg dich hin und ruh dich aus für morgen. Gute Nacht, Angelika«

»Gute Nacht, Liebster. Danke noch mal, dass du mich hergebracht hast«, sagte sie und legte auf. Willi legte dann auch auf.

Kurze Zeit später ging das Telefon wieder. Obwohl er nun fest davon überzeugt war, dass es seine Erna ist, die am anderen Ende der Leitung war, meldete er sich mit einem »Hallo?«, und weiter nichts. Diesmal hatte er jedoch recht. Es war Erna, die sich am anderen Ende der Leitung meldete.

»Hallo Willi, du bist spät dran. Ich habe schon gedacht, es wäre etwas passiert.«

Willi erzählte Erna nun die gleiche Story der Heimreise, die er Angelika schon erzählt hatte. Und auch hier war er überzeugt, dass dies genug Erklärung war.

»Ich habe nicht viel Zeit, ich muss mal nach oben, Karl geht es nicht so gut. Wann sehen wir uns, Willi?«

»Erna, das hängt jetzt von dir ab. Du weißt, ich bin jetzt Strohwitwer.«

»Ja, ich weiß? Kannst du am Mittwochabend? Dann habe ich eine Aufsicht. Ich habe Karl erklärt, dass ich mit einer Freundin mal ausgehen will. Karl hat das zwar nicht gefallen, aber er muss sich daran gewöhnen, dass ich auch noch ein Leben habe.«

»Hallo Erna, willkommen im Leben. Sollte mir da tatsächlich jemand zugehört haben?«

»Ach Willi, bitte, mach dich nicht lustig über mich. Ich habe es, wie du weißt, sicherlich nicht einfach.«

»Das war ein Lob, meine Liebe. Wirklich!«

»Nun, dann ist es gut. Also kannst du am Mittwochabend?«

»Ja, du musst nur sagen, wann und wo.«

»Im alten Café an der Ecke Oststraße und Kaufhof. Um 17.00 Uhr, ich freue mich auf dich.«

»Wie lange hast du denn dann Zeit?«

»Die Aufsicht ist bis 20.30 Uhr da, also etwa drei Stunden.«

»Nun, dann wollen wir sicherlich nicht nur in dem Café sitzen? So viel Kaffee verträgt niemand.«

»Nein, ich hatte schon gedacht, du kommst mit dem Wagen und wir fahren noch kurz ins Grüne. – bis Mittwoch, mein Liebster, ich muss auflegen. Karl ruft mich.«

»Ja, ich habe ihn gehört. Einen dicken Kuss, wo immer du ihn hinhaben willst«, antwortet Willi und legte auf.

An diesem Abend setzte Willi sich noch auf die Terrasse und genoss die Ruhe. Bei einem kleinen Imbiss, den er sich gemacht hatte, und einer Flasche Bier ließ er es sich gut gehen. Vier Wochen, vielleicht sechs Wochen, würde er jetzt diese Ruhe haben. Er betrachtete den Sternenhimmel. Er wunderte sich darüber, wie viele Sterne am

Himmel zu sehen waren. »Waren das eigentlich immer schon so viele?« Früher hatte er immer nur den einen oder anderen gesehen. Aber so viele eher nicht. Obwohl es schon spät war, blieb er noch eine Weile und betrachtete das Sternenmeer. Fast wäre er eingeschlafen, schreckte jedoch durch ein Geräusch hoch. Willi konnte nicht wirklich definieren, was er da gehört hatte. Er lauschte in die Nacht, doch alles war wieder still. Er verschloss die Wohnungstür und ließ die Rollos herunter. Dann löschte er die Lichter. Nicht alle. Das Licht an der Haustüre und an der Terrasse zum Hof ließ er an. Dann ging er zu Bett. Obwohl es ungewohnt war, alleine im Bett zu liegen, schlief er recht schnell ein.

Auch wenn es viel Arbeit machen würde, so freute sich Erna darauf, den Umbau zu starten. Würde sie doch ihren Willi dann des Öfteren zu Gesicht bekommen. Und das fast offiziell. Immer, wenn sie an Willi dachte, hatte sie ein Lächeln auf den Lippen. Er war ihr so vertraut geworden, Karl hingegen wurde ihr immer fremder. Sie empfand sicherlich noch etwas für ihn. Aber das war wohl eher Mitleid und die Sorge um ihn.
Liebe ist anders. Sie konnte es hier und da bei ihren Nachbarn sehen, wie lieb die beiden miteinander umgingen. Die beiden Menschen waren über fünfzig Jahre verheiratet und sie hielten sich immer noch an der Hand. Er, selbst nicht mehr so gut auf den Beinen, ließ es sich nicht nehmen, ihr beim Anziehen der Jacke oder beim Einsteigen in den Wagen zu helfen.
Jedes Mal, wenn Erna dies sah, sah sie auch ihre Zukunft mit Karl. Sicherlich war von ihm nichts Liebevolles mehr zu erwarten. Da konnte sie sich bemühen, wie sie wollte. Sie wusste, Karl war mit sich selbst und seiner Situation unzufrieden und deshalb sehr oft ungerecht und vor allem sehr launisch. Doch alles konnte die Krankheit nicht entschuldigen.
Wo war nur ihr so lieber und aufmerksamer Karl geblieben, den sie kennen und lieben gelernt hatte? Erst heute Morgen hatten sie sich wieder gestritten. Natürlich ging es dabei wieder um den Umzug in das Gästezimmer. Sie fanden im Gegensatz zu sonst aber endlich einen Kompromiss. Erna hatte ihm den Vorschlag unterbreitet, den

Willi ihr geraten hatte. Zu dem Kompromiss hatte sicherlich auch der Anfall, den er bei dem Gespräch bekommen hatte, beigetragen. Erna hatte ihm noch gesagt, dass er sich nicht aufregen sollte, doch ihre Worte verpufften schon nach wenigen Minuten. Schnell hatte sie ihm dann das tragbare Sauerstoffgerät gereicht und auf ihn eingeredet, sich wieder zu beruhigen.

Langsam erholte er sich, und Erna erklärte ihm bei dieser Gelegenheit die Vorzüge eines ganzen Zeltes. Die Krankenkasse hatte ihr die Zusage für die Kosten dieser Anschaffung mitgeteilt. Natürlich hatte Erna das von der Krankenkasse empfohlene Sanitätshaus schon aufgesucht und Entsprechendes bestellt. Obwohl er eigentlich von der Notwendigkeit eines Umbaus und der damit verbundenen Verlegung überzeugt war, stimmte er dem nur probeweise zu. Wenn es ihm nicht gefiele, würde er wieder in das Schlafzimmer zurückkehren. Er versprach, das Zelt und auch das Bett auszuprobieren.

Karl war ein Mann, der seine Versprechen immer gehalten hatte. Deshalb war es ja auch so schwierig, ihm eins abzuverlangen. Doch jetzt war es so weit. Viel Zeit hätte sie auch nicht mehr gehabt. Die Sachen waren bestellt und würden noch geliefert werden, bevor Karl seinen Aufenthalt in der Sana Klinik antrat.

»Alles eine Sache des Timings«, dachte sich Erna und kam sich vor wie die Managerin eines Logistikunternehmens. Willi hatte ja versprochen, ihr zu helfen. Karl hatte einen Termin von Dienstag bis Freitag in der Klinik. Die Sachen würden montags geliefert und in der Garage untergebracht. Karl wusste zwar jetzt Bescheid, aber sie wollte eine erneute Auseinandersetzung vermeiden, die sicherlich aufkam, wenn er das Bett und die anderen Sachen sehen würde.

Sie hatte also nur drei Tage Zeit, um alles aufzustellen und herzurichten. Zuerst sollte ja das Zimmer auch noch renoviert werden; das hatte sie dann jedoch wieder verworfen. Zu kurz die Zeit und dann der Geruch der Farbe. Das geht nicht, dann würde Karl auf gar keinen Fall da schlafen. In der Gewissheit, dass nun alles geregelt wäre, traf sie sich wie verabredet mit Willi, der schon beim letzten Mal vorgeschlagen hatte, sich die Sachen direkt nach der Anlieferung anzusehen. Die Räumlichkeiten wollte und sollte er sichten, damit er das richtige Werkzeug mitbrachte und den Arbeitsaufwand einschätzen konnte. Erna fand die Idee gut, sagte aber Willi, dass er doch bitte in der richtigen Arbeitsmontur erscheinen sollte. Sie wusste ja nicht, ob ihr Karl etwas davon mitbekommen würde. Er war krank, aber nicht taub. So konnte sie ihm erklären, dass sie einen Handwerker bestellt hätte, da er ihr ja leider nicht mehr helfen konnte. Sie wusste, dass ihn das wieder belasten würde, und hoffte, dass er es nicht mitbekommt.

Als der Wecker Willi aus dem Schlaf riss, war er für einen Moment etwas irritiert. Die Bettdecke neben ihm war nicht berührt.
»Ach ja, Angelika ist doch zur Kur«, fiel ihm ein. Er ist allein. Und so stand er in aller Ruhe auf, machte sich in der Küche erst mal einen Kaffee, den er dann auf der Terrasse genüsslich austrank. Allerdings mit Bademantel und Hausschuhen. Der Boden war in dieser Jahreszeit schon recht kalt. Jedenfalls am Morgen.
»Es wird ein schöner Tag«, dachte er so und schaute wieder in den Himmel. Die Sterne waren immer noch ein wenig zu erkennen. Es war kurz nach 07.00 Uhr, als er sich den Sternenhimmel erneut betrachtete. Nach dem Kaffee ging er unter die Dusche und machte sich fertig für die Arbeit.
Auch am nächsten und übernächsten Tag ließ er es sehr geruhsam angehen. Überhaupt wollte er die vier Wochen als Oase der Ruhe nutzen. Nicht, dass Angelika laut wäre, nein, das sicherlich nicht. Aber sie war da und er oft um sie in Sorge. Das bedeutete immer etwas Unruhe, und die Fürsorgepflicht hatte er nun mal als Ehemann. Dies empfand er als laut, nicht im Sinne von Tönen, sondern als lautes, unruhiges Leben. Jetzt wollte er erst mal ein »stilles« Leben führen.
Er hatte heute um 17.00 Uhr den Termin mit Erna und freute sich sehr darauf. Und sie würden sicherlich auch noch etwas ins Grüne fahren. Der Himmel war frei von Wolken, und die Wettervorhersage von gestern Abend bei der Tagesschau hatte auch keinen Regen gemeldet.

Das Café, in dem sie sich treffen wollten, kannte er gut. In jungen Jahren war er dort oft zum Tanzen gewesen. Hier wurden Walzer, Tango und viele andere Standardtänze getanzt. Ein altes Tanzcafé eben. Willi war schon immer ein guter Tänzer. Dieses Talent hatte er von seiner Mutter geerbt. Sein Vater war eher einer, der sofort was am Knie oder am Fuß hatte, wenn es hieß, es geht zum Tanzen. Das Café, auf Ecke von der Oststraße, bestand immer noch, allerdings wurde hier schon lange nicht mehr getanzt, aber alles erinnerte irgendwie an die alte Zeit. Besonders die alten Sessel und die schweren Gardinen. Hinter der Kuchentheke war ab und zu auch noch mal die Besitzerin des Hauses zu sehen. Sie arbeitete schon lange nicht mehr mit, schaute nur mal nach dem Rechten und wanderte dann von Tisch zu Tisch, um alte Bekannte zu begrüßen und mit ihnen einen kleinen Plausch zu halten.

Wieder mal war er etwas zu früh und schaute kurz in das Geschäft. Hier konnte er Erna nicht entdecken, und so entschloss er sich, vor der Türe auf sie zu warten.

Sie war äußerst pünktlich und begrüßte ihn mit einem kleinen Kuss auf die Wange, dafür hatte Willi sich zu ihr etwas heruntergebeugt. Danach gingen sie hinein. Am Fenster wollten sie dann aber doch nicht sitzen. Das »Unglück« muss man ja nicht herausfordern, denn Düsseldorf war in dieser Hinsicht ein »Kaff«.

So saßen sie in einer nicht direkt einsehbaren Ecke, und es war kein Zufall, dass sie sich diesen Platz ausgesucht hatten. Erna war erst letztens hier und hatte sich diese Ecke als Treffpunkt ausgedacht. Sie konnten sich hier die Hand halten und auch schon mal ein kleines Küsschen austauschen. Willi schaute sich aber immer wieder mal um, ob sie nicht doch jemanden kannten, der neu hereinkam. Heute wurde kein bekanntes Gesicht wahrgenommen.

Wie schon gewohnt, übernahm Erna die Moderation des Treffens. Natürlich sprach sie sofort ihr dringlichstes Problem an. Karl.

»Willi, wie sieht es aus? Wirst du mir helfen?« Eigentlich wusste sie, dass sie sich diese Frage hätte sparen können. Er hatte ihr zugesagt, und mittlerweile hatte sie vollstes Vertrauen zu ihm.

»Das, was er sagt, ist das, was er meint.«

142

Wenn sie auch gemerkt hatte, ein wenig Hemmungen sind schon da, sich so zu äußern, wie er denkt. Zumindest in Liebesangelegenheiten. Da war sie anders. Bei ihrem damaligen Freund würde sie wohl heute noch darauf warten, dass er mit ihr etwas anfängt. Da sie es aber wissen wollte, blieb ihr nichts anderes übrig, als die Initiative zu ergreifen. Das hatte sich bis heute nicht geändert. Auch ihr Mann war eher der Schüchterne, und von Willi hatte sie den gleichen Eindruck gewonnen. Doch bei ihrem jetzigen Anliegen war es vollkommen unwichtig, ob Willi der Draufgänger oder der schüchterne Mensch war. Hier wurde eine Fachkraft benötigt, und Willi schien so eine Fachkraft zu sein. Ein Mann für alle Fälle eben.

»Erna, natürlich werde ich dir helfen. Das hatten wir doch schon besprochen. Ich brauche von dir nur den Termin, wann ich da sein soll.«

»Ich bin so froh, dass ich dich an meiner Seite habe. Die Sachen für den Umbau werden am Montag geliefert. Karl wird am Dienstagmorgen abgeholt und bleibt dann bis Freitag in der Klinik. Kannst du am Dienstag die Sachen aufbauen?«

»Ja. Was ist denn mit Streichen? Ich sollte doch auch das Zimmer streichen.«

»Das wird nicht gemacht. Karl würde zurückkommen und in dem Zimmer würde es immer noch nach Farbe riechen. Du kennst doch seine Geschichte. Ich kann mir vorstellen, dass er mir vorwirft, ich wollte ihn umbringen und er würde dann auf keinen Fall in dem Zimmer schlafen. Nein, dass mit dem Streichen wird nicht gemacht.«

»Da hast du wahrscheinlich recht. Ich würde gerne am Montag schon mal die Sachen sichten, wenn sie in der Garage sind. Dann weiß ich, was ich für Werkzeug mitbringen muss.«

»Ja, klar, das wird Karl nicht mitbekommen. Die Sachen werden schon morgens geliefert.«

»Gut, dann komme ich nach der Arbeit bei dir vorbei. Ich werde um 16.00 Uhr an deiner Garage stehen und warten.«

Man besprach die Details und wie sie weiter vorgehen würden.

Den »Spaziergang« zum Segelflughafen verschoben sie aber angesichts des nun doch bedeckten Himmels. Willi wollte Erna auch nicht zu ihm nach Hause einladen. Auch seine Nachbarn hatten überall Augen und würden Angelika sicherlich berichten. So blieb es beim Händchenhalten und dem Versprechen, es irgendwann nachzuholen.

Am nächsten Montag erschien Willi direkt nach der Arbeit bei Erna auf der Schwarzbachstraße und brachte doch schon etwas Werkzeug mit. In der Garage waren die Sachen von einer Spedition angeliefert worden und zum größten Teil auch schon ausgepackt.

»Das spart Zeit und verringert den Müll«, hatte Erna sich gedacht, als sie die Männer gebeten hatte, einiges auszupacken. Willi schaute sich die Sachen genau an und bestätigte Erna, dass er das hinbekommt. Dann wollte er sich auch schon wieder verabschieden, doch Erna hielt ihn fest, drückte sich fest an ihn und wiederholte, wie froh sie wäre, ihn zu kennen. Willi, dem es zwar gefiel, dass sie ihn festhielt, gefiel es aber überhaupt nicht, schon gelobt zu werden, obwohl er bis jetzt noch nichts gemacht hatte. Entsprechend schob er Erna von sich und bemerkte: »Lobe mich nach getaner Arbeit und nicht im Vorfeld, mein Kleine«, gab ihr einen kleinen Kuss und ging zur Garagentüre, öffnete sie und winkte ihr zu. Dann fuhr Willi nach Hause.

Auf der Arbeit hatte er drei Tage Urlaub angemeldet, doch nach dem Sichten der Sachen war er überzeugt, dass zwei Tage gereicht hätten.

»Nun, dann bleibt mehr Zeit für die Pausen«, freute er sich, es so geregelt zu haben.

Pünktlich am nächsten Morgen wurde Karl von einem Krankentransportwagen abgeholt, und genauso pünktlich war Willi am Nachmittag zur Stelle. Erna führte ihn über die Garage ins Haus. Willi hatte sich einen Schreineranzug übergezogen. Den hatte er sich mal vor Jahren gekauft, als er noch viel zu renovieren hatte. Er passte sogar noch, jedenfalls so gerade eben.

»Nun, Erna, wie sehe ich aus?«

»Wie ein Fachmann, da werden die Nachbarn nichts zu bemerken haben, da sie gestern schon eine Spedition gesehen haben. Nun komm rein und schließ das Garagentor.«

Kaum dass das Tor wieder verschlossen war, kam Erna zu ihm und gab ihm einen Kuss. Willi bückte sich mal wieder, damit ihr das auch gelingen konnte.

»Schön, dass du da bist. Komm, ich zeige dir das Gästezimmer.«

Als Willi das Zimmer sah, wusste er, die Pausenzeit wird sich noch erhöhen. Denn es waren alles nur Kleinmöbel, die auszuräumen waren, lediglich der Kleiderschrank und das Gästebett waren zu demontieren. Den Rest konnte Willi so in die Garage räumen und das Zimmer relativ schnell ausräumen.

Natürlich brachte Willi direkt Teile aus der Garage mit nach oben. Sofort nach dem Ausräumen konnte dann auch mit dem Zusammenbauen und Aufstellen des Krankenbettes begonnen werden. Nach und nach nahm das Bettgestell Formen an. Mit den Zusatzfunktionen eines Krankenbetts war er zwar nicht vertraut, aber mit seiner Kreativität und Intelligenz bekam er es hin. Nach dem elektrischen Anschluss wurden die Funktionen ausprobiert, und Willi konnte feststellen, dass sie alle in Ordnung waren.

»Nun sollten wir aber auch noch das Sauerstoffzelt aufbauen«, sagte Willi und fing an, das entsprechende Paket aufzumachen.

»Nein, Willi, lass uns erst mal das Bett testen.«

»Aber die Funktionen sind doch alle in Ordnung«, antwortete er und schaute etwas verwirrt auf Erna.

»Die Funktionen zweifle ich doch auch gar nicht an. Es geht hier um die Belastbarkeit. Wir müssen das Bett unter Belastung prüfen. Bitte lege dich doch mal auf das Bett.«

Willi gehorchte natürlich und wollte sich auf das Bett legen.

»Nein, nicht mit den Arbeitssachen. Ich glaube nicht, dass Karl in einem Arbeitsdress in dem Bett liegen wird.«

Wieder gehorchte Willi und zog den Arbeitsanzug aus.

»Die Socken, Willi, die Socken bitte auch.« Langsam dämmerte ihm, was Erna vorhatte.

»Aber sehr gerne, Frau Doktor«, antwortet Willi und spielte das Spiel nun mit.

Als er im Bett lag, kam Erna zu ihm und streichelte ihm über sein letztes vorhandenes Kleidungsstück.

»Wie ist es, Karl, soll ich dich ein wenig verwöhnen?«

»Ja, bitte, aber lass dir heute mal etwas mehr Zeit.«

Erna wusste nun, dass Willi sie durchschaut hatte in ihrem Vorhaben. Schnell zog sie sich ebenfalls aus und hüpfte ins Bett. Nach ein paar Streicheleinheiten, die Willi nun auch als Willi bekam, war Willi so erregt, dass Erna sich auf ihn setzen konnte, und nun hüpfte sie regelrecht auf ihm herum. Dabei rief sie bei jeder Bewegung, die nach unten ging: »Testen, Testen«, und immer wieder »testen«.

Schon nach kurzer Zeit ergoss sie sich. Er selbst kam nicht zu seinem Orgasmus. Hierfür war er einfach nicht befreit genug. Ob es an der Umgebung lag, schließlich war er bei Erna im Haus und Karl sollte später in dem Bett nächtigen, oder weil er die Situation an sich nicht gut fand.

Das Bett hielt dieser Doppelbelastung stand. Das war für ihn erst mal das Wichtigste. Karl konnte kommen und sich in das Bett legen und etwas gesünder leben. Seine Befriedigung wird er sich ein anderes Mal holen. Spätabends fuhr Willi wieder nach Hause. Vielleicht ruft ja Angelika doch noch mal an, und da wollte er zu Hause sein.

»Vorsichtig ist die Mutter des Porzellanladens.« Sie hatten zwar nicht ausgemacht, dass sie ihn anrufen würde, doch bei Angelika wusste man nie, was sie im nächsten Moment denkt und dann danach handelt.

Zu Hause war aber alles ruhig, und Willi freute sich auf den zweiten »Arbeitstag«. Auch Erna schlief sichtlich ruhiger. Die Befriedigung und keine Belastung durch Karl werden wohl dazu beigetragen haben, dass sie am nächsten Morgen fast verschlafen hätte. Als Willi, pünktlich wie verabredet, vor ihrer Garage stand, war sie noch im Bett. Den Bademantel übergezogen, hechtete sie nach unten und öffnete das Garagentor.

»Guten Morgen, Willi. Bitte komm rein, ich hab verschlafen«, war ihre kurze Schilderung, die sie einem verdutzten »Handwerker« erzählte. Der bückte sich beim Hineingehen, damit das Tor nicht ganz geöffnet werden musste, und schloss es schnell hinter sich wieder zu.

»Guten Morgen, Erna, habe ich dich geweckt? Gestern habe ich mir noch gedacht, dass du mir einen Garagenschlüssel gibst, damit ich rein kann, falls ich mal wieder zu früh wäre.«

»Ist schon ok. Lass uns nach oben gehen, ich mach mich gleich ein wenig frisch. Möchtest du einen Kaffee?«

»Nee, eigentlich nicht«, er folgte Erna in ihr Schlafzimmer.

Gestern hatte er sich das Haus gar nicht richtig angesehen, schon gar nicht ihr Schlafzimmer. Dort angekommen ließ Erna ihren Bademantel fallen und kroch unter ihre Bettdecke. Nun war es auch Willi egal, wann sie das Zimmer fertig bekommen würden. Hastig zog er sich aus.

Beim Ausziehen der Socken hob er bewusst die Füße, damit Erna, die alles beobachtete, sehen konnte, dass er auch an die Socken gedacht hatte. Dann schlüpfte er auch unter die Decke.

»Willi, du lernst aber schnell«, sie umschlang ihn mit Armen und Beinen. Nun war es aber Willi, der die weitere Initiative ergriff.

»Ruh dich noch was aus, mein lieber Schatz.«

Drehte sie auf ihren Rücken und streichelte sie an den markanten Punkten. Beim Streicheln blieb es nicht, und so liebten sie sich in dem Ehebett von Erna und Karl. Nach dem Akt blieb man noch etwas zusammen, um sich dann endlich an den eigentlichen Zweck von Willis Besuch zu machen.

Am Abend war es vollbracht. Das Bett, das Zelt, die beiden umgebauten Regale, der Hygienebereich für Unpässlichkeiten von Karl und ein kleiner Kleiderschrank waren aufgestellt und mussten von Erna nur noch bestückt werden.

»Danke, Willi«, sagte Erna und nahm ihren Willi fest in die Arme. Fast zwei Minuten blieben sie nun so zusammen stehen. Dann löste sich Willi und fuhr nach Hause. Den Donnerstag nutzten beide, um sich auszuruhen. Getrennt, weil man wusste, dass man gemeinsam eher keine Ruhe hatte.

Karl wurde am Freitag wieder aus der Klinik entlassen und nach Hause gebracht. Erna zeigte Karl sein neues Zimmer. Weil er sich durch den Klinikaufenthalt entsprechend gesund und munter fühlte, lehnte er das Zimmer ab.

»Ich bin fast gesund, wie du ja wohl mitbekommst. Für was brauche ich also ein Krankenzimmer. Außerdem gibt es in dieser Region der Erde kaum, und ich glaube, es sogar zu wissen, gar keine Moskitos. Warum sollte ich also unter diesem Zelt schlafen?«

Erna ging nicht darauf ein. Sie ließ ihn reden und setzte ihn auf die Veranda. Nach einiger Zeit wurde er müde und schlief fast im Sonnenstuhl ein.

»Komm, Karl, lass uns schlafen gehen.«

Natürlich war Erna noch nicht müde. Doch durch dieses »uns schlafen gehen«, wurde Karl fast immer animiert, dem auch nachzukommen. Wahrscheinlich die letzten verbliebenen Eigenschaften eines liebevollen Ehemannes, der seine Frau natürlich ins Bett begleitet. Da es ihm gut ging, sollte und musste Erna ihm Gutes tun. Schnell brachte sie die Sache hinter sich. Befriedigt schlief er dann im Ehebett ein. Am darauffolgenden Abend wieder gemeinsam ins Bett, doch diesmal ließ Erna ihn zappeln. Keine Befriedigung. Sie schob Kopfschmerzen vor. Am dritten Abend verfolgte sie weiter ihre neue Strategie.

»Mein lieber Karl, weißt du eigentlich, dass du unter dem Sauerstoffzelt mehr Vergnügen hast, da du es länger aushalten kannst. Sollen wir das nicht mal ausprobieren? Ich möchte doch, dass du dich wohlfühlst.«

Mit dieser Aussicht stimmte Karl dem Besuch im Krankenzimmer zu. Erna half ihm in das etwas erhöhte Bett und schaltete die Sauerstoffzufuhr an. Sie schloss das Zelt nicht ganz, da sie Karl langsam an diese ungewohnte Umgebung gewöhnen wollte.

Die Luft wurde jedoch bedeutend besser. Auch Karl bemerkte die angereicherte Luft und atmete deutlich besser. Erna sagte aber nichts, sondern entkleidete ihn. Wie im Schlafzimmer ließ er es widerstandslos über sich ergehen. Er legte sich auf den Rücken und sie begann ihn zu streicheln. Diesmal ließ sie sich dabei aber Zeit.

Karl, dem es sonst nicht schnell genug gehen konnte, genoss es sichtlich. Er war sogar in der Lage, etwas dabei zu reden. Es waren zwar nur einzelne Worte, wie »Gut, ja, Erna, weiter«, doch Erna wertete das als großen Erfolg.

Da das Bett höher als ein normales Bett war, konnte Erna ihn stehend »massieren«. Genau, wie Erna es sich ausgedacht hatte, kam Karl wesentlich später und hatte entsprechend längeres Vergnügen. Natürlich war Karl danach trotz Sauerstoffzufuhr geschwächt. Erna deckte ihn zu und ließ ihn ausruhen. Aus dem Ausruhen wurde tiefer, fester Schlaf. Das Sauerstoffzelt brachte ihm eine sichtliche Erleichterung beim Atmen, und er war sehr schnell davon überzeugt, dass es ihm hier wirklich besser geht. Schweren Herzens, aber voller Vernunft stimmte er nun dem Wechsel in das Zimmer zu.

Erst nur für die Nacht. Nach einiger Zeit nahm er das Bett und das Zelt auch schon mal am Tag in Anspruch. Erna war froh, dass sie ihn nicht jedes Mal dabei befriedigen musste. Hie und da rief er aber nach ihr, wenn er etwas längere Zeit in dem Zelt verbracht hatte. Ein Preis, den Erna aufbringen musste, wollte sie ihn dauerhaft dort unterbringen.

Das Angebot von Willi, sie etwas finanziell zu unterstützen, damit sie Therese, ihre Hilfe, öfters mal Karl beaufsichtigen lassen konnte, nahm sie gerne an. Willi machte das natürlich nicht ganz uneigennützig, da sie dann mehr Zeit für ihn hatte. Therese, die nicht nur wegen des Geldes sehr gerne bei der Familie Rohmann arbeitete, stimmte den verlängerten Terminen zu. Da sie einen Schlüssel hatte, konnte sie immer ins Haus. Normalerweise klingelte sie immer, bevor sie das Haus betrat.

So auch an einem Samstag, an dem Erna einen großen Einkauf vorhatte. Therese hatte geklingelt, schloss die Türe auf und ging ins Haus. Ihre Jacke und ihre Schuhe ließ sie im Flur zurück und ging nach oben. Zielstrebig suchte sie das neue Krankenzimmer auf. Die Tür war nicht geschlossen, und so ging Therese ins Zimmer. Sie sah Erna über Karl gebeugt, und ihr Kopf ging nach oben und dann wieder nach unten. Als sie näher an das Zelt trat, sah sie, dass Frau Rohmann ihren Mann befriedigte. Als Erna sie bemerkte, hob sie

149

schnell ihren Kopf und deckte Karl notdürftig zu. Dann trat sie aus dem Zelt und versuchte sich in Erklärungen.

Therese winkte ab.

»Aber nicht schlimm. Ich kenn auch andere Familie, wo Frau ist gut zu Mann. Ist doch gut, wenn Mann noch bisschen Freude hat.«

Karl, der von alledem nichts mitbekommen hatte, außer dass er nicht zu Ende befriedigt worden war, rief nun laut nach Erna.

»Was soll das, hab ich gesagt, dass du aufhören sollst? Also komm her und mach weiter. Erna.«

»Bitte machen ruhig Mann fertig. Ich warten unten.«

Therese wollte sich abwenden und wieder aus dem Zimmer gehen.

»Ich muss jetzt leider weg. Du weißt doch, ich wollte einkaufen gehen. Deshalb habe ich dich ja gebeten zu kommen. Da muss sich mein Mann bis heute Nachmittag gedulden.«

»Wenn nichts dagegen, ich machen.«

»Bitte«, entrüstete sich Erna.

»Für mich kein Problem. Ich gesagt, ich kennen andere Familie und da machen auch manchmal meine Freundin Mann Befriedigung, wenn Frau nicht da. Ist auch arme Seele, genau wie armer Karl. Bitte ruhig gehen, ich kümmer um Karl.«

Noch bevor Erna etwas sagen konnte, ging Therese in das Zelt. Schloss es und zog die Decke von Karl herunter. Karl, der das alles irgendwie nicht verstand, schaute Therese ungläubig an, als sie sich über ihn beugte und anfing, ihn zu befriedigen.

Erna konnte nicht glauben, was sie sah. Therese befriedigte ihren Mann Karl mit dem Mund, und er ließ es widerstandslos geschehen. Karl hatte sich zurückgelehnt und die Augen geschlossen. Aber auch Erna schritt nicht ein, sondern schaute dem Schauspiel interessiert zu. Dann ging sie kopfschüttelnd aus dem Zimmer.

»Bis nachher«, sagte sie noch automatisch beim Hinausgehen.

Therese hob den Kopf etwas höher und antwortete: »Ist gut. Alles ok.«

Von Karl hörte sie nur ein leichtes Grunzen, sah aber sein glückliches Gesicht. Mit einem komischen Gefühl fuhr sie nun zum Einkaufen. Als sie wiederkam, saß Therese im Zimmer von Karl, und als Erna in das Zimmer trat, deutete Therese an, dass sie leise sein sollte. Im Zimmer sah sie, dass Karl schlief.

»Er schläft immer nach einer Befriedigung. Also hat sie ihn wirklich befriedigt«, dachte Erna und schaute sich Thereses Mund an, so als wollte sie nach Spuren suchen, die das noch unterstützten. Dabei fiel Erna erst jetzt auf, dass Therese vollmundige Lippen hatte. Da sie ja auch nicht gerade schlank war, warum also sollte sie schmale Lippen haben?

»Was mache ich hier nur?«, fragte sie sich. »Ich erlaube einer fremden Frau, meinen Mann zu befriedigen. Und das Schlimme ist, es macht mir nicht wirklich etwas aus.«

Mit diesen Gedanken ging sie aus dem Zimmer und bat mit Zeichensprache, dass Therese ihr folgen sollte.

Nachdem beide aus dem Zimmer waren, schloss Erna die Türe und sprach: »Therese, ich danke dir, dass du dich um meinen Mann gekümmert hast. Ich weiß gar nicht, was ich sagen soll. Zum einen ist es nicht richtig, dass du meinem Mann Gutes tust. Aber es ist auch schön, dass du es tust. Ich weiß nicht, was ich sagen soll.«

»Ach, bitte, nichts sagen. Ich machen gern. Herr Karl immer lieb zu mir. Immer nette Worte, wenn ich kommen. Jetzt ich nett zu ihm. Alles gut. Bitte Frau Erna, lassen mich machen. Sowieso ich bin hier und ich wenig Arbeit.«

Erna nahm Therese in den Arm und drückte sie. »
Du bist eine gute Seele.« Dabei beließen sie es dann.

»Muss ich ihr etwas dafür geben? Soll ich ihr etwas dafür geben? Und wenn ich ihr etwas gebe, deutet sie das dann vielleicht falsch? Schließlich ist sie keine Prostituierte, sie ist unsere Hilfe.« Sie wusste nicht, wie sie sich verhalten sollte. Das waren Momente, wo sie ihren Willi an ihrer Seite gebraucht hätte. Sie war sich sicher, er hätte eine Lösung gehabt. Schließlich packte sie das Geld für die Aufsicht und etwas Geld für ihre »Sonderdienste« einfach zusammen. So konnte Therese nicht sofort erkennen, dass sie mehr bekommen hatte. Manchmal ist schweigen einfach besser.

Als Angelika die Kur fast beendet hatte, bekam sie einen leichten Schlaganfall. Die rechte Körperhälfte hatte Lähmungen im Gesicht, an den Armen, Händen und auch in der Lendenpartie. Dies hatte zur Folge, dass sie auch ihre Ausscheidungen nicht mehr kontrollieren konnte.

Sie war sofort zum Pflegefall geworden. Willi wurde durch einen Anruf darüber informiert. Er hatte sich sofort ein paar Tage freigenommen und war zu ihr in die Klinik gereist, in die sie eingewiesen worden war. Nicht weit weg vom eigentlichen Kurhaus. Bevor er in die Klinik fuhr, informierte er Erna über die neuesten Geschehnisse, und beiden war klar, dass sie sich jetzt einige Zeit nicht sehen würden. Er hätte es als respektlos empfunden, sich mit Erna zu treffen, während Angelika vielleicht mit dem Tode ringt. Auch Erna hätte dies abgelehnt, und so dachten sie aneinander und jeder wünschte dem anderen die Kraft, die er benötigte, um die Situation zu überstehen.

In der Mühlenhaus-Klinik angekommen, fragte er an der Information, wo er denn seine Frau finden würde. Die Schwester am Telefon hatte ihm zwar den Kliniknamen und auch die Station genannt, aber Willi hatte sich nur den Namen der Klinik gemerkt. Er war schon froh, dass er diese gefunden hatte. Der Mann an der Information konnte ihm aber weiterhelfen, und so kam Willi auf die Station, in der Angelika untergebracht war.

Nach kurzer Befragung der Stationsschwester stand er nun vor ihrer Türe. Er klopfte sanft an und drückte dann die Türklinke hinunter. Sanft, so als wollte er verhindern, ihr wehzutun, was vielleicht passieren würde, wenn er zu forsch wäre. Er trat ein und schloss die Türe hinter sich. Zu seiner Überraschung war auch ein Arzt anwesend. Es war der Oberarzt, wie sich später herausstellte. Als er Angelika sah, erschrak er sich.

»Mein Gott, wie kann so etwas sein?«, fragte er den anwesenden Oberarzt. Der sprach von vielen Faktoren, die zusammengekommen waren und so eine Reaktion auslösten.

»Rheumaanfall, Bluthochdruck und dann noch eine starke Migräne. Die vielen Medikamente, die sie nehmen musste, damit sie dies überhaupt alles ertragen kann. Da sie ja Raucherin ist und auch in der Klinik hier und da geraucht hat, ist sie immer eine Risikoperson für Herzinfarkte und, wie geschehen, für Schlaganfälle.«

»Wie stehen die Chancen, dass sie wieder gesund wird?«

Der Arzt schaute ihn an und sagte mit leiser Stimme, sodass Angelika dies nicht verstehen konnte: »Wenn sie das übersteht, werden sicherlich viele bleibende Schäden ihr weiteres Leben begleiten. Die nächsten Tage entscheiden über ihre Zukunft. Die Gefahr einer weiteren Verschlechterung ihres Zustandes ist ebenso möglich wie eine Besserung ihrer Bewegungseinschränkung.«

Dann verließ der Arzt das Zimmer und Willi wandte sich wieder Angelika zu. Sie hatte die Augen geöffnet und war ansprechbar. Durch ihre Lähmungen im Gesicht konnte sie aber kaum sprechen.

»Willi, Willi«, versuchte sie zu sagen. Willi verstand sie zwar nicht, wusste aber, dass sie ihn meinte. Er setzte sich an ihre gesunde linke Seite und nahm ihre Hand.

»Es wird alles wieder gut. Das wird schon wieder. Du musst nur viel Geduld haben. Sehr viel Geduld. Ich bin bei dir und werde dir dabei helfen.«

Der Arzt hatte zwar etwas anderes gesagt, aber irgendwie verdrängte er die Antwort vom Arzt. Angelika drückte ihm die Hand und versuchte zu sprechen. Wieder verstand Willi nicht, was sie sagte. Er beugte sich mit seinem Ohr über ihren Mund und glaubte nun das Wort *Verfügung* verstanden zu haben.

»Angelika, meinst du Verfügung?«

Angelika sah ihn an und ihre Augenlider gingen rauf und runter. »Patientenverfügung?«, fragte Willi nach. Wieder bewegten sich die Augenlider dreimal nach unten und wieder nach oben. Nun hatte Willi verstanden. Er nickte ihr zu.

Ohne ein weiteres Wort wussten nun beide, was sie meinte und was zu tun wäre, wenn sich der Zustand von Angelika verschlechtern würde. Nachdem er drei Tage bei ihr verbracht hatte, musste er wieder zu seiner Arbeit. Er hatte sie, soweit er es konnte, gut untergebracht und mit ihrer Privatversicherung dafür gesorgt, dass sie es den Umständen entsprechend gut hatte. Mehr konnte er nicht für sie tun.

In den eigenen vier Wänden angekommen, dachte er über die Worte des Arztes nach. Angelika würde ein Pflegefall, so viel war sicher. Ihm war klar, dass er sie nicht pflegen könnte. Sie war seine Frau und er hatte bisher alles getan, um sie glücklich zu machen. Doch einen Menschen pflegen, das ist was anderes. Ihm wurde klar, er benötigte Hilfe. Sobald sich der Zustand von Angelika stabilisiert hätte, müsste sie nach Hause.

Da hatte er erst vor Kurzem Erna beim Umbau für ihren kranken Mann geholfen, und nun benötigte er selbst Hilfe. Ernas Mann war aber in der Lage zur Toilette zu gehen, sich zu waschen und auch sonst recht selbstständig zu sein. Wenn Angelika nach Hause käme, müsste er aufhören zu arbeiten oder eine Vollzeitkraft einstellen, die sich um Angelika kümmert. Sie müsste jedoch vierundzwanzig Stunden im Haus sein, da Willi sich außerstande fühlte, Angelika so zu pflegen, wie es vonnöten gewesen wäre. Willi entschloss sich für eine andere Variante.

Ein Pflegeheim musste her. Direkt am nächsten Tag machte er sich auf die Suche nach einem geeigneten Platz.

»Wenigstens für die Zeit, bis sie wieder einigermaßen selbstständig ist«, redete er sich ein, um sein schlechtes Gewissen, was er hatte, zu beruhigen.

Bei seinem nächsten Besuch bei Angelika erwähnte er aber nicht, dass er für sie einen Pflegeplatz suchte. Das würde er ihr sagen, wenn sie wüssten, wie es in der Zukunft um sie steht. Ein Arbeitskollege hatte einen ähnlichen Fall und konnte ihm so einige gute Adressen von Pflegeheimen geben. In einem dieser Heime hatte Willi dann auch Glück und bekam für Angelika einen Platz. Dieses Haus war etwas außerhalb von Düsseldorf, jedoch sehr gut zu erreichen. Mit der zuständigen Pflegekasse hatte er dann auch schon einige Formulare bearbeitet, und einer »Einweisung« stand nichts mehr im Wege. Auch wenn dieser Pflegeplatz erheblich mehr kostete als eine Pflegekraft zu Hause, so war Willi froh, diesen Schritt gemacht zu haben.

Die Ärzte hatten Angelika und Willi mitgeteilt, dass sie wohl in vierzehn Tagen nach Hause könnte. Somit wurde es nun langsam Zeit, Angelika mitzuteilen, dass sich ihr Leben in Zukunft etwas anders gestalten würde, als sie es sich wohl vorstellte.

Willi hatte sich fest vorgenommen, es ihr am kommenden Wochenende beizubringen. Doch so weit kam es nicht.

Am Donnerstagnachmittag erhielt Willi einen erneuten Anruf aus der Klinik, mit der Bitte, so schnell wie möglich zu kommen. Willi Informierte kurz Erna und setzte sich dann, obwohl er schon ein Feierabendbier getrunken hatte, sofort ans Steuer und fuhr zu Angelika. Unterwegs fragte er sich, was ihn gleich erwarten würde. Der Arzt am Telefon hatte ihm nur gesagt, das sich der Zustand von Angelika verschlechtert hätte, mehr nicht.

»Was bedeutet das?«, fragte er sich. Ohne eine Antwort darauf zu finden, kam er in der Klinik an.

Er hatte die Fahrt in weniger als zweieinhalb Stunden geschafft, und das bei Feierabendverkehr. Als er auf den Gang vor Angelikas Zimmer ankam, sprach ihn eine Schwester an.

»Hallo Herr Bernstein. Ihre Frau liegt auf der Intensivstation. Das ist eine Etage tiefer. Melden Sie sich dort bei dem Arzt auf der Station Intensiv 2. Der wird Ihnen alles Weitere erklären.« Dann drehte sie sich um und verschwand in einem der Zimmer. Willi ging zur Treppe und lief hinunter.

Eine Etage tiefer suchte und fand er das Schild »Intensiv 2« und ging zu der Türe, die zu dieser Station führte. Hier wurde er aufgefordert zu klingeln, wollte er Zutritt haben. Willi klingelte, und nach einiger Zeit öffnete sich die Türe. Eine Schwester mit Haube und Mundschutz fragte ihn nach seinem Namen.

»Bernstein, Willi Bernstein«, antwortete Willi, der wie traumatisiert wirkte.

»Bitte, kommen Sie durch.« Dann führte sie ihn in einen Raum, in dem es Regalfächer mit Kleidung gab.

»Bitte ziehen Sie einen Kittel an. Die Überziehschuhe bitte über Ihre Schuhe. Den Mundschutz bitte auch anlegen. Dann müssen sie sich noch hier die Hände waschen und desinfizieren.«

Willi tat, wie ihm geheißen und folgte danach der Schwester. Sie blieb vor einer Türe mit der Aufschrift »Stationsarzt« stehen und öffnete sie.

»Herr Bernstein ist da, Herr Doktor«, sagte sie und ging ohne weitere Worte weg.

»Bitte, kommen Sie herein. Guten Tag, Herr Bernstein, ich bin Doktor Mandori. Bitte setzen Sie sich. Ich habe leider keine guten Nachrichten für Sie. Ihre Frau hat leider am Mittag einen weiteren Schlaganfall erlitten und liegt zurzeit im Koma. Ausgelöst durch ein kleines Blutgerinnsel, was sich gelöst hatte und in ihr Gehirn eindringen konnte.«

»Was heißt das, wie geht es ihr?« Willi verstand nicht ganz, was der Arzt ihm sagte.

»Sie wird künstlich beatmet und ihr Zustand ist äußerst kritisch. Wir wissen noch nicht, inwieweit sie weitere Einschränkungen dadurch erlitten hat. Erste Untersuchungen im MRT haben jedoch gezeigt, dass einige Gehirnzellen nicht mehr arbeiten. Dies sind Zellen, die für die Sprache, das Sehen und andere Sinnesorgane zuständig sind. Gehirnzellen, Sprache, Sinnesorgane.«

Willi hörte das alles, es wurde ihm aber nicht klar, was das alles bedeuten sollte.

»Wir können zu diesem Zeitpunkt nicht sagen, ob diese wieder in Funktion gehen können. Die Aussichten dafür sind leider sehr gering. Wir befürchten, dass es zu weiteren Fehlfunktionen kommen wird. Des Weiteren ist ihr Körper im Moment vollkommen gelähmt. Das Gehirn Ihrer Frau hat alles abgeschaltet, was nicht unbedingt zum Erhalt des Lebens benötigt wird. Ihr Herz schlägt und versorgt das Gehirn. Das ist aber auch schon alles. Es tut mir leid, Ihnen dies so sagen zu müssen. Die Überlebenschancen Ihrer Frau stufen wir als eher gering ein. Und sollte sie es überleben, wird sie nicht mehr die Frau sein, die sie mal hatten.«

Wie gelähmt hatte Willi die letzten Worte des Arztes aufgenommen.

»Kann ich zu ihr?«, fragte Willi, der zwar alles gehört hatte, was der Doktor ihm gesagt hatte, und doch begriff er nicht, was das alles zu bedeuten hatte.

»Ja, wir gehen jetzt zu ihr. Ich wollte Sie nur darauf vorbereiten, in welchem Zustand sie sich befindet.«

Nach nur zwei weiteren Türen sah Willi durch eine große Glastür seine Angelika. Um sie herum viele Geräte. Der Arzt öffnete die Türe und ging hinein. Willi folgte ihm. Als er am Bett von Angelika stand und sie sah, war er überrascht, wie friedlich sie aussah. Ruhig und in gleichmäßigem Rhythmus arbeitete die Beatmungsmaschine. Auf dem Monitor über ihrem Bett sah er ihren Herzschlag und hörte den dazugehörigen Piepton.

»Bitte setzen Sie sich zu ihr und halten etwas Ihre Hand. Die meisten Patienten reagieren auf diese Berührung. Sie sollten auch mit ihrer Frau reden. Unser Haus unterstützt die These, dass Patienten auch im Koma die vertraute Stimme erkennen.«

Danach verließ der Arzt das Zimmer. Auch die Schwester, die die ganze Zeit anwesend gewesen war, ging aus dem Raum. Willi war alleine mit Angelika. Er setzte sich und ergriff Hand von ihr. Ihre Hand war nicht so warm, eher etwas kalt. Er nahm seine zweite Hand und hielt nun ihre Hand zwischen seinen Händen. So, als wollte er sie wärmen.

»Hallo Angelika. Ich bin es, dein Willi. Meine Liebste, was machst du für Sachen. Hast du vergessen, dass wir zusammen auf der »Rentnerbank« sitzen wollten? Ich weiß nicht, ob du mich hörst, aber ich denke, dass du schon merkst, dass ich anwesend bin.«

Willi redete und redete. Er nahm gar nicht wahr, dass der Puls von Angelika von achtzig auf siebzig gesunken war. Erst als eine Schwester ins Zimmer kam und ihn daran erinnerte, dass die Besuchszeit leider zu Ende war, bemerkte diese den verringerten Wert und machte Willi darauf aufmerksam.

»Sehen Sie, sie kann Ihre Stimme hören und ist deshalb ruhiger. Doch jetzt müssen Sie leider gehen. Die Besuchszeit ist bis 23.00 Uhr begrenzt.«

Willi hörte das und drückte noch mal die Hand von Angelika. Ja, sie hatte ihn wohl gehört und sich deshalb entspannt.

»Am Wochenende bin ich wieder bei dir. Erhole dich, mein Liebes.« Er beugte sich über sie und gab ihr einen kleinen Kuss auf die Stirn. Dann fuhr er nach Hause. Diesmal allerdings benötigte er ohne Berufsverkehr fast drei Stunden. Er hatte auf einem Rastplatz angehalten und bitterlich geweint.

Wie das Leben eben ist. Erst wenn man bemerkt, dass man jemanden verliert, fühlt man, wie wichtig diese Person in seinem Leben ist. So erging es nun Willi, der spürte, dass er Angelika verlieren würde.

Zu Hause setzte er sich auf den Balkon. Allerdings interessierten ihn diesmal nicht die Sterne am Himmel. Er hatte sich einen doppelten Cognac eingeschenkt, der hatte vier Sterne, und die reichten ihm in dieser Nacht. Nach sehr kurzem Schlaf fuhr er zur Arbeit. Wie verabredet war er am Freitagabend wieder in der Klinik.

Der Zustand von Angelika hatte sich leider verschlechtert. Sie hatte Wasser in der Lunge, oft eine Folge der künstlichen Beatmung. Neue Messungen ihrer Gehirnströme ließen auch keine Hoffnung aufkommen. Die Gehirnaktivitäten waren kaum noch messbar. Angelika wurde medizinisch als nicht reparabel eingestuft. Die Hülle würde weiter funktionieren, aber sie wäre zu keiner Reaktion mehr fähig.

Als er an ihrem Bett saß, nahm er wieder ihre Hand zwischen seine beiden Hände. Im gleichen Augenblick zuckte Angelika etwas, oder hatte Willi sich das nur eingeredet. Ihm war, als hörte er ihre Stimme. Willi konzentrierte sich und schloss die Augen.

»Verfügung, Willi, denke an meine Verfügung.«

Erschrocken ließ er die Hand von Angelika los und stand auf. Im gleichen Augenblick zuckten nun ihre Augen. Er schaute sie an und wusste, dass er ihr ihren Willen erfüllen wird. Vielleicht war es aber auch nur ein Zufall. Eine Reaktion des Körpers, die rein zufällig war, gerade als er ihre Hand genommen hatte. Willi setzte sich wieder hin und nahm erneut ihre Hand. Kaum dass er ihre Hand zwischen seinen Händen hatte, reagierte Angelika. Er hörte sie, er hörte ihre Stimme, auch wenn sie nicht sprechen konnte.

»Ja, Angelika, ich werde es tun.«

Nachdem er das gesagt hatte, zuckten ihre Augen wieder. Jetzt war er sich sicher, Angelika hatte ihm einen Auftrag erteilt. Er beriet sich mit den Ärzten, und diese kamen dann auch zu dem Entschluss, dem Willen von Angelika nachzukommen. Die Patientenverfügung, die Willi schon bei seinem letzten Besuch hatte vorlegen müssen, wies eindeutig darauf hin, dass Angelika auf Dauer weder künstlich ernährt noch beatmet werden wollte. Willi und die Ärzte einigten sich auf den nächsten Sonntag für diesen Schritt. Willi stimmte zu, dass ein Krankenhauspfarrer ihr die letzte Ölung geben durfte.

Wieder zu Hause bat er Erna, sich mit ihm zu treffen, was sie dann auch ermöglichen konnte. Er schilderte ihr die Situation und bat Erna um Nachsicht, wenn sie jetzt ein paar Tage nichts von ihm hören würde. Natürlich hatte Erna dafür größtes Verständnis. Und obwohl sie in der Öffentlichkeit waren, ging sie zu ihm und drückte ihn fest und lange.

»In Gedanken bin ich immer bei dir. Melde dich, wenn du denkst, dass du mich brauchst.« Dann trennten sie sich, und Willi traf die Vorbereitungen für den kommenden Sonntag.

In der Agenda, die der Arzt ihm mitgegeben hatte, waren einige Dinge, die er erledigen musste. Da wurde der Gang zu einem Beerdigungsinstitut verlangt, weil die Leiche kurze Zeit nach dem Sterbevorgang das Krankenhaus verlassen musste.

»Ist ja wohl klar, dass sie das nicht mehr alleine kann«, regte sich Willi über die Formulierung auf. Verstand aber dennoch die Notwendigkeit.

Willi hatte sich den besten Anzug angezogen, den er hatte. Dieser Anzug war aber nicht schwarz. Als sie die Verfügungen, das Testament und gegenseitige Vollmachten erstellt hatten, hatten sie nicht nur über das Ableben, sondern auch über das Verhalten dessen, der überlebt, gesprochen. Dabei waren sie übereingekommen, dass der, der bleibt, sein Leben leben sollte und die restliche Zeit nicht in Trauer verbringen sollten. Aus diesem Grund hatte Willi den hellen Anzug angezogen.

Sehr früh fuhr er zur Klinik und setzte sich nach seinem Eintreffen sofort an das Bett von Angelika. Sie sah abgemagert aus, wirkte aber ruhig und zufrieden.

»Ach, Angelika, ich weiß nicht, ob das richtig ist, was wir, was ich mache.«

Bevor er weiterreden konnte, ging die Türe auf und der Oberarzt und ein weiterer Arzt traten ein. Leise begrüßten sie sich, so als hörte Angelika jedes Wort.

»Bitte lesen Sie sich das durch. Herr Doktor Burgscheid und ich haben es gelesen und unterschrieben.«

In dem Text wurde er darauf hingewiesen, dass eine beglaubigte Patientenverfügung vorlag, aus der klar hervorging, dass Frau Angelika Bernstein keine weiteren lebenserhaltenden Maßnahmen möchte, falls sie nur durch Maschinen am Leben gehalten werden könnte. Nach dem Lesen nahm Willi den ihm gereichten Stift und unterschrieb ebenfalls. Ihm war bewusst, dass er das Todesurteil für seine Angelika unterschrieben hatte.

Ihm wurde schwindelig und er verlor für einen kurzen Moment das Bewusstsein. Als er wieder zu sich kam, lag er auf dem Boden. Arzt und Schwester kümmerten sich um ihn.

»Hallo Herr Bernstein, geht es wieder?«, fragte ihn die besorgte Schwester.

»Was ist los?«

»Sie sind ohnmächtig geworden«, sagte einer der Ärzte und: »Der Puls ist wieder stabil.«

»Herr Bernstein, wir richten Sie jetzt wieder auf.«

Willi ließ es geschehen, und sie setzten ihn wieder in den Stuhl. Die Schwester reichte ihm einen Schluck Wasser.

»Geht es wieder?«

Der Arzt hatte sich ebenfalls einen Stuhl genommen und schaute Willi fragend an.

»Ja, ist ok. Bitte verzeihen Sie. Ich weiß gar nicht, was los war. Plötzlich wurde es dunkel.«

»Das sind nur natürliche Reaktionen auf Überforderungen. Da spielt der Kreislauf dann nicht mehr mit.«

»Darf ich Ihnen weiter berichten?«, fragte nun der Arzt, der am anderen Ende vom Bett stand.

»Ja, bitte. Es ist alles o. k.«

»Der Pfarrer war heute Morgen bei Ihrer Frau und hat ihr die letzte Ölung gegeben. Wenn Sie möchten, wird er kommen und Ihnen beistehen, wenn Ihre Frau uns verlässt.«

»Nein, ich möchte mit ihr alleine sein.«

»Wir werden gleich die Geräte nacheinander abschalten. Ihre Frau wird dann sehr schnell sterben. Wir haben ihr heute Morgen noch ein Mittel gegeben, damit sie in ein sehr tiefes Koma fällt und wirklich nichts merkt von dem Vorgang.«

Willi hörte das alles und bekam doch nichts mit. Er rückte seinen Stuhl wieder näher an das Bett und nahm ihre Hand.

Zum letzten Mal in seine sonst so beschützenden Hände.

Die Ärzte schalteten nun nach und nach die Geräte ab und verließen den Raum.

Der Atem von Angelika wurde langsamer, und Willi spürte, dass sie nun von ihm ging. Tränen rollten aus seinen Augen. Dann bemerkte er eine leichte Bewegung ihrer Hand, und als Willi dies erwiderte, sah er, dass aus ihren geschlossenen Augen eine Träne ran. Willi beugte sich über sie, küsste jedes Auge und gab ihr auch einen sanften Kuss auf den Mund.

Als er sich wieder gesetzt hatte, hatte Angelika aufgehört zu atmen.

Willi legte seinen Kopf auf ihren nun leblosen Körper und weinte. Schluchzend sprach er ein letztes Mal zu ihr, auch wenn er wusste, dass sie ihn nicht mehr hörte.

Nach einiger Zeit kamen die Ärzte wieder ins Zimmer. Sie schalteten das Gerät für Puls und Herzschlag ein. Jedoch wurden dort keine Signale mehr angezeigt. Dort, wo eben noch Kurven und Spitzen angezeigt worden waren, waren nun gerade Linien zu sehen. Jeder der beiden Ärzte nahm nun nacheinander einen Arm und fühlte den Puls. Mit dem Stethoskop horchten sie an ihrer Brust. Nachdem beide das getan hatten, bestätigten sie sich gegenseitig, dass sie den Tod der Patientin festgestellt hatten. Wieder wurden auf dem Blatt Unterschriften geleistet. Willi brauchte diesmal nicht zu unterschreiben.

»Möchten Sie noch etwas bei Ihrer Frau bleiben?«, fragte ihn einer der Ärzte.

»Nein, ich habe mich schon von ihr verabschiedet.«

Als er diese Worte sagte, war er schon wieder etwas gefestigt und stand auf. Er hatte die ganze Zeit immer noch ihre Hand gehalten. Nun legte er ihre Hand sanft auf das Bett. Schaute sie noch einmal an, streichelte ihr über das Haar und ging dann recht schnell aus dem Zimmer.

Im Gang wartete eine Schwester auf ihn.

»Möchten Sie sich noch etwas ausruhen, oder möchten Sie einen Kaffee oder Wasser?«

»Nein.« Und ein paar Sekunden später: »Nein danke«, und ging in Richtung Ausgang. Er setzte sich ins Auto und fuhr nach Hause. Langsam entfernte er sich von der Klinik und von seiner Angelika. Wie er die Strecke dann eigentlich gefahren war, wusste er nicht wirklich.

Als er zu Hause angekommen war, begegnete ihm eine besondere Stille.

»Gestern war Angelika auch nicht da, aber da war es irgendwie lauter«, dachte er bei sich. Er setzte sich ins Wohnzimmer und wählte die Nummer von Erna. Und als sie am Apparat war, erzählte er ihr in kurzer Form die Ereignisse. Wieder verabredeten sie sich in dem Café am Kaufhof.

Diesmal war es allerdings ein trauriger Anlass und entsprechend war die Stimmung. Willi berichtete und Erna hörte ihm zu. Während Willi sprach, versagte ihm hier und da mal die Stimme, und auch die eine oder andere Träne kam aus seinen jetzt so traurigen Augen. Erna hielt seine Hand und drückte sie immer dann, wenn sie glaubte, dass sie ihn jetzt besonders trösten musste.

»Am Dienstag wird sie nach Düsseldorf gebracht und am Freitag wird sie auf eingeäschert. Danach wird sie auf dem Nordfriedhof nach einer kleinen Andacht anonym beerdigt. Nur ich weiß dann, wo sie liegt. Aber das haben wir so ausgemacht und so werden wir es halten.«

Dann redete Willi noch über die anstehenden Kosten und schimpfte über die viel zu hohen städtischen Gebühren. Gott sei Dank wäre Angelika gut versichert gewesen. Einmal über die Kasse und einmal über eine private Lebensversicherung. Dadurch bekäme er doch noch einiges heraus. Ihn schauderte es, dass er daran dachte, durch den Tod von Angelika sogar noch etwas zu verdienen.

»Bitte lass uns den Sonntag nach der Beerdigung in die Sauna gehen«, sagte er auf einmal, und Erna war etwas überrascht, dass er diese Gedanken schon wieder hatte.

162

»Ich habe dort einiges mit dir zu besprechen.«

»Was möchtest du denn mit mir besprechen?«, fragte Erna nun doch neugierig nach.

»Ach, weißt du, die ganzen Sachen von Angelika. Ich möchte sie so schnell wie möglich loswerden. Aber lass uns das an dem Sonntag in der Sauna besprechen. Außerdem möchte ich durch das Schwitzen auf andere Gedanken kommen. Angelika und ich hatten ausgemacht, dass der, der den anderen überlebt, keine Trübsal bläst, sondern sein normales Leben weiterführt. Also, was ist? Gehen wir am Sonntag in die Sauna?«

»Ja, wenn du das möchtest, schließe ich mich sehr gerne an.«

»Ja, das möchte ich.«

Danach fuhr jeder nach Hause.

Erna rief noch am gleichen Abend Therese an und bestellte sie für den Sonntag.

»Aber es ist doch Monatsende? Sonst gehen sie doch immer in Mitte von Monat in Sauna«, bemerkte Therese.

»Ja, aber diesmal ist es eben anders.«

»Ist ja richtig, man soll leben, wenn man will, egal Datum. Komme ich gern am Sonntag.«

»Das ist schön. Also bis Sonntag.«

Als sie aufgelegt hatte, stellte Erna fest, dass sie gar keine Zeit ausgemacht hatten.

»Ach, sie wird kommen, wie immer, wenn ich in die Sauna wollte«, und rief nicht mehr an. Mit Willi hatte sie ja auch keine Zeit vereinbart und war sich sicher, dass es die gleiche Zeit sein würde, wann man sich trifft.

Sie informierte Karl über den Wunsch zur Sauna, der sofort fragte, ob denn auch Therese kommen würde? Erna hatte bemerkt, dass Karl froh war, dass Therese ihn beaufsichtigte, wenn sie außer Haus war. Erna machte sich aber keine weiteren Gedanken darüber, weil sie froh war, dass sie wegkonnte, ohne dass er sie beschimpfte.

Er wunderte sich, dass doch so viele zu der Gedenkfeier gekommen waren. Willi selbst hatte ja nur noch wenige Verwandte. Sein Bruder hatte ihm brieflich sein Beileid mitgeteilt. Gleichzeitig aber auch, dass er an dem Tag nicht nach Düsseldorf kommen könnte. Seitens Angelika waren ihre Schwester, deren Mann und zwei Nichten gekommen. Ihr Bruder, mit dem sie eigentlich gar keinen Kontakt mehr hatte, war ebenfalls erschienen. Willi hatte dessen Frau und auch deren fünf Kinder begrüßt. Er vermied es, ihn darauf anzusprechen, warum er nicht den Kontakt gesucht hatte, als Angelika noch lebte. Nein, er beließ es so, wie es war. Ihr Bruder wird sich schon selbst die Frage gestellt haben.

Einige Freunde aus der Nachbarschaft und die Frauen aus der Näh- und Häkelgruppe waren ebenso erschienen wie einige Mitarbeiterinnen aus der Firma, in der Angelika einmal tätig war.

Auch Erna hatte er unter den Anwesenden entdeckt. Er vermied aber den Blickkontakt mit ihr.

Nachdem alle in der kleinen Kapelle Platz genommen hatten, sprach der Pfarrer einige tröstende Worte. Die Urne von Angelika war umgeben von schönen Blumen. Willi fiel auf, dass die Vasen, in denen die Blumen standen, sehr schlicht waren. Friedhofsvasen eben. Nachdem alle ein Gebet gesprochen hatten, verabschiedete der Pfarrer die Trauergemeinde auch schon wieder. Bis auf Willi verließen alle die Kapelle. Dass er keine Beileidsbekundungen haben wollte, hatte er schon in der Benachrichtigung erwähnt. Auch ein anschließendes Zusammensein hatte er im Vorfeld abgelehnt. Die eigentliche Beisetzung der Urne würde sowieso an einem anderen Tag stattfinden. Irgendwo auf dem Friedhof. Es gab insgesamt vier Felder, wo Urnen beigesetzt wurden, deren Angehörigen nicht wollten, dass sie auffindbar wären. So auch die Urne mit der Asche von Angelika.

Ganz langsam ging Willi zu der Urne. Er kniete nieder und streichelte sanft über das Kreuz des Deckels, das die Urne verschloss.

»Lebwohl, meine kleine Angelika«, sprach er leise.

Nach kurzer Zeit stand er auf und ging ebenfalls aus der Kapelle. Davor stand eine kleine Gruppe, die sich angeregt unterhielt. Willi nickte ihnen zu und verließ so still, wie er gekommen war, auch wieder den Ort der endgültigen Trennung. Er fuhr nach Hause, setzte sich auf den Balkon und schaute in den Himmel.

»Irgendwo dort oben wird sie nun sein«, dachte er, als er sich ein Glas Cognac einschenkte. Allein, nur mit sich selbst, nahm er nun endgültig Abschied von ihr. Es war sehr spät, als er aufstand, was angesichts der Tatsache, dass er die Flasche fast geleert hatte, gar nicht mehr so einfach war. Ohne sich zu entkleiden, ließ er sich ins Bett fallen.

Sie packte am Samstag ihre Saunatasche und freute sich, ihren Willi wiederzusehen.
»Ach, da kommt er mal auf andere Gedanken«, und fragte sich, was er wohl mit den Sachen von Angelika gemeint haben könnte.
Therese war am Sonntag wie immer pünktlich und freute sich, dass sie Karl betreuen konnte. Natürlich auch wegen des Zusatzverdienstes. Erna hatte ihr die Bügelwäsche bereitgestellt und den entsprechenden Lohn auf die Küchenzeile gelegt.
»Er darf heute wieder eine Zigarette rauchen. Bitte achte darauf, dass er sie nicht auf einmal raucht.«
»Ich weiß, ich pass auf. Karl hören, wenn ich sage Pause.«
Therese und Erna gingen nun nach oben.
»Ich bin jetzt weg, Karl. Therese habe ich gesagt, dass du eine Zigarette rauchen darfst. Bitter rauche sie nicht auf einmal auf. Ich bin heute so gegen 18.00 Uhr wieder zurück.«
Sie ging zu ihrem Mann und küsste ihn auf die Stirn. Er ließ es geschehen. Eine Erwiderung gab es nicht. Er freute sich, dass Therese da war. Das war gut so und fertig.
»Soll sie doch gehen. Ich habe, was ich will. Zigarette und Therese«, war alles, was Karl dachte.

Willi wartete auf dem Parkplatz auf Erna. Als Erna auf den Parkplatz von der Sauna fuhr und ihn sah, fand sie sich bestätigt, in ihrer Aussage, dass Willi wusste, um welche Uhrzeit sie sich treffen wollten. Erna sah, dass nicht weit von Willis Wagen ein freier Parkplatz war. Nachdem sie ihren Wagen dort geparkt und die Türe geöffnet hatte, stand da schon ihr Willi und half ihr beim Aussteigen.

»Hallo Erna. Es ist schön, dich zu sehen« sagte Willi und strahlte sie an. Erna sah in das Gesicht von Willi. Auch wenn er strahlte, so sah sie die Tiefe des Kummers, den er in sich trug.

»Hallo Willi, mein Bester. Komm, lass dich mal drücken, meine gebeutelte Seele.«

Sie umarmte Willi und drückte ihren Kopf gegen seine Brust. So verharrten sie eine Weile.

»Komm, lass uns in die Sauna gehen, sonst stehen wir heute Abend noch hier.«

Willi drückte Erna etwas von sich weg und ging zum Kofferraum. Dort nahm er ihre Sporttasche und nahm seine auch wieder auf. Mit beiden Taschen ging er nun in Richtung Eingang der Sauna. Erna, die stehen geblieben war, schloss den Kofferraum und ihr Auto ab und folgte Willi.

»Oh, da habe ich wohl viel Arbeit zu leisten, damit er wieder der »Alte« wird«, denn an dieser Geste des Wegdrückens hatte sie gemerkt, dass er im Moment viel Freiraum benötigte. Gleichzeitig aber auch ihre Nähe suchte. Ein schwieriges Unterfangen, dessen Bewältigung sicher viel Zeit in Anspruch nehmen würde, da war sich Erna sicher.

Die Begrüßung in der Sauna war wie immer sehr freundlich, und schnell war man im Umkleideraum. Willi zog sich recht schnell um. Erna, die bemerkte, dass Willi sie nicht ansah beim Entkleiden, forcierte nun auch ihre Entkleidung. Als sie in den großen Saal des Saunageländes kamen, stellten sie fest, dass nicht sehr viele Leute anwesend waren.

»Schau mal Willi, heute ist gar nicht viel los. Da können wir uns schöne Liegeplätze aussuchen.«

Willi hörte ihr aber gar nicht zu, sondern hatte zielstrebig zwei freie Liegen am großen Fenster ins Auge gefasst und legte, nachdem er mit schnellem Schritt dort angekommen war, seine Sachen auf eine der beiden Liegen. Sie schüttelte etwas den Kopf und ging dann zu ihm.

»Ja, das habe ich gemeint.«

Willi, der ja nicht mitbekommen hatte, dass Erna ihn angesprochen hatte, schaute sie an und fragte: »Was hast du gemeint?«

»Ach, nichts, Willi. Schöne Plätze hast du für uns ausgesucht«, sie legte ihre Sachen auf die freie Liege.

»Ich gehe unter die Dusche«, bemerkte Willi und weiter, »kommst du mit?«

»Na klar«, sie wunderte sich über diese Frage. Sie gingen immer als Erstes unter die Dusche, wenn sie hier waren. Wieder merkte sie, dass Willi nicht ihr Willi war.

»Ich muss was tun«, waren ihre Gedanken, als sie unter der Dusche stand und sich ihren Willi ansah. Nach dem Duschen fragte sie ihn, ob sie heute nicht mal mit der nordischen Sauna beginnen sollten.

»Das macht den Kopf frei, und wenn wir nicht die ganze Sanduhrzeit aushalten, dann gehen wir eben früher wieder raus. Es ist ja kein Aufguss.« Ohne seine Antwort abzuwarten, nahm sie ihr Saunatuch und ging.

»Warum nicht«, dachte er und folgte nun seinerseits Erna.

Vor der Holztür wartete sie auf ihn, und als auch er an der Türe angekommen war, gingen sie gemeinsam hinein. Zu ihrer Überraschung war die Sauna fast leer. Nur eine Frau lag auf der oberen Stufe, und es schien, als schliefe sie. Erna setzte sich wie immer auf die mittlere Stufe. Als Willi sich neben sie setzte, war sie etwas verwundert, denn Willi saß sonst immer oben. Sie spürte, dass er jetzt wieder ihre Nähe suchte. Erna drehte die Sanduhr um und lehnte sich dann etwas zurück. Willi hatte seine Arme auf den Beinen aufgestützt und saß gebeugt. Nach kurzer Zeit spürte er den rauen Handschuh auf seinem Rücken, der diesen leicht abrieb. Erna hatte den Handschuh mitgenommen und diese Handlung als erste »Belebungsmaßnahme« beschlossen.

Mit sichtlichem Wohlgefühl ließ Willi das über sich ergehen. Er machte sich gerade, um dann wieder in die Beuge zu gehen. Nach einer Weile drehte er sich zu Erna. Seine Hand strich ihr über das Gesicht und seine Lippen formten sich zu einem Kussmund. Erna sah ihn an und erwiderte diese Geste. Dann nahm Willi ihr den Handschuh ab und zog ihn sich selbst an. Aber anstatt sich selbst abzureiben, ging seine Hand nun in Richtung Ernas Rücken. Sehr liebevoll rieb er ihren Rücken, den Nacken und den Ansatz von ihrem Gesäß. Obwohl Erna ihn schon des Öfteren darauf hingewiesen hatte, dass sie es nicht zu zärtlich haben wollte, da sie sonst anfangen würde zu schnurren, ließ sie ihn walten, wie er wollte. Ein leichtes »Mmh« konnte sie sich aber nicht verkneifen.

Fast zu schnell war die Zeit um. Die Sanduhr hatte ihre Arbeit verrichtet, und der rötliche Sand war vom oberen Glasröhrchen in das untere gewandert. Erna sah Willi an, und als er nickte, standen sie auf und gingen hinaus. Die Frau auf der oberen Stufe hatte sich mittlerweile umgedreht und schlief wohl weiter. Nachdem sie die Sauna verlassen hatten, sagte Erna: »Das hat uns gutgetan, Willi.« Willi sagte nichts. Er nahm sie in den Arm, gab ihr ein kleines Küsschen, nahm ihre Hand und führte sie nach draußen. Zum Reden war ihm jetzt nicht zumute. Fühlen, ja fühlen wollte er sie jetzt. So gingen sie schweigend, aber Hand in Hand durch die Anlage.

Nach einer Weile gingen sie wieder hinein und duschten sich warm ab. Beim Abtrocknen zeigte Willi auf das Außenbecken.

»Sollen wir mal rausschwimmen?«

Erna, etwas verwundert über diesen Wunsch, antwortete: »Ja, sehr gerne.«

»Komisch«, dachte sie, »sonst lehnt er das eigentlich immer ab und vorgeschlagen hat er das auch noch nie.«

Mal war das Wasser zu warm. Oder es waren ihm zu viele Leute drin. Dann war das Wetter nicht so, wie er es dafür haben wollte. Als sie am Becken angekommen waren, sahen sie, dass auch an diesem Becken ein Schild mit dem Hinweis »Bitte vor dem Besuch des Beckens duschen!«, angebracht war.

Sie hängten ihre Handtücher an den Handtuchständer, der neben dem Becken stand, stellten ihre Badelatschen daneben und duschten sich nacheinander ab. Willi war der Erste, der sich unter die kalte Dusche stellte. Dicker Strahl und eiskalt. Weil in der Nähe eine attraktive Frau stand, duschte und stellte sich Willi besonders lange drunter. Erna, die das Ganze beobachtet hatte, freute sich einerseits darüber, dass Willi zu alten Tugenden zurückfand. Ärgerte sich aber gleichzeitig, dass er diese Tugend nicht bei ihr anwendete. Sie entschloss sich, seine Rückkehr zum normalen Willi etwas zu stoppen.

»Willi«, hörte er deshalb ihre Stimme, »Willi, wir wollten eigentlich ins Außenbecken, oder möchtest du da bis heute Abend bleiben?«

Willi brach das »Wohlgefühl«-Duschen ab und ging in Richtung Schwimmbecken. Nun ging Erna kurz unter die Dusche. Sie achtete nicht darauf, ob sie von irgendeinem Mann beobachtet wurde oder nicht. Entsprechend kurz war ihr Dusche. Danach nahm sie eine Hand von Willi und mit der anderen hielt sie sich am Geländer fest. So führte er sie ins Schwimmbecken.

Um in das Außenbecken zu gelangen, musste man durch eine Schleuse. Bestehend aus durchsichtigen Plastikstreifen. Willi hob einige dieser Streifen hoch, und so konnte Erna hindurchgehen. Willi tauchte unter diese Streifen hindurch und kam hinter Erna ins Außenbecken. Tauchen konnte Erna nicht, sie hatte als Kind eine Mittelohrentzündung und hatte seitdem Probleme, wenn Wasser in ein Ohr drang. Erna und Willi schwammen nun etwas in dem Becken herum. Durch das schöne Wetter machte es natürlich richtig Spaß, in dem Becken herumzutollen.

An mehreren Stellen im Außenbecken waren Sprudelanlagen angebracht. Erna schwamm zu einer dieser Stellen und drückt auf einen Knopf, der diese Anlage in Gang setzte. Der austretende Strahl war so stark, dass Erna sofort abdriftete. Zu spät hatte sie sich festhalten wollen, an dem eigens dafür angebrachten Haltegriff. Über dieses Schauspiel musste Willi herzhaft lachen. Ging aber – denn Willi konnte in dem Außenbecken stehen, ohne dass sein Kopf im Wasser war – zu Erna. Schnappte sie sich und drückte sie wieder an den Beckenrand. Dankend nahm Erna diese Hilfe an und ergriff nun den Haltegriff mit beiden Händen.

Der Strahl massierte ihren Bauch, und durch etwas Wippen im Wasser wanderte der Strahl etwas nach oben und dann wieder etwas nach unten. Nach drei Minuten war diese Massage auch wieder beendet. Erna drückte erneut auf den Knopf. Schnell hatte sie die zweite Hand wieder an dem Griff. Gerade noch rechtzeitig, bevor der Strahl sie erneut zurück ins Becken drücken konnte. Willi, der sich das Schauspiel wieder angesehen hatte, schwamm nun etwas im

Becken herum. Selten genug, dass man das mal kann, weil sonst immer viele Leute das Außenbecken benutzten. Als Willi genug geschwommen war, bat er Erna, mit ihm wieder nach drinnen zu gehen.

Beim Verlassen des Beckens veranstaltete Willi die gleiche Zeremonie wie beim Betreten des Beckens. Das Becken ist sehr chlorhaltig, und das musste abgewaschen werden. Deshalb wurden die Warmduschen aufgesucht und man reinigte sich entsprechend. Die Bademäntel wurden angezogen und man ging zurück zu den Liegen.

Dort angekommen sagte Willi: »Komm, Erna, wir setzen uns etwas an den Kamin.«

Erna nickte ihm zu, und gemeinsam ging man an die Theke. Erna bestellte sich einen Milchkaffee, Willi wie immer ein großes Bier.

»Schwitze ich ja wieder aus«, meinte er in Anbetracht dessen, dass er ja noch Auto fahren musste. Als sie mit den Getränken am Kamin saßen, fing Willi an zu reden.

Bei seiner Rede unterbrach ihn Erna nicht. Er selbst machte hier und da eine Pause. Immer, wenn seine Stimme versagte, wischte er sich auch die eine oder andere Träne aus dem Gesicht. Erna hörte ihm aufmerksam zu. Sie erkannte, dass Willi seine Angelika wirklich sehr geliebt hatte. Umso mehr schmerzte es sie jetzt, dass ihr Willi so leidet. Als Willi sich noch ein drittes Bier holen wollte, sagte Erna: »Willi, sollen wir uns nicht mal eine Massage gönnen? So was ist gut für die Seele, und heute ist bestimmt noch ein Termin frei.«

»Ja, wenn du meinst«, antwortete Willi eher lustlos, verzichtete aber so auf das nächste Bier.

»Komm, mein Großer, lass uns das machen. Wir gehen nach vorne und fragen mal nach.«

Kaum hatte sie das ausgesprochen, stand sie auch schon auf und reicht ihm die Hand zum Aufstehen. Willi nahm die Hand aber nicht an, stand jedoch sofort auf.

»Ich glaube ja nicht, dass wir noch einen Termin bekommen«, sagte er und folgte Erna, die schon auf dem Weg zur Rezeption war. Die Dame war wie immer sehr nett und schaute in den Terminkalender für die Massage.

»Da haben Sie Glück. Wenn Sie möchten, können Sie sofort dran kommen. Möchten Sie beide oder nur einer die Massage?«

»Nee, wenn schon, dann beide.«

»Und möchten Sie sofort dran kommen oder lieber einen Termin für heute Nachmittag?«

»Lieber den Termin sofort«, antwortete Erna, ohne Willi auch nur den Hauch einer Chance zu lassen, den Termin abzulehnen.

»Gut, ich sage Bescheid, dass Sie kommen.«

Sie nahm den Telefonhörer und sprach dann mit jemandem.

»Alles klar, Sie können kommen. Sie wissen, wo das ist?«

»Ja, danke, wir wissen Bescheid.«

»Viel Vergnügen!«

Die Räume für die Massage und auch ein kleiner Fitnessraum lagen am anderen Ende des Gebäudes und waren im Keller untergebracht. So wanderten sie durch das Haus und standen nach einer Weile an dem Massageraum. Willi klopfte an die Türe und schon nach kurzer Zeit wurde diese geöffnet.

Ein Mann und eine Frau begrüßten sie.

»Kommen Sie bitte rein. Wer möchte denn mit wem?«, fragte der Mann und sah dabei Erna an.

»Also ich würde mich gern von der Dame massieren lassen«, sagte nun Willi, der sicherlich nicht von dem Mann massiert werden wollte.

»Ist o. k. Mir, ist es eigentlich egal, Hauptsache, die alten Knochen werden mal gelockert.«

»Nun, dann kommen Sie hier hin«, er deutete dabei auf Erna, »und Sie legen sich bitte auf diese Liege.«

Willi und Erna zogen ihre Bademäntel aus und legten sich auf die entsprechende Liege. Die beiden Liegen waren durch einen dicken Vorhang getrennt. So konnte man nicht sehen, wie es dem anderen erging.

»Bitte zuerst auf den Bauch legen.«

Willi hatte sich nämlich auf den Rücken gelegt. Also drehte er sich um. Die Frau deckte ihm Beine und Po mit einem Handtuch ab.

»Damit ihnen nicht so kalt wird.«

»Ach, so schnell friere ich nicht. Aber trotzdem danke!«

Die Frau hatte ihm mittlerweile etwas Salbe auf den Rücken aufgetragen und begann nun, seine Schultern zu massieren. Hier bemerkte sie sehr schnell, wie verspannt Willi war. Sehr viele Triggerpunkte konnte sie fühlen. Sogleich massierte sie genau diese Punkte, was Willi etwas aufstöhnen ließ.

»Ist es zu feste?«, fragte die Frau, die sein Aufstöhnen mitbekommen hatte.

»Nein, nein, ist schon gut so.«, log er, um nicht als Weichei angesehen zu werden.

Nach und nach massierte die Frau nun die Schultern, den gesamten Rücken und die Arme. Zuletzt wurden die Lende und der Poansatz massiert. Hier wurde jedoch nur der Po bis zur Hälfte massiert. Kräftig knetete die Frau erst die eine Hälfte vom Po und dann die andere. Zum Schluss setzte sie sich auf seine Beine und massierte mit beiden Händen den Oberkörper und auch die Pobacken. Dabei massierte sie ihn so, dass die Pobacken etwas auseinandergezogen wurden.

»Ob sie meinen After sehen kann?«, fragte sich Willi, der automatisch den Po immer dann anhob, wenn sie ihn dort massierte.

»Ihr scheint mein Hintern zu gefallen« schwelgte Willi in Gedanken und hob ihn mal wieder an. Mittlerweile hatte die Frau den gesamten Po aufgedeckt. Ja, es schien so, als gefiele ihr der Po von Willi wirklich.

»Ist es gut so?«, fragte sie dann auch.

»Ja, sehr gut.« Das meinte Willi diesmal wirklich.

Die Frau, bestätigt durch seine Aussage, massierte nun etwas kräftiger seinen Po. Willi, dem es sichtlich gefiel, auch dort massiert zu werden, hob nun den Po etwas mehr an. Als die Frau dann mit der Massage aufhörte, seufzte Willi.

Sie ging von der Liege wieder herunter, nahm das Handtuch und bedeckte nun seinen Oberkörper damit. Dann holte sie wieder etwas Salbe und fing an, seine Beine zu massieren. Zuerst fing sie mit der Fußmassage an. Dafür hatte sie ein Bein hochgeknickt und massierte die einzelnen Zehen und den Fußrücken. Wieder war es eigentlich viel zu feste, aber auch hier biss Willi die Zähne zusammen und ließ sie gewähren. Als die Frau wieder abließ von ihm, um neue Salbe zu holen, hatte Willi sich etwas hochgedrückt und sein Geschmeide nach unten geschoben. Durch die Bauchlage wurden die Hoden und sein Teil gequetscht. Das war etwas, was Willi überhaupt nicht leiden konnte. Nach seiner »Umsetzungsaktion« fühlte er sich sichtlich wohler.

Inzwischen massierte die Frau seine Unterschenkel und dann die Oberschenkel. Als sie die inneren Oberschenkel massierte, berührte sie den Hoden von ihm. Erst nur zaghaft, als Willi jedoch etwas seufzte, wurden ihre Berührungen schon etwas fester. Ganz kurz wurde sein Glied berührt. Natürlich blieb das nicht ohne Folgen. Willis Teil fing an zu wachsen. Was die Frau wohl auch bemerkte und ihr Spiel beendete.

»Bitte drehen sie sich nun auf den Rücken.«

Willi gehorchte und drehte sich herum. Die Frau nahm das Handtuch und bedeckte damit die Beine und seinen Unterleib. Dann stellte sie sich an das Kopfende von Willis Liege und trug wieder Salbe auf. Der Bauch von Willi war nun dran, geknetet zu werden. Um den gesamten Bauch zu erreichen, musste sie sich über Willi etwas herüberbeugen. Dabei berührten ihre Brüste die Nase von Willi. Was er natürlich gerne über sich ergehen ließ.

Ihre Hände erreichten durch diese Haltung seinen unteren Haaransatz und den Ansatz seines Gliedes. Durch das Massieren wackelte sein Teil unter dem Handtuch. Willi konnte nicht sehen, ob sie darauf achtete. Er glaubte aber durch die Intensivierung dieses Vorgangs, dass sie genau sah, was sich da bewegte. Irgendwann richtete sie sich wieder auf und setzte sich an die Seite von Willi in Höhe seines Oberkörpers. Sie nahm das Handtuch und bedeckte nun wieder Willis Oberkörper damit.

Unbedeckt lag sein Glied neben ihr. Aus einer weißen Dose entnahm sie wieder etwas Salbe, während Willi Blickkontakt zu ihr suchte. Sie vermied es aber, ihn anzusehen, und setzte sich mit dem Rücken zu ihm auf die Liege. Dann massierte sie seine Oberschenkel. Dadurch, dass Willi wusste, dass sie ihn nun genau betrachten konnte, war er innerlich erregt.

Er bäumte sich etwas auf, genau in dem Moment, als sie seine Hoden berührte. Dadurch fiel sein Glied etwas zur Seite und auf die Hand der Frau. Zuerst beließ sie es so, und der Penis wurde auf ihrer Hand zum Spielball. Dann aber ergriff sie ihn und legte ihn zur Seite. Sie drehte sich um und sah Willi an, lächelte und zog die Augenbrauen hoch. So als wollte sie ihm mitteilen. »Beachtlich, sehr beachtlich«, dabei führte sie ihren Zeigefinger auf ihren Mund. Ruhig sein, er sollte ruhig sein. Er nickte ihr zu.

Sehr sanft wurde nun sein Unterteil massiert, und es dauerte nicht lange und Willi hatte seinen Orgasmus. Die Masseuse stand auf, holte zwei Kleenex-Tücher und reinigte sich und Willi. Dann bedeckte sie seine Lenden wieder mit dem Handtuch. Nicht ohne, ihn erneut dort zu streicheln, wo Willi sichtliche Befriedigung erhalten hatte.

Sie nahm nun einen Hocker und setzte sich hinter sein Kopfende und begann, seine Schläfen zu massieren. Zwei Finger kreisten an seiner Stirn und Willi versank in Ruhe. Befriedigt, und nun auch noch diese Kopfmassage....

»Was will ich mehr?«, dachte er so, als nebenan eine Stimme sagte, »So, sie können jetzt aufstehen und sich wieder anziehen. Ich hoffe, es hat Ihnen gefallen?«

»Oh ja, sehr. Vielen Dank« antwortete Erna und zu Willi gerichtet, der immer noch am Kopf massiert wurde. »Wie ist es bei dir, Willi?«

»Oh, es war einfach wunderbar.«

Die Frau hatte Willi nun angedeutet, dass auch er aufstehen sollte. Als Willi den Bademantel vom Haken nahm, kam die Frau noch mal auf ihn zu und gab ihm einen kleinen Kuss. Willis »Teil« hatte seine normale Größe wieder angenommen, und so konnte er Erna gegenübertreten, ohne dass sie etwas bemerken würde.

»Danke, es hat mir sehr gefallen.«

»Na, dann würde ich vorschlagen, dass Sie beim nächsten Besuch wieder bei uns vorbeikommen.«

»Aber nur, wenn Sie mich wieder massieren!«

»Natürlich, das verspreche ich Ihnen.«

Dann ging sie zur Türe, um die beiden hinauszulassen.

»Auf Wiedersehen und noch viel Freude in der Anlage.«

174

»Danke, wir sehen uns bestimmt mal wieder«, sagte Willi und meinte es auch so.

»Na, wie war die Massage? War doch eine gute Idee von mir oder?«

»Ja, Erna, das war die beste Idee, die du je hattest.«

»Das heißt, es hat dir wirklich gefallen und gutgetan?«

»Ja«, sagte Willi und nahm Erna in den Arm und küsste sie. »Danke.«

»Wieso, du zahlst doch.«

»Nicht für eine Einladung. Danke für die Idee.« »Und wie war dein Masseur? Hat er dich hart rangenommen?« »Ja, Willi, das hat er, das hat er. Er hat heilende Hände.« Ernas Gesicht strahlte bei der Antwort, und er fragte sich, welche Art von Massage sie wohl erhalten hatte.

»Was hältst du davon? Ich lade dich auf einen Drink ein, und dann kannst du ja berichten, wie er dich massiert hat.«

»Gerne, aber nur, wenn du mir vorher erzählst, wie deine Massage war.«

Dann gingen sie an die Theke und tranken etwas. Über den Ablauf im Massageraum erzählten dann beide nichts.

»Erna« sprach Willi nach einer Weile des Schweigens.

»Was ist, mein Lieber?«

»Die Sachen von Angelika.«

»Was ist mit den Sachen, Willi?«

»Ich weiß nicht, was ich machen soll. Zum einen möchte ich sie weggeben, zum anderen sind viele Sachen dabei, die einfach zu schade sind, sie wegzuwerfen.«

»Das kann ich verstehen. Ich kann aber auch verstehen, dass du sie loswerden möchtest. Jedes Mal wird man daran erinnert. Das zieht einen runter. Ich weiß das von einer Bekannten. Die hatte die Sachen von ihrem Mann immer vor Augen. Erst als sie diese entfernt hatte, traute sie sich wieder unter Menschen. Lange Zeit hatte sie gedacht, wenn ich die Sachen abgebe, dann ist das so, als sterbe er ein weiteres Mal.«

»Genau so ist es. Ich weiß nicht, wie ich mich verhalten soll.«

Sie nahm Willi in den Arm, jedenfalls so gut sie konnte, und drückte ihn.

»Soll ich dir helfen? Ich kenne doch Leute von der Kirche und von der Caritas. Die wären froh über die Sachen. Wirf sie bitte nicht weg. Ich werde, wenn du möchtest, die Sachen sichten und organisiere, dass sie danach abgeholt werden.«

»Das wäre gut. So hatte ich es mir gedacht. Aber ich wusste nicht, ob du das kannst.«

»Ich habe schon ein ungutes Gefühl, in den Sachen von Angelika zu stöbern. Doch ich werde es machen. Wann sollen wir uns die Sachen ansehen?«

»Ich dachte auch daran, dass du vielleicht das eine oder andere gebrauchen könntest. Es sind so viele schöne Sachen dabei, die viel zu schade sind, sie wegzugeben.«

Ganz genau schaute er nun in das Gesicht von Erna. Er wartete auf eine Reaktion. Doch Erna machte keine Anstalten, besonders zu reagieren. Ihr Gesicht hatte einen interessierten Ausdruck. Nicht mehr und nicht weniger. Also sprach Willi weiter:

»Bitte halte mich nicht für pietätlos, aber ich denke da an den Schmuck von Angelika. Beim Juwelier bekommt man kaum etwas dafür, und du trägst doch gerne Schmuck.«

»Willi, ich helfe dir gerne. Ob ich allerdings von den Sachen etwas nehme, kann ich dir jetzt nicht versprechen.«

Zur Unterstützung ihrer Worte schüttelte sie leicht den Kopf.

»Sollen wir uns für den kommenden Samstag verabreden?«

Schnell hatte er nun wieder die gesamte Aktion angesprochen. Details könnte man ja dann vor Ort besprechen. »Wann soll ich denn bei dir sein?« Natürlich hatte sie schon längst auch seine Adresse und wusste so, wo er wohnte.

»Ach, komm doch so gegen 10.00 Uhr. Und bring etwas Zeit mit, denn es sind sehr viele Sachen zu sichten.«

»Ich werde Therese bitten, dass sie den Tag bei Karl verbringt.«

»Ich werde aber Therese bezahlen, schließlich hilfst du mir.«

Erna ließ es zu, denn immer konnte sie solche Extras nicht bezahlen.

»Sind 100 Mark genug?«

»Oh ja!«

Das war mehr als genug, dachte sich sie sich, da Therese 10 Mark pro Stunde bekam. Eigentlich aber immer etwas mehr. Jedoch für

100 Mark könnte sie fast den ganzen Tag bei Karl bleiben. So lange würden sie aber dann wohl doch nicht brauchen.

Für die Zusage der Hilfe bedankte er sich noch einmal bei ihr, und bald machte man sich dann auch wieder auf den Heimweg. Er hatte ihr das Geld auf dem Weg zum Auto in die Hand gedrückt und sie nahm es schweigend an. Sie wusste, dass er jetzt keinen dank wollte. Beiden hatte die Sauna heute gutgetan. In jeder Hinsicht. Willi ging bedeutend aufrechter zu seinem Auto als heute Morgen. Das lag nicht nur an seinem geleerten Sack. Nach einer kurzen Verabschiedung fuhr jeder nach Hause.

»Karl, ich helfe am Samstag einem Mann aus unserer Kirche, die Sachen seiner Frau zu entsorgen. Die ist letzte Woche verstorben und er möchte die Sachen der Kirche spenden. Wir sind drei Frauen und zwei Männer. Die Caritas holt dann die Sachen dort ab. Ich sage es dir nur, damit du weißt, dass Therese am Samstag da ist.«

»Ist gut so. Denke aber dran, dass ich an dem Tag eine Zigarette rauchen darf. Sage es ihr, mir glaubt sie das nicht immer.«

»Ja, ich werde es ihr sagen.«

Ein gutes Gefühl, dass sie ihm wieder erlaubte, eine zu rauchen, hatte sie dabei aber wie immer nicht. War es das schlechte Gewissen ihm gegenüber oder nur der erste Anschein von Gleichgültigkeit, was sie dazu bewegte, ihm die Zigarette zu erlauben? Erna wusste es nicht.

Therese, die froh war, etwas extra zu verdienen, war pünktlich und fragte nach der Uhrzeit, wann sie denn wohl zurück sein würde. Diesmal konnte Erna ihr aber nicht genau sagen, wann sie zurück sein würde, da sie ja nicht wusste, wie lange sie bei Willi brauchen würde.

»Ich rufe dich an, wenn ich weiß, wann ich wieder da bin. Stell dich aber auf einen langen Tag ein. Ich habe euch etwas zu essen vorbereitet. Bitte lass Karl auch eine Zigarette rauchen. Er soll sie aber in mehreren Phasen rauchen. Dazwischen soll er immer wieder mal eine Zeit im Sauerstoffzelt verbringen. Das habe ich mit Karl schon besprochen. Er wird sicherlich was anderes behaupten. Ich weiß, dass du das schon richtig machst.«

»Keine Sorge, ich mache das schon. Sie wissen, ich kann mit Mann reden und dann er lieb.«

»Ja, rede mit ihm. Er ist oben und wartet sicherlich schon auf dich.«

Erna wusste genau, was Therese mit *reden* gemeint hatte.

Ihr war es in der Zwischenzeit sogar recht, dass Therese sich um ihn kümmerte. So hatte sie seine Nörgelei dabei nicht zu ertragen.

Dann fuhr Erna zu ihrem Willi. Sie hatte es bewusst vermieden, ihr eine Uhrzeit zu nennen. Sie wollte nach der Sichtung der Sachen sicherlich auch noch ihren Willi sichten. Und sie wusste und hoffte, dass es nicht nur beim Sichten bleiben würde.

Therese war nach oben gegangen und begrüßte Karl wie immer mit einem kleinen Kuss auf die Wange. Karl war heute in einer recht guten Verfassung und hatte lange geschlafen. Nach der Begrüßung durch Therese legte er sich aber wieder in das Bett.

Dafür zog er seine Sachen aus und den Schlafanzug an. Etwas ungewöhnlich an einem Samstagmorgen. Therese sah das und schaute ihm dabei zu. Sie kannte ihn auch schon ohne Schlafanzug, deshalb war dieser Anblick nichts Außergewöhnliches mehr. Therese folgte ihm, denn auch ihr tat die Luft in dem Zelt gut. Sie hatte bemerkt, dass sie, wenn sie von der Familie Rohmann nach Hause kam, in der Nacht besser schlafen konnte.

»Herr Karl, wissen Sie, ich auch besser schlafen, wenn ich bin gewesen in dein Zelt.«

»Na, dann komm und lege dich doch zu mir und ruhe dich aus. Meine Frau wird ja so früh nicht nach Hause kommen.« Dafür hob er etwas die Bettdecke an, und sie konnte sehen, dass er schon etwas erregt war.

»Aber muss langsam machen, sonst wieder viel Husten und keine Luft.«

»Ja, ja, ich weiß, jetzt komm ins Bett.«

Therese, die ihre Schuhe schon unten im Flur ausgezogen hatte, entledigte sich nun ihrer Bluse und des Rocks. Karl sah ihr dabei zu und masturbierte dabei.

»Ich gesagt langsam. Bitte Herr Karl. Muss langsam machen.«

Dann legte sich Therese zu ihm ins Bett.

»Bitte zieh den BH aus, sonst kann ich dich nicht richtig fühlen.«
Therese kam der Bitte nur ungern nach, da sie wusste, was ihr Herr
Karl dann wollte.
»Darf aber nur kurz saugen, Herr Karl. Denken an Gesundheit.«
Sie setzte sich jetzt auf das Bett und hielt ihm eine Brustwarze vor
den Mund. Ran und wieder zurück. So bestimmte sie die Zeit, wann
und wie lange er saugen konnte und durfte. Karl wurde durch dieses
Spiel fast verrückt. Nun schlug Therese etwas die Bettdecke zurück
und fing an, ihn zu befriedigen. Nach einer Weile machte sie eine
Pause.
»Weiter«, kam es sofort aus dem Munde von Karl.
»Jetzt ist Pause. Gleich ich machen weiter.«
Sie legte sich zu ihm und streichelte sanft seine Brust.
»Gut, Herr Karl oder?«
»Ich will, dass du mich weiter befriedigst.«
»Bitte Geduld, ich machen gleich weiter. Nur kleine Pause muss
machen, sonst Sie keine Luft. Bitte tief atmen.«
Karl fügte sich dem Schicksal und atmete ruhig und tief.
»So ist gut. Gleich Sie wieder gut Luft und ich dann wieder mache
gut.«
Therese verzichtete bewusst auf das Wort: »Befriedigen«. Sie tat ihm
gut. Das war es, was er wollte, und das war es, was sie ihm gab. Als
sie merkte, dass er ruhig atmete, hob sie wieder seine Decke und
begann erneut, das zu tun, weswegen er Therese ins Bett geholt
hatte.
»So ist es gut«, dabei hob er seinen Unterleib etwas schneller nach
oben und dann wieder nach unten. Sie unterbrach erneut ihr Spiel
und sagte wieder, dass er ruhig bleiben sollte. Karl erwiderte etwas,
was sie aber nicht verstand. Aber er blieb ruhig liegen und ließ sie
machen.
Nach einer Weile hatte sie ihre »Arbeit« erledigt und Karl befriedigt.
»So ist es gut. Jetzt Ruhe. Herr Karl, bitte jetzt muss etwas schlafen.«
Karl wollte jetzt nicht mehr diskutieren und drehte sich etwas zur
Seite. Therese kuschelte sich etwas an ihn. Jedoch nicht so sehr, dass
er sich beengt fühlen könnte. So schlief Karl sehr schnell ein.
Nachdem sie gemerkt hatte, dass er schlief, stand sie auf und zog

sich wieder an. Sie wollte auf keinen Fall, dass sie fast nackt im Bett liegen würde, wenn Frau Rohmann nach Hause kam. Die wusste zwar, dass sie ihren Karl befriedigte, aber sie musste es ja nicht auch noch sehen.

Erna klingelte am Samstag bei Willi, und zum ersten Mal betrat sie seine Wohnung in Unterrath. Willi nahm sie in den Arm, und Erna drückte Willi ganz feste.
»Wie geht es dir?«, fragte sie. Als sie sein Gesicht sah, wusste sie auch ohne eine Antwort von ihm, dass es ihm nicht gut ging.
»Es ist seltsam, aber sie fehlt mir doch sehr«, sprach er und hielt« Erna dabei fest im Arm.
»Abends im Bett fehlt der Gute-Nacht-Kuss und der Guten-Morgen-Gruß am Morgen. Der Qualm der Zigarette, den ich immer gehasst habe, ist nicht da, und es gibt niemanden, um den ich mich kümmern muss. Da ist eine Leere, die ich fast nicht ertragen kann.«
»Ich glaube, ich verstehe dich, Willi. Nach so vielen Jahren einer Ehe und des Zusammenseins fehlt einem sicherlich der andere. Egal, was war, es ist der Partner, und nun ist man allein.« Dann fasste sich Willi wieder.
»Komm, ich zeige dir die Sachen.«
Natürlich besichtigten sie auch das Haus. Erna war es unangenehm, das merkte Willi. Aber als er sie darauf ansprechen wollte, winkte Erna ab.
»Ist schon o. k. Durch ihre Sachen ist sie sehr präsent. So als würde sie gleich im Türrahmen stehen und mich fragen, was ich denn hier mache.«
»Sie wird aber nicht kommen. Sollen wir die Schränke mal sichten?«
»Ja, deshalb bin ich doch hier.«
Sie fingen im Bad an.
»Kannst dich bitte bedienen. Kannst alles haben.«
»Willi, hast du eine Tasche für mich«, sagte Erna, nachdem sie in den Spiegelschrank gesehen hatte. »Die Cremes würde ich schon nehmen. Es sind die gleichen, die ich auch immer benutze. Bitte verzeih, dass ich das Parfüm aber nicht nehme. Ich möchte schon,

dass du riechst, dass ich an deiner Seite bin und nicht Angelika, wenn du verstehst, was ich meine?«

»Ist in Ordnung. Bitte mach es, wie du es für richtig hältst.«

Erna packte sich die Sachen ein, die jede Frau in ihrem Sortiment hat. Cremes, Wattebäusche, Seifen und sonstige Pflegemittel. Willi hatte sich ebenfalls eine große Tragetasche genommen und packte darin die Sachen ein, die Erna nicht wollte und er als Mann nicht gebrauchen konnte. Dort landete auch ihre Zahnbürste.

»Möchtest du die kleinen Fläschchen Nagellack?«

»Nein, die kannst du in deine Tasche tun.«

Nach dem Bad begab man sich in das Ankleidezimmer.

»Oh, sie hatte ein eigenes Ankleidezimmer?«, fragte Erna überrascht, da sie sich so was immer gewünscht, aber nie bekommen hatte. Karl hatte das Zimmer von Sophia nie ausgeräumt, obwohl sie ihn schon des Öfteren darauf angesprochen hatte.

Sophia würde, wenn sie kommt, mit ihrer Familie im Wohnmobil übernachten. Das hatten sie sich zugelegt und machten damit schöne Reisen durch Europa. Das Zimmer war somit über viele Jahre nutzlos, und Erna hatte ihre Kleidung in dem inzwischen viel zu kleinen Schlafzimmerschrank untergebracht. Viele ihrer Sachen musste sie wieder aufbügeln, bevor sie diese anziehen konnte. Nun sah sie bei Willi ihren Traum.

»Ach, Willi, was ist das Zimmer schön! Wenn ich Sachen von Angelika nehme, dann brauche ich auch einen Schrank von ihr.«

»Ja, klar, sehr gerne. Ich baue einen ab und bringe ihn dir.«

»Sachte, Willi, erst muss ich mit Karl darüber reden.«

Im Ankleidezimmer wurde Erna fündig. Die Handtaschen von Angelika hatten es ihr angetan. Auf der kleinen Kommode standen kleine Kästchen. In ihnen waren Schmuck, Haarkämme und weitere Accessoires, die Erna gefielen. Als sie die einzelnen Kästchen untersuchen wollte, sagte Willi: »Bitte, nimm sie doch mit und suche dir zuhause in Ruhe das Richtige aus.«

»Dir sollte klar sein, dass der Schmuck sicherlich einiges wert ist. Bist du sicher, dass du ihn nicht zu einem Händler bringen möchtest? Wenn er dir auch nicht den Preis zahlt, den der Schmuck wert wäre, so ist da immer noch eine gute Summe zu erwarten.«

»Es wäre mir recht, wenn du ihn tragen würdest. Glaube mir, ich sehe auch nicht Angelika in dir, wenn du ihn trägst. Schmuck ist doch nur eine Ergänzung zu dem Wesen, das ihn trägt.«

»Du Schmeichler«, antwortete sie, war aber nun überzeugt, dass sie den Schmuck annehmen würde. Es waren wirklich schöne Stücke und Ketten darunter.

Die Anziehsachen wurden als Nächstes gesichtet. Er hatte blaue Müllsäcke bereitgelegt, und diese wurden nun mit Dingen gefüllt, die man nicht abgibt. Auch bei der Caritas wurden nur selten Unterwäsche und BHs angeboten. Socken, Büstenhalter und Unterwäsche waren somit schnell ausgeräumt. Hier verschwendete Erna auch keinen Gedanken, sich irgendein Teil davon zu nehmen. Angelika hatte zwar einen guten Geschmack, was ihre Wäsche betraf, aber das wäre dann doch nicht gegangen. So wurde der erste Müllbeutel gefüllt. Erna probierte die eine oder andere Bluse von Angelika an und stellte fest, dass Angelika eigentlich ihre Figur hatte. Da Erna etwas mehr Busen als Angelika hatte, saß die eine oder andere Bluse allerdings an dieser Stelle etwas sehr eng. Sie trug die Blusen aber sowieso immer etwas stramm. Schließlich wollte sie zeigen, was sie hatte. Alles, was sie nicht für sich benötigte, wanderte wieder in einen blauen Sack. Die Sachen, die Erna sich ausgesucht hatte, legte sie in einen von Willi bereitgestellten Koffer oder Kartons.

Nach und nach wurden die Schränke geleert. Als Erna eine Schublade der kleinen Truhe aufzog, sah sie wunderschöne Schals. Obwohl sie davon eigentlich schon genug hatte, legte sie einige davon in den Koffer. Nur mit Mühe trennte sie sich von dem Rest. »Wo sollte ich damit hin«, dachte sie sich so. Auch der Schuhschrank war schnell geleert, da Angelika eine andere Schuhgröße als Erna hatte.

»Es ist so schade um diese schönen Schuhe. Die werden wir bei der Caritas anbieten. Auch wenn es eigentlich nicht gut ist, fremde Schuhe zu tragen, aber es wäre eine Schande, die alle wegzuwerfen.«

Will holte weitere Umzugskartons aus dem Keller und packte den nächsten voll mit den Schuhen seiner verstorbenen Frau. Er zählte sie nicht, erkannte aber, dass sie sehr viele davon hinterlassen hatte.

»Gut, dass ich die noch im Keller hatte«, dachte er und packte auch den nächsten Karton voll. Nachdem das Ankleidezimmer von Angelikas »Altlasten« befreit war, ging es in das Schlafzimmer. Obwohl er das Rollo etwas hochgezogen hatte, war es immer noch nicht richtig hell in dem Raum.

»Sollen wir uns nicht etwas ausruhen?«

»Nee, lass uns das erst fertigmachen. Jetzt ist es doch nicht mehr viel«, sagte Willi in einem bestimmenden Ton. Er wollte diese Angelegenheit so schnell wie möglich hinter sich bringen.

Im Schlafzimmerschrank waren ihre Jacken, Mäntel, Hosen, T-Shirts und weitere Blusen untergebracht. Einige Sachen davon hatte sich Erna wieder in den Koffer gelegt. Und auch hier war es schon der zweite Koffer, wo nichts mehr hineinpasste. Vier weitere Kartons wurden für Erna gefüllt.

»Gibt es noch mehr?«, fragte Erna, die nicht wusste, wo sie die gehorteten Sachen unterbringen würde. »Nein, an Kleidung ist das alles.«

Kurze Zeit später war es vollbracht. Alle Sachen waren aus den Schränken geräumt, und Willi war sichtlich erleichtert, dass Erna ihm dabei geholfen hatte.

»Eine Bitte habe ich aber noch!«

»Sprich, wo kann ich noch helfen?«

»Kannst du mit mir in die Küche gehen. Ich mag doch keinen Tee. Du schon, und Angelika hat eine Menge Teesorten unten in der Küche gelagert. Wenn du die mitnehmen würdest, wäre ich froh. Bei mir würden sie nur vertrocknen und irgendwann entsorgt.«

Erna folgte ihrem Willi in die Küche. Dort hatte er wieder eine große Einkaufstasche bereitgelegt und öffnete einen Oberschrank.

»Bitte, alles dein, wenn du willst.«

Erna schaute in den Schrank und sah wirklich eine sehr große Teesammlung. Dann fing sie an, den Schrank zu leeren. Willi hatte auch Kleenex-Tücher hingelegt.

»Bitte, pack auch das Teegeschirr ein. Ich brauche das ja auch nicht.«

Obwohl Erna eigentlich schon eingedeckt war mit Geschirr und Tee nahm sie auch das und packt alles in die Tasche.

»Übrigens, wie gerne hast du Vasen?«

»Bitte?«

»Vasen, die Dinger wo man Blumen reinstellt.«

Erna verstand nur Vasen und wusste nicht, was er meinte.

»Komm mal mit«, sagte er, da er sah, dass sie ihn nicht verstand. Er ging ins Wohnzimmer und blieb vor einem großen Schrank stehen. Erna war ihm gefolgt. Willi bückte sich und öffnete eine Türe vom Wohnzimmerschrank. »Hier, die brauche ich nicht mehr. Ich kaufe mir keine Blumen, und schenken lassen will ich mir auch keine.«

»Willi, ich habe jede Menge Vasen«, meinte Erna, schaute dann aber doch in den Schrank.

»Mein Gott, sind die schön.«

Schnell hatte sie einige davon herausgenommen und auf den Tisch gestellt. »Hat sie die gesammelt?«, fragte Erna und räumte weiter aus.

»Ja, war so eine Art Hobby von ihr. Die meisten hat sie auf Trödelmärkten erstanden. Was hat sie dafür Geld ausgegeben. Da darf ich gar nicht dran denken.«

»Dann verkauf sie doch wieder.«

»Nee, das ist mir zu viel Aufwand. Nimm sie und es ist gut. Bitte, ich schmeiße sie sonst in den Müll.«

»Um Gottes willen, Willi! Du hast keine Ahnung, wie viel die wert sind. Hast du noch einen Karton im Keller?«, fragte Erna und wusste, dass sie zuhause ein echtes Stellproblem hatte. Ohne eine Antwort ging Willi in den Keller und holte noch einen Karton. In dem waren auch einige Zeitungen. Sie lachte, als er den Karton vor ihre Füße stellte.

»Du hast gewusst, dass ich die nicht in den Müll werfen lasse.«

Er zog die Augenbrauen hoch und mimte den Unwissenden.

Endlich war die »Ausräumaktion« beendet. Erna versicherte Willi, dass sie die Sachen für die Caritas nächste Woche abholen ließe. Die Dinge, die sie mitnehmen wollte, packte Willi in ihr Auto.

»Kannst du die Sachen zuhause aus dem Auto räumen?«

»Ja, ich lagere sie vorerst in der Garage. Das geht schon. Dort habe ich noch etwas Platz. Im Haus muss ich erst mal etwas umräumen, bevor ich die Sachen mit nach oben nehmen kann.«

»Sag mal, Karl schläft doch jetzt immer im Krankenbett, oder?«

»Ja, auf was willst du hinaus?«

»Nun, du benötigst doch dann kein so breites Bett mehr. Wenn es geht, dann teile ich dieses Bett. Oder du verkaufst etwas von deinem und dem Schmuck von Angelika und kaufst dir davon ein neues Bett. Wenn das gemacht ist, bringe ich dir ein oder zwei Schränke aus dem Ankleidezimmer. Was hältst du davon?«

Erna antwortete nicht sofort. »Ach, Willi, du bist lieb. Denkst sofort über ein Problem nach und bietest dann auch noch die Lösung an. Auch dafür mag ich dich sehr.«

Sie ging auf ihn zu, zog seinen Kopf nach unten und küsste ihn.

»Ich bin etwas müde. Wie spät haben wir es eigentlich?«, fragte Erna und schaute auf die Uhr.

»Fast drei Uhr. Wir haben fast fünf Stunden geräumt. Da haben wir uns eine Pause aber redlich verdient. Komm, lass uns etwas hinlegen.«

Willi, der Erna folgte, sah, wie sie sich in Richtung Schlafzimmer aufmachte.

Sollte er mit Erna dort wirklich hineingehen? Und was, wenn sie von ihm etwas will?

»Bist du dir sicher, dass du ins Schlafzimmer willst?«

»Warum denn nicht. Angelika ist nicht mehr hier, und du hast heute Morgen selbst gesagt, sie wird auch nicht mehr kommen. Also, lass uns nur etwas ausruhen. Wenigstens für ein Stündchen.«

»Wir könnten uns auch ins Wohnzimmer setzen oder es uns auf der Couch gemütlich machen?«

Sie hörte nicht, was er sagte, ging in das Schlafzimmer und legte sich auf das Bett. Da beide schon im Verlauf der Aufräumaktion ihre Schuhe ausgezogen hatten, war das auch so weit gar kein Problem.

»Komm, lege dich auch etwas hin.«

Dabei klopfte sie mit einer Hand neben sich auf die Bettdecke. Willi, dem die ganze Sache nicht geheuer war, legte sich zaghaft neben sie. Als er den Platz neben ihr eingenommen hatte, drehte sie sich etwas zur Seite und umschlang Willi mit einem Bein und mit einem Arm. Dann küsste sie ihn. Willi erwiderte diesen Kuss, zog dann aber seinen Kopf wieder zurück.

»Danke für die schönen Sachen.«

»Danke, dass du mir geholfen hast. Ohne dich hätte ich dafür sicherlich mehrere Jahre gebraucht.«

»Ach Willi, wofür hat man denn Freunde. Du siehst ja, wie schön das geklappt hat. Und nach einiger Zeit klappt das auch wieder mit uns. Wirst sehen, wenn dein Großer da unten noch etwas warten muss, wird er dir schon zeigen, was du damit wieder anstellen solltest.«

Bei diesen Worten hatte sie Willi leicht in Höhe der Oberschenkel gestreichelt. Willi nahm ihre Hand und entfernte sie von seiner Hose.

»Bitte Erna, lass mir noch etwas Zeit. Hier und jetzt ist es mir unmöglich. Vielleicht beim nächsten Mal.« Willi küsste ihre Stirn und sie hörte einen tiefen Seufzer.

»Ach Willi, es ist gut, ich wollte dir doch nur gut sein.«

»Ja, ich weiß.«

Dann nahm er Erna in den Arm und drückte sie fest. Nach einer Weile fragte sie ihn: »Weißt du schon, wann wir uns wiedersehen könnten?«

»Das liegt bei dir. Ich bin ja eigentlich am Wochenende immer frei. Oder in der Woche am Abend. Das stelle ich mir aber bei dir schwierig vor.«

»Ja, da hast du recht.«

Sie erkannte, dass er ein freier Mann war. Zeit, ja, er hatte jetzt immer Zeit für sie.

»Wie sieht es denn nächsten Samstag aus?«

»Wie ich schon gesagt habe, ich kann am Wochenende immer.«

»Nicht nur am Wochenende, mein starker Mann«, und streichelte ihn über seine Brust.

»Glaubst du, dass du kommen kannst? Ich meine nicht den Orgasmus, ich meine den Besuch bei mir.«

Willi versuchte, mit diesen Worten die Situation etwas aufzulockern, was ihm aber nicht wirklich gelang.

»Nächstes Wochenende geht es nicht. Du weißt, Karl hat schon mal so Anwandlungen, dass er mir nachspioniert. Obwohl er froh ist, dass Therese ihn betreut, so ist bei ihm immer Vorsicht geboten.

Lass uns lieber den nächsten Saunabesuch nutzen. Das Wetter ist doch noch gut.«

Willi wusste nur zu gut, was sie damit meinte. Damit entging sie auch seinem Problem, es in »ihrem« Schlafzimmer zu tun.

»Ja, du hast recht. Wir sollten jetzt nicht auffallen.«

Dann küssten sie sich noch mal, standen auf, und Willi räumte die Sachen, die sie mitnehmen wollte, in ihr Auto. Erna fuhr danach nach Hause.

In ihrer Garage hatte sie zwar etwas Platz, jedoch alle Sachen passten dort nicht hin. Einige Sachen räumte sie in den Keller. »Karl war schon lange nicht mehr im Keller gewesen, weshalb sollte er es jetzt tun?«, sagte sie sich und räumte ihren Wagen weiter aus. Dann ging sie ins Haus und rauf zu Karl.

Therese empfing sie und deutete an, dass er schon eine Weile schliefe. Erna ging an das Bett und hob etwas die Bettdecke an. Nur so viel, dass sie sehen konnte, was sie sehen wollte. Karl lag ohne Unterhose im Bett. Sie war sich sicher, dass sie ihn mit Unterhose zurückgelassen hatte.

»Ich hoffe, Ihr hattet Euren Spaß?« Therese antwortete nicht, senkte aber ihren Kopf.

»Ist schon gut. Ich weiß, dass es ihm guttut. Das ist das Allerwichtigste. Wenn du dann auch noch etwas Spaß hattest, so ist das auch ok..«

Als wollte sie die letzten Spuren verwischen, zupfte Therese an ihrer Bluse. Erna gab ihr das Geld, nahm sie in den Arm und sagte: »Ich bin wirklich froh, dass du dich um ihn kümmerst. Danke dir!«

»Ihr Mann immer froh, wenn ich gut bin zu ihm. Hat doch so schweres Leben.«

»Ja, ich weiß.«

Nachdem Therese das Haus verlassen hatte, holte sie einige Dinge aus der Garage ins Haus. Schmuck und einige der Vasen. Auch einige Kleidungsstücke konnte sie im Schrank unterbringen. Sie hatten zwar einen trockenen Keller, jedoch wollte sie besonders schöne Stücke nicht im Keller belassen. Karl wusste schon lange nicht mehr, welche Sachen sie hatte. Somit bestand keine Gefahr, dass er Fragen bezüglich ihrer »neuen« Kleidung stellen würde.

Kaum dass sie aus dem Keller kam, rief Karl nach ihr.

»Mein liebster Mann, bist du wach geworden, weil ich etwas geräumt habe, dann tut es mir leid.«

»Nein, davon habe ich nichts mitbekommen. Ich wollte, dass du mir hilfst. Ich möchte etwas auf die Terrasse.«

»Ja, ich komme. Schön, dass es dir gut geht. Ich bin doch froh, wenn du unsere Terrasse nutzen kannst.«

Dann half sie ihm, sich anzuziehen. Warum er unten keine Bekleidung hatte, fragte sie ihn nicht. Und er machte keine Anstalten, erklären zu wollen, warum das so war. So schwiegen beide über dieses Thema. Nachdem Erna Karl beim Anziehen geholfen hatte, gingen sie beide runter und auf die Terrasse. Sie stellte ihm seinen Lieblingsstuhl in die Nachmittagssonne und legte eine Decke sowie ein Kissen auf den Stuhl.

»Komm, setz dich und ruh dich was aus.«

Karl, der nur durch diese Aktion schon wieder völlig außer Atem war, nahm diese Hilfe nur allzu gern an und setzte sich hin. Erna deckte ihn dann mit der Decke etwas zu. Jedenfalls wollte sie das machen. Dies lehnte er aber schroff ab.

»Mir ist nicht kalt. Lass das also.«

Sie sagte nichts, drehte sich um und wollte ins Haus.

»Hol mir die Zigarette. Es muss noch ein Rest da sein, da ich nicht alles beim letzten Mal geraucht habe.«

Sie sah ihn an und sagte in ruhigem Ton, obwohl er sie geärgert hatte: »Willst du nicht erst wieder zu Atem kommen?«

»Geh, ich rauche sie ja nicht sofort.«

»Zwecklos«, dachte sie nur und ging ins Haus.

In dem Aschenbecher lag der Reststummel einer Zigarette. Der Aschenbecher selbst war gereinigt. Einen gefüllten oder benutzten Aschenbecher wollte und würde sie im Haus nicht dulden. Nach dem Rauchen wurde deshalb dieses Utensil immer gereinigt. Sie war froh, dass sie diesen Stummel noch hatte. Eigentlich wollte sie ihn beim letzten Mal entsorgen, hatte es aber dann doch nicht gemacht. Nun war sie froh darüber, so gehandelt zu haben. Karl würde bestimmt eine Neue verlangen und dann sicherlich mehr rauchen als nur ein Stück.

Obwohl sie wusste, dass sie ihn damit nicht gesünder machen würde, brachte sie Karl die Zigarette oder das, was davon noch übrig war, den Aschenbecher und natürlich auch ein Feuerzeug. Als sie auf der Terrasse erschien, sah sie seinen ungeduldigen Blick. Schnell gab sie ihm die Sachen in die Hand und stellte danach ein kleines Tischlein neben seinen Stuhl. Er legte die Sachen dort ab und lehnte sich wieder zurück. Kein »Danke« oder sonstiger Zuspruch von ihm. Erna setzte sich in den etwas abseits stehenden Stuhl und dachte an Willi.

Er hätte sich bedankt, wenn er in der Situation von Karl wäre, soviel war sie sich sicher. Ja früher, früher hätte sich auch Karl bedankt. Nein, er hätte sich die Sachen selbst geholt und sie gefragt, ob er ihr etwas mitbringen könnte. Früher.

»Ach, wie lange ist das her.« Erna seufzte, was Karl aber nicht mitbekam, und wenn doch, so ignorierte er es. Sie schaute ihren Karl an und sah einen fremden Mann.

Ihr war von einer zur anderen Minute klar, dass sie diesen Mann nicht mehr liebte und dass er ihr zur Last wurde. Nur Mühe und keine Liebe hatte sie in der letzten Zeit von ihrem Mann bekommen. Wie lange sie das noch ertragen könnte, wusste sie nicht, schwor sich aber, ihn weiter zu pflegen, solange sie es könnte. Vielleicht gab es ja die Möglichkeit, ihn in ein Heim einzuweisen, sollte sich sein Zustand verschlechtern. Dann würde sie das Haus verkaufen und die Pflege bezahlen.

Jäh wurde sie aus diesen Gedanken gerissen. Karl hatte sich wohl an der eigenen Spucke verschluckt und dadurch einen starken Hustenanfall bekommen. Nach Luft ringend, hustete und hustete er. Erna lief schnell ins Haus und holte das tragbare Sauerstoffgerät, das sie immer noch hatten. Sie setzte es ihm an den Mund, drückte den Auslöser und führte ihm Luft zu. Der Husten, der in eine Art Asthmaanfall übergegangen war, schwoll ab, Karl wurde wieder ruhiger und entkrampfte sich.

»Ruhig, Karl, beruhige dich. Es ist alles gut.« Dabei führte sie ihm immer wieder etwas Sauerstoff zu. Nach geraumer Zeit ging es ihm wieder so gut, dass er den Rest der Zigarette in die Hand nahm.

»Karl, bitte, es geht dir nicht gut. Das wird dich umbringen.«

»Nun, dann hast du endlich deine Ruhe. Noch besser ist aber, dass ich endlich Ruhe vor dir habe.«

Er nahm die Zigarette in den Mund und zündete sie sich an. Nach zwei, drei kurzen Zügen blies er den Qualm in die Luft. Natürlich wählte er dabei die Richtung, in der Erna saß.

»Mach, was du willst, Karl!«

Sie stand auf und verließ die Terrasse. Er sah ihr triumphierend hinterher. Dann zog er genüsslich an seiner Zigarette. Erna, die sich ins Wohnzimmer zurückgezogen hatte, wartete auf der Couch auf den nächsten Anfall. Dass er kommen würde, war ihr so klar wie die Erkenntnis, diesen Mann nicht mehr zu lieben. Nach einiger Zeit rief Karl sie.

»Du kannst kommen und mich wieder auf das Zimmer begleiten.«

Erna stand auf und ging zu ihm. Er hatte die Zigarette aufgeraucht, und der befürchtete Anfall war ausgeblieben.

»Ich sagte doch, ich bin fast wieder gesund«, dabei hustete er sanft in sich hinein. So als wollte er seinen Husten verheimlichen. Gemeinsam gingen sie nun, allerdings bedeutend langsamer, zurück auf sein Zimmer.

»Heute schlafe ich wieder im Schlafzimmer«, sagte er beim Hinaufgehen. »Du siehst ja, wie gesund ich bin.«

Erna sagte nichts und ging ihm nach. Als er die Treppe erklommen hatte, war seine Luft weg.

Anstatt nun den Weg zum Schlafzimmer zu nehmen, ging er dann doch in sein Zimmer und legte sich aufs Bett. Erna verschloss das Zelt und ließ ihn allein. Karl atmete tief ein. Er schloss die Augen und war mit sich und der Welt zufrieden. Die Zigarette hatte ihm gutgetan.

»Heute kannst du mir auch noch einen weiteren Dienst erweisen, mein geliebtes Weib.«

Erna war schon aus dem Zimmer, als er diese Worte aussprach. Sie ging nach unten und bereitete ihm sein Abendessen. Dabei fiel ihr auf, dass sie außer dem Frühstück nichts weiter gegessen hatte.

Für Karl bereitete sie mal wieder eine Suppe vor.

»Wenn er denkt, dass ich ihn heute füttere, hat er sich aber geirrt. Soll er doch zusehen, wie er zurechtkommt.«

190

Sichtlich verärgert über das Verhalten ihres Mannes, verweigerte sie ihm ihre Hilfe. Sie stellte ihm die Suppe mit Teller und Löffel auf den kleinen Tisch.

»Ich habe dir dein Essen gebracht, es steht auf dem Tisch.« Dann ging sie wieder aus dem Raum.

Karl, der etwas eingeschlafen war, roch nun den Duft der Suppe. »Erbsensuppe«, dachte er so und schnupperte in die Luft, um noch etwas genauer definieren zu können, was da auf dem Tisch stand. Er stand langsam auf und ging zum Tisch. Als er die grüne Suppe sah, wusste er, dass zwar seine Lunge kaputt ist, seine Nase aber noch tadellos funktionierte. Deshalb war er ja auch zum Spezialisten in der Firma geworden. Er konnte bestimmte Stoffe aus anderen herrausriechen. Karl setzte sich an den Tisch und rührte mit dem Löffel in der Suppe herum.

Sie war in einer kleinen Terrine angerichtet. Damit Karl sie auch essen konnte, war sie komplett durchpassiert. So war es eigentlich eine Erbsencremesuppe. Löffel für Löffel aß er nun seine Suppe. Die ganze Menge schaffte er jedoch nicht. Als er fertig war, ging er zur Türe, öffnete sie und rief in den Flur:

»Ich bin fertig, du kannst kommen.«

Dann legte er sich wieder ins Bett. Nicht, ohne sich vorher seine Hose und Unterhose auszuziehen. Erna hatte sich den Backofen angemacht und sich ein paar Pommes frites auf ein Backblech gelegt. Dazu hatte sie sich einen gemischten Salat gemacht. Heute würde sie sich auch etwas Mayo gönnen. Sie hatte gerade das Backblech in den Ofen geschoben, als sie Karl rufen hörte. Sie ging nach oben und sah, dass Karl wieder im Bett lag.

»Du hast gut gegessen. Das freut mich. So kommst du wieder zu Kräften.«

»Bei Kräften bin ich schon.« Er hob seine Bettdecke hoch und zeigte ihr sein etwas erhärtetes Glied.

Karl hatte sich wohl an den Morgen mit Therese erinnert, und so war in sein Glied wieder Leben geschossen. Erna sah sein Glied und wusste, was er nun wollte. Da sie auch wusste, dass er heute Morgen schon Sex hatte, wunderte sie sich über das Verlangen von Karl.

War es mal wieder sein Machtgehabe? »Ich will es und du bist mein Weib, also gehorche?« Oder war es wirklich so, dass es ihm etwas besser ging? Weiter dachte sie nicht, sondern ging an sein Bett. Stellte einen Stuhl daneben und setzte sich in Höhe seines Unterleibs hin. Sie beugte sich über sein Teil und befriedigte ihn. Es dauerte eine Weile, bis er seinen Orgasmus hatte. Das war aber kein Wunder, hatte er doch heute Morgen schon sein Vergnügen gehabt. Sie holte ein feuchtes Tuch aus dem Bad und reinigte Karl damit. Dann zog sie ihm seine Unterhose an.

Sie sagte kein Wort und er sprach auch nicht. Für ihn war es eben die Pflicht, die sie erfüllt hatte. Für sie war es ein Akt, der vollzogen wurde, damit er Ruhe gab. Erna ging nach unten und bemerkte schon an der Treppe, dass da etwas anbrannte. Schnell ging sie die Treppe runter und in die Küche. Ihre Pommes. Die hatte sie vollkommen vergessen. Nachdem sie das Fenster geöffnet hatte, öffnete sie den Backofen, den sie zur gleichen Zeit ausgeschaltet hatte.

Die Pommes waren zu schwarzen Streifen mutiert. Weil sie keine Lust hatte, jetzt noch den Backofen zu reinigen, leerte sie nur das Blech und schob das schmutzige Blech wieder in den Ofen. »Dann eben nur Salat«, sagte sie sich und holte den Salat aus dem Kühlschrank. Eigentlich wollte sie sich auch ein Dressing machen. Aber auch dazu hatte sie keine Lust mehr. Sie nahm stattdessen eine Tüte von den fertigen Soßen, die nur mit Wasser aufgegossen werden mussten. Das war normalerweise für Erna völlig inakzeptabel, aber heute lebte sie eben ungesund.

Mit der Salatschüssel, dem Dressing und einem Teller ging sie in das Wohnzimmer. Schaltete den Fernseher ein und aß ihren Salat. Nach und nach verputzte sie den ganzen Salat. Der war eigentlich für zwei Tage gedacht. Doch Erna aß nicht nur aus Hunger. Heute aß sie aus Frust. Aus Frust Karl gegenüber.

Eigentlich könnte sie ihm sagen, er solle es sich selbst machen. Was sollte er tun, wenn sie ihm das sagte. Gut, vielleicht würde er sie anbrüllen oder sie bedrohen. Doch er war mittlerweile viel zu schwach, als dass er eine Gefahr für sie wäre. Sie beschloss, dass es heute das letzte Mal war, dass sie ihn befriedigt hatte. Sie hatte beschlossen, dies in Zukunft ausschließlich Therese zu überlassen. Sehr spät ging sie heute ins Bett. Als sie nach oben kam, schaute sie kurz in sein Zimmer. Ging an sein Bett und deckte den schlafenden Mann mit der Decke zu, die etwas heruntergerutscht war.

»Schlaf gut, Karl, gute Nacht«, sagte sie leise. Dann ging auch sie zu Bett.

Im November trafen sich Willi und Erna wieder in der Sauna. Als Erna Willi sah, bemerkte sie, dass er viel besser aussah als beim letzten Mal. Sie begrüßten sich herzlich. Willi nahm ihre Sporttasche und ging zum Eingang.

»Heute bleiben wir aber nicht so lange, ich möchte noch einen Kaffee bei dir trinken.«

Willi, der sich kurz umdrehte, schüttelte den Kopf und dachte, was für ein Luder sie sei, denn er wusste, dass sie etwas anderes wollte als Kaffee trinken.

Der Gedanke an eine Liebesstunde gefiel ihm jedoch. »Sport, Willi denk an Sport«, sagte er sich im gleichen Moment, da sonst der Besuch der Sauna in Gefahr war.

»Was schüttelst du den Kopf? Willst du nicht mit mir zusammenkommen, und du weißt, was ich mit zusammenkommen meine?« »Doch, aber der Zeitpunkt dieser Information ist schlecht gewählt.«

»Warum?«

»Nun, schau auf meine Hose.«

Er hatte sich etwas zur Seite gedreht und Erna sah nun eine Beule in seiner Hose.

»War doch nur ein Hinweis auf die Möglichkeit, nennen wir es, uns näherkommen zu können.«

»Erna, hör auf, sonst komme ich schon hier.«

Nun unterließ Erna ihre Informationen und Fragen.

Man ging in die Sauna und suchte wie immer sehr schöne Liegeplätze aus. Diesmal hatten sie ihre Liegen direkt an dem großen Außenfenster. Da das Wetter ja noch immer etwas mild war, tummelten sich einige im Außenbecken und es wurde viel geduscht. Erna und Willi genossen ihre Saunagänge und ihren schönen Ausblick.

»Wie sieht es mit einer schönen Massage aus, Erna?«

»Wäre eine Idee, aber dann haben wir kaum Zeit, um nach der Sauna noch bei dir vorbeizufahren. Heute ist es ungewöhnlich voll, da glaube ich nicht, dass wir noch einen Termin bekommen. Wenn du willst, dann gehe ich aber mal fragen.«

»Ja bitte, mach das, ich hole uns in der Zwischenzeit mal etwas zu trinken.«

Gesagt, getan. Willi ging an die kleine Theke im Saunabereich und holte die Getränke. Erna zog sich ihren Bademantel an und ging in Richtung Rezeption. Unterwegs hielt sie inne, setzte sich drei Minuten auf eine Bank im Restaurant. Nahm interessiert eine Speisekarte in die Hand und wartete. Als die Kellnerin kam und nach ihrem Wunsch fragte, antwortete sie: »Ich schau nur, was wir heute Abend essen könnten. Vielen Dank.«

»Wir haben bis 22.00 Uhr warme Küche.«

»Danke, ich weiß, ich bin Stammgast.«

Die Kellnerin war eine neue Kraft und kannte deshalb Erna nicht. Nach diesem Gespräch stand sie auf und ging zu Willi zurück, der sie schon erwartete.

»Na, was ist?«

»Keine Chance, erst heute Abend haben sie noch Termine frei. Es ist heute nur der Mann da, die Frau ist wohl krank. So kurzfristig haben sie keinen Ersatz bekommen. Für heute Abend habe ich dann nicht gebucht. Ich hoffe, es war dir recht?«

»Ja, auf jeden Fall. So spät können wir ja nicht.«

Nun war Willi froh, dass es keinen Termin mehr gab. Womöglich hätte sonst dieser Mann ihn massiert. Ihm schauderte bei dem Gedanken.

»Dann werden wir uns etwas massieren.«

Erna wusste sehr wohl, dass Willi einer Massage mit einem Mann nie zugestimmt hätte. Einen Termin abends mit der hübschen Masseurin vielleicht doch. »Alles ist gut, Willi, wirst sehen, ich kenne deine Stellen, wo du massiert werden willst.« Bei diesen Gedanken schaute sie auf Willis Unterleib. Nun war es Erna, die bei dem Gedanken feucht wurde. Bei ihr sah man es aber nicht.

»Lass uns anstelle einer Massage doch in die Wärmekammer gehen.«

194

Kaum ausgesprochen, stand Erna auch schon auf.

»Nein, jetzt werden wir erst mal in Ruhe etwas trinken.«
Willi nahm demonstrativ sein Bier, das er für sich geholt hatte und setzte es an den Mund. Mit der Hand zeigte er auf den Isodrink für Erna. Sie nickte zustimmend und nahm nun ebenfalls das Getränk in die Hand.

»Ruhig, Erna, ruhig. Wir sind doch nicht auf der Flucht«, sagte Willi, und seine Hand unterstützte seine Aussage, indem sie etwas nach oben und dann wieder etwas nach unten ging. Obwohl Erna ihr Getränk nicht schnell ausgetrunken hatte, war ihr Glas schneller leer als das von Willi. Und das kommt nicht oft vor, da Willi immer ein recht flotter Trinker ist. Er tat so, als hätte er dies nicht mitbekommen, und trank in Ruhe sein Glas leer.

Eigentlich nicht Langsamer als sonst, stellte er für sich fest. Nachdem er es denn endlich geschafft hatte, sein Glas zu leeren, stand Erna auf und nahm ein kleines Handtuch in die Hand. Willi schaute sie etwas erstaunt an.

»Wärmekammer! Vergessen?«
»Ist ja schon gut, ich komme ja schon«, seufzte Willi, der sich eigentlich noch etwas ausruhen wollte. Er folgte ihr und nahm ebenfalls ein kleines Handtuch mit. Warum, wusste er nicht, aber wenn Erna das machte, dann hatte das seinen Grund.

Die Wärmekammer ist ein kleiner Raum, in dem es Plätze gibt, wo Heizstrahler einem den Rücken wärmen. Man setzt sich vor so einen Strahler und kann dann die Zeit wählen, die man bestrahlt werden möchte. Diese Strahler sind in der Form so aufgebaut wie ein Halbmond, damit der Rücken und auch ein Teil der Seiten mit.
Wärme bestrahlt werden. Die Intensität ist ebenfalls manuell einstellbar.

Ein Blick in die Kammer und sie mussten feststellen, dass in dem Raum nur noch ein Gerät frei war.

»Geh du rein, ich warte, bis eins frei wird, und komme dann auch rein.«

Willi wartete ihre Antwort erst gar nicht ab, sondern öffnete die Türe und schob sie sanft hinein. Sie ließ es geschehen, da sie wusste,

Willi ist ein Gentleman und handelt nach der Devise: *Ladys First.*
Erna setzte sich an den freien Platz und stellte den Drehknopf für
die Zeit auf fünf Minuten ein. Den Knopf für die Intensität stellte
sie auf Stufe drei ein. Dann drückte sie den Startknopf. Schnell war
der Strahler auf Temperatur und wärmte ihr den Rücken.

Da Erna den Platz nehmen musste, der noch frei war, saß sie nun
zwischen zwei Männer. Als sie hinunterschaute, konnte sie bei dem
einen gar nichts sehen, da sein Bauch alles verdeckte. Bei dem
zweiten sah sie zumindest noch den Zipfel seines Geschlechtsteils.
Neben dem Mann an ihrer rechten Seite saß noch eine Frau. Etwas
enttäuscht schaute sie sich nun ihr Gegenüber an.

Dort befanden sich ebenfalls zwei Männer, aber auch zwei Frauen.
Die Frauen saßen zusammen und redeten leise miteinander. Die
beiden Männer konnten ihre Ehemänner sein, da sie vom Jahrgang
her passten. Sie unterhielten sich nicht, sondern waren froh, ihre
Strahler auszuhalten. Erna sah nämlich, wie sie immer wieder etwas
vom Strahler wegrutschten und erst nach einer kurzen Zeit wieder
zurückrutschten.

»Warum stellen die ihre Strahler nicht etwas schwächer ein?«, fragte
Erna sich und erkannte, dass diese beiden es sicherlich noch nicht
mal mit einer Blonden aufnehmen könnten. Allerdings hatte sie auch
gesehen, dass einer der beiden ein ordentliches »Werkzeug« mit sich
herumtrug. Da die beiden Frauen etwas unterschiedlich waren, fing
Erna an, gedanklich die beiden Paare zusammen zu puzzeln.

»Also, der Linke ist der gut Gebaute. Der benötigt Platz. Die Frau zu
seiner rechten ist gut dabei. Aber die hat keinen Ring. Er hat einen
Ring am Finger.« Die andere Frau hatte ihre Hände etwas gefaltet,
und so konnte Erna nicht sehen, ob sie so einen Ring am Finger
hatte. »Die Frau ganz rechts hat ein zu kleines Becken. Die würde
diesen Phallus nicht aufnehmen können.« Erna malte sich aus, wie
groß das Ding von dem Mann gegenüber wohl werden könnte, sah
sie doch nur eine kleine Eichelspitze.

»Die Haut auf seinem Teil ist aber noch sehr schrumpelig. Da geht
noch einiges in die Länge, aber vor allem in die Breite.« Nun sah sie
sich wieder den anderen Mann etwas genauer an. »Ja, der passt zu
der Frau mit dem schmalen Becken. Sein Glied ist klein und seine

Haut nicht so schrumpelig. Außerdem ist er nicht so dick wie der andere. Obwohl es ja heißt, Gegensätze ziehen sich an.« Wieder rutschten die Männer etwas nach vorne und ihre Hoden hingen in der Luft. Der Hoden von dem gut Gebauten sah ziemlich leer aus. Also ist er ein aktiver Mensch, vermutete Erna.

Ihr Interesse galt nun den Gesichtern der beiden Frauen. »Welche der beiden sieht denn befriedigt aus?« Sie glaubte, im Gesicht der Hageren zu erkennen, dass diese befriedigt ausschaue. Das würde aber bedeuten, dass ihre erste Vermutung, sie könnte ihn nicht aufnehmen, nicht stimmte.

Ein Zufall half ihr bei der Suche in dem Spiel *Wer gehört zu wem*. Die Frau, die ihr gegenübersaß, also die etwas schmaler gebaute, hatte ihre Hände auf ihre Oberschenkel gelegt. Nun konnte Erna sehen, dass sie einen Ring anhatte, wie der Mann mit dem großen Glied. Bei der Entfernung allerdings nicht ganz genau, ob es auch das gleiche Modell war. Da die beiden anderen keinen Ring trugen, war die Sache für Erna klar.

»Aha«, dachte sie nun. »Die Frau hat sicherlich ein ausgefülltes Liebesleben.« Und damit meinte sie auch ihren Unterleib. Bei diesem Gedanken fiel ihr Willi ein, der immer noch draußen wartete, da von den sitzenden Personen keiner Anstalten machte, aufzustehen.

Er füllte sie auch aus. Manchmal fast zu viel der Masse, die da in sie hineinwollte. Doch er verstand es, sie so feucht zu machen, dass er in sie hineinkonnte. Nun sah sie sich wieder den Mann mit dem großen Teil an.

»Ist der in der Lage, die Frau an seiner Seite so zu reizen, dass er in sie hineinkann?« Der Mann hatte eigentlich keine Ausstrahlung. Nur seine große Nase fiel auf. Nein, sie konnte sich nicht vorstellen, dass er ein toller Liebhaber wäre. Dann schaute sie auf seine Hände. Er hatte besonders schmale Finger. Diese waren auch besonders lang. Fast so wie bei einem Klavierspieler. Gepflegte Hände, wie Erna sehen konnte. »Nun, diese Finger sind bestimmt in der Lage, entsprechende Gefühle hervorzurufen.«

Mit ihrer Erklärung gab sie sich zufrieden und sah sich die beiden anderen nun etwas genauer an. Genau in diesem Augenblick rutschte die hagere Frau etwas nach vorne. Dabei öffnete sie etwas ihre

Schenkel und Erna konnte etwas von ihrer Scham sehen. Zuerst fielen ihr die Schamlippen der Frau auf. Diese waren so lang, dass sie aus der Scheide herausragten. So was hatte sie noch nicht gesehen. Natürlich betrachtete Erna diese etwas erweiterte Vagina genau. »Nun aber zu den anderen beiden«, rief Erna sich selbst zur Ordnung, da ja noch ein Rätsel zu lösen war.

»Er, etwas schmal und mit kleinem Geschlecht. Sie mollig mit sicherlich großer Öffnung.« Erna versuchte, sich vorzustellen, wie es die beiden wohl anstellten, wenn sie sich vereinen wollten. Von hinten. Sie bückt sich und er lässt sein kleines Teil in sie hineinfallen. Dann drückt er ihre Vagina zusammen, sie versucht, ihren Speck etwas anzuspannen, und schon merken beide etwas.« Wieder war es der Zufall, der ihre Theorie stützte.

»Komm, lass uns rausgehen, ich habe genug Wärme bekommen«, sagte nun der Mann mit dem kleinen Ding. »Ist o. k., ich habe auch genug«, antwortete nun die etwas mollige Frau und stand auf. »Ich denke, wir haben alle genug«, sagte nun auch die hagere Frau und stand ebenfalls auf. Dabei klatschte sie mit der Hand auf die Schenkel des gut gebauten Mannes.

»Ja, es ist eindeutig. Ich habe das Rätsel gelöst.«

Als beide Pärchen vor der Türe waren, nahm die Mollige den Hageren an die Hand und die Frau mit dem etwas sonderbaren Unterleib den Mann mit dem großen Teil.

Noch bevor Erna überlegen konnte, warum ihre Theorie am Ende doch nicht gestimmt hatte, war Willi im Raum. Zur gleichen Zeit standen nun auch die drei weiteren Personen auf und verließen den Raum.

»Nun haben wir aber Platz«, stellte Willi fest.

»Ja, das haben wir, aber ich kann nicht mehr, mir ist es jetzt zu heiß.«

»Ach, Erna. Mit dir ist es nicht immer leicht. Eigentlich wollte ich doch auch gar nicht hierhin. In der Zeit hätte ich genüsslich auf meiner Liege liegen können und in Ruhe die Außenanlage betrachten können. Nun komm, dann lass uns gehen.«

Erna, der es jetzt leidtat, dass Willi umsonst gewartet hatte, ging auf ihn zu und streichelte sanft seinen Hintern.

»Ich weiß schon eine gerechte Strafe für mich, damit du nicht grollst.«

Dann rutschte ihr Finger an seine Poritze. Schnell hatte Willi die Hand von Erna genommen und sie wieder von sich entfernt. Obwohl sie alleine im Raum waren, war ihm das doch sehr unangenehm.

Die beiden verließen die Kammer und gingen zu ihren Liegen zurück.

»Komm, Willi, lass uns den Saunatag beenden und wir fahren noch etwas zu dir.«

»Ja, ich glaube, du hast recht. Heute ist nicht alles so, wie ich es mir gewünscht hätte.«

Dabei hatte Willi natürlich auch seine entgangene Massage im Kopf.

Schnell war man geduscht und angezogen. Im Lokal wurde aber noch eine Kleinigkeit gegessen. Was bei Willi immerhin ein Schnitzel mit Pommes bedeutete. Erna hatte sich den Saunasalat bestellt. Viel Salat mit Putenstreifen. Danach ging es auf direktem Weg zu Willi und in dessen Ehebett.

Das Ehebett war ja jetzt keins mehr. Allerdings vermied es Erna, warum auch immer, sich auf die Matratze von Angelika zu legen. Irgendein Gefühl hielt sie davon ab. Nachdem Erna sich bei Willi »entschuldigt« hatte für die vertane Zeit vor der Wärmekammer, kam sie in den Genuss seiner Kraft und der Größe seines Gliedes.

Sie erinnerte sich dabei an das Prachtstück aus der Sauna. Und sie bemerkte, dass auch sie wirklich ausgefüllt war. Hier würde kein Millimeter mehr hineinpassen. Jedenfalls nicht vom Umfang her. In der Länge vielleicht noch einen halben Zentimeter, obwohl Willi schon jetzt immer an irgendetwas anstieß.

Da Erna wieder nach Hause musste, wurde das Liebesspiel dann auch beendet, obwohl beide eigentlich noch nicht genug hatten. Beim Anziehen sagte Erna fast beiläufig: »In vierzehn Tagen geht Karl wieder in die Klinik. Allerdings von Dienstag bis Freitag. Ich habe mir schon Urlaub eingetragen. Wie sieht es bei dir aus?«

Völlig überrascht von dieser Mitteilung, musste er erst mal überlegen.

»Dazu kann ich dir im Moment nichts sagen. Ich werde in der Firma mal nachsehen, wie es mit Urlaub aussieht.«

»Wenn du keinen Urlaub bekommst, ist das auch nicht so schlimm. Ich komme abends und geh dann wieder morgens. Hauptsache wir haben mal etwas mehr Zeit für die Liebe.«

Dabei zog sie sich weiter an. Schaute aber zu Willi rüber, um seine Reaktion zu sehen.

»Mädel, Mädel, du legst ja wieder ein Tempo vor, da komme ich nicht immer mit.«

Erna ging auf ihn zu und sagte: »Macht nichts, ich warte gern, wenn ich weiß, dass du noch kommst.«

Wieder unterstrich sie ihre Aussage mit dem Blick auf seinen Unterleib. Willi, der nur den Bademantel angezogen hatte, schließlich war er ja schon zu Hause, schaute sie an und schüttelte mal wieder seinen Kopf.

»Ich dachte, du wolltest gehen?« Willi deutete an, seinen Bademantel auszuziehen.

»Ich geh ja schon, mein Lieber. Aber nur, weil ich mich auf das Wiederkommen freue.«

Er begleitete sie bis an die Türe. Bevor er diese öffnete, gab er ihr einen kleinen Kuss. »Der ist für das Wiederkommen.«

Erna lächelte ihn an und ging hinaus. Auf dem Weg nach Hause hatte sie das Radio eingeschaltet. Sie hörte Schlager aus einem Sender des Westdeutschen Rundfunks. Als sie das Lied »Du bist alles, alles, was ich will« hörte, sang sie mit. Ja, sie wollte Willi. Wie sie es anstellen würde, damit sie mehr Zeit für ihren Traummann finden konnte, wusste sie nicht, aber sie würde diesen Weg finden, finden müssen.

Zu Hause in Gerresheim angekommen, empfing sie wie immer, wenn sie unterwegs war, Therese. Sie war etwas aufgeregt und sie war unordentlich gekleidet.

»Bin ich zu früh zurück? Oder hat Euer Schäferstündchen länger gedauert als sonst?«

Erna sah Therese an und stellte sie zur Rede: »Was ist los, Therese?«

»Frau Erna, bitte verzeihen. Aber heute Ihr Mann gar nicht nett. Immer wieder will mich fühlen und machen mit mir. Ich nicht weiß, was ist los. Bitte sehen selber.«

So hatte Erna Therese noch nie erlebt. Sie ging hinauf zum Zimmer von Karl, als sie schon hörte: »Komm her, du Hure. Meine Frau bezahlt dich dafür, dass ich es mit dir machen darf. Also komm her und bück dich. Jetzt will ich dich von hinten besuchen.«

Als Erna in das Zimmer eintrat, stand ihr Karl nackt im Zelt. Er taumelte etwas.

»Karl, was ist mit dir? Karl, ich bin es, Erna!«

Karl schaute sie an und sagte mit erregter Stimme: »Nicht du, Erna, ich will den Arsch von Therese. Der gefällt mir viel besser. Also geh wieder weg. Geh in die Sauna oder einkaufen. Therese, komm her. Ich schicke mein Weib wieder weg. Dann können wir weitermachen.«

Eine leere Sektflasche lag auf dem Boden. Sie ging wieder hinaus und fragte Therese: »Habt Ihr Sekt getrunken?«

»Ja, Mann hat gesagt, Sie erlaubt, weil heute, er hat fünf Jahre keine Arbeit mehr. Ich geglaubt und mit ihm getrunken. Danach immer will mich. Er gesagt, Sie nicht gut in Bett. Ich besser. Bitte, Frau Erna, Entschuldigung, aber ich nicht weiß, warum alles so ist.«

»Bitte, geh jetzt nach Hause und komme morgen früh nicht. Ich werde im Büro anrufen und mir einen freien Tag nehmen. Ich rufe dich an, wie es weitergeht.«

»Bitte, Frau Erna, ich nicht wissen, was ist mit Mann. Bitte Entschuldigung.«

Dann richtete sie ihre Kleidung und verließ das Haus. Erna ging in das Zimmer von Karl. Der hatte sich auf das Bett gesetzt und murmelte etwas vor sich hin.

»Kannst du mir mal erklären, was das sollte? Du treibst es mit Therese. Gut, damit war ich einverstanden. Dann brauche ich dich nicht zu befriedigen. Aber was du jetzt veranstaltest, das ist ja widerlich.«

Karl, der sich keiner Schuld bewusst war, stand auf, um sich im gleichen Moment wieder hinzusetzen.

»Sie hat gesagt, du bezahlst sie und das nicht nur für die Betreuung. Warum soll ich das also nicht ausnutzen. Und wenn ich schon mal Lust habe, dann bediene ich mich am »Polenbuffet«. Du hast ja eben selbst gesagt, dass du dann entlastet wirst.«

»Ja, das habe ich gesagt. Und das meine ich auch so, aber Therese ist keine Hure, die du benutzen kannst wie eine solche. Wenn du sie nicht mit Respekt behandelst, werde ich eine neue Kraft für dich suchen. Und dann wird es ein Mann sein. Oder ich stelle einen Antrag, dass du öfters in die Klinik kommst oder sonst was. Jedenfalls werde ich so was wie heute nicht mehr dulden.«

»Stopp, noch bin ich der Herr im Haus. Und wer mich betreut, wenn du nicht da bist, bestimme ich.«

»Du, du bestimmst hier gar nichts. Von deiner kläglichen Rente kannst du noch nicht mal ernährt werden, geschweige denn Gelüste befriedigen. Hast du eigentlich mal überlegt, was ich alles mache und wie wenig ich dabei für mich tue?«

Die Stimme von Erna hatte deutlich an Lautstärke gewonnen.

»Der gnädige Herr hat ein Krankenzimmer, wird mit teurer Kost versorgt, hat sogar noch eine Betreuerin, die ihn hier und da befriedigt oder sonst was mit ihm anstellt, und das alles von meinem Geld. Von den Kosten für deine Medikamente, Sauerstoffflaschen und den Raten für deine Therapien will ich erst gar nicht sprechen«, jetzt schrie sie schon fast die Worte, und Karl schaute sie dabei entgeistert an.

»Wenn du mich auch nur noch einmal in die Wüste oder sonst wohin Schicken willst, wirst du dir wünschen, nie geboren zu sein. Ich werde dich dann auf der Stelle rausschmeißen. Das Haus gehört mir, wie du wohl weißt. Da du nichts hast und so gut wie nichts bekommst, bleibt dir nichts anderes übrig, als betteln zu gehen oder dich beim Amt zu melden. Du kannst dir auch ein Zimmer bei der Caritas nehmen. Übrigens werde ich dich nicht mehr befriedigen. Mach es dir selbst oder lass es Therese machen. Wird sie von dir noch einmal schlecht behandelt, kommt ein Mann und pflegt dich, oder es kommt der Rauswurf. Du hast die Wahl.«

Mittlerweile hatte Erna sich direkt vor Karl gestellt und wartete auf eine Reaktion von ihm. Doch anstelle etwas zu sagen, schaute er sie immer noch an, als redete sie von Dingen, die er nicht verstehen konnte.

»Mach dich fertig für die Nacht. Ich bringe dir noch etwas Astronautenkost. Hast du noch Wasser?«

»Ja, habe ich noch.«

Erna war bei dieser Antwort schon an der Türe und ging nach unten. Sie holte aus dem Kühlschrank eine Tüte Astronautenkost. »Krabben und Püree« hatte sie auf der Tüte gelesen. Sie legte diese Tüte wieder zurück und nahm eine andere.

»Möhrengemüse und Vitamine« war zu lesen. »Das ist genau das, was du in Zukunft bekommen wirst.« Sie stellte die Tüte kurz in die Mikrowelle, und nachdem sie erhitzt war, füllte sie die Masse in eine Art Trinkbeutel um. Erna setzte sich und ruhte sich einen kurzen Moment aus.

Ihre Wut wich der Sorge um Karl. »Was mache ich nur, wenn sich das wiederholt?«, fragte sie sich und wusste, dass sie ihn nie im Stich lassen würde. Dann ging sie mit dem »Abenddrink« nach oben. Karl hatte sich seinen Schlafanzug angezogen und sich etwas geordnet. Nun sah er schon fast wieder normal aus. Nur seine Augen schauten ins Leere.

»Hier ist dein Abendbrot. Ich wünsche dir eine gute Nacht.«

Dann ging sie wieder aus dem Zelt und verschloss es. Er hatte auf dem Nachttisch, der neben seinem Bett stand, die Lampe angemacht. So konnte Erna das große Licht ausschalten, als sie das Zimmer verließ. Es war das erste Mal, dass sie ihm keinen guten Nachtkuss gegeben hatte. »War das jetzt richtig?«, fragte sie sich und blieb einen Moment neben seiner Türe stehen, bevor sie dann doch nach unten ging. Ohne es zu wollen, rannen ihr ein paar Tränen herunter. Ihr Unterbewusstsein hatte ihr einen Streich gespielt. Denn wie laut und heftig sie sich Karl gegenüber verhalten hatte, so war ihr eigentlich auch klar, dass sie ihn nie verlassen würde. Doch wie sollte sie es schaffen, wenn er sich so verhält? Wie wird er sich weiter entwickeln? Ihre Tränen waren Tränen der Verzweiflung.

Am nächsten Morgen wachte sie auf und hörte Geräusche. Als sie aufstand und nachsehen wollte, was denn da los war, klopfte es an ihrer Türe. Dann ging sie auf und Karl stand im Türrahmen. Er hatte ein paar Blumen in der Hand, die er selbst im Garten gepflückt hatte.

»Es tut mir leid, was gestern geschehen ist. Ich kann nicht sagen, warum ich mich so benommen habe. Wahrscheinlich ist bei mir ein Überdruckventil geplatzt, und als sich dieser Frustdampf mit Alkohol vermischt hat, habe ich die Kontrolle über mich verloren.«

»Ach, Karl, ich hatte so Angst. Angst um dich und Angst um Therese.«

Karl war zu ihr an das Bett gegangen und hatte sich auf ihre Bettkante gesetzt. Er nahm ihre Hand und streichelte sie.

»Ich weiß, dass ich ohne dich nicht existieren kann. Und genau das ist es, was mich manchmal so fertig macht. Bitte, verzeih mir!«

Dann stand er auf, legte die Blumen auf ihren Nachttisch und ging zur Türe.

»Karl« sprach sie mit sanfter Stimme, »es ist gut. Achte ein wenig mehr auf dich. Noch bist du es mir wert, dass ich dich pflege und dich versorge. Ein zweites Mal kann ich das aber sicherlich nur schwer verarbeiten.«

Er drehte sich um und nickte ihr zu. Dann ging er aus dem Zimmer.

Am darauffolgenden Tag erschien Therese. Erna sah ihr an, dass es ihr schlecht ging. Blass und traurig sah sie aus.

»Guten Morgen, Therese. Es ist gut, dass du hier bist. Ich habe mit meinem Mann gesprochen. Er wird dich jetzt wieder behandeln wie eine Frau, nicht wie eine Prostituierte. Er hat es mir versprochen.«

»Danke, Frau Erna. Ich zwei Tage nicht schlafen, immer denken, was ich falsch gemacht. Ich weiß, besser nicht trinken mit Mann. Ich nie mehr trinken mit Mann, auch wenn Herr Karl sagt, Sie gesagt o. k.«

»Ja, das solltest du besser nicht mehr tun. Wenn du meinen Mann auch weiterhin befriedigen willst – ich glaube, dass du es gerne tust und auch selbst dabei Befriedigung findest –, dann kannst du das gerne tun. Ich zahle dir auch weiterhin diese, nennen wir es mal »Serviceleistung«, vorausgesetzt, es bleibt in dem Rahmen, den wir alle akzeptieren.«

Therese hatte das alles nicht wirklich verstanden. Erna erklärte es ihr dann mit verständlichen Worten und entsprechenden Gesten.

»Gut, danke. Ich machen weiter. Ich sagen Herrn Karl, wenn ich nicht will. Dann er muss Ruhe, ja?«

»Ja, dann muss er Ruhe geben. Wenn nicht, wirst du mich in Zukunft anrufen. Diese Nummer anrufen, wenn mein Mann keine Ruhe gibt.«

Sie drückte Therese einen Zettel in die Hand, auf dem die Telefonnummer von ihrer Arbeitsstelle stand. »Aber bitte nur anrufen, wenn es ein Problem gibt.«

Therese nahm den Zettel und verstaute ihn in ihrer Handtasche.

»Komm, wir gehen nach oben.«

Ohne anzuklopfen, gingen sie in das Zimmer von Karl. Der, sichtlich überrascht, saß vor dem Fernseher und war erstaunt, Therese zu sehen.

»Ich dachte, du kommst nicht mehr, nachdem ich mich so schlecht benommen habe. Bitte verzeih mir, Therese. Es wird nicht wieder vorkommen. Danke, dass du da bist.«

Therese sagte nichts, setzte sich auf einen Stuhl und nahm ein kleines Buch aus ihrer Handtasche.

»Ich werde hier sitzen und lesen, dann kein Problem.«

»Ich habe für ihn das Mittagessen vorbereitet. Bitte iss auch etwas, es ist genug im Kühlschrank. Wenn er befriedigt werden will, so ist es deine Sache, ob du es machst und wie du es machst. Heute wird es etwas später bei mir, da ich einiges von gestern aufarbeiten muss in der Firma.«

»Kein Problem, Frau Erna, ich auch heute mehr Zeit gedacht für hier.«

Dann ging Erna aus dem Zimmer, zog sich fertig an und fuhr zur Arbeit. Allerdings mit einem mulmigen Gefühl. Karl erschien ihr zu friedlich. Auf der Arbeit hatte sich natürlich ihre Ablage angehäuft. Die lieben Kolleginnen hatten es ausgenutzt und einiges dort abgelegt. Das taten aber alle; sollte mal jemand fehlen, so war er selbst schuld und bekam für sein Fehlen eben mehr Arbeit. Er war ja die ausgeruhte Kraft und konnte also auch mehr leisten. Durch diese intensive Arbeit vergaß sie schnell ihre Probleme mit Karl.

Der hatte nur darauf gewartet, dass Erna das Haus verließ. Vom Fenster des Schlafzimmers sah er, wie sie mit dem Auto aus der

Garage kam und wegfuhr. Dann ging er zurück in sein Zimmer. Therese, die ihm nachgegangen war, ging nun auch wieder zurück.

»Therese, es tut mir leid, was vorgestern geschehen ist. Wahrscheinlich war es der Alkohol. Ich nehme ja Tabletten, und zusammen mit dem Alkohol habe ich die Kontrolle verloren.«

»Ist gut, Herr Karl. Alles ist gut.«

»Meine Frau hat gesagt, dass du mich auch weiter befriedigen kannst, wenn du willst?«

Therese hatte sich wieder auf den Stuhl gesetzt und schaute ihn an.

»Ja, muss bisschen Zeit, dann bestimmt wieder alles gut.«

Karl hatte ihr nicht zugehört, sondern zog sich aus. Als er komplett nackt war, stellte er sich vor sie hin und griff mit der Hand nach unten.

»Schau, was ich für dich habe. Wenn du ihn gut behandelst, werde ich auch dich gut behandeln.«

Mit ängstlichem Blick sagte sie zu ihm: »Bitte, Herr Karl, ich gesagt, muss etwas warten.«

Doch Karl streichelte nun sein Glied vor ihren Augen, und Therese sah, wie sein Glied wuchs. Da sie zu Hause niemanden hatte für Sex, war es für Karl ein Leichtes, sie dazu zu überreden, wieder Sex mit ihm zu haben.

Ihr Mann lebte in Polen und Therese überwies ihm regelmäßig Geld, damit er davon ihr Haus abbezahlte. Er selbst verdiente in Polen gerade mal so viel, das er davon leben konnte. Mit den Liebesdiensten an Karl und an einer weiteren Person, die allerdings immer an den Sonntagen dran war, wenn sie nicht bei Familie Rohmann »arbeitete«, versüßte sie sich ihren Lohn und ihre Libido. Schnell hatte sie erkannt, dass sie nicht nur die zwei Herren glücklich machte, sondern auch ihren Mann, da sie ihm etwas überweisen konnte. Natürlich machte es auch ihr nach kurzer Zeit Spaß, und so willigte sie sehr gerne ein, den Wünschen von Herrn Karl und dem anderen Herren nachzukommen.

»Bitte, Herr Karl, gehen ins Zelt. Da mehr Luft und viel besser für Sex.«

206

»Ja, du hast recht. Sag mal, Therese, darf ich dich bitten, mir heute mal deinen Po zu zeigen. Ich möchte heute mit deinem Po spielen.«

»Aber bitte nicht wehtun.«

»Nein, schau mal, ich habe extra eine Creme für dich.«

Er griff in die kleine Schublade von seinem Nachttisch und holte eine Dose heraus. Voller Stolz zeigte er ihr diese Gleitcreme. Therese, der bei diesem Gedanken auf das, was auf sie zukommt, gar nicht wohl war, versuchte, ihn in eine andere Richtung zu locken.

»Schauen sie mal Herr Karl, heute meine Lippen besonders nass.«

Dabei leckte sie mit der Zunge über ihre Lippen.

»Später Therese, später. Jetzt möchte ich zuerst deinen Po massieren. Bitte zieh dich aus und dann komm an mein Bett.«

Nackt wie er war, setzte er sich nun auf den Stuhl, der an seinem Bett stand. Langsam zog sich Therese aus. Ihr war nun klar, dass er ihr gegenüber von seinem Wunsch nicht ablassen würde. Sollte sie aus dem Zimmer gehen und Frau Erna anrufen? Während sie darüber nachdachte, was sie tun sollte, zog sie ihr Oberteil und ihren BH aus.

»Komm her, meine Süße, und lass mich deine Brüste küssen.«

Therese zögerte ein wenig.

»Komm bitte her, liebe Therese.«

Nun gab sie nach. Nicht weil sie seine höfliche Art damit belohnen wollte, nein, es war sein scharfer Unterton, den sie dabei gehört hatte. Sie wollte vermeiden, dass er einen Grund hatte, vielleicht wieder ausfallend zu werden. Sie ging zu ihm, und er ergriff ihre Brüste und zog sie damit zu sich heran.

»Aua, bitte nicht so fest.«

Doch Karl zog sie weiter zu sich, bis er ihre Brüste vor seinem Kopf hatte. Dann schnappte er sich mit dem Mund eine Brustwarze und saugte sich an ihr fest. Nach nur vier Sekunden ließ er sie wieder los und schnappte nach Luft. Therese, die geahnt hatte, was da auf sie zu kommt, wenn er sich selbst die Luftzufuhr nimmt, stellte sich hinter ihn und hob seine Arme nach oben.

»Ruhig atmen, ruhig atmen. Alles gut, alles gut.«

Nach und nach wurde Karl wieder ruhiger und atmete entsprechend Besser.

»Kommen Sie, Herr Karl, bitte legen Sie sich auf das Bett. Ruhen Sie etwas aus. Nachher wir machen weiter.«

Karl erhob sich langsam und setzte sich auf das Bett. Therese hatte die Bettdecke zurückgeschlagen, und nachdem Karl sich hingelegt hatte, deckte sie ihn damit zu. Nun wollte sie sich wieder anziehen.

»Nein«, keuchte Karl, »nicht anziehen, bitte hier sitzen.«

Therese setzte sich zu Karl auf das Bett. Er hob seine Hand und ergriff eine der beiden Brüste. Da ihre Brüste schon lange das Bestreben hatten, nach unten zur Erde zu gelangen, brauchte Karl seine Hand nur ein wenig anzuheben. Therese beugte sich aber dann noch etwas vor, und so hatte Karl die Hand auf dem Bett und die Brust in der Hand. Mit seinem Daumen und dem Zeigefinger hielt er ihre Warze fest.

»Au, bitte nicht so feste, Herr Karl.«

Doch Karl, der immer noch nach Luft rang und weit entfernt davon war, den liebestollen Mann spielen zu können, hielt die Warze fest, so als wollte er damit signalisieren, *schau her, ich bin da und verlange Sex.* Beruhigend redete sie auf ihn ein, während sie seine Stirn streichelte. Ihr war klar, richtigen Sex würde sie heute mit ihm nicht machen können. Nicht machen dürfen, das wäre viel zu gefährlich für ihn. Karl, den die ganze Angelegenheit viel Kraft gekostet hatte, atmete nun immer ruhiger, und nach einiger Zeit war er eingeschlafen. Seine Finger hielten aber immer noch die Brustwarze von Therese fest. Sie nahm mit einer Hand ihre Brust und mit der anderen packte sie die Hand von Karl. Dann zog sie ihre Brustwarze aus dem Haltegriff heraus.

Sie zog sich an und setzte sich auf den Stuhl. Nach einiger Zeit ging sie ins Bad, holte ein feuchtes Tuch und kühlte seine Stirn. Fast zwei Stunden hatte er geschlafen, als er wieder wach wurde.

»Therese, wo bist du?«

»Hier bin ich, Herr Karl«, und stupste ihn vom Stuhl aus an.

»Wie lange habe ich geschlafen?«

»Fast zwei Stunden. Ist alles gut?«

»Ja, alles ist gut. Bitte hole mir etwas zu trinken.«

Sie holte die Wasserflasche und schüttete ihm etwas in das Wasserglas, welches immer auf dem Nachttisch stand. Karl trank davon.

»Langsam, bitte langsam trinken«, ermahnte sie ihn, weil sie verhindern wollte, dass er erneut einen Hustenanfall bekam. Karl gehorchte und trank langsam und in kleinen Schlucken. Dann gab er ihr das Glas zurück und richtete sich weiter auf. Therese half ihm dabei und richtete ihm im Rücken das Kissen.

Kaum dass er diese Sitzposition eingenommen hatte, atmete er einige Zeit langsam und ruhig durch und sprach dann mit sanfter, aber bestimmter Stimme: »Bitte, zieh dir jetzt wieder die Bluse aus. Ich möchte deine Warze fühlen. Ich werde sie nicht saugen.«

Therese schaute ihn an und sagte: »Herr Karl, bitte heute Ruhe. Sie sonst tot.«

»Ich mache alles langsam. Zieh aus!« Dabei ging seine Hand an ihre Bluse und zupfte daran. Wieder gab sie nach und zog ihre Bluse erneut aus.

»Komm, den BH auch, komm, mach es.«

Auch den zog sie nun aus. Sofort hatte Karl die freien Brüste geschnappt, und wieder zog er sie an sich heran. Diesmal hatte er sich beide Warzen geschnappt, und unter diesem Zwang beugte sie sich über ihn. Er knetete die Brüste, hob sie so hoch, wie es ging, und ließ sie dann fallen, um sie dann erneut in die Luft zu heben. So spielte er eine Zeit lang mit ihnen. Für Therese war dieses Spiel eine etwas schmerzhafte Angelegenheit. In einer kleinen Spielpause erhob sie sich, und damit waren ihre Brüste außerhalb seiner Reichweite.

»Zieh dir deine Hose aus, du weißt doch, ich wollte dir doch noch deinen dicken Popo massieren.« Dabei hob er beide Hände in die Höhe und streckte seine Mittelfinger hervor.

Als sie das sah, lief ihr ein Schauer über den Rücken. Doch sie war auch neugierig darauf, was er mit ihr anstellen würde. Deshalb zog sie sich ganz aus und legte sich zu ihm.

Sofort begann er mit seinem Liebesspiel. Für Therese waren es neue, aber auch schmerzliche Erfahrungen, die sie zu spüren bekam. Karl hatte jedoch größtes Vergnügen, und so fiel er befriedigt zurück. Danach benötigte er sofort Ruhe.

Therese, die auf ihm rittlings gesessen hatte, als er in ihrem Po war, kletterte von ihm herunter und ging auf die Toilette. Dort reinigte sie sich, da sie sich sehr schmutzig fühlte. Nach ihrer Reinigung, den Mund hatte sie auch ausgespült, ging sie wieder zu Karl in das Zimmer. Mit dem Waschlappen, den sie mitgenommen hatte, reinigte sie den Lendenbereich und seine Hände. Dann zog sie ihm seine Unterhose an. Er ruhte sich aus und ließ es geschehen. Nun zog sich auch Therese wieder an, und Karl war nicht in der Lage, dies erneut zu verhindern. Therese deckte Karl zu und setzte sich neben ihn auf den Stuhl.

Kaum dass sie saß, stand sie aber wieder auf. Sitzen konnte sie nicht. Zu sehr hatte Karl in ihr gewütet. Sie ging aus dem Zelt, schloss es und lehnte sich an die Wand. Erst nach einer Weile konnte sie sich wieder setzen. Es war schon Mittag, als sie auf die Uhr schaute. Therese ging nach unten und bereitete für ihn und sich das Essen. Sie weckte Karl auf, gab ihm sein Essen, wobei sie ihm half, wenn er etwas unsicher wurde. Nach dem Essen schlief Karl wieder ein.

»War bestimmt zu viel für ihn«, dachte Therese und nahm sich vor, es beim nächsten Mal nicht so weit kommen zu lassen. Dass sie sich irrte, wusste sie zu diesem Zeitpunkt nicht.

Am Nachmittag war Erna zurück. Als sie ihren Karl so friedlich daliegen sah und Therese freundlich zurücklächelte, war die Welt für sie wieder in Ordnung.

»Na, da hat er sich ja tatsächlich benommen. Eine Sorge weniger, dann kann ich ja auch Morgen wieder beruhigt zur Arbeit fahren«, waren ihre Gedanken, als sie diese Idylle sah. Therese verabschiedete sich und ging die Treppe hinunter. Erna, die ihr nachgegangen war, da sie auch wieder nach unten wollte, wunderte sich, dass sie etwas merkwürdig die Treppe hinabstieg, machte sich dann aber keine weiteren Gedanken dazu.

Erna konnte lange Zeit beruhigt zur Arbeit gehen, Einkaufen und auch der Besuch in der Sauna war kein Problem. Karl schien sich wirklich gebessert zu haben. Fast immer, wenn sie nach Hause kam, schlief Karl und Therese strahlte sie an. Erna befriedigte ihren Karl wie angesagt nicht mehr. Auch wenn er sie hier und da gebeten hatte, ihm Gutes zu tun, so widerstand sie ihrem Gefühl nach der Pflicht. Bald ließ sein Verlangen nach. Zu diesem Zeitpunkt dachte sie, dass durch seine Krankheit die Potenz schon nachgelassen hatte. Doch sie sollte sich irren.

Nach einem Saunatag, den sie wie immer mit Willi verbracht hatte, kam sie nach Hause und sah einen Krankenwagen und einen Notarztwagen vor ihrem Haus stehen. Sie parkte ihren Wagen vor dem Nachbarhaus und rannte zum Haus.

An der Türe stand Therese und weinte.

»Was ist los? Was ist los?«

Noch ehe Therese antworten konnte, war sie an ihr vorbei und rannte die Treppe hoch. An der Türe von Karls Zimmer stand ein Sanitäter. Als er sie sah, deutete er an, sie solle bitte warten. Doch Erna drückte den Mann zur Seite und ging in das Zimmer.

Sie sah zwei weitere Personen, die sich im Raum befanden. Der eine hatte zwei Geräte in den Händen und der andere hockte über einem Koffer. Sie hörte das Wort »jetzt«, und der Mann mit den Geräten setzte diese auf die Brust von Karl.

Dann zuckte Karl nach oben, um danach wieder nach unten zu fallen. Diese Prozedur wiederholten die Männer mehrmals. Dann hörten sie auf.

»Diese Seele können wir nicht mehr zurückholen.«

Erna, die die ganze Zeit starr das Geschehen beobachtet hatte, ging nun weiter in den Raum hinein. Einer der beiden Männer hatte sie nun gesehen und ging auf sie zu.

»Es tut uns leid, wir konnten ihn nicht retten. Bitte setzen Sie sich. Sie sind die Ehefrau?«

»Ja, das bin ich. Was ist denn passiert?«

»Wir bekamen einen Notruf von einer Frau. Als wir ankamen, hatte Ihr Mann einen Herzstillstand. Wie wir jetzt wissen, hat wohl auch die Lunge versagt. Die Wiederbelebungsmaßnahmen haben leider nicht zum Erfolg geführt. Wir können, wenn Sie das möchten, eine Autopsie machen, dann würden wir Genaueres wissen.«

Erna hatte sich nicht auf den Stuhl gesetzt, sondern war zum Bett, zu ihrem Karl gegangen und sah ihn an. Karl hatte die Augen geschlossen, sein Mund war etwas geöffnet. Er lag da, so wie er immer lag, wenn er schlief. Sie streichelte seine Stirn und nahm seine Hand.

»Karl, ich bin es, Erna. Es wird alles gut, ich bin da. Was machst du für Sachen, schläfst am frühen Nachmittag. Nun komm, wach auf und sag den Herren, dass sie gehen können. Ich kümmere mich um dich. Ich habe mich doch immer um dich gekümmert.«

Der Arzt ging zu ihr, nahm sie an der Hand und führte sie aus dem Zimmer.

»Ich kann nicht weg; ich muss da sein, wenn er aufwacht.«

»Bitte kommen Sie, Ihr Mann wird leider nicht mehr aufwachen. Mein Name ist Doktor Weidmann. Wie ich Ihnen schon erklärte, hat sein Herz versagt. Auch seine Atmung hatte ausgesetzt. Welches dieser beiden Dinge zuerst eintrat, kann ich Ihnen erst nach der Autopsie sagen.«

Während er mit ihr sprach, führte er sie die Treppe hinunter und ins Wohnzimmer.

»Wir werden Ihren Mann mitnehmen und genauer untersuchen. Bitte melden Sie sich morgen im Marienhospital. Dort wird man Ihnen dann alles Weitere erklären. Es tut mir leid. Wir konnten ihm nicht mehr helfen.«

Noch immer verstand Erna nicht, was eigentlich los war. Der Arzt wechselte das Thema, um sie aus ihrer Trance herauszuholen.

»Hatte er schon länger Probleme mit der Lunge?«

»Ja, deswegen haben wir ja das Zimmer umgebaut. Seine Lunge war durch chemische Stoffe aus der Glasfabrik angegriffen, und so bekam er immer weniger Luft. Nächste Woche hat er wieder einen Termin in der Klinik. Danach geht es ihm wieder besser.«

Der Arzt merkte, dass Erna auch so nicht realisierte, dass ihr Karl tot war.

»Soll ich jemanden anrufen, der herkommt, damit Sie nicht alleine sind?«

»Nein, wo ist denn Therese?«

»Therese? Ist das die Frau, die wir hier angetroffen haben?«

212

»Ja, wo ist sie?«

Der Arzt stand auf und ging zum Hauseingang. Dort stand immer noch Therese und weinte.

»Bitte, kommen Sie doch herein. Kommen Sie bitte auch in das Wohnzimmer.«

Sie folgte ihm, und als beide im Wohnzimmer waren, fragte Erna sie: »Therese, was ist passiert?«

»Bitte, Frau Erna, ich ihm gesagt, dass er muss Pause machen, aber nicht hören, immer will noch mit mir Liebe machen. Ich weg von Bett, aber er aufgestanden, dann hat mich wieder in Bett geworfen und hat wieder Liebe gemacht. Weiß nicht wann, aber dann hat gehustet und dann alles ruhig. Ich sagen, Herr Karl, Herr Karl, was ist? Aber keine Antwort. Dann ich Mann von mir weg, umdrehen und sofort ich machen Rettung. Geht aber nicht. Schnell ich Notarzt telefonieren. Ich auch versuchen, Sie anrufen. Aber keine Verbindung.«

Dann versagte ihr die Stimme und sie brach in sich zusammen. Der Arzt, der neben ihr stand, konnte sie gerade noch auffangen. Erna eilte zu Hilfe, und beide legten Therese auf die Couch.

»Karl, bring den Koffer, ich habe hier noch einen Patienten!«

Erna verstand nicht, was der Arzt meinte. Wieso sollte Karl ihm den Koffer bringen? »Sie haben doch gesagt, dass mein Karl tot ist, wieso soll er jetzt einen Koffer bringen?«

»Oh, verzeihen Sie, aber mein Assistent heißt bedauerlicherweise auch Karl.«

Kaum ausgesprochen, stand die Person, die sie neben dem Arzt oben im Zimmer gesehen hatte, im Raum. Er setzte den mitgebrachten Koffer auf dem Tisch ab. Der Arzt öffnete ihn, und nach kurzer Zeit hatte er eine Spritze in der Hand. Mit einem Gurt band er den Oberarm von Therese ab und setzte in die Armbeuge die Spritze.

»Sie wird jetzt ein wenig schlafen«, sagte er und löste die Armbinde wieder.

»War sicherlich nicht einfach für sie. Ich möchte so was nicht erleben«, und strich Therese kurz über das Gesicht. Dann wandte er sich dem Mann mit dem Koffer zu: »Wir nehmen ihn mit.«

Sag dem Siggi Bescheid er das nötige Veranlassen und mach bitte die Türe zu.«

Der Mann mit dem Namen Karl ging nun wieder hinaus und schloss die Wohnzimmertüre. Erna machte sich keine Gedanken darüber, dass Therese dem Arzt mitgeteilt hatte, dass sie ein Verhältnis mit dem Hausherrn hatte und sie darüber Bescheid wusste. Es war ihr nicht wichtig, was der Arzt dachte oder gehört hatte.

»Haben Sie jemanden, den Sie anrufen könnten, damit Sie Hilfe haben in den nächsten Stunden?«

»Nein, meine Tochter ist in Spanien. Sonst ist niemand da.«

»Soll ich Ihnen eine Beruhigungsspritze geben, oder schaffen Sie das auch so?«

»Ich will keine Spritze. Es geht schon.«

Nach endlosen 10 Minuten kam dieser Karl wieder herein und sagte, das Taxi ist da.

»Ok, ich weiß Bescheid. Macht nicht so viel krach«, ermahnte er den Sanitäter.

Draußen hörte sie dennoch Gepolter und Gestöhne. Dann war wieder Ruhe. Erna hatte dem Arzt währenddessen einige Fragen beantwortet, und nach einer Weile öffnete sich die Tür und der Assistent stand wieder im Raum.

»Wir sind so weit.«

Danach ging er wieder hinaus.

»Frau Rohmann, bitte kommen Sie morgen im Laufe des Vormittags in die Sana Klinik. An der Rezeption fragen Sie nach Dr. Hertwig. Der wird Ihnen alles Weitere erklären. Wir sind jetzt weg. Sie kommen zurecht?«

»Jaja. Ich komme zurecht. Wie lange wird sie wohl schlafen?«, und schaute dabei in die Richtung von Therese.

»Ich denke, dass sie so in zwei Stunden wieder wach wird.«

Dann stand er auf und gab ihr die Hand.

»Mein herzliches Beileid, Frau Rohmann. Alles Gute.«

»Danke.«

Dann nahm er seinen Koffer und ging hinaus. Erna stand auf und ging ihm nach. Die Blaulichter der Krankenwagen waren aus, als sie fast lautlos davonfuhren. Vor dem Krankenwagen fuhr eine schwarze Limousine, die ihren Karl im Wagen hatte.

Erna verschloss die Türe, ging in das Wohnzimmer zurück und setzte sich wieder in den Sessel. Nach einer Weile stand sie wieder auf und ging zum Telefon. Sie wählte die Nummer von Willi.
»Bernstein« hörte sie am anderen Ende.
»Willi, hier ist Erna. Ich brauche deine Hilfe. Bitte komm. Karl ist tot.«
»Bitte wiederhole das, was du gerade gesagt hast!«
»Willi, bitte komm.«
Dann legte sie auf.

Es klingelte und Erna schreckte hoch. Sie war vollkommen in Gedanken gewesen.
»Wer könnte das sein?«, fragte sie sich und ging zur Türe. Als sie Willi sah, war sie erst mal erstaunt.
»Willi, du?«
»Ja, du hast mich doch angerufen.« Irritiert ließ sie ihn herein.
»Ich habe dich angerufen?«
»Ja, du hast gesagt, dass Karl tot ist. Erna, was ist los, bitte sag, was los ist?«
»Genaues weiß ich auch nicht. Als ich nach Hause kam, war der Krankenwagen da, und im Zimmer von Karl waren Leute. Sie haben mir gesagt, dass Karl tot ist, und haben ihn mitgenommen. Sie wollten ihn untersuchen, warum er gestorben ist. Aber ich habe ihnen gesagt, dass ich das nicht möchte. Er ist tot Willi. Er soll seine Ruhe haben und nicht weiter leiden.«
Willi wollte auf Erna zugehen, doch sie drehte sich um und ging ins Haus.
»Bitte komm rein. Wir gehen in die Küche. Im Wohnzimmer schläft Therese. Sie hat eine Spritze bekommen.«
Als sie im Haus waren, gelang es Willi, seine Kleine in den Arm zu nehmen und sie feste zu drücken. Minutenlang standen sie so im Flur.

Erna weinte und Willis Herz schmerzte, weil Erna so bitterlich weinte. Doch weinen hilft. Das wusste er nur zu gut. Hatte er doch vor nicht allzu langer Zeit genau diese Situation durchgemacht. Dann gingen sie in die Küche. Willi führte sie zu einem Stuhl.

»Setz dich, meine Liebe.

»Wenn Therese gleich aufwacht, bist du so lieb und fährst sie nach Hause?«

»Ja, das mache ich, du musst mir nur sagen, wo sie wohnt.«

»Sie wohnt in Bilk, in der Nähe der S-Bahn. Wo genau, musst du sie fragen.«

Willi ließ Erna alleine und ging ins Wohnzimmer.

Gehört hatte er ja viel von Therese, gesehen hatte er sie bis dahin ja noch nicht. Sie lag immer noch auf der Couch und schlief. Er betrachtete sie und war sich sicher, dass sie sicherlich eine gute Seele war. Ihre ganze Erscheinung war so. Schlicht gekleidet, aber sauber. Er sah ihr angespanntes, etwas faltiges Gesicht, und da wusste er, dass diese Frau schwer um ihr Dasein kämpfen musste. Umso wertvoller war es für ihn, dass sie den Beruf der Pflege ausübte. Sofort hatte er Respekt vor dieser Frau.

Instinktiv nahm er die Decke, die am Ende der Couch zusammengefaltet lag, und deckte sie damit zu. Bei Willi kam mal wieder der Samariter durch. Beim Zudecken betrachtete er nun aber auch den Körper dieser guten Seele. Dann ging er wieder in die Küche.

»Sie schläft noch. Ich habe sie mit der Decke, die auf der Couch lag, etwas zugedeckt. Weißt du, wie lange sie wohl noch schlafen wird?«

»Der Arzt hat ihr die Spritze gegeben und gesagt, dass sie wohl zwei Stunden schlafen wird.«

»Na, dann wird sie ja bald aufwachen.«

»Warum fragst du, hast du keine Zeit? Dann werde ich sie nach Hause fahren.«

»Ich habe genug Zeit, ich wollte es nur wissen, damit ich mich darauf einstelle. Außerdem werde ich es sicherlich nicht zulassen, dass du heute noch Auto fährst. Hast du eine Ahnung, wie es passierte?«

»Therese hat nur kurze Andeutungen gemacht. Es scheint so, als sei es beim Austausch von Zärtlichkeiten passiert. Sie hat gesagt, er wollte mit ihr Sex haben und immer mehr Sex. Irgendwann ist er dann über ihr zusammengebrochen. Eigentlich hat sich Karl immer so einen Tod gewünscht.«

Für einen Moment hatte Erna den Verdacht, dass er das genauso geplant hatte.«Ich bin froh, dass ich es nicht war, die unter ihm lag. Die arme Therese, ich werde sie bitten, dass sie am Donnerstag zu mir kommt. Dann werde ich mit ihr sprechen und überlegen, was ich für sie tun kann. Vielleicht kann sie mir ja im Haushalt helfen. Ohne den Verdienst bei mir kann sie ihre Familie in Polen nicht unterstützen.«

»Erna, wenn du sie weiter bezahlen kannst, so ist das sicherlich gut. Du hast Entlastung und kannst beruhigt zur Arbeit gehen. Wenn du dann nach Hause kommst, ist das Haus gerichtet. Kann sie kochen?«

»Das weiß ich nicht genau. Ich glaube aber ja. Sie hat ja des Öfteren für sich und Karl das Essen zubereitet, wenn ich keine Zeit hatte, etwas vorzubereiten.«

»Auch ich würde sie gerne einmal unter der Woche bei mir beschäftigen wollen. Für das Grobe aber eher nicht, mehr für die Staubsuche und die anderen Dinge, die ein Mann gerne übersieht.«

Erna lächelte ein wenig, dann wurden beide aus ihren Überlegungen herausgerissen.

»Hallo, ist hier jemand« hörten sie die Stimme von Therese aus dem Wohnzimmer.

Willi und Erna standen auf und gingen in das Wohnzimmer. Therese saß auf der Couch und schien noch völlig durcheinander zu sein.

»Hallo Therese, wie geht es dir?«

»Bitte, Frau Erna, ich schuld an Tod von Mann. Ich schuld an Tod von Mann.«

»Nein, Therese, du bist nicht schuld am Tod von Karl. Da ist er wohl selbst dran schuld.«

Therese schaute auf den Mann, der neben ihr stand.

»Das ist Willi, er ist ein guter Freund von mir. Er wird dich gleich nach Hause fahren. Sei so gut und komme doch am Donnerstagmittag zu mir. Dann bereden wir alles.«

»Ja, ich kommen. Alles so schrecklich.«

Erna befragte sie nun in aller Ruhe, was genau geschehen war. Therese bekam bei ihren Erzählungen immer wieder kleine Weinkrämpfe. Doch es war gut, dass sie jetzt alles erzählen konnte. Nach und nach beruhigte sie sich, und der Schnaps, den Erna ihr eingeschenkt hatte, tat auch seine Wirkung.

»Ich denke, du solltest sie jetzt nach Hause fahren, Willi.«

»Ja, das mache ich. Kommen Sie, Therese, ich bringe Sie jetzt nach Hause.«

Etwas unsicher stand sie auf. Das lag aber nicht nur am Schnaps, es lag sicherlich auch noch an der Spritze, die sie bekommen hatte. Sie ging in den Flur. Willi war ihr gefolgt und half ihr in die Jacke. Therese schaute etwas verunsichert über diese Geste. Auch Willi hatte sich seine Jacke angezogen und öffnete die Haustüre. Erna kam auch zur Haustüre und umarmte Therese.

»Es wird alles gut. Bitte komm am Donnerstag, dann werden wir alles besprechen. Ich rufe dich aber an, falls sich etwas verschiebt, wegen der Beerdigung.«

Dann gingen sie hinaus, und Willi brachte Therese nach Hause. Unterwegs sprachen sie kein Wort. Erst als sie im Stadtteil Bilk waren, sprach er sie an.

»Wo muss ich lang fahren?«

Therese sah ihn an und dann aus dem Fenster.

»Sie müssen die nächste Straße abbiegen, rechts abbiegen. Und an dem Hochhaus mit der Nummer sechszehn halten.«

Willi fuhr entsprechend rechts ab und suchte dann das richtige Hochhaus. Das dritte Hochhaus auf dieser Straße war es dann auch schon.

»Wir sind da. Ich bringe sie noch ins Haus.«

»Danke, aber es geht schon.«

»Nein, ich habe Erna, also der Frau Rohmann, versprochen, dass ich sie bis in die Wohnung begleite.«

Willi hielt seinen Wagen an einem freien Parkplatz an und stieg aus. Dann ging er schnell um den Wagen herum und half ihr beim Aussteigen.

»Danke, Herr Willi. Sehr freundlich. Bitte kommen, da ist der Eingang. Aber ich kann wirklich alleine. Kein Problem.«

Doch Willi ließ sich nicht beirren und nahm sie am Arm und ging zielstrebig zu der von Therese gezeigten Haustüre. Therese hatte ihren Haustürschlüssel schon in der Hand, als sie dort ankamen. Sie öffnete die Türe und ging dann zum Aufzug.

Als der sich öffnete, gingen sie hinein, und sie drückte den Knopf mit der Nummer 8. Nachdem sie dort angekommen waren, ging Therese nach rechts den langen Flur entlang. Willi folgte ihr. Vor der Türe mit der Nummer 815 blieb sie stehen und schloss diese auf.

»Danke, jetzt ich kann alleine.«

Doch Willi drückte sie hinein und folgte ihr. Etwas widerwillig ließ sie es zu, dass er mit in die Wohnung kam.

Sein erster Eindruck von der Wohnung ließ ihn etwas erschrecken. Eigentlich bestand die Wohnung nur aus einem Raum. In der hinteren Ecke war ihr Bett zu sehen. Direkt nach dem kleinen Flur war die kleine Einbauküche angebracht. Eigentlich eine Pantryküche. Bestehend aus einer Spüle, einem Kochfeld mit zwei Herdplatten, einem kleinen Schrank und einem kleinen Kühlschrank. Im Raum war dann noch ein Kleiderschrank, ein Tisch mit zwei Stühlen, ein Sideboard mit einem Fernseher und einer alten Stereoanlage. Die Dinge, die er sah, waren alle sicherlich nicht neu. Willi wurde klar, dass er Erna auf jeden Fall dazu überreden musste, Therese weiter zu beschäftigen. Ihm war klar, dass sie den Verdienst von Erna benötigte.

»Jetzt ich kann alles alleine. Vielen Dank für Bringen nach Hause. Danke Herr Willi.«

»Therese, ich sehe, hier muss mal renoviert werden. Ich spreche mit Erna und dann machen wir einen Termin und ich mache dir die Wohnung etwas schöner. Du bist so eine gute Seele und so bescheiden. Ich würde dir gerne etwas helfen.«

»Oh, das wäre schön. Hier immer alles ist so alt. Oh, danke, Herr Willi. Ich möchten gerne. Danke.«

Sie kam auf Willi zu und drückte ihn. Auch er nahm sie nun in den Arm und drückt sie ebenfalls ein wenig. Er spürte ihren warmen Körper und vor allem ihren Busen auf seiner Brust. Fast erschrak er sich, als er darüber nachdachte, dass er sie spürte. Was ja bedeutet, er fühlte die Brust als Brust und nicht die Berührung als eine Berührung von Therese, der Reinemachefrau von Erna. Er bemerkte, dass auch sie diese Nähe fühlte und wohl auch brauchte.

»Komm, leg dich hin, Therese. Es war ein schrecklicher Tag für dich. Ich helfe dir dabei.«

Willi drückte sie in Richtung Bett und dann auch nach unten, sodass sie sich setzen musste. Sie ließ es geschehen.

»Lege dich hin und ruhe dich aus, es wird alles wieder gut.«

»Ja, Herr Willi. Ich glaube, so ist besser. Muss schlafen und dann wird besser.«

»Genau, so musst du es machen.«

Er half Therese noch, ihre Schuhe auszuziehen. Dann drückte er sie auf das Bett und deckte sie zu. Therese knöpfte sich ihre Bluse etwas auf und auch ihr Hosenknopf wurde von ihr geöffnet. Willi, der das sehr wohl mitbekommen hatte, drehte sich ab und sagte beim Weggehen: »Gute Nacht, Therese. Alles wird gut.« Dann schloss er die Türe hinter sich zu.

Im Aufzug fragte er sich, ob das jetzt wohl richtig war. »Hätte er nicht noch ein wenig bei ihr bleiben, ja sich vielleicht noch etwas zu ihr hinlegen sollen? Sie etwas in den Arm nehmen und ihr somit etwas Wärme und Geborgenheit hätte geben können, ja eigentlich müssen?« In Gedanken versunken, hatte er gar nicht mitbekommen, dass er schon an seinem Auto war.

In der Nacht wurde Therese wach. Wach von Weinkrämpfen. Sie fragte sich, wie es jetzt weitergehen sollte? Karl war tot. Also gäbe es doch keine Arbeit mehr. Keine Arbeit, kein Geld. Ihrem Mann konnte sie die Geschichte nicht erzählen. Der würde zu viele Fragen stellen. Und was würde sie ihm sagen können. Nichts. Welche Ehefrau würde ihrem Mann beichten, dass sie ihr Geld mit besonderen Diensten verdient hätte. Und bei einem dieser besonderen Dienste hätte es einen Unfall gegeben. Einsam und weinend schlief sie wieder ein.

Nachdem Willi mit Therese das Haus verlassen hatte, ging Erna zum Telefon und wählte eine spanische Nummer. Es dauerte lange, bis sich jemand meldete.

»Ja bitte?«, hörte sie am anderen Ende, als dann doch noch abgenommen wurde.

»Hallo Sophia, hier ist Mama.«

»Hallo Mama, schön das du dich mal meldest. Wie geht es euch?«

»Sophia, bitte setze dich hin, ich muss dir was Schreckliches sagen.«

»Papa, ist was mit Papa?«

»Ja, es ist was mit Papa. Er ist tot. Seine Lunge und sein Herz haben versagt.«

Die letzten Worte konnte sie kaum aussprechen, da ihre Stimme versagte und sie in Tränen zerfloss.

»Mama, Mama, wieso, wieso?«

»Schatz, es ist alles so schnell gegangen. Der Notarzt konnte ihm nicht mehr helfen. Kannst du nach Hause kommen?«

»Ja, ich komm. Ich sag dir Bescheid, wann ich einen Flieger bekomme. Wie geht es dir, Mama?«

»Ist schon gut. Bitte komm, so schnell du kannst.«

»Ja, ich mache, was ich kann.«

Sophia und ihre Mutter besprachen nun noch einige organisatorische Dinge. Erna ging bewusst auf bestimmte Fragen nicht ein. Besonders über den Hergang, was zu seinem Tod führte, schwieg sie gegenüber ihrer Tochter.

»Bis bald, ich warte auf dich.«

»Bis bald, Mama.«

Dann legte Erna auf.

Währenddessen fuhr Willi wieder zu Erna. Er wollte noch einmal nach dem Rechten sehen. Er klingelte an ihrer Türe.

»Hallo Willi, schön, dass du wieder vorbei kommst«, hörte er aus Ernas Mund und sie nahm ihn in den Arm. Wieder spürte er eine Brust an seiner. Wieder war diese Brust warm, aber diesmal gehörte sie Erna. Willi schob sie ins Haus und schloss die Türe hinter sich. Dann küsste er Erna auf die Stirn.

»Ich kann dich doch heute nicht so einfach alleine lassen. Komm, lass uns ins Wohnzimmer gehen. Ich glaube, wir haben uns nach diesen Ereignissen ein Glas Wein verdient. Danach schläfst du sicherlich etwas besser.«

»Ja, vielleicht hast du recht. Im Kühlschrank ist eine Flasche Wein. Sei so lieb und hole sie. Auf dem kleinen Tisch ist der Öffner. Ich hole uns die Gläser und wir setzen uns ins Wohnzimmer.«

Nachdem sie Platz genommen hatten, erzählte sie ihm, dass sie ihre Tochter angerufen hatte und dass diese sich so schnell wie möglich auf den Weg nach Deutschland machen würde.

»Das war gut. Dann bist du nicht alleine.«

Sie leerten an diesem Abend die ganze Flasche.

»Willi, du kannst aber jetzt kein Auto mehr fahren«, sagte sie, als die Neige getrunken war.

»Ich wusste das schon, als ich die Flasche geöffnet habe.«

Da sie mittlerweile zusammengekuschelt auf der Couch saßen, streichelte er sie an den Schultern.

»Komm, lass uns schlafen gehen. Du hast morgen noch einen schweren Tag vor dir. Ich werde dich ins Krankenhaus begleiten. Dann musst du nicht fahren und bist nicht alleine. Natürlich nur, wenn es dir recht ist?«

»Warum sollte ich das ablehnen. Ich bin doch so froh, dass du da bist.«

Sie stand auf und ging nach oben. Willi folgte ihr ins Schlafzimmer. Erna zog sich aus. Allerdings nicht aufreizend oder fordernd. Nein, sie legte ihre Sachen ab und legte sich ins Bett. Auch Willi zog sich aus und legte sich ebenfalls nackt ins Bett. Schon deshalb, da er ja keinen Schlafanzug dabei hatte, und einen von Karl anzuziehen, wäre nun wirklich pietätlos gewesen.

Sie kuschelten sich zusammen. Enger ging es nicht. Erna, die ja wesentlich kleiner als Willi war, hatte sich seitlich an Willi angelegt. Ihr Kopf lag etwas auf seiner Brust. Willi, der flach auf dem Rücken lag, hatte seine linke Hand auf ihrer Wange und streichelte diese.

»Es ist schön, dass du da bist«, sagte sie, küsste ihn auf die Brust und rückte noch etwas enger an ihn heran. So schliefen sie ein.

Willi hatte kaum geschlafen, als es Zeit wurde, aufzustehen. Erna hatte sich in der Nacht von ihm weggedreht, doch zum Morgen hin sich ihm wieder zugewandt. Willi küsste Erna sanft auf den Mund.

»Guten Morgen, mein Schatz. Es ist gleich 08.00 Uhr. Ich stehe jetzt auf und schau mal, ob ich uns einen Kaffee kochen kann. Ich kenn mich zwar in deiner Küche nicht aus, aber ich denke, dass ich das trotzdem hinbekomme.«

Erna sagte nichts, sah ihn an und warf ihm ein Küsschen zu. Nun stand er auf und ging aus dem Schlafzimmer runter in die Küche.

Als er sich umschaute, sah er eine Kaffeemaschine. Er nahm die Kanne und füllte diese mit Wasser. Dann goss er davon so viel Wasser in den Behälter, bis dieser bei dem Eichstrich vier Tassen angefüllt war. Er schaute sich weiter um. Sah aber weder Kaffee, Filtertüten oder Tassen. Nach und nach öffnete er die Türen der Oberschränke. Und er fand den Kaffee, die Filtertüten und auch die benötigten Tassen. Er entschied sich für Humpen anstelle von kleinen Kaffeetassen mit Unterteller. Robust und für einen Kaffee im Bett genau das richtige.

»Wie trinkt sie ihren Kaffee«, fragte er sich. Da erinnerte er sich an eine Situation in der Sauna, wo sie auch einen Kaffee getrunken hatte. Mit Süßstoff hatte sie damals gesagt. Und wieder ging er auf die Suche und auch hier wurde er fündig. Er drückte dreimal auf den Auslöser und drei Dragees fielen in ihren Humpen. In einer Schublade fand er einen Löffel. Dann ging er mit den beiden Kaffeetassen nach oben. Erna hatte die Kissen an den Bettrücken aufgetürmt, damit sie in einer Sitzhaltung den Kaffee trinken konnten.

»Danke, Willi. So habe ich meinen Kaffee noch nie gereicht bekommen.«

»Meinte sie den Kaffee im Bett, oder meinte sie, weil ich ihn nackt serviere?«, fragte er sich. Ließ es aber auf sich beruhen. Er gab ihr den Kaffee und schlüpfte dann ebenfalls wieder unter die Decke. Da jeder nur eine Hand benötigte, um die Tasse zu halten, war die zweite Hand frei. Und diese freien Hände hielten einander unter der Bettdecke fest. So tranken sie ihren ersten »Bettkaffee« langsam aus. Sie schwiegen sich an, da jeder wusste, Stille ist jetzt besser als Reden. Nach dem Leeren der Tassen wurden diese auf den Nachttischen abgestellt und man rutschte hinunter.

Erna kuschelte sich genau wie gestern Abend an ihren starken Willi. So ruhten sie noch eine Weile, ohne dass sie miteinander Zärtlichkeiten austauschten.

Ihre erste Nacht bei Erna wurde zu einer Nacht der Ruhe. Sicherlich hatten sie sich das anders gewünscht. Willi hatte keine Anstalten gemacht, sie lieben zu wollen. Er spürte, dass sie sich mit etwas ganz anderem beschäftigte und er spürte, dass sie nur seine Nähe benötigte. Erna war froh, ihn zu fühlen. Sie hätte in dieser Nacht nicht allein sein wollen.

»Lass uns aufstehen und ins Krankenhaus fahren.«

»Ja, das machen wir.«

Als Willi aufstehen wollte, beugte Erna sich zu ihm hin.

»Danke für deine Nähe.«

Er erwiderte nichts, sondern stand auf und ging ins Bad. Sie folgte ihm und legte ein Handtuch bereit. Als Willi unter der Dusche stand, fiel ihm ein, dass er ja gar kein Duschzeug hatte. Im Regal neben der Dusche sah er eine Flasche Cool Water Duschgel. Ein Duschgel, was er auch zu Hause hatte und gelegentlich benutzte. So hatte er zwar ein schlechtes Gewissen, weil das ja Karl gehörte, aber er benutzte es. Sie kannte den Geruch an ihm und würde wohl nicht Karl riechen. Erna hatte eine neue, ungebrauchte Zahnbürste in einem Wasserglas auf die Anrichte gestellt und Karls Zahnbecher mit Bürste in den Schrank gestellt. Nachdem Willi sich geduscht hatte, ging Erna unter die Dusche. Willi zog sich an und ging runter in die Küche.

Aus Erzählungen wusste er, dass Erna immer etwas gegessen hatte, bevor sie das Haus verlassen hatte. Er suchte sich die Sachen zusammen und bereitete ihr ein kleines Frühstück vor. Es sollten noch sehr, sehr viele Frühstücksvorbereitungen folgen. Doch davon ahnte Willi noch nichts.

Zusammen fuhren sie in das Krankenhaus und erledigten dort nicht nur die Formalitäten. Er hatte auf der Arbeit Bescheid gesagt und sich für heute kurzfristig freigenommen. Die Frage vom Arzt, ob sie ihren Mann noch mal sehen möchte, verneinte Erna. Sie fragte sich aber, wo er denn wohl liegen würde.

»Unten im Keller wird es sicherlich so eine Art Leichenkammer geben«, dachte sie sich, wollte aber den Arzt nicht danach fragen. Sie rief noch aus dem Krankenhaus den Bestatter an, den sie schon vor einiger Zeit konsultiert hatte, um im Falle eines Falles alles geregelt zu haben.

Karl hatte immer darauf bestanden, verbrannt und anonym beerdigt zu werden. Dieser Bitte kam sie jetzt nach. Der Bestatter versprach, sich um alles Weitere zu kümmern. Dann verließen sie das Krankenhaus und fuhren wieder zu Erna.

»Pack dir ein paar Sachen zusammen, ich nehme dich mit zu mir«, hörte sie Willi sagen. Dabei schaute er sie an und sie wusste, dass er es gut meinte.

»Ich weiß noch nicht, wann meine Tochter kommt. Ich weiß, dass du es gut meinst. Aber lass mich hier. Ich würde dich aber bitten, dass du auch heute Nacht noch bei mir bleibst. Irgendwie habe ich Angst vor der Leere.«

»Ich kann dich verstehen. So erging es mir auch. Und das, obwohl Angelika schon einige Zeit nicht mehr zu Hause war. Natürlich bleibe ich bei dir. Ich fahre kurz zu mir und hole mir einen Schlafanzug.«

»Den brauchst du nicht. Ich werde auch kein Nachthemd tragen. Du kannst morgen früh nach Hause fahren und dich umziehen.«

»Dann muss ich aber früh los. Ich habe ja noch einen Beruf, dem ich nachgehen muss.«

»Ja, ich weiß. Was glaubst du, was ich froh bin, dass mein Chef mir diese Woche frei gegeben hat.«

Willi schwieg zu dieser Aussage, denn alles andere als Verständnis von einem Chef beim Tode des Mannes wäre wohl auch unverständlich. Sie gingen ins Wohnzimmer und verbrachten den Rest des Tages dort. Am späten Nachmittag rief Sophia an und teilte ihr mit, dass sie am Dienstag gegen Mittag da sein würde. Erna vermied es wieder, die Details des Todes ihres Vaters mit ihr zu besprechen. Willi, der etwas von dem Telefongespräch mit ihrer Tochter mitbekommen hatte, stimmte ihr zu.

»So etwas sollte man in Ruhe besprechen und nicht am Telefon.«

Der Kühlschrank gab erneut eine Flasche Wein heraus, die an dem Abend auch geleert wurde. Der Bestatter hatte ebenfalls noch am Montagabend angerufen und die Einäscherung von Karl bestätigt. Ihr Karl wäre noch soeben in die Liste derer gekommen, die für die Einäscherung am Montag vorgesehen waren. Ein Leichnam wurde zurückgezogen, da bei ihm noch eine Obduktion gemacht werden musste, die erst nicht vorgesehen war.

Eine Obduktion bei Karl kam für Erna nicht in Frage. Karl war tot. Ob nun wegen Herzversagen oder wegen Atemstillstand. Sie wusste um die Todesursache. Das hatte ihr genügt. Nun war sie froh, dass alles so schnell klappte.

Wann sie denn die Urne beerdigen wollte, hatte der Bestatter noch gefragt? Erna erklärte ihm, dass ihre Tochter schon morgen gegen Mittag eintreffen würde.

»Dann könnten wir die Urne am Mittwochmorgen beerdigen. Wie schon erwähnt, gibt es auch hier den freien Platz von der verhinderten Leiche.«

»Ist schon sehr makaber das Ganze.«

»Warum?«, fragte der Bestatter.

»Wenn sie meinen Karl gekannt hätten, wüssten sie um seine Ungeduld. Sie kommen ihm also sehr entgegen.«

»Wir erfüllen alle Wünsche unserer Kunden, selbst über ihren Tod hinaus.«

Erna ging nicht weiter darauf ein.

Leicht beschwipst ging man ins Bett und schlief wie ein sich liebendes älteres Ehepaar ein. Am nächsten Morgen, Willi hatte Erna gebeten den Wecker auf 5.00 Uhr zu stellen, lagen sie immer noch eng aneinandergeschmiegt. Willi konnte nicht verhindern, dass er mit einer Morgenlatte aufgewacht war. Erna bemerkte sehr wohl, dass dort jemand schon aufgestanden war, während alle anderen noch lagen. Zu nah hatte Willi an ihrer Seite gelegen, als dass sie dieses harte Teil nicht bemerkt hätte.

Doch sie blieb ruhig liegen. »Ein anderes Mal, mein steifer Freund. Ein andermal. Ich werde dich sicherlich bei nächster Gelegenheit nicht verschmähen. Heute muss ich dich abweisen.«

Willi bemerkte ihr Desinteresse und hatte natürlich Verständnis dafür. Deshalb stand er auf und ging zum WC. Dort wurde seine volle Blase entleert und die Härte wich. Nach der Dusche zog er seine Sachen von gestern wieder an und verabschiedete sich von Erna.

»Schlaf noch ein wenig. Es ist noch früh. Rufe mich doch bitte an, sobald du weißt, wann deine Tochter kommt. Wann kommt eigentlich Therese? Ruf mich auf jeden Fall heute Abend an.«

Erna war noch nicht wirklich wach, und so blieben ihre Antworten aus. Er drückte sie noch einmal, gab ihr einen kleinen Kuss auf den Mund und ging aus dem Haus.

Die Tochter kam wie angekündigt am Dienstag im Düsseldorf-Flughafen an. Schon frühzeitig hatte Erna sich am Ankunftsportal postiert und wartete dort auf sie. Mit einer halbstündigen Verspätung kam sie aus dieser Türe endlich heraus. Als Erna ihre Tochter sah, erkannte sie, dass sie sehr viel geweint haben musste. Dicke Augenlider und ein unausgeschlafenes Gesicht kamen auf sie zu. Nach einer intensiven Begrüßung ging man zum Wagen von Erna und fuhr nach Hause.

Im Auto wurden nur die belanglosen Dinge besprochen. Wie geht es, was macht der Beruf und so weiter. Erst zu Hause befragte Sophie ihre Mutter nach den genauen Umständen und dem weiteren Ablauf.

»Wann ist denn die Beerdigung von Papa?«

»Ich habe den Termin für morgen gemacht, da ich nicht genau wusste, ob du länger Zeit hast.«

»Leider nicht, Mutter. Wir haben viel zu tun und ich hätte eigentlich gar nicht weg gekonnt.«

Erna ging zum Telefon und rief bei dem Bestatter an. Sie bestätigte den Termin, den ihr der Bestatter vorgeschlagen hatte. 10.00 Uhr am Mittwochmorgen auf dem Gerresheimer Friedhof. Er würde sie an der kleinen Kapelle in Empfang nehmen, hatte er Erna noch mitgeteilt, damit sie wüssten, wo sie sich treffen würden.

Da Karl keiner Konfession angehörte, benötigten sie keine weiteren Personen, und die Grabstätte war schon vorbereitet, wenn auch für die andere Leiche. Sophia nahm dann das Telefon, rief bei ihrer Airline an und buchte schon für den Mittwochmittag den Rückflug.

»Schade, dass du nicht mehr Zeit hast.«

»Mama, wir haben doch den ganzen Abend.«

Nun ging man ins Wohnzimmer und redete miteinander. Natürlich fragte Sophia, wie es ihr und insbesondere ihrem Vater ergangen war. Auch die Umstände, die zu seinem Tode geführt hatten, wollte sie wissen. Erna erklärte ihr die Version mit einem Hustenanfall, einem Herzversagen und dem anschließenden Versagen der Lunge. Dass der Notarzt noch alles versucht hatte, aber leider nicht mehr helfen konnte.

Die Wirklichkeit sollte sie nie erfahren. Zu sehr war ihr Vater in ihren Augen ein rechtschaffener Vater und Ehemann gewesen. Dieses Bild wollte Erna nicht zerstören. Bis in die tiefe Nacht wurde geredet, etwas gestritten und natürlich wurde viel geweint. Sophie sah ein, dass sie nie daran gedacht hatte, ihren Vater je zu verlieren. Er war früher immer für sie da, und das würde auch immer so bleiben. Seine Krankheit hatte sie durch ihre Beziehung und ihren Beruf völlig ausgeblendet. Nach anfänglicher Ablehnung stellte Erna in Aussicht, dass sie mal nach Spanien kommen würde. Dort würde sie dann auch das Grab ihrer Eltern besuchen wollen.

Mit keinem Wort hatte Erna Willi erwähnt. Sie hatte ihn auch gebeten, nicht auf dem Friedhof zu erscheinen. Was ihm allerdings sehr recht war, hatte er so ein Erlebnis erst kürzlich hinter sich gebracht. Und noch einen freien Tag hätte er wohl auch nicht bekommen.

Irgendwann gegen Mitternacht ging Sophie zu Bett. Bevor Erna ins Bett ging, rief sie Willi an. Kurz berichtete sie die Geschehnisse und den morgigen Ablauf, der eigentlich heute war, da die Uhr schon 01.00 Uhr anzeigte. Willi versicherte Erna, dass er in Gedanken bei ihr wäre und am Abend bei ihr erscheinen würde. Dann legten beide auf und Erna versank in den Schlaf.

Der Wecker machte dem ein jähes Ende. Zu ihrer Überraschung war Sophie schon auf und hatte ein Frühstück vorbereitet.

»Jetzt fehlt nur noch, dass Papa reinkommt, dich auf den Arm nimmt, und sagt: du kleine, liebe Maus. Das hast du aber sehr schön gemacht. Da freut sich dein Papa aber.«

Die letzten Worte konnte sie nur noch weinend herausbringen. Auch Sophia wurde bewusst, was sie angerichtet hatte. Sie hatte nämlich für drei Personen gedeckt und so, wie sie es früher immer gemacht hatte, wenn sie ihren Papa überraschen wollte. Nun weinte auch sie.

Die Frauen umarmten sich und drückten einander.

»Na, das wird was gleich.«

»Ich habe uns vorsichtshalber je zwei Taschentuchpäckchen bereitgelegt«, Erna zeigte auf die Küchenanrichte. Dann setzten sie sich, so als wäre Karl am Tisch. Sein Brettchen blieb zwar unbenutzt, doch er war allgegenwärtig. Nach dem Frühstück machten sie sich fertig für den schweren Gang, der vor ihnen lag.

Auf dem Friedhof an der Quadenhofstraße empfing sie der Bestatter. Einige wenige, die Erna informiert hatte, waren anwesend. Die sonst so »wichtigen« Leute würde sie erst später von dem Ableben ihres Mannes unterrichten. Nach einer kurzen Gedenkfeier in der Kapelle gingen sie gemeinsam zu einer großen Wiese. Sie blieben am Rand stehen.

»Liebe Familienangehörige, Nachbarn und Freunde von unserem verstorbenen Herrn Rohmann. In aller Stille, so wie er es gewünscht hatte, wurde seine Asche heute Morgen hier beerdigt. Man kann es von hier aus nicht sehen, weil das ausgehobene Gras wieder eingesetzt wurde. Ich wünsche Ihnen alles Gute.«

Und schon war der Bestatter wieder weg. Erna und ihre Tochter blieben eine Weile am Rande der Wiese stehen. Alle anderen Trauernden entfernten sich vom Ort der anonymen Toten.

Am liebsten hätte Sophia dann doch nachgeschaut, wo genau ihr Papa beerdigt wurde. Erna konnte sie aber überzeugen, seinen Wunsch zu respektieren. Dann ging man zum Ausgang.

Sophia rief ein Taxi, verabschiedete sich von ihrer Mutter und war schon wieder weg in Richtung Flughafen. Ein kurzer Abschied. Wohl auch, weil Sophie sich nicht zu sehr bei ihrer Mutter einbringen wollte. Alles was mit den Formalitäten, Kleidung, Andenken und Hinterlassenschaften ihres Vaters betrafen, damit wollte sie sich nicht belasten. Zu weit schon der Abstand zwischen ihnen und dem Leben in Spanien. Von hier wollte sie dann auch nichts mitnehmen. Die Trauer, ja, die würde sie mitnehmen. Mehr aber nicht.

Sie winkte noch einmal kurz aus dem Taxifenster und war wieder weg.

Erna fuhr nach Hause und war erstaunt, dass Therese um 14.00 Uhr erschien.

Nach einer kurzen Begrüßung wurde klar, dass sie den Termin falsch verstanden hatte.

»Macht aber nichts, Therese, so werde ich etwas abgelenkt.«

»Mann jetzt in Himmel, Frau Erna. Ich Sonntag gehen Kirche und beten für Herrn Karl, soll Ruhe haben, die arme Seele.«

»Ich danke dir.«

Als sie im Wohnzimmer Platz genommen hatten, besprachen sie das Geschehene, und Erna erkannte, dass sie selbst eine große Mitschuld hatte am Tod von Karl. Sie hatte Therese übertragen, was sie hätte bändigen müssen. Die Lust von Karl. Mit dieser Aufgabe war sie völlig überfordert gewesen.

Schon aus dem Grunde bot sie ihr den Job als Haushaltshilfe an. Zweimal in der Woche, montags und donnerstags drei Stunden. Von 9.00 – 12.00 Uhr sollte sie kommen und nach und nach eine Grundreinigung machen. Am Wochenende hätte sie aber immer frei. Außerdem hätte sie einen weiteren Job für sie. Willi, also Herr Bernstein, würde sie auch für einen Tag bei sich arbeiten lassen. Es wäre schön, wenn sie das dann immer dienstags machen könnte. Von 9.00 bis 13.00 Uhr. Dort würde sie dann 50,00 Mark verdienen. Therese war glücklich und froh, auch weiterhin Geld verdienen zu können.

»In Zukunft nennst du mich aber nur noch Erna. Lass bitte das Wort »Frau« weg. Ich weiß, dass ich eine Frau bin. Also, wie heiße ich in Zukunft?« Erna, Frau Erna.«.
Sie gab es auf.
»Du hast einen Schlüssel. Bitte fange mit der Küche an und arbeite dich durch das Haus. Mach es gründlich. Es wird dir auffallen, dass ich einiges verändern werde. Hier und da werde ich dich anrufen, wenn ich etwas Besonderes gemacht haben möchte. Ich lege dir das Geld für die ganze Woche in den Küchenschrank, dort wo die Kaffeedosen sind. Nächste Woche sind es 100 Mark. Allerdings, wenn du mal etwas länger brauchst, dann schreibe mir einen Zettel. Dann lege ich dir das nächste Mal mehr hin.«
Erna stand auf und Therese machte es ihr nach.
»Soweit haben wir jetzt alles besprochen. Bitte versuche, das Gewesene zu vergessen. Du hast keine Schuld und es ist schön, dass du weiterhin hier arbeiten möchtest.«
Dann ging sie zum Telefon und rief Willi an.
»Erna, danke das du dich meldest. Ist alles so verlaufen, wie du es dir gedacht hast?«
»Eigentlich ist es überhaupt nicht so verlaufen, wie ich es mir gedacht habe. Alles war so kalt. Meine Tochter ist auch schon wieder weg. Wenn du willst, kannst du vorbeikommen. Mit Therese habe ich auch schon gesprochen. Sie ist heute schon da. Hat mal wieder den Termin nicht richtig verstanden. Ich habe sie auch gefragt, ob sie bei dir etwas reinigen kann. Sie macht das bei dir. Ich habe ihr gesagt, immer dienstags von 9.00 bis 13.00 Uhr. Allerdings wird sie am Samstag bei dir anrufen, um einen Termin mit dir zu machen. Sie muss ja das Haus kennenlernen und benötigt einen Schlüssel.«
»Langsam, meine Liebe, langsam, bitte. Ich komm, sobald ich kann.«
Dann legte er auf.
»Auch keine Zeit. Alle haben keine Zeit.«
Während sie telefonierte, hatte sich Therese angezogen.
»Ich jetzt gehen. Alles gut?«
»Ja, alles gut.«
Erna ging zu ihr, drückte sie, und auch Therese drückte Erna. So verharrten sie einige Sekunden. Dann verließ sie das Haus. Nachdem

Erna sich eine Flasche Wein aus dem Regal genommen hatte, ging sie zum Kühlschrank und tauschte sie mit der kalten Flasche. Sie trank den Weißwein am liebsten kalt. Dann ging sie ins Wohnzimmer. Als es klingelte, war die Flasche schon zur Hälfte geleert. Es war Willi. Er hatte eine kleine Tasche bei sich.

»Nachtzeug, Rasierwasser und frische Unterwäsche«, sagte er ihr, obwohl sie ihn gar nicht gefragt hatte. Als er sie umarmte, roch er ihre Weinfahne.

»Hat dich der Wein wieder angelacht?«, versuchte Willi zu spaßen.

»Ach, Willi, es ist alles so schwierig. Ich fühle mich im Moment so alleine gelassen. Meine Tochter kommt angeflogen und ist genauso schnell wieder weggeflogen. Die Beerdigung war ebenfalls im Eiltempo vorbei. Das Grab war schon wieder zu. Aber das haben ich, wir, also Karl und ich, ja so gewollt. Als ich dich anrief, hast du auch keine Zeit gehabt. Verzeih, ich weiß, ich bin ungerecht. Du warst auf der Arbeit, und Sophia hat einen Beruf und ihr Leben in Spanien. Wie du siehst, werde ich noch zur Alkoholikerin.«

Zu ihren Ausführungen sagte er nichts. Er fühlte sich zwar schlecht behandelt, da er sich wirklich beeilt hatte, um zu ihr zu kommen, in Anbetracht ihrer Situation beließ er es aber bei dem Groll im Inneren.

»Deine Tochter ist doch sofort gekommen. Schneller geht es nicht. Sie wohnt etwas außerhalb, und die Flugzeuge fliegen nun mal nach Plan und nicht immer nach Wunsch. Du hast mir einmal in der Sauna erklärt, dass Ihr alles für Euren »Abgang« geregelt habt. Ist nicht alles so gewesen, wie du, wie ihr, es Euch gedacht habt?«

»Doch, aber wenn man es dann so erlebt, dann denkt man sich, vielleicht wäre es anders besser gewesen. Du hast Angelika beerdigt. Hast du da nicht gedacht, ist das alles so richtig?«

»Doch, aber ich habe ebenfalls ihren Wunsch erfüllt. Ich darf dann nicht danach fragen, ob es mir gefällt. Wenn es ein Leben nach dem Tode gibt, so weiß er jetzt, dass du seinem Wunsch nachgekommen bist. Sei nicht so hart mit dir selbst. Schenk mir lieber auch etwas Wein ein und wir teilen uns das Leben von Alkoholikern.«

»Ach, Willi, ich weiß im Moment nicht, wo mir der Kopf steht. Das einzig Gute ist, dass ich noch frei habe. Ich habe noch einige

Behördengänge zu machen, und dann wollte ich morgen zu seiner Wiese. Mal nachdenken, wie ich in Zukunft zurechtkomme. An der Wiese ist eine kleine Bank. Dort werde ich mal nachdenken.«

»Bitte versuche, mich in deine Zukunft mit einzubeziehen. Ich denke, wir sind mehr als nur Freunde. Dass ich dir helfen kann und auch werde, darüber bist du dir sicherlich im Klaren oder?«

»Ja, ich weiß das auch zu schätzen. Was sollte ich nur ohne dich machen. Immer bist du da, wenn ich dich brauche. Ich sagte ja schon, eigentlich bin ich ungerecht.«

»Du bist nicht ungerecht. Du bist in einer Situation, die man nicht immer steuern kann.«

Während Erna redete, ging sie in Richtung Wohnzimmer und setzte sich auf die Couch. Dort, wo ihr halb gefülltes Weinglas stand. Er setzte sich daneben. Stand aber wieder auf und holte sich auch ein Weinglas.

»Gemeinsam ist es leichter, nicht nur eine Weinflasche zu leeren«, setzte sich zu ihr und küsste sie auf die Stirn.

»Es wird alles gut. Ich habe es auch geschafft.«

»Du, du bist stark und ein Mann.«

»Du bist viel stärker als ich und schaffst es sogar, Kinder zu gebären. Das würde ein Mann niemals schaffen.«

Er nahm sein inzwischen gefülltes Weinglas und erhob es.

»Auf das starke Geschlecht.«

»Wer immer es auch sein mag«, antwortete Erna und beide lächelten. So verging der Abend und sie gingen spät ins Bett.

In der Nacht wurde Erna wach und sah ihren Willi an. Sein Gesicht wurde vom Mondschein angestrahlt. Er sah entspannt aus. Dass er da war, war für sie ein Zeichen, dass sie nicht wirklich alleine war. Mit ihm würde sie es schaffen, ihr Leben auch weiterhin so zu führen, dass sie keine Not hätte. Er würde ihr helfen, sollte es mal eng werden.

Die Rente von Karl war schon bescheiden, nun sollte sie davon nur noch einen Teil bekommen. Das Haus kostete eine Menge Geld. Alleine für Versicherungen und Grundgebühren ging viel Geld drauf. Und mit ihrem Verdienst waren gerade mal die Haushaltskosten gedeckt. Da blieb nicht viel übrig für Investitionen oder Vergnügungen. In letzter Zeit hatte Willi die Sauna bezahlt. Auch die Getränke und Speisen hatte er immer wieder auf seine Rechnung genommen.

Sie küsste ihren Gönner. Willi, der immer schon einen leichten Schlaf hatte, wurde durch diese Aktion wach und schlug die Augen auf. Durch den Mondschein konnte er ziemlich schnell in der Dunkelheit auch etwas erkennen. Er sah Erna, die sich über ihn gebeugt hatte und ihn auf die Stirn küsste. »Was ist los, ist irgendwas mit dir«, fragte er, da er die Situation nicht wirklich verstand.

»Ja, Willi, es ist was mit mir. Ich bin froh, dass es dich gibt. Verzeih mir meine Ungerechtigkeiten. Ich bin so froh, dass du an meiner Seite bist.«

Nun war es Willi, der sie küsste.

»Meine Liebe, ich bin froh, dass es dich gibt. Es muss wohl unser Schicksal sein, das wir beide dieses Leid erleben. Es ist aber auch gut so, dass wir einander haben, um uns gegenseitig zu halten und zu stärken.«

Danach küsste er sie wieder.

In dieser Nacht liebten sie sich. Nicht wild und unersättlich. Sie liebten sich sanft und dankbar, den anderen spüren zu dürfen.

Der Wecker riss sie aus dem Schlaf. Tief und fest waren sie nach der sanften Leidenschaft eingeschlafen. Willi stand auf und ging in die Küche. Dort kochte er wieder den Kaffee für ihre Humpen. Er nahm sie, ging nach oben und reichte ihr den Humpen mit dem Löffel. Den mit dem Zucker. Sie tranken ihn wieder im Sitzen und es gefiel ihnen. Ihre freien Hände hielten sich unter der Bettdecke fest. Nachdem der Kaffee alle war, rutschte man noch mal runter und kuschelte sich einander. Kurze Zeit später hieß es für Willi hoch und weg. Erna blieb noch etwas liegen.

Sie stand aber dann auch auf und erledigte alle Behördengänge, die es zu erledigen gab, wenn ein Partner verstorben war. Rentenversicherung, Krankenkasse, Versicherung und natürlich die Abrechnung beim Bestatter. Am Nachmittag setzte sie sich hin und schrieb einige Briefe. Alte Freunde von Karl, die leidige Verwandtschaft, die sich schon seit Jahren nicht mehr gemeldet hatte und Freunde, die eh keine waren. All diese Leute bekamen eine

Art Information über das Ableben von Karl. Sie verfasste die Briefe so, dass eine Rückantwort nicht zu erwarten war, und sie informierte die alte Firma von Karl, damit seine alten Kollegen wüssten, dass es ihn nicht mehr gibt.

Ein paar Tage später erfuhr sie, dass ihr eine Betriebsrente von Karl zustand und die Firma ihr einen Betrag aus der Sozialkasse überweisen würde.

»Wahrscheinlich das schlechte Gewissen, weil sie Karl in den Tod getrieben haben. Schließlich hat er seine Lungenkrankheit von da und nicht nur vom Rauchen.«

Aber diese Geschichte hatten sie ja hinter sich. Sie nahm das Geld als Abschiedsgeschenk von Karls Firma. Als sie dann noch einen weiteren Betrag von der Belegschaft erhielt, bedankte sich dann doch und schickte eine Dankeskarte. Die Versicherungen zahlten alle anstandslos, und so war sie für eine lange Zeit abgesichert.

Willi und Erna hatten sich nun des Öfteren getroffen. Nicht nur bei Erna, sondern auch bei Willi. Längst hatte jeder einen Satz Schlüssel vom Haus des anderen. Nach einiger Zeit der Wanderungen zwischen ihren Häusern entschlossen sie sich zu einer Zusammenkunft.

Wieder war es Erna, die Willi darauf ansprach und den Namen Zweckgemeinschaft erneut verwendete. Willi sah sie mal wieder erstaunt an.

»Zweckgemeinschaft? Hatten wir das nicht schon einmal?«

»Ja, Willi, hatten wir, und es hat dir damals gefallen. Was ich meine, ist Folgendes: Ich trage meine Wäsche einmal die Woche zu dir oder du zu mir. Und eigentlich ist es uns beiden lästig. Hinzu kommt, ich habe eigentlich immer Sehnsucht nach dir, und ich glaube, es geht dir umgekehrt genauso, oder?«

»Das weißt du doch, mein Liebes.«

»Eben. Was hältst du also davon, wenn ich mein Haus aufgebe und zu dir ziehe?«

»Damit gibst du deine Selbstständigkeit auf!«

»Ach Willi, irgendwann muss man sich entscheiden. Selbstständig allein oder ein wenig unselbstständig zu zweit. Ich würde den zweiten Weg wollen. Vorausgesetzt, du gewährst mir Asyl?«

»Nichts lieber als das. Ich habe ja auch schon des Öfteren daran gedacht, dich zu bitten, ganz zu mir zu kommen. Ich wollte dich aber nicht einengen.«

»Lass uns heute Abend ausgehen. Wir besprechen das an einem neutralen Ort. Dann entscheiden wir, ob wir danach zu dir oder zu mir gehen. Das hat dann Symbolcharakter für unsere Zukunft.«

»Du hast immer so gute Ideen. Auch dafür liebe ich dich, mein Liebstes.«

Sie gingen zu einem Italiener auf der Benderstraße. Dort wurde sehr gut gegessen und auch das eine oder andere Glas Wein getrunken. Dann kam man zum eigentlichen Grund der Zusammenkunft.

»Egal, in welches Haus wir zusammenziehen, es wird eine große Aufgabe. Bestimmte Möbel wird der eine oder der andere aufgegeben müssen. Und es wird ein neues Schlafzimmer geben. Unser Schlafzimmer und nicht das von Karl oder Angelika.«

»Ja, das machen wir. Ich habe auch ab und zu ein schlechtes Gefühl. Irgendwie ist sie manchmal da. Und wenn ich bei dir bin, habe ich das Gefühl, er sieht uns zu.«

»Genau das meine ich, nur in umgekehrter Form. Also, das Schlafzimmer haben wir nun schon. Ist ja auch das Wichtigste. Darauf trinken wir«, und Erna erhob ihr Glas.

»Sie fängt mit dem Schlafzimmer an. Hätte ich mir ja denken können. Andere sprechen über das Haus, das Wohnzimmer, welches Auto. Sie aber hat das Schlafzimmer als Erstes im Visier«, das alles dachte sich Willi, sagte aber kein Wort, sondern stieß mit Erna an. Kaum dass sie einen Schluck getrunken hatte, fragte sie:

»Wie sieht es mit der Küche aus?«

»Was ist mit der Küche?«

»Ich denke, es macht keinen Sinn, deine Küche rauszureißen und meine einzubauen oder umgekehrt.«

»Sollten wir zu dir ziehen, würde ich aber gerne mein Gewürzregal bei dir unterbringen wollen.«

»Ohne das würde ich dich auch nicht wollen. Ich verzichte doch nicht auf deine Kochkunst, mein kulinarischer Prinz.«

»Eventuell sollten wir die Elektrogeräte austauschen. Da müssen wir mal überlegen, von wann die einzelnen Geräte sind und ob sie austauschbar wären.«

Erna hatte ihm nicht wirklich zugehört. Schließlich war das eine Aufgabe, die Willi erledigen sollte.

»Welche Küche findest du denn schöner?«

»Noch mal Willi, beide sind gut und bleiben, wo sie sind. Die Einzelteile darfst du dir zusammensuchen. Darauf trinken wir.«

Natürlich erhob sie wieder ihr Glas. Ihm blieb nichts anderes übrig, als mit ihr anzustoßen und zu trinken.

»Wie viele Zimmer hat mein Haus? Wie viele Zimmer hat ihr Haus?«

Als er das kaum zu Ende gedacht hatte, kam der Kellner und fragte, ob er noch eine neue Flasche Wein bringen sollte.

»Unbedingt, wir sind noch lange nicht fertig!«

Der Ober verstand nicht, warum sie das sagte, brachte aber sehr schnell eine neue Flasche und goss den beiden wieder etwas Wein in ihr Glas.

»Das Wohnzimmer?«

Das Wohnzimmer?«, fragte Willi, der immer noch darüber nachdachte, wie viele Zimmer zu betrinken waren.

»Ja, welches nehmen wir?«

»Das ist mir eigentlich egal. Mir gefallen beide. Ich habe vielleicht einen moderneren Fernseher und die Stereoanlage ist auch noch nicht so alt, aber die Möbel sind eh ähnlich.«

»Gut, sehe ich auch so, dann lassen wir die Möbel da, wo sie stehen, egal, in welches Haus wir zusammenziehen. Damit haben wir auch das Wohnzimmer geklärt. Darauf trinken wir.«

»Das machen wir.«

Nun erhob Willi als Erster sein Glas. Er hatte erkannt, dass es wohl so weitergehen würde, und wollte kein Spielverderber sein. Ging es doch schließlich um ihre Zukunft.

»Dein Haus hat ein Badezimmer und ein Gästeklo. Ich habe auch ein Badezimmer und auch ein Gästeklo. Die werden wir auch nicht tauschen können. Höchstens das Toilettenpapier. Da nehmen wir deins, Willi. Es ist die bessere Sorte.«

Der Blick von Willi zu Erna verriet, dass er glaubte, so langsam sollte sie mit dem Wein aufhören. Doch Erna dachte gar nicht daran.

»Auf das Toilettenpapier. Ich meine die Sauberkeit. Prost.«

Diesmal war sie wieder schneller mit dem Heben des Glases. Und nachdem sie es ausgetrunken hatte, schaute sie es erstaunt an.

»Ist schon wieder leer. Schüttest du uns noch etwas nach, wir haben ja noch Räume.«

Natürlich kam Willi dem Wunsch von ihr nach. Goss aber nicht mehr so viel ein.

»Was machen wir mit dem Gästezimmer oder dem Arbeitszimmer? Ich denke, da werden wir etwas mischen müssen.«

»Erna, ich glaube, das werde ich dir überlassen. Ich werde die tragende Kraft sein und du bitte die Person, die bestimmt, was wohin kommt. Ich habe ja dein Haus gesehen und bin mir sicher, dass du das ebenso schön wieder hinbekommst, wenn auch mit gemischten Möbeln. Die Sachen aus dem Zimmer von Karl werden wir vielleicht bei dem Sanitätshaus los. Sie haben gebrauchte in ihrem Sortiment. Und mal sehen, was sie sonst noch brauchen können.«

»Also gut, dann werde ich das Mal so machen. Dein Ankleidezimmer, also das ehemalige Ankleidezimmer von Angelika, ist schon toll. Egal, wo wir wohnen werden, so was musst du mir auch bauen.«

»Versprochen.«

»Na, darauf sollten wir trinken. Wieso ist das Glas schon wieder leer? Willi hattest du es nicht nachgefüllt?«

Er sagte nichts dazu. Hatte aber erkannt, dass wenig einschenken nur öfters nachschenken bedeuten würde.

»Vom Praktischen her sollten wir dein Haus nehmen. Es liegt etwas günstiger in Stadtnähe. Außerdem hat es einen größeren Garten. Wenn wir mal älter werden, und das werden wir, müssen wir des Öfteren den Urlaub zu Hause verbringen, und dann ist so ein Garten wichtig. Außerdem ist dein Haus etwas jünger als meins.«

»Du denkst wirklich an alles und wägst es ab, als Sache, vollkommen emotionslos. Es ist doch dein Geburtshaus, was du aufgeben willst. Dort bist du aufgewachsen. Deine Eltern haben es gebaut.«

Weiter kam er nicht.

»Ich werde das Haus nicht verkaufen, ich werde es Sophia überschreiben. Genau wie meine Eltern es mit mir gemacht haben. Nur, dass ich nicht nach Spanien ziehe, sondern nach Unterrath. Sie kann das Haus entweder selbst nutzen oder vermieten. So viel zum Thema *Heimat*.«

»Dann hast du entschieden, dass du zu mir kommen möchtest?«

»Ja, das möchte ich. Komm, lass uns darauf anstoßen.«

Willi stand aber auf, ging um den Tisch herum und gab ihr einen kleinen Kuss.

»Ich freue mich auf dich.«

Dann erst nahm er sein Glas und stieß mit Erna an.

»Wir sollten aber nicht heiraten, lass uns erst mal die finanzielle Situation überschlagen. Doch das werden wir heute nicht mehr besprechen.«

Willi, der sich wieder gesetzt hatte, war baff. Sie haben gerade Haus und Hof zusammengelegt, und nun sprach sie von einer Heirat, die aber nicht stattfinden sollte. Erst mal nicht stattfinden sollte.

»Ein Teufelsweib mit einer ungeheuren Dynamik«, stellte er für sich fest.

»Willi, lass uns zahlen und wir fahren zu dir, falsch, wir fahren nach Hause.«

»Ja, das machen wir. Wir fahren nach Hause.«

Es war April, als sie endlich wieder in die Sauna konnten. Der Umzug, die Aufgabe eines Hauses und dessen Haushalt hatte sie so sehr in Anspruch genommen, dass an Erholung erst mal nicht zu denken war. Willi hatte in seinem Haus Platz geschaffen. Eigenartigerweise hatte Erna immer wieder verhindert, dass er das eine oder andere Möbelstück entfernen konnte.

»Das ist doch schön, bitte wirf das nicht weg. So ein wertvolles Objekt wirst du doch wohl nicht entfernen wollen. Lass die Lampe bitte da stehen. Da werfe ich lieber meine alte Stehlampe weg. Deine

Lampe hat so ein beruhigendes Licht, bitte, Willi, da haben wir doch den ersten Abend bei dir darunter verbracht.«

Und so ging es weiter. Entweder wollte Erna so wenig wie möglich aus ihrer »alten Heimat« mitnehmen, oder wollte sich einfach nur komplett erneuern. Wahrscheinlich war es von jedem etwas. Ihm war es recht. Wollte er doch, dass sie sich wohlfühlte. Mit welchen Möbeln war ihm eigentlich egal.

Erna hatte auch ihre Tochter in Spanien besucht und sie über ihre Pläne informiert. Doch so ganz ging ihr Plan nicht auf. Die Tochter wollte das Haus nicht, da sie in Spanien bleiben würde, hier ihre Freunde hätte und eine Rückkehr nach Deutschland für sie nicht in Frage käme. Deshalb wollte sie hier auch keine Verpflichtungen. Erna vermietete dann das Haus an eine junge Familie.

Der junge Mann war ein ehrenamtlicher Mitarbeiter von ihrer Kirche. Alles, was sie noch im Haus hatte, wurde von dieser Familie übernommen. Was sie dann letztlich davon behalten wollten, würde sich zeigen. Erna war zwar das Haus los, es war aber immer noch in ihrem Besitz. Die Familie übernahm einige Kosten und anstehende Reparaturen. Dafür erhielten sie die Erlaubnis, das Haus und den Garten so zu gestalten, wie sie wollten. Nur eine kleine Miete ließ sich Erna von ihnen bezahlen, so wussten sie, wir wohnen nur zur Miete und sind nicht die Besitzer. Davon bezahlte sie dann die Grundstückssteuer, Kanalisation und die anfallenden Versicherungen.

Es war Samstagnachmittag und Erna suchte in dem Durcheinander ihres neuen Haushaltes die Saunasachen zusammen.

»Willi, weißt du, wo wir den Saunahandschuh haben?«

»Nee, hast du den mitgenommen?«

»Ja, habe ich, er war in einem Karton, wo draufstand *Badezimmer*.«

»Na, dann muss er doch auch im Badezimmer sein.«

Damit war für Willi die Sache erledigt. Nicht so für Erna.

»Ich finde in deinem Badezimmer nichts wieder. Irgendwie verschwinden die Sachen hier. Kannst du mal kommen.«

Willi, der nicht damit gerechnet hatte, in dieser Angelegenheit erneuttätig werden zu müssen, stand auf und ging nach oben. Erna hatte mittlerweile alle Schränke aufgemacht und durchsucht.

»Da, an der Wand, direkt in der Dusche, da ist doch das Gitterregal. Schau mal, da sind auch solche Handschuhe. Vielleicht ist ja der dabei, den du meinst.«

Während er das sagte, war er dann auch schon in der Dusche und holte den Stapel Handschuhe hervor.

»Wie kommen die denn da hin? Die gehören doch in den Schrank für die Saunasachen. Kein Wunder, das man hier nichts findet.«

»Aber wir benutzen diese Handschuhe auch hier beim Duschen.«

»Dann werde ich die jetzt aufteilen.«

Nachdem er ihr den Stapel Handschuhe in die Hand gedrückt hatte, ging er aus dem Bad und wieder runter.

Kaum unten angekommen hörte er: »Welches Duschgel und welches Haarwaschmittel nimmst du mit?«

»Ich nehme nur das Schampon mit. Die blaue Flasche«, rief er zurück.

»Kannst du bitte mal kommen und mir helfen?«

»Ja, ich komm.«

Wieder ging er nach oben. Sie stand vor den Schränken, die nun allesamt geschlossen waren, und sah ihn an.

»Ich werde wohl nie wissen, wo was ist. Zu Hause war alles anders eingeräumt.«

»Mein Liebes. Räum doch alles aus und dann wieder ein. Dann hast du es so eingeräumt, wie du es früher hattest und weißt in Zukunft, wo was ist«, er beugte sich zu einem Schrank herunter, öffnete ihn und nahm eine Schamponflasche heraus und drückte sie Erna in die Hand.

»Suchst du sonst noch was?«

»Mach dich bitte nicht lustig über die Probleme, die ich habe. Es ist wirklich nicht leicht, sich hier zurechtzufinden.«

»Es war nur eine Frage, die ich gestellt habe, bevor ich wieder nach unten gehe.«

»Die Taschen für die Sauna? Sind die im Gästezimmer, oder wo haben wir die hingestellt?«

»Also, meine steht wie immer im Schlafzimmerschrank unter den Hemden. Wo du deine abgestellt hast, weiß ich leider nicht.«

»Ich glaube, ich habe meine dazu gestellt.«

Willi ging aus dem Bad und in das Schlafzimmer. Öffnete den Schiebeschrank und sah hinein.

»Hier sind beide Taschen. Soll ich sie dir mitbringen?«

»Ja, das wäre sehr freundlich von dir«, antwortete sie mit einem scharfen Unterton.

»In dem hohen Schrank sind die Saunatücher, auch die Duschtücher für die Sauna sind dort untergebracht. Wir sollten die Taschen eigentlich immer gepackt lassen. Also nach der Sauna die Tücher waschen und sie dann direkt dort wieder hineinpacken. Das Schampon von mir kann auf jeden Fall dortbleiben. Ich habe noch die eine oder andere Flasche zum Waschen im Schrank.«

Erna antwortete nicht, sondern sah in den Schrank und nahm mit einem Seufzer die benötigten Handtücher heraus.

»Ich stell dir die Taschen auf das Bett, dann kannst du dort alles einräumen.«

»Ich weiß, dass ich das kann. Danke.«

Ein kleiner Hinweis von ihr, dass auch Willi sich kümmern könnte.

»Soll ich dir helfen?«

»Nein, jetzt bin ich ja schon fertig.«

»Gut, dann nicht«, sagte er und ging die Treppe wieder runter. »Sag Bescheid, wenn du fertig bist, ich trage sie dann hinunter.«

»Na, wenigstens das macht er«, schmollte sie in sich hinein.

Ihre Bademäntel, die sie erst neulich zusammen gekauft hatten, legte sie über die Taschen. Dann ging auch sie nach unten.

»Ach, jetzt habe ich die Badelatschen vergessen.«

»Ich glaube, die sind im Schuhschrank, der im Gästezimmer steht. Ich sehe mal nach und bringe sie mit den Taschen nach unten.«

Willi ging diesmal nicht mehr so flott nach oben. Etwas Bewegung ist ja gut, heute empfand er es aber als besonders gut.

Er hatte recht, die Badelatschen befanden sich in dem Schrank, in dem er sie vermutet hatte. Seine nahm er und stand dann vor der Entscheidung, welche er für Erna mitnehmen sollte. Er überlegte, welche sie getragen hatte, als sie beim letzten Mal in der Sauna waren. Im Glauben, es waren die weißen mit dem leichten blauen Muster, nahm er diese aus dem Schrank und trug sie mit den anderen Sachen nach unten. Er stellte die Sachen im Flur ab und ging zu Erna ins Wohnzimmer. In der Hand die Badelatschen.

»Ich habe dir diese ausgesucht für morgen«, und zeigte ihr seine Auswahl.

»Dass du weißt, welche ich am liebsten trage, ist schön, zeigt es mir doch, dass du mich im Ganzen betrachtest.«

Willi, der eigentlich nur Glück hatte, drehte sich um, packte die Schuhe in ihre Tasche und sprach während dieser Handgriffe: »Ich liebe dich eben von Kopf bis Fuß.«

Er spürte eine Hand auf seinem Po.

»Ich dich auch.«

»Das ist aber nicht mein Fuß.«

 Er richtete sich schnell auf. Dann drehte er sich um und schnappte sich Erna. Dann küsste er sie sanft und hielt sie fest.

Nach einer Weile löste sich Erna und fragte ihn nach seinem Hunger. Willi, der eigentlich an etwas anderes gedacht hatte, bemerkte nun wirklich etwas Hungergefühl.

»Ich werde uns einen *Strammen Max* machen. Hast du darauf Hunger?«

»Ja, mein Liebes, das ist eine gute Idee.«

»Mache ich nur, weil die Eier nur noch bis morgen haltbar sind.«

»Natürlich, nur deshalb. Schande über den, der an was anderes gedacht hat«, ereiferte sich Willi und lachte dabei.

Auch Erna bemerkte nun den doppelten Sinn ihrer Aussage. Um diese Aussage zu bekräftigen, ging sie in die Küche und an den Kühlschrank. Holte die Eierpackung hervor und ging zu Willi.

»Kannst du lesen? Ja, dann lies«, und hielt ihm die Packung hin.

»Ist ja gut. Sorry, dann lag ich diesmal falsch und du hattest keine Hintergedanken.« Willi hatte sich das Datum gar nicht angesehen. Er war sich sicher, dass das Verfallsdatum stimmte, sonst hätte sie die Packung nicht geholt. Und doch war er sicher, sie machte die Speise auch in Hinsicht auf die Luststeigerung. Aber diesmal wollte sie es wohl nicht zugeben.

Der *Stramme Max* jedenfalls schmeckte, mit oder ohne Nachspiel. Willi trank dabei ein Bier. Belgisches Bier. Das hatte er beim letzten Einkauf gesehen und sich davon zwei Flaschen gekauft. Einfach mal aus Neugier. Es war eiskalt und hatte eine leichte, hellbraune Farbe. Etwas heller als das normale Alt. Als er einen Schluck davon nahm, er trank es aus der Flasche, schüttelte er sich allerdings.

»Nee, das wird sicherlich nicht meine Hausmarke.«

Trank aber danach noch einen Schluck, was Erna nicht wirklich verstehen konnte.

»Schmeckt nicht, trinkt aber weiter?«, dachte sie so. »Männer!«

Nachdem sie eine Weile im Wohnzimmer gesessen hatten und Willi sich schüttelnd auch die zweite Flasche Bier geleert hatte, gingen sie nach oben. Erna bekam dann doch noch die Wirkung vom *Strammen Max* zu spüren, und auch Willi schlief, sichtlich erleichtert um einige Millionen Spermien, recht schnell ein.

Sie standen am nächsten Morgen etwas früher auf als sonst, denn schließlich war endlich wieder Saunatag. Willi, der als Erster im Bad war, ging danach runter und bereitete das Frühstück vor. Nachdem er den Kaffee aufgesetzt hatte, warf er die leere Schachtel von den Kaffeefiltern in den Beutel für Pappe und Papier. Dabei sah er den leeren Eierkarton. Warum, wusste er nicht, aber er nahm ihn in die Hand und schaute auf das Verfallsdatum. *22. April* las er auf dem Schild.

»Wir haben doch heute erst den 14. April. Dieses Biest, ich wusste es doch.«

Er erwähnte es aber nicht, als sie zusammen frühstückten. Ihm war es ja eigentlich recht, wenn sie auf seine Libido achtete.

Mit vollem Bauch und leerem Sack fuhr man zur Sauna. Dort angekommen sahen sie, dass der Parkplatz etwas voll war.

»Gut, dann sind viele Leute da und es gibt viel zu sehen«, dachte er.

»Es scheint gut besucht zu sein. Hoffentlich bekommen wir noch einen guten Platz«, dachte sie.

Die Frau am Empfang begrüßte sie und bemerkte, sie doch eine längere Zeit nicht gesehen zu haben.

»Ach, wir hatten viel mit Umzug und Umbau zu tun. Doch das ist jetzt geschafft und nun können wir wieder regelmäßig kommen.«

»Regelmäßig kommen, sicherlich«, dachte Willi und ihm fiel wieder der *Stramme Max* ein. Dann gingen sie hinein.

»Möchtet Ihr eine Massage?«, rief ihnen noch die Frau hinterher. Willi und Erna schauten sich an, beide schüttelten den Kopf und Willi rief zurück: »Nein danke, heute wohl nicht.«

»O. k.«

Dann gingen sie weiter zu ihren Spinden und zogen sich um bzw. aus.

»Lass uns erst mal wieder zwei freie Liegen suchen, bevor wir duschen, Willi.«

»Ja, das ist eine gute Idee. Wer weiß, ob wir überhaupt noch einen freien Platz finden.«

Als sie den Saal betraten, sahen sie, dass es doch gar nicht so voll war, wie der Parkplatz es vermuten ließ.

»Schau mal, Willi, dort am großen Fenster sind noch zwei Liegen frei.« »Ja, die nehmen wir«, und er ging etwas schneller voraus. Dort legte er siegessicher seine Handtücher aus. Erna, die ihm langsam gefolgt war, strahlte über diese doch so schönen Plätze. Dann legte auch sie ihre Tücher ab.

»Komm, wir legen uns erst mal was hin und ruhen uns aus.«

»Nee, Willi wir haben gleich halb elf, und dann ist doch Aufguss in der Nordischen.«

»Ich verstehe. Du willst sehen, wer inzwischen »wedelt.«

»Och, daran habe ich jetzt gar nicht gedacht.«

Willi stand auf und sah, dass Erna schon losstürmte, um noch ihren begehrten Platz zu bekommen. Als Willi ihr in die Sauna folgte, setzte sie sich so, wie es Willi sich gedacht hatte, natürlich in die untere Reihe und in die Nähe des Eingangs.

Nach kurzer Zeit kam ein Mann in die Sauna und stellte sich als Markus vor. Und als er sein Handtuch von den Lenden genommen hatte, wusste Erna, wer ihr neuer Favorit sein würde, wenn es um den »Wedelpokal« gehen würde. Willi beobachtete wie immer seine Erna. »Sie hat nachher Nackenschmerzen, vom vielen Hin- und Herschauen. So wie die Zuschauer bei einem Tennisspiel.«

Danach stürmten alle ins Freie und schnappten nach Luft. Auch Willi und Erna hatten die frische Luft gesucht.

»Da hast du ja Glück gehabt, dass der Neue gut wedeln kann.«
»Ja, fand ich auch. Die heiße Luft hat gutgetan.«
Natürlich hatte er ihr auch so gutgetan. Nicht, dass sie Notstand hätte, aber sie genoss den Anblick eines kräftigen Mannes nur zu gern. Und Markus war wie ihr Willi kräftig, in jeder Hinsicht.

Danach ging man wieder in das Gebäude und duschte sich den Schweiß ab. Willi wollte sich sehr kalt abduschen. Dafür hatte er sich mal wieder unter den Eimer der Eisdusche gestellt und dann an der Kette gezogen, die von dem Eimer herunterhing. Fast nicht zu ertragen dieses Eiswasser. Willi ertrug es wie ein Mann, und Erna schaute respektvoll zu ihm rüber. Nach dieser Eisdusche wollte er aber heute nicht in das Kaltbecken. Willi ging zur normalen Dusche und duschte sich nun warm ab.
»Die Gegensätze sind gesund und härten den Körper ab«, war seine Erklärung, als Erna ihn erstaunt ansah, dass er nach dieser doch sehr harten Abkühlung nun die Wärme suchte.
»Alles nur Angabe, eigentlich ist er ein Weichei«, sagte sie leise, dachte es aber nicht wirklich. Willi genoss derweil das warme Wasser. Erna hatte sich nach dem Betreten des Gebäudes zu einer Kneippkur entschlossen.

Die Kneippkur besteht aus einem dicken Wasserschlauch, aus dem sehr kaltes Wasser mit hohem Druck kommt, das man dann, beginnend von den Füßen, langsam über den ganzen Körper führt. So wurde der ganze Körper sanft an die kalte Wassertemperatur gewöhnt. Nachdem Erna sich mit dem Schlauch komplett abgeduscht hatte, drehte sie den Wasserhahn ab und stellte sich unter die Tellerdusche. Jeder Strahl von dieser Dusche ist wie eine kleine Massage. Eigentlich angenehm, wenn nur die Kälte nicht wäre. Erna hatte es diesmal fast zwei Minuten geschafft, diese Kälte zu ertragen. Erst danach ging auch sie unter die Warmdusche.
Währenddessen hatte Willi die Temperatur nach unten und danach wieder nach oben gestellt. Wechseltemperaturen. Kalt und heiß. Heute überwog aber das heiße Wasser. Erna, die sich genug

abgekühlt hatte, ging nur kurz unter die warme Dusche und trocknete sich dann ab.

Sie bemerkte die Blicke zweier junger Männer, die an der Seite der Duschen ihre Liegen hatten, und stellte sich nun extra in Position. Was die beiden sichtlich erfreute. Sah sie doch ihre Hände unter dem Bademantel verschwinden.

»Na, dann viel Spaß«, dachte sie und trocknete sich nun weiter ab. Nicht ohne sich dabei etwas zu bücken. Erst als Willi neben ihr stand, beendete sie diese Provokation. Zum Leidwesen der beiden jungen Männer. Erna schickte ihnen noch ein kleines Lächeln und nahm dabei ihren Willi kurz in den Arm. Der wusste zwar nicht, warum, deutete es aber als Normalität.

Oft suchten sie zwischendurch ihre Nähe. Willi und Erna gingen zu ihren Liegen zurück und legten sich hin.

»Hast du Durst?«

»Ja, komm, lass uns an die Theke gehen.«

»Bleib liegen, ich gehe und hole uns was. Was möchtest du, mein Liebes?«

»Eine schöne kalte Apfelschorle.«

Willi ging an die Theke und bestellte für Erna die Apfelschorle und für sich ein schönes kaltes Bier. Er musste ein wenig warten, da die Theke gut besucht war. Mittlerweile war es ja schon fast 12.00 Uhr.

An seiner linken Seite sah er einen Mann und eine Frau. Beide, wie er selbst unbekleidet. Sie sah aus wie eine Frau aus der besseren Welt. Sie hatte teuer aussehenden Schmuck an. In einer Sauna eher selten, da Schmuck in der Sauna heiß wird und zu kleinen Brandblasen führen kann. Ihre Haare waren gestylt, der Lippenstift sicherlich noch mal frisch aufgelegt. Sie sah auch aus, als wäre sie geschminkt. Willi schätzt die Frau so um die sechzig Jahre. Großer, üppiger Busen und auch sonst gut dabei. Konfektionsgröße 48 bis 50 schätzte er.

Im Gegensatz zu ihrem Gegenüber. Der war eher schmal gebaut und sicherlich nicht geschminkt. Dafür unrasiert und machte einen ungepflegten Eindruck. Höchstens fünfundzwanzig. Warum die Dame sich mit diesem jungen Mann unterhielt, konnte Willi sehen, als sich der Mann kurz mal umdrehte. Da bekam selbst Willi etwas Minderwertigkeitskomplexe.

»Der ist gebaut wie ein Pferd«, kam ihm in den Sinn. Die Frau machte keinen Hehl aus ihrem Ansinnen, wie er mithören konnte.

»Sie haben doch sicherlich nachher noch etwas Zeit. Mein Mann ist wie immer auf Dienstreise. Er arbeitet im Ministerium für Auslandsfragen und ist fast das ganze Jahr unterwegs. Sie, oder darf ich Norbert sagen, können sich vorstellen, wie viel Entbehrungen eine Frau erleiden muss, wenn der Mann nicht da ist, wenn man Verlangen hat. Und ich habe oft ein Verlangen.«

Dabei setzte sie sich etwas besser in Pose, was der junge Mann sofort bemerkte und sich ebenfalls etwas mehr zu ihr hindrehte.

»Wenn ich helfen kann, dann würde ich das sehr gerne tun.«

»Das wäre sehr schön. Soll dein Schaden auch nicht sein. Was will man mit Geld, wenn die Sehnsucht nach anderen Dingen ruft.«

»Wie lange wollten Sie, äh, du, Maria, denn noch hierbleiben?«

»Och, wenn du mich so fragst, könnten wir auch gleich zu mir fahren. Hast du ein Auto?«

»Ja, habe ich.«

»Dann fährst du gleich hinter mir her. Ich wohne nicht weit von hier. Wo kommst du her?«

»Ich wohne in Bergisch Gladbach.«

Dann standen die beiden auf und gingen weg. Willi schaute ihnen hinterher und sah, wie sie sich kurz trennten, da jeder zu seiner Liege ging. Danach trafen sie sich wieder und gingen in Richtung Ausgang.

An seiner rechten Seite hatte er immer wieder leichtes Gekicher gehört. Zwei Frauen im gesetzten Alter erzählten sich Geschichten von ihren Ehen. Dabei kamen ihre Ehemänner nicht wirklich gut weg. Willi hatte Worte gehört wie: *gehörnt, Potenzschwäche* und *selber schuld*. Da er immer noch auf seine Getränke wartete, hörte er genauer zu.

»Seit Fritz etwas Probleme mit seiner Prostata hat, läuft so gut wie gar nichts mehr. Und wenn, immer zu den Zeiten, wo es nicht wirklich romantisch ist. Früher, ja, da haben wir es sicherlich immer dann getrieben, wenn wir Lust hatten. Heute hätte ich es gerne morgens. So schön ausgeruht und dann befriedigt werden, das wäre genau das Richtige.«

»Wem sagst du das. Bevor ich richtig wach bin, ist mein Mann schon aus dem Haus. Da bleibt mir nur wieder die eigene Hand.«

»Meiner hat mir vor zwei Jahren einen Dildo von Beate Uhse geschenkt. Zur Ergänzung hat er damals gesagt. Heute ist der mein Hauptbediener.«

»Ach, Liesel, es ist schön, dass wir uns haben. Klar, so ein richtiger kräftiger Mann ist nicht zu ersetzen, aber deine Zunge ist göttlich.«

»Eva, nicht so laut, wir sind nicht alleine.«

Willi fühlte sich erwischt beim Zuhören. Zum Glück kamen seine Getränke. Er nahm sie auf und drehte sich nun aber bewusst zu den Damen herum.

Beide schauten ihn an und sahen dann nach unten. Er sah in ihren Augen die aufflammende Begierde. Wusste er doch um ihren Entzug, und dass er gut bestückt war, das konnte er oft genug an vergleichbaren Anwesenden sehen. Langsam ging er von ihnen weg. Er wusste, dass sie ihm nachschauen würden. Einen schönen Hintern hatte er schließlich auch noch zu bieten.

»Du warst aber lange weg. Hast du dir ein Bierchen direkt an der Theke getrunken?«

»Nee, schön wäre es. Einfach zu voll.«

Dann stellte er die Getränke auf die kleinen Beistelltische und legte sich auf seine Liege.

Kaum dass er sich hingelegt hatte, kamen die zwei Frauen von der Theke an ihm vorbei. Bewusst langsam, natürlich mit festem Blick auf ihn, und er wusste, dass sie nicht ihn, sondern nur »ihn« betrachteten.

Gott sei Dank war Erna mit ihrer Apfelschorle beschäftigt, sonst hätte sie sicherlich den beiden Damen gezeigt, wem dieses Teil gehört. Nach dieser Blickaktion war Ruhe bei Willi, und auch sonst gab es kaum weitere Aktivitäten. Einen Saunagang gönnten sie sich noch, etwas ausruhen, und dann ging es auch schon nach Hause.

Das Abendessen nahmen sie zu Hause ein. Willi hatte eine Tomatensoße vorbereitet und kochte nun Spaghetti dazu. Spaghetti Bolognese mit frischem geriebenem Käse. Für Erna war das schon lange ihr Lieblingsgericht, jedoch frisch gekocht von ihrem Willi war es ihr Vier-Sterne-Menü geworden. Danach ging man gesättigt und durch den getrunkenen Rotwein auch etwas schläfrig zu Bett. Erst der nächste Morgen sollte für sie wieder ein Kaffeemorgen mit anschließendem Liebesspiel werden.

Sehr schnell vergingen nun die Wochen, und ehe sie sich versahen, verging auch ein Jahr und noch viele weitere Jahre.
Willi verstand nicht, warum Erna an diesem sonst ruhigen Sonntagmorgen so aufgeregt war.
»Gut, es war Saunatag, aber den haben wir nun schon so lange immer am zweiten Sonntag im Monat, daran kann es nicht liegen«, dachte er. »Oder gibt es einen neuen Wedler? Hat sie beim letzten Mal wieder einen neuen Namen gehört, mit hoffentlich entsprechendem Wedelwerkzeug?«

In den vielen Jahren hatte Erna einige Favoriten kommen und gehen, bzw. wedeln gesehen. Ein einziges Mal hatte Willi für Erna zu Hause den Wedler gemacht. Seitdem hatten viele neue Wedler weniger Applaus von ihr erhalten.
Den Heimvorteil (das Glied durfte etwas erregt sein), die geringere Wärme (Willi wedelte im Schlafzimmer und nicht in der Sauna), und die Möglichkeit, nach dem Wedeln auch noch Nutzen davon zu haben (Erna wurde danach direkt beglückt), brachten ihm sehr viele Vorteile. Ein Sieg reichte Willi, um das Wedeln nun wieder den anderen zu überlassen.

Behände hatte sie die Taschen im Flur bereitgestellt und war auch schon fertig zum Aufbruch. Willi nahm die Taschen, stellte sich aber Erna in den Weg und sagte: »Ich wünsche uns einen ruhigen, schönen Saunatag.« Dann küsste er Erna. Sie erwiderte den Kuss, um dann aber umso schneller die Haustüre zu öffnen.

»Was hat sie nur?«, fragte sich Willi erneut und musste zugeben, dass er nicht wusste, was los war.

An der Sauna angekommen, stieg sie aus und ging in Richtung Eingang. Willi öffnete den Kofferraum und nahm die Taschen.

»Nimmst du mich mit? Oder wenigstens die Taschen?«, fragte er nicht nur, sondern rief es ihr auch etwas lauter hinterher.

»Willi, entschuldige, aber ich dachte, ich stell mich schon mal an, damit wir heute schöne Plätze bekommen.«

»Erna, wir bekommen fast immer schöne Plätze. Und wenn nicht, ist das nicht so schlimm. Wir sind zusammen, und kein Platz in dieser Welt kann schöner sein, als der Platz neben dir.«

Sichtlich gerührt von seinen schönen Worten kam sie nun zurück und umarmte ihn. Willi konnte sie nicht umarmen, hatte er doch zwei Sporttaschen in den Händen.

»Mein Willi, mein Liebster, danke, dass du mich hier und da etwas bremst. Es ist schön, dich zu haben.«

Sie küsste Willi und ging dann wieder in Richtung Eingang. Er sagte nun nichts mehr, ging mit den Taschen hinter ihr her, und als er im Gebäude war, hatte sie schon die Spindschlüssel in der Hand.

Also weiter mit den Taschen zu den Umkleidespinden. Auch dort schlüpfte Erna schnell aus ihren Sachen und zog sich ihren Bademantel an, den sie von der Tasche, die Willi ihr hingestellt hatte, genommen hatte.

»Ich suche uns schon mal schöne Plätze.«

Nahm noch zwei Handtücher aus ihrer Tasche und ging in Richtung Saunaraum. Willi entledigte sich in aller Ruhe seiner Kleidung und verstaute dann ihre und seine Sachen in den Spinden. Er nahm die restlichen Handtücher, die Duschutensilien und ging dann auch in Richtung Saunaraum, jedoch nicht ohne vorher den Duschraum aufzusuchen. In den Duschräumen für alle stellte er die Gels und Seife ab. Dann ging er durch die Duschtüre in den Saunaraum. Willi schaute sich um, sah aber weit und breit keine Erna.

»Weg, wo ist sie hin?«, fragte er sich. Als er erneut einen Rundumblick startete, sah er eine winkende Hand. Eine Hand, die er kannte, und von der wusste, dass diese Hand zu Erna gehörte.

Er zeigte ihr die Sachen, die er in der Hand hatte, und die winkende wurde zu einer richtungsweisenden Hand. Er schaute in die angezeigte Richtung und ging dann dorthin.

»Das müssen sie sein«, stellte er für sich fest, nachdem er die dort liegenden Handtücher erkannt hatte, und meinte damit die beiden Liegen, die Erna belegt hatte. Nach dem er sich der Handtücher entledigt hatte, ging Willi im Bademantel zu Erna, die ihm von der Theke her gewunken hatte.

Dort angekommen, sah er eine strahlende Frau, die zwei Sektgläser in den Händen hatte.

»Willi, weißt du eigentlich, dass wir heute so eine Art Jubiläum haben?«

»Was meinst du, Erna?«

»Nun, so circa genau vor zwanzig Jahren haben wir hier das erste Mal zusammen ein Glas Sekt getrunken.«

»So lange ist das schon her?«

»Ja, und wie du siehst, sie haben immer noch die gleiche Marke. Macht aber nichts, ich habe ja auch noch den gleichen Trinkpartner!«

Erna lachte dabei und gab Willi ein Glas in die Hand.

»Auf die nächsten zwanzig.«

»Die aber etwas ruhiger.«

»Willi, ruhiger werden wir von alleine. Das kommt, auch wenn wir es nicht wollten.«

Eben das war es, was Willi bei Erna nicht glaubte. Dann stießen sie mit ihren Gläsern an und tranken einen Schluck. Willi gab ihr einen Kuss.

Genau wie damals fragte die Bedienung, die aber nicht mehr die Gleiche war:

»Was gibt es denn zu feiern?«

»Ach, nur was Familiäres«, hatte Erna auch gleich wieder mit ihrem Standardspruch erwidert.

»Ist das wirklich schon so lange her?«, fragte Willi nun noch mal nach.

»Ja, ist es. Es ist schade und schön zu gleich.«

»Wie meinst du das, Erna?«

»Nun, schade, weil wir vielleicht nicht mehr lange haben, um diese Sauna zu genießen. Aber schön, dass wir so viele schöne Jahre hatten. Und damit meine ich nicht nur die hier in der Sauna.«

Nun gab Erna Willi einen dicken Kuss, und als sie das zweite Glas Sekt tranken, schwelgten sie in Erinnerungen und erzählten ihre Erlebnisse. Dann setzten sie sich wieder auf ihre Liegen.

»Sollen wir nachher noch in die Norwegische gehen?«

»Ja, das können wir machen. Leider ist ja kein Jürgen, Markus und auch dieser Riese nicht mehr da. Die sind wohl schon in Rente. Wie hieß dieses Monstrum noch?«

»Nikolai, meine Liebste. Nikolai, der Mann aus Petersburg.« » Mal sehen, wen wir heute antreffen werden«, sie seufzte ein wenig.

»Wollen wir hoffen, dass er was für dich zum Wedeln hat. Dann ist der Name doch nicht so wichtig.«

Und um seinen Worten noch Nachdruck zu verleihen, fügte er hinzu: »Da erinnere ich mich an den Italiener Giovanni. Der Name ein Gedicht, der »Wedler« eher eine Kurzgeschichte.«

Willi drehte sich etwas zur Seite, damit Erna sein Lächeln nicht sah. Natürlich nahm er sie damit wieder auf den Arm. Eigentlich gönnte er ihr die Wedler, wie immer sie hießen oder ausgestattet waren; wenn sie sich nur dazu bekennen würde, dann wäre die Sache doch viel einfacher.

»Komm, wir gehen in die Sauna ich möchte den Wedler sehen.«

Fertig, so einfach.

Im Gegensatz zu Willi wusste Erna schon längst, wer heute wedeln wird.

Auf dem Plan der Anwendungen und der Aufgüsse hatte sie gesehen, dass ein Mann mit dem Namen »Omrum« den Aufguss machen würde. Erna war gespannt auf den »Mann«, den sie zu sehen bekam.

»Wenn ich da an meinen Jürgen denke. Was konnte der wedeln.«

Erna verdrehte etwas die Augen, als sie das sagte.

»Ach ja«, seufzte da Willi.

»Mein Fräulein Irene ist leider auch nicht mehr da. Erinnerst du dich noch an die kleine Dicke?«

»Ja, da hattest du wirklich keine Freude dran. Dann war doch eine Babsi da, oder?«

»Ja, das war mal wieder was Vernünftiges. Die hatte wirklich schöne Babsis«.

Willi sah diese Babsi in Gedanken wedeln und erinnerte sich an ihre großen Brüste. Vor allem aber an ihre überdimensionalen Brustwarzen.

»He, hör auf zu träumen.«

»Ach, ich dachte nur an die Püppchen, die danach kamen. Nichts Besonderes eben. Kein Arsch und kein Tittchen, aber schön wie Schneewittchen.«

»Ich weiß, was du meinst, Willi. So richtige Wedler oder Wedlerinnen gibt es nicht mehr. Da waren mein Jürgen – und deine Irene – schon was Besonderes, obwohl er dir das Wasser nicht reichen konnte. Zumindest, was der untere Bereich zu bieten hatte.«

»Nun ist es aber genug mit der Nostalgie. Lass uns den Ort der »Wedler« aufsuchen und hoffen, dass sie uns erfreuen.«

Sie gingen trotz der eher schlechten An- und Aussichten in die nordische Sauna. Erna hatte sich, wie schon immer, wieder in die Mitte der unteren Reihe gesetzt. Natürlich sah sie gespannt auf den Eingang. »Wer ist wohl dieser Omrum?«, fragte sie sich. Willi setzte sich ganz nach oben, jedoch so, dass er Erna im Blick hatte. So konnte er beobachten, ob sie heute wieder ein Tennisspiel ansehen würde.

Und dann kam Omrum. Ein Dunkelhäutiger.

Ein Raunen ging durch die Gruppe der Wartenden. Einen dunkelhäutigen Mann für den Aufguss hatte die Wellnessanlage noch nie.

Im Servicebereich war es eigentlich schon mal so, dass Menschen aus vielen Kontinenten beschäftigt wurden. Doch im direkten Saunabereich war das neu.

Wie alle Vorgänger öffnete er die Türe, nahm sein großes Handtuch von den Hüften und holte damit frische Luft in den Raum.

Wieder war ein Raunen, ein Husten oder ein Getuschel zu hören.

Erna schaute zu ihrem Willi hoch und Willi sah ein überaus glückliches Gesicht. Omrum schloss nach einiger Zeit die Türe und stellte sich kurz vor.

»Hallo, ich bin der Omrum und habe euch aus meiner Heimat einen Orchideenduft mitgebracht.«

Dann goss er aus dem Wasserbottich die erste Kelle auf die heißen Steine. Erna sah nicht die Kelle, sah nicht den Bottich. Sie sah nur den »Omrum«.

Einen dunklen Penis hatte sie in Natur noch nie gesehen. Da der Mann ja auch sonst dunkelfarbig war, konnte man in dem nun etwas gedämpften Licht nicht immer erkennen, wie oder wo gewedelt wurde. Willi lachte in sich hinein. Sah er doch die Bemühungen von Erna, alles oder wenigstens etwas vom wedelnden »Omrum« zu sehen.

Dann wurde sie für ihr angestrengtes Hinsehen belohnt. Omrum stand genau vor ihr und wedelte mit dem Handtuch die heiße Luft nach unten.

»Oh Gott, ist der schön. So habe ich mir einen dunklen Penis nicht vorgestellt. Gewaltig, einfach gewaltig.«

Auch ihre Nachbarin wird wohl so gedacht haben, da sie einen tiefen Seufzer ausstieß, als er direkt vor ihren Augen, vor ihrer Nase und vor allem ihrem Mund war.

»Wie schmeckt so einer?« Fast hätte sie die Nachbarin gefragt, ob sie das wüsste. Doch dann drehte sich Omrum wieder weg und Erna unterließ diese Frage. Nun konnte man seinen Po, seine Oberschenkel und seinen mit Muskeln bestückten Rücken betrachten. Erst jetzt schenkte Erna ihm einen Blick auf seinen gesamten Körper, und auch hier war nur Staunen. Als die nächste Fuhre Wasser vom Eimer auf die Steine ihren Weg fand, sah sich Erna den Mann als Ganzes auch von vorne an. Ein Muskelmann durch und durch.

»Nee, Willi, da kommste diesmal nicht mehr mit. Der ist dir um einiges über. So und wohl auch so.« Sie traute sich aber nicht, sich umzudrehen und ihren Willi anzusehen.

Irgendwann war auch die letzte Kelle Wasser vergossen, die letzte Wedelbewegung ausgeführt und Omrum verabschiedete sich. »Ich hoffe, es hat Ihnen gefallen und wir sehen uns bald wieder. Danke schön und weiterhin viel Spaß in der Anlage.«

Der Applaus der Damen war gewaltig. Fast *standing ovation* war angesagt. Nur die Männer hielten sich zurück. Bemerkten sie doch, dass da mehr als nur ein Konkurrent stand. Alle, die in diesem Raum erkannten, er ist nicht zu toppen.

Nach dem Verlassen des »Wedlers« wurde es auch wieder ruhiger. Einige hatten mit ihm die Sauna verlassen. Die restlichen Leute, auch Erna und Willi, harrten noch aus und blieben noch die geforderten zwei Minuten im Raum. Dann mussten aber auch sie hinaus. Schnell war man im Freigelände und setzte sich auf eine kleine Bank.

Nachdem sie beide wieder richtig Luft bekamen, sagte Erna: »Willi, so was habe ich ja noch nicht gesehen. Boh, was für ein Ding. Den kann doch eine normale Frau gar nicht aufnehmen. Der war ja noch nicht erregt, und hast du gesehen, wie schlaff seine Haut noch war. Der wächst bestimm noch um die Hälfte an.«

Erna hatte die Augen geschlossen und stellte sich nun diese Größe vor.

»Da wird wohl eine Geburtsmaschine mit 5 oder mehr Kindern ihren Spaß haben. Aber den, so wunderschön ich den auch fand, würde ich nicht haben wollen.«

Willi glaubte Erna zwar kein Wort, freute sich aber, dass sie nicht nur Spaß hatte, sondern dass sie Willi mit diesen Worten bestätigte, dass er ihr völlig genügte. Sie diskutierten noch eine Weile das für und wieder einer Größe, die ein Mann haben sollte, dann gingen sie wieder hinein und duschten sich kalt ab. Als sie auf ihren Liegen lagen, beobachtete Willi nun die Leute, während Erna die Augen schloss und sich ausruhte.

»Was sie wohl träumen wird, von wem sie wohl träumen wird, und wie groß ihr Traum wohl sein würde?«

Doch er gönnte ihr diese Träume.

Er hatte einen guten Platz, und anstatt zu träumen, sah er sich die Saunawelt an. Ihre Liegen waren zum Innenraum ausgerichtet.

»Da hat sie wirklich schöne Plätze ausgesucht«, dachte er so und schaute zu Erna rüber, die nun etwas eingeschlafen war, was er an ihren leisen Schnarchgeräuschen festmachen konnte. Da die Sauna gut besucht war, gab es für Willi, der keine Anstalten machte, sich auch etwas »Augenpflege« zu gönnen, sondern eher die »Augenweide« suchte, genug zu sehen. Erstmals betrachtete er nun auch die Eingeweide der Männer etwas genauer. Schnell erkannte er, dass viele nicht wiederkommen würden, in Anbetracht der Konkurrenz von Omrum. Konkurrenz, weil sie wohl Minderwertigkeitskomplexe bekommen würden. Er sah sich nicht so gefährdet. Doch mithalten konnte auch er nicht. Klar, dass auch er diesen Mann angesehen hatte und auch sein Teil.

Wenn der noch wächst, dann wird er unten eingeführt und oben die Mandeln treffen«, hatte er bei diesem Anblick gedacht. Und nun sah er wirkliches Elend, sprich »Kümmerlinge«. Dabei dachte er nicht an das Getränk. Was ihre Frauen wohl für Sehnsüchte hätten, nachdem sie Omrum betrachten konnten, darüber wollte er erst gar nicht nachdenken und widmete sich wieder der Hauptaufgabe nach dem Saunagang, dem Sehen und Gesehen Werden.

Als er eine schon etwas ältere Frau beobachtete, fiel ihm bei ihr etwas auf.
»Erna, schau mal!«
Erna, die schon vorher aufgehört hatte zu schnarchen, öffnete die Augen und sah zu ihrem Willi auf. Der hatte sich sein Rückenteil hochgestellt und saß nun mehr, als er lag. So konnte er alles viel besser beobachten.
»Willi, was ist los?«, fragte Erna, noch etwas im Halbschlaf.
»Schnell, schau doch mal. Da ist eine alte Frau und die ist völlig glatt rasiert. Jedenfalls unten.« Erna, die sich mittlerweile etwas erhoben hatte, sah in die Richtung, in der Willi schaute. Sie sah eine ältere Frau, die sicherlich schon lange die sechzig überschritten hatte.
»Oben hat sie schwarzes Haar. Wetten, dass die eigentlich unten grau sein würde, wenn sie sich nicht rasieren würde.«
»Ja, und was ist daran so wichtig?«
»Nun, daran kann man erkennen, dass sie sich die Haare färbt.«
»Wieso kannst du das erkennen?«

»Na, weil sie sich rasiert hat. Wenn sie sich oben auch rasieren würde, sähe man die grauen Haare ja auch nicht. Aber das macht eine Frau nicht.«

»Was macht eine Frau nicht, Willi?«

»Na, sich den Kopf rasieren, nur damit man nicht sieht, dass sie alt ist.«

»Willi, du redest Unsinn.«

Doch Willi redete unbeirrt weiter.

»Deshalb gibt es Friseure, die den Frauen oben die Haare färben. Ich glaube, es gibt Leute, die den Frauen auch unten die Haare färben. Das sind dann die Intimfriseure.«

»Das habe ich noch nie gehört. Woher kennst du solche Leute?«

»Kenne ich doch gar nicht, ich glaube doch nur, dass es solche Leute geben wird. Erna, es ist gut, dass du dich nicht rasierst, es reicht, wenn einer in der Familie glatt ist. Jedenfalls am Kinn.«

»Warum soll ich das eigentlich nicht machen, mich rasieren?«

»Wegen der Farbe Erna.«

»Wegen der Farbe? Welche Farbe, Willi?«

»Also ich erkläre es dir erneut. Schau dir doch mal die Frau da drüben an der Dusche etwas genauer an.« Erna schaute nun in die von ihm angedeutete Richtung. Sie sah eine Frau, die gerade geduscht hatte und sich abtrocknete.

»Unten ist die doch total grau und oben das schönste Rotköpfchen aus dem Wald. Wenn die sich jetzt unten rasieren täte, dann wüsste man nicht, wie sie wirklich aussieht. Sicherlich nicht so knallig rot, wie sie jetzt aussieht. Man sieht die grauen Schamhaare und dann weiß man, da steht ein gewisses Alter dahinter. Wenn die Damen jünger sind, kann man sehen, dass die Farbe stimmt?«

»Willi, ich glaube, du schaust dir zu viele untere Bereiche an. Oder woher weißt du das alles?«

»Erna, das ist reine Logik. An der Farbe im Schambereich kann man erkennen, ob die Farbe der Haare auf dem Kopf die Farbe ist, die die Frau in Wirklichkeit hat. Nur deshalb schaue ich mir immer die Schamhaare der Frauen an, nur um zu beurteilen, welche Farbe die Frau, die ich ansehe, in Wirklichkeit hat.«

»Also, ich bin oben und unten grau. Wenn ich dich richtig verstanden habe, weiß jetzt jeder Mann, der mich oben und dann unten ansieht und der genau so viel von den Haaren versteht wie du, dass mein graues Haar echt ist.«

»Genau Erna, jetzt hast du es verstanden.«

»Warum soll ich mich dann nicht rasieren? Wenn ich rasiert wäre, dann müssten die Männer doch raten, ob ich wirklich graues Haar habe oder ich grau gefärbt bin?«

»Erna, mein Liebes, welche Frau würde sich freiwillig grau färben? Ich kenne keine. Sich zu rasieren, macht also nur Sinn, wenn du dir die Haare auf dem Kopf färben würdest. Da du aber zu deinen grauen Haaren stehst, wie du immer sagst, ist es also egal, ob du dich rasierst oder nicht.«

»Na, dann werde ich mich mal rasieren, nur um auch mal glatt zu sein. Oder noch besser, du rasierst mich mal. Kannst du Schamhaare rasieren?«

»Ich denke schon, dass ich das kann. Erna, so geil ich das finden würde, dir die Haare da unten zu entfernen, so geil finde ich es, bei dir die Schamhaare zu fühlen. Wir können uns ja darauf einigen, dass ich dich mal rasiere, du dir dann die Haare aber wieder wachsen lässt.«

»Willi, so machen wir das. Ich freue mich schon auf meine erste Rasur. Natürlich möchte ich von dir ordentlich eingeschäumt werden.«

»Das werde ich mit meinem Spezialeinschäumpinsel machen.«

»Wo hast du den denn her?«, fragte Erna erstaunt.

»Ach Erna, manchmal bist du aber sehr begriffsstutzig. Natürlich meine ich den, der dir zuwinkt.«

Willi wackelte mit dem Unterleib und sein Teil wackelte deshalb ebenfalls.

Nun hatte Erna begriffen, was, bzw. wen er meinte.

»Für was der alles gut sein kann, ist schon erstaunlich.«

Willi schaute sie an und wusste, das wird ein kleines Highlight in ihrem doch schon etwas ruhiger gewordenen Leben.

Nach dem Mittagessen ruhten sie etwas aus und gingen dann noch mal in eine Sauna. Allerdings nur in die Normale, die mit den 75

Grad. Einfach nur, um sich etwas aufzuheizen, wie Erna es nannte. Danach wurde sich wie immer abgekühlt.

Erna hatte beim Abtrocknen gesehen, dass der Whirlpool keine Badegäste hatte. Sofort stellte sie das Abtrocknen ein und sprach zu Willi: »Willi, schau mal, der Whirlpool ist frei. Lass uns die Gelegenheit nutzen und doch bitte da hineingehen.«

Willi, der auf einer Bank saß und Erna beim Abtrocknen zugesehen hatte, zog die Augenbrauen hoch und sagte: »Wenn du das möchtest, werden wir das selbstverständlich machen«, legte auch ein kleines Lächeln auf und ging zum Pool.

Eigentlich mochte er es nicht, gekocht zu werden. Außerdem hatte er das Gefühl, in Keimen und Bakterien zu sitzen. Trotzdem stimmte er dem Gang in das Becken zu.

Er liebte Erna, und wenn es ihr Wunsch war, dann kam er diesem gerne nach. Am Whirlpool hing ein Schild mit dem Hinweis: Bitte vor dem Besuch des Whirlpools duschen. Willi und Erna ersparten sich das, da sie ja gerade erst von den Duschen kamen.

Das brauchten sie deshalb nun wirklich nicht mehr. Willi stellte seine Badelatschen vor der Treppe ab, die in den Pool führte, und ging ein Stück weit die Stufen des Pools hinunter. Dann blieb er stehen und wartete auf Erna. Erna stellte ihre Schuhe neben die von Willi und stieg ebenfalls in das Becken. Mit der einen Hand hielt sie sich am Geländer fest und mit der anderen ergriff sie die Hand von Willi.

Gemeinsam erreichten sie den Boden vom »Kochtopf«. Erna setzte sich und bat Willi, den Druckknopf zu drücken, der das Sprudeln auslöste. Nachdem Willi den Knopf gedrückt hatte, sprudelte es an vielen Stellen aus den Wänden und aus dem Boden.

Erna rutschte etwas zur Seite und hatte nun den Platz, den sie immer dann einnahm, wenn sie die Möglichkeit dazu hatte. Willi hatte zwar schon des Öfteren bemerkt, dass Erna sich immer genau an dieser Stelle auf die Bank im Wasser setzte, machte sich aber keine weiteren Gedanken, warum. Erna strahlte nach kurzer Zeit und bat Willi, erneut den Knopf zu drücken.

Sie wusste genau, warum sie sich diesen Platz ausgesucht hatte. An dieser Stelle kam ein starker Sprudelstrahl aus der Bank unter ihr.

260

Wenn sie es geschickt anstellte, und Erna war sehr geschickt, sprudelte dieser Strahl genau auf den Punkt, wo es viele Frauen gerne haben. Das aber blieb ihr Geheimnis, alles musste Willi ja auch nicht wissen. Sie genoss es und bat Willi, noch mal den Knopf zu drücken.

Jeder Sprudelgang dauerte immer exakt fünf Minuten, danach war wieder Ruhe im Becken. Willi drückte insgesamt vier Mal den Knopf, bevor er Erna darum bat, den »Kochvorgang« zu beenden. »Genug Wunsch erfüllt«, dachte er sich. Erna stimmte dem nur mit Widerwillen zu. Gerne hätte sie noch einen Augenblick das Gefühl genossen, das ihr dieser Strahl bereitete.

Sie stand auf und ihr eben noch vorhandenes Lächeln erlosch. So verließen sie den Pool. Auch beim Aussteigen half ihr Willi, und gemeinsam gingen sie wieder unter die Dusche. Natürlich unter die warme Dusche. Diesmal benutze Willi auch sein Duschgel, um die vielleicht vorhandenen Keime und Bakterien wieder loszuwerden. Erna benutzte auch ihr Gel, aber nicht nur, um sich zu waschen; da wurde noch kurz mal etwas beendet, was der Sprudel nicht ganz geschafft hatte.

Dafür benötigte sie noch ein paar Sekunden. Sie hatte sich mit dem Gesicht zur Duschwand gestellt, und unter der Dusche konnte sie auch ruhig etwas stöhnen. Sie untermalte das Stöhnen mit den Worten: »Ah, das tut gut, nach dem warmen Wasser«, und tat so, als hätte sie kaltes Wasser an. Willi, der sich in der Zwischenzeit schon wieder abgetrocknet hatte, deutete ihr an, dass er schon mal zu ihren Liegen gehen würde.

»Ich komm auch gleich«, sagte sie, und das meinte sie dann auch so. Als sie endlich eine leichte Erlösung hatte, stellte sie das Wasser ab und ging nach dem Abtrocknen zu Willi.

»Das hat gutgetan.«

»Ich weiß nicht, was du an diesem Pool findest. Wahrscheinlich würdest du selbst bei den Kannibalen, die dich in einen großen Kochtopf stecken, noch grinsen. In diesem Pool grinst du jedenfalls, wann immer du dort Platz genommen hast.«

»Ach, ich freute mich heute nur, dass wir den Pool mal für uns alleine hatten. Komm, Willi, ich lade dich zu einem schönen kalten Bier ein, weil du so brav mitgekocht wurdest.«
»Na, das ist doch mal eine schöne Ansage.«

Sie hatten an der Theke kaum Platz genommen, als Erna Willi darauf aufmerksam machte, dass es kurz vor 15.00 Uhr war.
»Ist doch egal, wir müssen doch erst dann nach Hause, wenn wir es wollen. Es wartet keiner mehr auf uns.«
»Deshalb sage ich dir das nicht. Ich sage es dir deshalb, weil es die Kaffee- und Kuchenzeit ist.«
»Na, dann bestell dir doch ein Stück oder ich hole dir eins. Welches möchtest du denn?«
»Du verstehst es nicht, Willi. Nicht ich will ein Stück Kuchen, sondern viele andere.«
Mal wieder verstand er nicht, was sie ihm sagen wollte.
»Schau mal nach da drüben«, und ihr Kopf ging in die Richtung der Toiletten. Dort hatten sich sechs oder sieben Personen in einer Reihe aufgestellt. Männer und Frauen.
»Ist jetzt eine besondere Pinkelzeit oder was?«, fragte Willi und wartete auf eine Antwort von ihr.
»Nicht ganz, Willi. Da steht nämlich auch die Waage. Was glaubst du, was die wohl da wollen?«.
»Wahrscheinlich wollen sie sich wiegen, und was ist da Besonderes dran?«
»Willi, schau da hin und verstehe.«
Willi trank erst mal einen kräftigen Schluck aus seinem gereichten Bier. Dann drehte er sich wieder in Richtung des Vorgangs. Er sah eine Frau, die ihren Bademantel ausgezogen hatte und sich auf die Waage stellte. Dann ging sie wieder herunter, zog ihren Bademantel wieder an und verschwand auf dem WC. Nach ihr stellte sich ein ebenfalls unbekleideter Mann auf die Waage, und man sah ihm vom Weiten an, dass er sich freute. Er zog sich seinen Bademantel an und ging in das Restaurant. Die Frau von eben kam aus dem WC zurück und stellte sich wieder hinten an, um sich erneut zu wiegen.

Alle, die dort anstanden, hatten sich dann gewogen. Einige gingen auf das WC, aber alle gingen nach diesem Ritual in das Restaurant. Willi drehte sich nun wieder zu Erna, und bevor er die Frage stellen konnte, die er stellen wollte, sagte Erna: »Wasserverlust, durch Sauna oder Blase, führt zu einer Gewichtsabnahme. Sind die Pfunde also runter, kann man sich getrost ein Stück Kuchen genehmigen. Geh ins Restaurant und du wirst sehen, alle haben nun mindestens ein Stück Kuchen vor der Nase.«

Über diese Geschichte konnte Willi nur lachen, und obwohl er es kaum glauben wollte, deutete er an, dass er das wirklich kontrollieren wollte. Er ging zu seiner Liege, zog sich seinen Bademantel an und ging ins Restaurant. Nach kurzer Zeit kam er zurück und lobte ihre Beobachtungsgabe.

»Nun, der eine kennt sich mit Schamhaaren aus, der andere mit den Kuchengenießern.«

Beide lachten und bestellten sich noch etwas zu trinken.

»Apropos Beobachtungsgabe: Erna, was hält du davon, wenn wir das nächste Mal in die Damensauna gehen?«

»In die Damensauna?«, fragte Erna etwas ungläubig.«

»Ja, in die Damensauna«, er sprach so, als wäre es das Natürlichste von der Welt.

»Willi, da darfst du doch gar nicht rein. Ich habe immer gedacht, du weißt, dass du ein Mann bist. Gut, nicht mehr der Mann von früher, aber immer noch ein Mann. Du hast da nämlich was zwischen deinen Beinen, was ich persönlich sehr schön finde und mir immer wieder gerne ansehe, jedoch die Frauen, die in eine Damensauna gehen, wollen das nicht sehen. Jedenfalls nicht in der Sauna.«

»Erna, ich weiß das, ich habe ja auch gedacht, du gehst für uns in die Damensauna.«

»Willi, was soll ich denn in der Damensauna? Willst du nicht mehr mit mir in die Sauna gehen oder was soll das?«

»Natürlich möchte ich auch weiterhin mit dir in die Sauna gehen. Aber ich möchte wissen, was der Unterschied ist zwischen der gemischten Sauna und einer Damensauna.«

»Willi, warst du zwischendurch noch mal an der Theke, wovon ich nichts mitbekommen habe oder was ist los?«.

»Nein, ich habe nur gedacht, es wäre mal schön, zu sehen, wie es in einer Damensauna zugeht. Mehr nicht.«

»Der Unterschied ist doch klar. In der gemischten Sauna gibt es Damen und Herren und in der Damensauna nur Damen. So einfach, Willi, so einfach!«

»Erna, du verstehst mich nicht. Ich möchte wissen, was anders ist. Dass nur Damen da sind, ist mir ja vollkommen klar. Also, ich erklär dir mal, was ich denke:

Wenn die Damen in einer gemischten Sauna sind, dann verdecken sie alles unter dem Handtuch, am liebsten noch einen Bademantel drüber, und alle sitzen so wie die Nonnen. Im Saunaraum sitzen sie auch alle brav wie des Priesters Tochter.«

Nach einer kurzen Redepause, die Willi benötigte, da er an einem Beispiel zeigen wollte, was er genau meinte. Hatte er doch eingesehen, dass Erna nicht verstand, was er wollte.

»Schau doch mal die Dame am Fußbecken da vorne.«

Willi zeigte dezent auf eine Frau, die etwas entfernt von ihnen ein Fußbad nahm.

»Sie hat ihre Füße im Becken und ihre Beine sind fest zusammengepresst, obwohl man dort getrost etwas breitbeinig sitzen könnte. So wie der Herr neben ihr. Ist wahrscheinlich ihr Mann. Außerdem hat sie auch noch den Bademantel an. Ich glaube, dass sie anders sitzen würde, wenn sie in einer Damensauna wäre.«

»Was heißt das, anders sitzen würde?«, fragte Erna nach und verstand ihren Willi wirklich nicht mehr.

»Sie würde so breitbeinig sitzen wie ihr Mann und man könnte ihr bis zu den Mandeln sehen.«

»Dafür kann sie die Beine geschlossen lassen und muss nur den Mund öffnen.«

Ihr war nun klar, worauf er aus war. Sehen, er wollte einfach mehr sehen.

»Komm, mach das mal für uns und geh dahin.«

»Für uns?«, fragt Erna. »Ich will das doch gar nicht wissen und auch nicht sehen.«

»Ja, aber ich«, wurde er etwas lauter. »Und ich, wie du Klugsch ...
öne Frau gesagt hast, ich darf da ja nicht rein, wegen dem da unten.
Und wenn ich da rein dürfte, würde das nichts bringen. Denn dann
ist es ja wieder eine Gemeinschaftssauna. Schon verhalten sich die
Damen wieder wie die Nonnen oder Priestertöchter.«

»Ach Willi, ich versteh dich und dann auch wieder nicht. Aber egal.
Ich werde es für dich tun und in eine Damensauna gehen.«

»Ich wusste, dass du mich liebst und mir jeden Wunsch erfüllst, der
unsere Saunafreuden bereichern könnte.«

»Unter einer Bedingung«, unterbrach ihn da Erna: »Dann gehst du in
die Herrensauna und erzählst mir dann auch, was da anders ist!«

»Wie bitte, ich soll in die Herrensauna, die nur mit den Kerls. Erna,
das ist doch wohl nicht dein Ernst, oder? Da sind doch nur Schwule,
und das ist mir zu gefährlich.«

»Wie kommst du darauf, Willi, dass in der Herrensauna nur Schwule
sind?«

»Erna, das ist doch ganz einfach zu erklären. Wir, also die gesunden
Männer, wollen keine Kerle sehen, sondern nur die Weiber, und da
sind keine. Ist schon schlimm genug, dass viele Frauen auch ihre
Männer dabei haben, wenn sie in die Sauna gehen. Da muss man
aufpassen, wen man anspricht.«

»Ja, ich weiß, wovon du redest. Es ist noch gar nicht lange her, da
wollte sich einer an mich ran machen. Den hast du dann aber
ziemlich schnell verscheucht.«

»Noch gar nicht lange her? Erna, ich glaube, das ist so zehn Jahre
her.«

»Willi, was ist jetzt, gehst du in die Herrensauna, wenn ich in die
Damensauna gehe?«

»Nein, gehe ich nicht. Ich gehe nicht zu den Schwulen!«

»Nun, dann gehe ich auch nicht in die Damensauna. Denn da sind ja
dann auch nur die Frauen, die Frauen wollen, und da will ich dann
auch nicht hin.«

»Ach was. Erstens, diese Frauen heißen Lesben, und zweitens,
darum geht es doch gar nicht. Es geht um das Verhalten der Damen,
wenn Damen nur mit Damen zusammen sind. Mann, das ist doch

nicht so schwer, und außerdem kann ich dir auch ohne Besuch einer Herrensauna genau sagen, was da los ist.«

»Na, da bin ich mal gespannt, was du darüber weißt, obwohl du noch nie dort warst.«

»Da sind einfach nur mehr Exhibitionisten. Du weißt doch, die Kerle, die an Frauen vorbeilaufen und ihr bestes Stück präsentieren. Diesmal zeigen sie das Stück oder Stückchen einem Mann, und das sind dann die Schwulen. Frauen sind ja nicht da, wollen die ja auch nicht. Die wollen sich den Männern zeigen und wollen Männer sehen. Das kann ich mir wirklich nicht antun.«

»Willi, ich versteh dich ja, dass dir das unangenehm ist, nur so unter Männern. Aber mir ist das auch unangenehm, in eine Damensauna zu gehen, jetzt, wo ich weiß, dass da auch Frauen sind, die Frauen wollen. Dann bin ich doch auch gefährdet. Meine Brüste und mein Po sind schließlich nicht zu verachten. Da wird sicherlich die eine oder andere darauf stehen und gerne mal fühlen wollen.«

»Wenn das geschehen sollte, dann musst du ihnen die kalte Schulter zeigen, und schon hast du Ruhe.«

»Warum kannst du deinen Männern nicht die kalte Schulter zeigen?«

»Weil das wie eine Aufforderung ist. Überlege doch mal, wenn ich ihnen meine Schulter zeige, was sehen die dann noch?« Um ihr zu demonstrieren, was er meinte, stellte Willi sich vor sie hin, drehte sich herum und zeigte ihr demonstrativ seinen Hintern.

»Und was siehst du?«   »Natürlich deinen Knackarsch, wieso?«

»Weil dieser Knackarsch, wie du ihn nennst, dann auch in der Herrensauna so gesehen wird. Allerdings wird er anders benutzt, als du es tust.«

»Ist ja gut, ich habe das ja verstanden. Aber nun zu deinen Aussagen. Wie ich mich hinstelle, wenn kein Mann da ist, muss ich dich aber deine Fantasieenttäuschen. Hör mal, Willi, wenn ich zu Hause unter der Dusche stehe, dann dusche ich auch nicht wie eine Nonne, weil man so einen besseren Stand hat. In der Sauna duscht man anders. Da duscht man gesittet. Da ist es aber egal, ob ich in der gemischten Sauna oder in der Damensauna bin. Und wenn ich merke, dass ich unsicher stehe, mache ich auch dort die Beine breit.«

Noch bevor Willi etwas entgegensetzen konnte, redete Erna weiter.

»Oder wenn ich auf dem Balkon sitze, den zum Garten raus, da sitze ich auch nicht wie Priesters Tochter. Dort sitze ich eben freier, unbeobachtet eben.«

»Erna, du sitzt nie wie Priesters Tochter. Auch hier bist du oft eine Frau mit Einblicken. Du bist etwas freier als die anderen und somit kein Vergleich mit denen, die ich meine.«

Erneut suchte Willi ein Beispiel und fand es auch.

»Schau mal die Frau da vorne.« Willi deutete nun behutsam auf eine Frau in der Nähe der Theke.

»Sie liegt auf ihrer Liege und hat die Beine überkreuzt. Das ist doch völlig unbequem. Das macht sie nur, weil sie sich von Männern beobachtet fühlt. Ich glaube, in der Damensauna würde sie sehr offenherzig liegen, da gibt es ja keine Zuschauer.«

»Natürlich gibt es die, aber die sind weiblich, und die schauen sicherlich genauso interessiert, wie du es tun würdest, wenn du die Gelegenheit dazu hättest. Das sind die Frauen, die Frauen mögen. Also würde diese Frau ihre Beine auch in der Damensauna verschränken, es sei denn, sie ist lesbisch.« »Ach, du willst mich nicht verstehen. Weißt du was, Erna, ich frag mal den Heinz von nebenan, ob er seine Liesel mal in die Damensauna hinschicken kann und uns anschließend davon berichtet. Ich weiß, dass sie schon mal alleine in die Sauna geht, weil ihr Heinz das nicht immer verträgt. Da wird sie sicherlich meiner Bitte mal nachkommen. Das macht die sicherlich, ohne dass ihr Heinz anschließend zu den Schwulen muss. Die liebt ihren Mann und setzt ihn nicht so einer Gefahr aus. Heinz wird sie dann fragen, wie es da so war, und er wird mir dann hoffentlich alles berichten.«

»Das ist doch eine gute Idee. Siehste, Willi, du musst nicht zu den Kerlen und ich nicht zu den Weibern. Und wir können das nächste Mal, beide nicht geschändet vom selben Geschlecht, wieder in die Gemeinschaftssauna gehen.«

Nicht ganz glücklich über den Ausgang des Gesprächs, gab er nach und beendete das Thema mit Schweigen.

»Noch ein Bier für meinen Willi, bitte«, sagte Erna der Bedienung. Mit Wohlwollen hörte Willi diese Worte.

»Damit du die schlechten Gedanken an die Schwulen runterschlucken kannst.«

Nachdem Willi das Bier getrunken hatte, gingen sie zu ihren Liegen.

»Wir sollten uns so langsam auf den Heimweg machen.«

»Ja, das machen wir. Für heute ist es auch genug. Wie sieht es aus, essen wir hier noch etwas?«, fragte Willi, als sie ihre Handtücher zusammenlegten.

»Nein, heute Lieber nicht. Außerdem habe ich dir schon einen schönen Selleriesalat vorbereitet.«

Hompage:https://123michael55.wixsite.com/ michaelschoenberg
Bücherste:www.lovelybooks.de/autor/Michael-Schönberg
Mailadresse:mschg55@gmail.com

Michael Schönberg wurde 1955 in Düsseldorf geboren. Schon von klein auf erzählte er Geschichten und unterhielt die ganze Familie und Freunde. Auch in seinen Berufen, Maschinenbaumeister und später als Logistikleiter, konnte und musste er seine Kreativität einsetzen, um Problemlösungen zu entwickeln. Als sich das Ende der beruflichen Karriere abzeichnete, setzte er diese Gabe in Wort und Schrift um. So entstand sein erster Roman »Blond ja. Dumm nein. « In der Neuauflage: Steffi & Yvonne. Zwei Gesichter einer Frau.